【臺灣現當代作家 研究資料彙編】102

洪炎秋

國立台灣文學館
出版

部長序

　　文化是一群人思想言行的沉澱，臺灣文化是共同活在這塊土地上所有人的記憶，臺灣文學更是寫作者、評論者、閱讀者經驗交流的最具體且明顯的印記。

　　在不很久之前的 2018 年 1 月，國立臺灣文學館才舉辦「臺灣現當代作家研究資料彙編計畫」第七階段成果發表會，作家、家屬、學者齊聚，見證累積百冊的成果已成當代文學界匯集經典與志業的盛事。

　　時序來到歲末年終，文學館接力推出第八階段的出版成果，也就是林語堂、洪炎秋、李曼瑰、王詩琅、李榮春、吳瀛濤、王藍、郭良蕙、辛鬱、黃娟十位重要作家的研究彙編，為叢書再疊上一批穩固的基石。

　　記憶是土壤，會隨著時代的震盪而流失，甚至整個族群忘卻事情的始末，成為無根的人群。這時候就需要作家的心、文學的筆，將生命體驗以千折百轉的方式描摹、留存到未來。如此說來，文學就是為國家的記憶鎖住養分，留待適當的時機按圖索驥，找出時空的所有樣貌。

　　作家所見所思、所想所感，於不同世代影響時代的認識，因此我們談文學、讀作品，不可能躍過作家。「臺灣現當代作家研究資料彙編計

「畫」的精神恰與文化部近來致力推動「重建臺灣藝術史計畫」的核心想法不謀而合，也就是從檔案史料中提煉出最能彰顯臺灣文化多元性的在地史觀，為 21 世紀臺灣文化認同找到最紮實的記憶路徑。這套叢書透過回顧作家生平經歷、查找他們的文學互動軌跡，加上諸多研究者的評述，讀者不僅與作家的文學腳蹤同行，也由此進入臺灣特有的文學世界。

十分欣見臺文館將第八階段的編選成果呈現在面前。這個計畫從 2010 年開展，完成了 110 位臺灣現當代重要作家的研究資料彙編。這份長長的名單裡，雖不乏許多讀者耳熟能詳的文學大家，但也有許多逐漸為讀者或研究者都忘的好手。這個百餘冊的彙編，就是倒入臺灣文化記憶土壤的養分。漸漸離開前臺的前輩作家，再度重新被閱讀、被重視、被討論，這是推展臺灣文學的價值。

這一套兼具深度與廣度的臺灣文學工具書，不只提供國內外關心、研究臺灣文學的用戶參考，並期待持續點亮臺灣文學的光芒。

文化部部長　鄭麗君

館長序

　　以文字方式留存的臺灣文學，至少已有三百餘年歷史，若再加計原住民節奏韻味的口傳文化，絕對是至足以聚攏一整個社會的集體記憶。相對於文學創作的不屈不撓，臺灣文學的「研究」，則因為政治情境所迫，而遲至 1990 年代才能在臺灣的大學科系成立，因此有必要加緊步履「文學史」的補課工作。

　　國立臺灣文學館，當然必須分擔這個責任。文學，是人類使用符號而互動的最高級表現，作家透過作品與讀者進行思想的美好交鋒，是複雜的社會共感歷程。其中，探討作家的作品，固是文學研究的明確入口，然而讀者的回應甚至反擊，更是不遑多讓的迷人素材。臺灣文學館在 2010 年開啟《臺灣現當代作家研究資料彙編》的編纂計畫，委託臺灣文學發展基金會執行，以「現當代」文學作家為界，蒐羅散落各地、視角多元的研究評論資料，期能更有效率勾勒臺灣文學的標竿圖像。

　　《臺灣現當代作家研究資料彙編》，由最早預定三個階段出版 50 冊的計畫，因各界的期許而延續擴編，至今已是第八階段，累積出版已達 110 冊。當然，臺灣文學作家的意義，遠遠大於現當代的範圍，彙編選擇的作家對象，也不可能窮盡，更無位階排名之意。

現當代的範圍始自 1920 年代賴和的世代至今，相對接近我們所處的社會，也更能捕捉臺灣文化史的雜揉情境。當然部落社會的無名遊吟者、清末古典文學的漢詩人，曾在各個時代留下痕跡的文學家們，亦為高度值得尊崇的文學瑰寶。第八階段彙編計畫包含林語堂、洪炎秋、李曼瑰、王詩琅、李榮春、吳瀛濤、王藍、郭良蕙、辛鬱、黃娟共十位作家，顧及並體現了臺灣文學跨越族群、性別、世代、階級的共同歷程，而各冊收錄的研究評論，也提供我們理解臺灣文學特殊面向的不同視野。期待彙編資料真能開啟一個窗口，以看見臺灣短短歷史撞擊出的這麼多類屬各異的文學互動。

國立臺灣文學館館長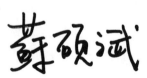

編序

緣起

　　1995 年 10 月 25 日，在臺灣師範大學教育大樓的 201 室，一場以「面對臺灣文學」為題的座談會，在座諸位學者分別就臺灣文學的定義、發展、研究，以及文學史的寫法等，提出宏文高論，而時任國家圖書館編纂張錦郎的「臺灣文學需要什麼樣的工具書」，輕鬆幽默的言詞，鞭辟入裡的思維，更贏得在座者的共鳴。

　　張先生以一個圖書館工作人員自謙，認真專業地為臺灣這幾十年來究竟出版了多少有關臺灣文學的工具書，做地毯式的調查和多方面的訪問。同時條理分明地針對研究者、學生，列出了十項工具書的類型，哪些是現在亟需的，哪些是現在就可以做的，哪些是未來一步一步累積可以達成的，分別做了專業的建議及討論。

　　當時的文建會二處科長游淑靜，參與了整個座談會，會後她劍及履及的開始了文學工具書的委託工作，從 1996 年的《臺灣文學年鑑》起始，一年一本的編下去，一直到現在，保存延續了臺灣文學發展的基本樣貌。接著是《中華民國作家作品目錄》的新編，《臺灣文壇大事紀要》的續編，補助國家圖書館「當代文學史料影像全文系統」的建置，這些工具書、資料庫的接續完成，至少在當時對臺灣文學的研究，做到一些輔助的功能。

　　2003 年 10 月，籌備多年的「臺灣文學館」正式開幕運轉。同年五月《文訊》改隸「財團法人台灣文學發展基金會」，為了發揮更大的動能，開

始更積極、更有效率地將過去累積至今持續在做的文學史料整理出來，讓豐厚的文藝資源與更多人共享。

於是再次的請教張錦郎先生，張先生認為文學書目、作家作品目錄、文學年鑑、文學辭典皆已完成或正在進行，現在重點應該放在有關「臺灣現當代作家評論資料目錄」的編輯工作上。

很幸運的，這個計畫的發想得到當時臺灣文學館林瑞明館長的支持，於是緊鑼密鼓的展開一切準備工作：籌組編輯團隊、召開顧問會議、擬定工作手冊、撰寫計畫書等等。

張錦郎先生花了許多時間編訂工作手冊，每一位作家的評論資料目錄分為：

（一）生平資料：可分作者自述，旁人論述及訪談，文學獎的紀錄。

（二）作品評論資料：可分作品綜論，單行本作品評論，其他作品（包括單篇作品）評論，與其他作家比較等。

此外，對重要評論加以摘要解說，譬如專書、專輯、學術會議論文集或學位論文等，凡臺灣以外地區之報刊及出版社，於書名或報刊後加註，如中國大陸、香港、新加坡等。此外，資料蒐集範圍除臺灣外，也兼及中國大陸、香港、新加坡、日本、韓國及歐美等地資料，除利用國內蒐集管道外，同時委託當地學者或研究者，擔任資料蒐集工作。

清楚記得，時任顧問的學者專家們，都十分高興這個專案的啟動，但確定收錄哪些作家名單時，也有不同的思考及看法。經過充分的討論後，終於取得基本的共識：除以一般的「文學成就」為觀察及考量作家的標準外，並以研究的迫切性與資料獲得之難易度為綜合考量。譬如說，在第一階段時，作家的選擇除文學成就外，先考量迫切性及研究性，迫切性是指已故又是日治時期臺籍作家為優先，研究性是指作品已出土或已譯成中文為優先。若是作品不少而評論少，或作品評論皆少，可暫時不考慮。此外，還要稍微顧及文類的均衡等等。基本的共識達成後，顧問群共同挑選出 310 位作家，從鄭坤五、賴和、陳虛谷以降，一直到吳錦發、陳黎、蘇

偉貞，共分三個階段進行。

　　「臺灣現當代作家評論資料目錄」專案計畫，自 2004 年 4 月開始，至 2009 年 10 月結束，分三個階段歷時五年六個月，共發現、搜尋、記錄了十餘萬筆作家評論資料。共經歷了三位專職研究助理，近三十位兼任研究助理。這些研究助理從開始熟悉體例，到學習如何尋找資料，是一條漫長卻實用的學習過程。

接續

　　「臺灣現當代作家評論資料目錄」的專案完成，當代重要作家的研究，更可以在這個基礎上，開出亮麗的花朵。於是就有了「臺灣現當代作家研究資料彙編暨資料庫建置計畫」的誕生。為了便於查詢與應用，資料庫的完成勢在必行，而除了資料庫的建置外，這個計畫再從 310 位作家中精選 50 位，每人彙編一本研究資料，內容有作家圖片集，包括生平重要影像、文學活動照片、手稿及文物，小傳、作品目錄及提要、文學年表。另外每本書分別聘請一位最適當的學者或研究者負責編選，除了負責撰寫八千至一萬字的作家研究綜述外，再從龐雜的評論資料中挑選具有代表性的評論文章，平均 12～14 萬字，最後再附該作家的評論資料目錄，以期完整呈現該作家的生平、創作、研究概況，其歷史地位與影響。

　　第一部分除資料庫的建置外，50 位作家 50 本資料彙編（平均頁數 400～500 頁），分三個階段完成，自 2010 年 3 月開始至 2013 年 12 月，共費時 3 年 9 個月。因為內容充實，體例完整，各界反應俱佳，第二部分的 50 位作家，分四階段進行，自 2014 年 1 月開始至 2017 年 12 月，共費時 4 年，並於 2017 年 12 月出版《百冊提要》，摘要百冊精華，也讓研究者有清晰的索引可循。2018 年 1 月，舉行百冊成果發表會，長年的灌溉結果獲文化部支持，得以延續百冊碩果，於 2018 年 1 月啟動第三部分 20 位作家的資料彙編。

成果

　　雖然過程是如此艱辛,如此一言難盡,可是終究看到豐美的成果。每位編選者雖然忙碌,但面對自己負責的作家資料彙編,卻是一貫地認真堅持。他們每人必須面對上千或數百筆作家評論資料,挑選重要或關鍵性的評論文章,全面閱讀,然後依照編選原則,挑選評論文章。助理們此時不僅提供老師們所需要的支援,統計字數,最重要的是得找到各篇選文作者,取得同意轉載的授權。在起初進度流程初估時,我們錯估了此項工作的難度,因為許多評論文章,發表至今已有數十年的光景,部分作者行蹤難查,還得輾轉透過出版社、學校、服務單位,尋得蛛絲馬跡,再鍥而不捨地追蹤。有了前面的血淚教訓,日後關於授權方面,我們更是如臨深淵、如履薄冰,希望不要重蹈覆轍,在面對授權作業時更是戰戰兢兢,不敢懈怠。

　　除了挑選評論文章煞費苦心外,每個作家生平重要照片,我們也是採高標準的方式去蒐集,過世作家家屬、友人、研究者或是當初出版著作的出版社,都是我們徵詢的對象。認真誠懇而禮貌的態度,讓我們獲得許多從未出土的資料及照片,也贏得了許多珍貴的友誼。許多作家都協助提供照片手稿等相關資料,已不在世的作家,其家屬及友人在編輯過程中,也給予我們許多協助及鼓勵,藉由這個機會,與他們一起回憶、欣賞他們親人或父祖、前輩,可敬可愛的文學人生。此外,還有許多作家及研究者,熱心地幫忙我們尋找難以聯繫的授權者,辨識因年代久遠而難以記錄年代、地點、事件的作家照片,釐清文學年表資料及作家作品的版本問題,我們從他們身上學習到更多史料研究可貴的精神及經驗。

　　但如何在規定的時間內,完成每個階段資料彙編的編輯出版工作,對工作小組來說,確實是一大考驗。每一冊的主編老師,都是目前國內現當代臺灣文學教學及研究的重要人物,因此都十分忙碌。每一本的責任編輯,必須在這一年的時間內,與他們所負責資料彙編的主角——傳主及主編老師,共生共榮。從作家作品的收集及整理開始,必須要掌握該作家所

有出版的作品，以及盡量收集不同出版社的版本；整理作家年表，除了作家、研究者已撰述好的年表外，也必須再從訪談、自傳、評論目錄，從作品出版等線索，再作比對及增刪。再來就是緊盯每位把「研究綜述」放在所有進度最後一關的主編們，每隔一段時間提醒他們，或順便把新增的評論目錄寄給他們（每隔一段時間就有新的相關論文或學位論文出現），讓他們隨時與他們所主編的這本書，產生聯想，希望有助於「研究綜述」撰寫的進度。

在每個艱辛漫長的歲月中，因等待、因其他人力無法抗拒的因素，衍伸出來的問題，層出不窮，更有許多是始料未及的。譬如，每本書的選文，主編老師本來已經選好了，也經過授權了，為了抓緊時間，負責編輯的助理們甚至連順序、頁碼都排好了，就等主編老師的大作了，這時主編突然發現有新的文章、新的資料產生：再增加兩三篇選文吧！為了達到更好更完備的目標，工作小組當然全力以赴，聯絡，授權，打字，校對，重編順序等等工作，再度展開。

此次第三部分第一階段共需完成的 10 位作家研究資料彙編，年齡層與活動地區分布較廣，跨越 19 世紀末至 1930 年代出生的作者，步履遍布海內外各地。出生年代較早的作者，在年表事件的求證以及早年著作的取得上，饒有難度，也考驗團隊史料採集與判讀的功力。以出生年代較近的作者而言，許多疑難雜症不刃而解，有些連主編或研究者都不太清楚的部分，譬如年表中的某一件事、某一個年代、某一篇文章、某一個得獎記錄，作家本人及家屬絕對是一個最好的諮詢對象，對解決某些問題來說，這是一個好的線索，但既然看了，關心了，參與了，就可能有不同的看法，選文、年表、照片，甚至是我們整本書的體例，於是又是一場翻天覆地的大更動，對整本書的品質來說，應該是好的，但對經過多次琢磨、修改已進入完稿階段的編輯團隊來說，這不啻是一大挑戰。

1990 年開始，各地縣市文化中心（文化局），對在地作家作品集的整理出版，以及臺灣文學館成立後對日治時期作家以迄當代重要作家全集的

編纂，對臺灣文學之作家研究，也有了很好的促進作用。如《楊逵全集》、《林亨泰全集》、《鍾肇政全集》、《張文環全集》、《呂赫若日記》、《張秀亞全集》、《葉石濤全集》、《龍瑛宗全集》、《葉笛全集》、《鍾理和全集》、《錦連全集》、《楊雲萍全集》、《鍾鐵民全集》等，如雨後春筍般持續展開。

　　經過近二十年的努力，臺灣文學的研究與出版，也到了可以驗收或檢討成果的階段。這個說法，當然不是要停下腳步，而是可以從「臺灣現當代作家評論資料目錄」所呈現的 310 位作家、10 萬筆資料中去檢視。檢視的標的，除了從作家作品的質量、時代意義及代表性去衡量外、也可以從作家的世代、性別、文類中，去挖掘有待開墾及努力之處。因此這套「臺灣現當代作家研究資料彙編」，大部分的編選者除了概述作家的研究面向外，均有些觀察與建議。希望就已然的研究成果中，去發現不足與缺憾，研究者可以在這些不足與缺憾之處下功夫，而盡量避免在相同議題上重複。當然這都需要經過一段時間去發現、去彌補、去重建，因此，有關臺灣文學的調查、研究與論述，就格外顯得重要了。

期待

　　感謝臺灣文學館持續推動這兩個專案的進行。「臺灣現當代作家評論資料目錄」的完成，呈現的是臺灣文學研究的總體成果；「臺灣現當代作家研究資料彙編」的出版，則是呈現成果中最精華最優質的一面，同時對未來臺灣文學的研究面向與路徑，作最好的建議。我們可以很清楚的體會，這是一條綿長優美的臺灣文學接力賽，經過長時間的耕耘、灌溉，風搖雨濡、燭影幽轉，百年臺灣文學大樹卓然而立，跨越時代並馳而行，百冊作家研究資料彙編得千位作家及學者之力，我們十分榮幸能參與其中，更珍惜在傳承接力的過程，與我們相遇的每一個人，每一件讓我們真心感動的事。我們更期待這個接力賽，能有更多人加入。誠如張恆豪所說「從高音獨唱到多元交響」，這是每一個人所期待的。

編輯體例

一、本書編選之目的，為呈現洪炎秋生平、著作及研究成果，以作為臺灣
　　文學相關研究、教學之參考資料。

二、全書共五輯，各輯內容及體例說明如下：

　　輯一：圖片集。選刊作家各個時期的生活或參與文學活動的照片、著
　　　　　作書影、手稿（包括創作、日記、書信）、文物。

　　輯二：生平及作品，包括三部分：

　　　　　1.小傳：主要內容包括作家本名、重要筆名，生卒年月日，籍
　　　　　　貫，及創作風格、文學成就等。

　　　　　2.作品目錄及提要：依照作品文類（論述、詩、散文、小說、
　　　　　　劇本、報導文學、傳記、日記、書信、兒童文學、合集）及
　　　　　　出版順序，並撰寫提要。不收錄作家翻譯或編選之作品。

　　　　　3.文學年表：考訂作家生平所進行的文學創作、文學活動相關
　　　　　　之記要，依年月順序繫之。

　　輯三：研究綜述。綜論作家作品研究的概況，並展現研究成果與價值
　　　　　的論文。

　　輯四：重要文章選刊。選收作家自述、國內外具代表性的相關研究論
　　　　　文及報導。

　　輯五：研究評論資料目錄。收錄至 2018 年 11 月底止，有關研究、論
　　　　　述臺灣現當代作家生平和作品評論文獻。語文以中文為主，兼
　　　　　及日文和英文資料。所收文獻資料，以臺灣出版為主，酌收中
　　　　　國大陸、香港、日本和歐美國家的出版品。內容包含三部分：

　　　　　1.「作家生平、作品評論專書與學位論文」下分為專書與學位
　　　　　　論文。

　　　　　2.「作家生平資料篇目」下分為「自述」、「他述」、「訪談」、
　　　　　　「年表」、「其他」。

　　　　　3.「作品評論篇目」下分為「綜論」、「分論」、「作品評論目
　　　　　　錄、索引」、「其他」。

目次

輯一◎圖片集

影像◎手稿◎文物

約1906年，洪炎秋與父兄合影於鹿港。前排：洪炎秋（左二立者）、父親洪棄生（左三坐者）、伯父洪文瑞（右三坐者）；後排：長兄洪梂材（左一）。（國立臺灣文學館）

1923～1929年，就讀於北京大學教育系時加入志願學生軍的洪炎秋。（洪小如提供）

1926年1月1日，出席鹿港大冶吟社五週年紀念總會，鄉里為之餞別。前排坐者：施文坡（右一）、郭振英（右二）、許梅舫（右三）、陳懷澄（右四）、王席聘（左一）、陳貞元（左二）、許存德（左三）；二排立者：施塔（右一）、呂嶽（右二）、蔡河（右三）、許嘉恩（右五）、洪炎秋（右六）、丁瑞圖（右七）、施讓甫（左一）、許景雲（左二）、蔡梓材（左三）、莊嵩（左四）、謝耀東（左五）；三排：陳子敏（右一）、施江西（右二）、葉榮鐘（右三）、許五頂（右四）、許文葵（右五）、施炳揚（右六）、周定山（右七）、杜友紹（左一）、朱炳珍（左二）、朱啟南（左三）。（施純全提供／施強攝）

1927年，洪炎秋（前排右）與同在北京留學的《少年臺灣》創辦人張我軍（前排中）、吳敦禮（後排左一）、宋文瑞（後排左二）、蘇薌雨（後排左三）合影。（翻攝自《張我軍全集》，臺海出版社）

1929年3月，洪炎秋（前排中）與關國藩（左）攝於北平的
結婚照。（國立臺灣文學館）

1920年代，與鹿港青年文人合影。一排右起：施江西、洪
炎秋、蔡相；二排右起：莊垂勝、葉榮鐘、施玉斗、丁瑞
乾、許文葵；三排：丁瑞圖（右三）。（玉山社提供）

1931年，與妻子關國藩合影於北平自宅。（國立臺灣文學館）

1934年6月29日，洪炎秋（二排左一）擔任公務員考試監試委員，與第二區主監試委員合影於北平。（洪小如提供）

約1935年，身處北平淪陷區的「臺灣四劍客」合影。右起：蘇薌雨、洪炎秋、連震東、張我軍。（翻攝自《漂泊與鄉土——張我軍逝世四十週年紀念論文集》，行政院文化建設委員會）

1944年7月，北京臺灣同鄉文化人聚會合影。前排右起：林愛月（張深切夫人）、張孫煜（張深切子）、張深切；中排左起：張媚珈（張深切女）、關國藩（洪炎秋夫人）、張碧蓮（楊基振夫人）、羅心鄉（張我軍夫人）、楊梁雙（楊基振母親）；後排左起：楊基振（手抱楊瑪珊）、吳三連、洪耀勳、洪炎秋、林文騰、張我軍。（翻攝自《張深切全集12·張深切與他的時代影集》，文經出版社）

1949年3月13日，國語日報社董事會成立，於臺北建功神社前留影。前排：傅斯年（右一）、游彌堅（左二）、杜聰明（左三）、李萬居（左四）；後排：洪炎秋（左四）、何容（左五）、魏建功（左六）、王玉川（左七）。（國語日報社提供）

1946年，與家人合影於臺中師範學院校長宿舍門前。右起：次子洪鐵生、洪炎秋、母親丁聘治、妻子關國藩、次女洪小如。（國立臺灣文學館）

1949年3月26日，出席黃純青於臺北晴園宴請胡適的聚會。前排右起：黃逢時、游彌堅、傅斯年、黃純青、胡適、梁寒操、浦薛鳳、李冀中；後排右起：吳克剛、謝東閔、臺靜農、洪炎秋、沈剛伯、陳逸松、林熊祥、杜聰明、李玄伯、黃及時、黃當時、林忠、黃得時。（國立臺灣文學館）

1940年代，於省立臺中民眾教育館附設化蕃社
國語班留影。後排：王玉川（右一）、洪炎秋
（右四）。（國立臺灣文學館）

1956年，初為外祖父的洪炎秋，懷抱外孫彭光國。
（國立臺灣文學館）

1957年12月，攝於美國舊金山中國街，左起芮逸夫、洪炎秋、周肇煌、陳木榮，照片背後有洪氏隨筆。其於該年底至隔年夏，赴歐美考察中文教學情形，期間家書在1959年9月整理出版為《雲遊雜記》。（洪小如提供／劉福權攝）

1959年11月，洪炎秋攝於60歲生日家宴。（國立臺灣文學館）

1963年4月6日，洪炎秋（後排中）出席臺灣郵政局（今中華郵政公司）與國語日報社合辦之「臺北區學童國語演說競賽」，後排左三為郵政總局長何繼炎。（洪小如提供）

約1964年，家人合影。左起：外孫女彭光曦、洪炎秋、外孫彭光國。（洪小如提供）

1966年7月3日，出席《傳記文學》歡迎會。前排：洪炎秋（左一）、吳三連（左二）、林語堂（左三）；後排：吳相湘（左二）、陳之邁（左三）、楊雲萍（左四）、劉紹唐（右一）、黃得時（右二）。（林語堂故居提供）

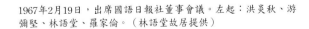

1968年11月12日，洪炎秋（左一）榮獲社教有功獎，由臺北市長高玉樹（右）頒獎。（國語日報社提供）

1967年2月19日，出席國語日報社董事會議。左起：洪炎秋、游彌堅、林語堂、羅家倫。（林語堂故居提供）

1968年11月18日，洪炎秋（二排左五）出席世界中文報業協會於香港總統酒店九龍廳舉辦的成立大會暨第一屆年會。一排左八為該協會創辦人兼主席胡仙、左九為副主席王惕吾。（國語日報社提供）

1969年6月18日，出席臺灣大學中國文學系畢業謝師酒會。一排：陳萬益（左四）、李偉泰（右四）、林政華（右五）；二排左三起：曲顯功、金祥恆、戴君仁、洪炎秋、毛子水、沈剛伯、張敬、葉嘉瑩、屈萬里、臺靜農、劉鴻凱、莊嚴、史次耘、黃得時；三排左起：易行、馬漢茂、張光裕、王文興（右六）、馮承基（右七）、羅聯添（八）、龍宇純（右九）、葉慶炳（右十）；四排：呂興昌（左一）。（陳萬益提供）

1969年12月20日，洪炎秋（右）與妻子關國藩（左）留影於臺北市立法委員投票現場。（國立臺灣文學館）

1960年代，洪炎秋（右）與妻子關國藩（中）、次女洪小如合影於臺灣大學宿舍。（國立臺灣文學館）

1973年11月10日，洪炎秋（剪綵者）受邀返鄉為鹿港民俗文物館開幕儀式剪綵。（鹿港民俗文物館提供）

1975年3月2日，出席《臺灣文藝》創刊11週年紀念暨第六屆吳濁流文學獎頒獎典禮。前排左起：黃得時、洪炎秋、潘榮禮、李魁賢、鍾肇政、馮輝岳、吳濁流、巫永福、郭水潭。（新竹縣史館提供）

1977年1月21日，出席第三屆洪建全兒童文學創作獎於臺北中山堂舉辦的頒獎典禮。前排右起：林鍾隆、馬景賢、林良、洪炎秋；左起：琦君、蓉子、林海音；後排右一：林煥彰。（國立臺灣文學館）

1978年2月25日，洪炎秋出席國語日報社董事大會。一排右二起：張希文、何凡、洪炎秋、何容、王玉川（左三）；二排：林良（右六）。（國語日報社提供）

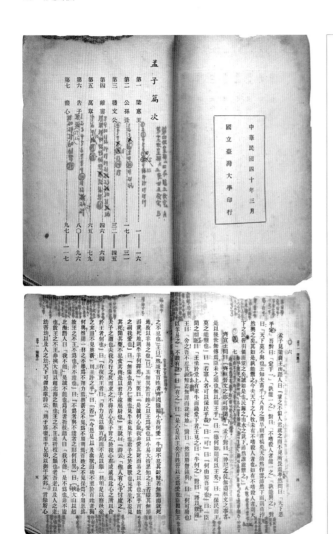

1948～1972年，洪炎秋任職於臺灣大學中國文學系，教授「孟子」所用教材與筆記。（國立臺灣文學館）

1969年12月5日，洪炎秋參選立法委員時，《中國時報》刊出報業共同啓事之剪報。（文訊文藝資料中心提供）

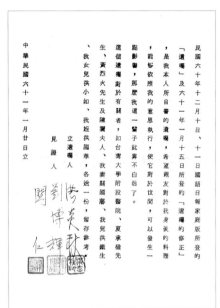

1972年1月，洪炎秋所立遺囑存本及刊載於《國語日報》的〈遺囑〉、〈遺囑的修正〉，文中言明遺產分配、遺體處置等事宜，並指定由夏承楹為其遺囑執行人。（國立臺灣文學館）

1975年1月，洪炎秋日常之雜記。（國立臺灣文學館）

1977年2月2日，洪炎秋致林莊生信函。信中提到對於周作人文章的看法，及讀書如同飲食，各有所好。（國立臺灣文學館）

輯二◎生平及作品

小傳◎作品◎年表

小傳

　　洪炎秋，男，原名洪槱，筆名老冉、芸蘇、老炎，籍貫彰化鹿港，1899 年 11 月 8 日生，1980 年 3 月 14 日辭世，享年 81 歲。

　　北京大學教育學系（今北京大學教育學院）畢業。曾任職於北平大學農學院、北平大學附屬高中、郁文大學等。1946 年返臺後任臺中師範學校（今臺中教育大學）校長、國語推行委員會副主任委員、臺灣大學中國文學系教授。1949 年起任國語日報社董事兼社長，1972 年改聘為發行人，1979 年復任社長，從事報業長達三十餘年。1969 年當選臺北市立法委員。曾獲《臺灣新聞報》創刊十週年徵文小說獎、社教有功獎。

　　創作文類以散文為主，兼及論述、翻譯。幼承庭訓，由父親洪棄生親自教授四書五經與八股制義等傳統科舉著重課目，奠定厚實的漢學基礎，為文用字典雅，擅長引經據典。1926 年考入北京大學教育學系，輔以國文科，開始以「洪炎秋」之名於報刊發表文章。由於長年生活在政治高壓與封閉的環境，習於將對時事的批判與針砭藏於瑣事雜文，例如 1940 年發表的〈就「河豚」而言〉，看似漫談飲食，實則暗含強烈抗日意識。誠如徐復觀所言，是「化嚴肅的意味於平淡乃至幽默之中，在平淡中有波瀾，在幽默中有眼淚」。《閑人閒話》、《廢人廢話》、《又來廢話》等作，更是從書名就將自己置於「閒人」說「廢話」的位置，巧妙包裝時局議論，以躲避政治箝制。

　　少年時期受《復報》、《新民叢報》啟蒙，深感「新青年必須學習新學問，學習的途徑必須從日文入手」。其時日本甫經明治維新，西風正盛，吸引眾多學子前往取經，洪炎秋也開始自學日文、赴日進修，而後進入北京大學，接受五四新文化思潮洗禮。在京期間除開辦人人書店販售、出版日文學習教材，也在《北京近代科學圖書館館刊》、《日本研究》等刊物譯介日本文學與文化，引入西方現代思想及科學研究成果。

　　長年致力於教育及國語運動，自言「這兩件事情，都是我一生殫精竭力所從事的事業」，洪炎秋不僅以「日本帝國主義下的臺灣教育」為題撰寫北京大學畢業論文，主持《國語日報》期間也常於「茶話」、「日日談」專欄發表對教育現況的看法。1964 年發表的〈也談惡性補習〉中，批判時人將大學當作「職業學校」的陋習、提議設立函授學校，並於文末自嘲報刊社論常被視為「放屁」而已，無法「上達天聽」，只能胎死腹中。這種以自我解嘲諷刺官僚的方式，楊翠評為：「一稟知識分子的良心，『不顧人情味，不怕得罪人』，說其該說，罵其該罵，有些言論更是直刺當政者的心窩，在幽默詼諧中，自有一股凜然正氣。」

　　1950 年代後期，洪炎秋秉持「翻譯不能完全把原作一模一樣地重新表現出來，需要翻譯者運用創作的技能去補充」的理念，將世界名著如《十五少年漂流記》、《紅花俠》等日譯本，改寫為文字淺白、活潑，適於「國語初學者」閱讀的版本，大量發表在《東方少年》月刊，不僅有助於兒童文學發展，對於開展戰後臺灣國語文學視野、「跨語言一代」的語言轉換學習，亦貢獻良多。1974 年又創辦國語日報社高中函授學校，為失學青年服務，以期提升人民平均教育程度。方瑜在評其《老人老話》時曾言：「人的肉體不得不隨年齡的增加而逐漸衰邁，但一隻筆，只要不生鏽蒙塵卻可以永遠不老」，洪炎秋即至晚年，仍持續不輟地創作、發表，並堅守教育崗位，積極推行各種文化運動，是臺灣文壇及教育界的「不朽老兵」。

作品目錄及提要

【論述】

人人書店 1936

世界書局 1957
（上）

世界書局 1957
（下）

三民書局 1969

日本語法精解
北平：人人書店
1936 年 11 月，25 開，584 頁

臺北：世界書局
1957 年 7 月，25 開，584 頁

臺北：三民書局
1969 年 12 月，25 開，627 頁

本書以初學自修者的需要和程度為根據，參照英文文法解析、研究日本口語文法。全書分「總論」、「品詞論」、「文章論」三編。正文前有洪炎秋〈卷頭言〉、〈凡例〉。
1957 年世界版：分上、下兩冊，內容與 1936 年人人書店版同。
1969 年三民版：正文新增第四編「補充篇」。正文前新增洪炎秋〈增訂本自序〉。

中華文化出版事業 華岡出版公司 1979
委員會 1957

文學概論

臺北：中華文化出版事業委員會
1957 年 8 月，32 開，256 頁
現代國民基本知識叢書第五輯

臺北：華岡出版公司
1979 年 12 月，32 開，229 頁

本書以中外學者學說為根據，探討文學為
何，進而闡明其特質、要素、起源、種類、
背景等，並分體裁予以介紹。全書計有：1.文
學是什麼；2.文學的特質；3.文學的要素；4.
文學的起源；5.文學的種類等 12 章。正文前
有洪炎秋〈緒論〉。
1979 年華岡版：內容與 1957 年中華文化版
同。

作文檢討第二集

臺北：國語日報社
1961 年 9 月，32 開，62 頁
洪炎秋、何容主講

本書選輯學生作文，逐句修改並給予實際建議，作為教師批閱
作文的參考，每篇皆有「原文」、「檢討」、「改正文」三個部
分。全書收錄洪炎秋〈我的爸爸〉、〈早晨〉、〈運動會記〉等 16
篇，何容 2 篇。正文前有何容〈跟老師們談談改作文（代
序）〉。

國語推行和國語日報

臺北：國語日報附設出版部
1975 年 12 月，32 開，19 頁

本書介紹國語推行委員會成立目的、推行成效以及《國語日
報》的創刊歷程、經營現況。全書收錄〈推行國語三十年〉和
〈國語日報簡介〉兩篇。

讀書和作文
臺北：國語日報社
1976 年 4 月，32 開，171 頁

本書選輯作者過往發表、出版過的作品中，談及讀書和作文的文章。全書分「讀書部分」、「作文部分」二輯，收錄〈讀書雜談〉、〈白頭教授念師恩〉、〈不要製造「背書機器」〉、〈和「大學新聞」記者談一本書〉等 38 篇。正文前有洪炎秋〈序〉。

【散文】

閑人閒話
臺中：中央書局
1948 年 1 月，32 開，106 頁

本書選輯作者於 1946 至 1948 年間，發表於報刊雜誌的散文為「正編」，及北平淪陷期間，刊載在《中國文藝》的幾篇文章為「附編」，集結成冊。全書收錄〈全省行腳叩頭戰敗記〉、〈關於「烏合之眾」〉、〈氣小性急〉等 20 篇。正文前有洪炎秋〈小引〉。

雲遊雜記
臺中：中央書局
1959 年 9 月，32 開，262 頁

本書以作者 1957 至 1958 年間赴歐美教育考察時的家書為底稿，潤飾為文。全書收錄〈香港——世界三美港之一〉、〈興利遇阻力・番漢一致〉、〈日本的出版事業〉、〈日本的大學函授教育〉、〈國民外交・應認清對象〉等 75 篇。正文前有洪炎秋〈卷頭言〉。

廢人廢話

臺中：中央書局
1964 年 10 月，32 開，264 頁

本書係作者應中央書局之邀，將《閑人閒話》內文稍事修改、增補篇章，並重新命名後出版。全書收錄〈一葉知秋〉、〈也談惡性補習〉、〈悼蔣夢麟先生〉、〈傅斯年先生和臺灣人〉等 38 篇。正文前有洪炎秋〈自序〉。

又來廢話

臺中：中央書局
1966 年 9 月，32 開，285 頁

本書選輯作者 1964 至 1966 年間發表於報章雜誌的散文。全書收錄〈也來論詩〉、〈我當過　國父的警衛〉、〈悼陳辭修副總統〉、〈致蕭孟能先生的信和附件〉等 46 篇。正文前有洪炎秋〈代序〉。

教育老兵談教育

臺北：三民書局
1968 年 6 月，40 開，242 頁
三民文庫 31

本書選輯有關臺灣國語推行情況及《國語日報》成立經過的散文，及作者大學畢業論文。全書收錄〈日本帝國主義下的臺灣教育〉、〈談談入學考試〉、〈十年來的臺灣國語運動〉等 26 篇。正文前有三民書局編輯委員會〈三民文庫編刊序言〉、洪炎秋〈序〉。

忙人閒話

臺北：三民書局
1968 年 8 月，40 開，212 頁
三民文庫 34

本書選輯作者談論教育相關問題的散文，和《國語日報》「日
日談」專欄文章。全書收錄〈教師匠的祖師爺孔子〉、〈談交
通‧說公車〉、〈談讀書〉、〈閒話辭典〉、〈再談讀書〉等 64
篇。正文前有三民書局編輯委員會〈三民文庫編刊序言〉、洪
炎秋〈序〉。

淺人淺言

臺北：三民書局
1971 年 11 月，40 開，203 頁
三民文庫 137

本書選輯作者於 1968 至 1971 年間發表的文章，及競選立法委
員時，文友所撰的助選文章。全書收錄〈《教育老兵談教育》
序〉、〈《忙人閒話》序〉、〈洪棄生的「煉乳教材」〉、〈《國中語
文指導週刊》開場白〉等 31 篇。正文前有三民書局編輯委員
會〈三民文庫編刊序言〉、洪炎秋〈序〉，正文後附錄民營各報
刊〈臺北市民營各報共同啟事〉、中國時報記者〈競選立委的
洪炎秋〉、馬星野〈由衷說一句話〉等 18 篇助選文章。

閑話閑話

臺北：三民書局
1973 年 3 月，40 開，158 頁
三民文庫 174

全書收錄〈從候選到當選〉、〈臺灣教育演進史〉、〈遺囑〉等 28
篇。正文前有三民書局編輯委員會〈三民文庫編刊序言〉、洪
炎秋〈序〉，正文後有〈洪炎秋啟事〉。

常人常談

臺中：中央書局
1974 年 10 月，32 開，202 頁

本書選輯作者 1969 至 1973 年間發表的散文，及發表於《國語日報》「日日談」專欄的文章。全書收錄〈漫談孟子的教育思想〉、〈讀薩孟武先生的信〉、〈醫學和法律〉、〈怎樣讀書〉、〈丁瑞魚先生墓誌銘〉等 113 篇。正文前有洪炎秋〈序〉。

洪炎秋自選集

臺北：黎明文化公司
1975 年 1 月，32 開，252 頁
中國新文學叢刊 16

全書收錄〈自傳〉、〈閑話鮑魚〉、〈童年生活的回憶〉、〈馭夫術〉等 31 篇。正文前有作者素描、生活照片與手跡。正文後有〈作品書目〉。

老人老話

臺中：中央書局
1977 年 8 月，32 開，253 頁

全書收錄〈連過三關　自學有成〉、〈也談「老師的服裝」〉、〈談孝〉、〈對蔣院長的一個建議〉等 45 篇。正文前有洪炎秋〈自序〉。

語文雜談

臺北：國語日報附設出版部
1978 年 10 月，25 開，220 頁

本書為《國語日報》三十週年紀念刊物之一，選輯作者推行、談論國語問題的文章，集結成冊。全書收錄〈談標點符號〉、〈再談標點符號〉、〈也來論詩〉、〈作家的修養〉、〈閑話語言〉等 62 篇。正文前有洪炎秋〈自序〉。

閑話與常談——洪炎秋文選

彰化：彰化縣立文化中心
1996 年 7 月，25 開，335 頁
磺溪文學第四輯・彰化縣作家作品集 2
陳萬益編

全書分為「自述」、「懷人」、「懷鄉」、「隨筆」、「序跋」、「論文」六輯，收錄〈《又來廢話》代序〉、〈我父與我〉、〈童年生活的回憶〉、〈《晨鐘》偶憶〉等 42 篇。正文前有阮剛猛〈文化的重建與再生〉、楊素晴〈迎接寬容互濟的時代文化〉，正文後附錄方瑜〈人老「話」不老——談洪炎秋的《老人老話》〉、陳萬益〈編後語〉、〈洪炎秋生平著述簡表〉。

【兒童文學】[1]

阿里巴巴和四十大盜

臺北：東方出版社
1954 年，18.4×17.5 公分，40 頁
東方少年文庫

本書翻譯、改寫自《天方夜譚》，講述阿里巴巴意外進入盜匪的山洞，發現大量財寶的故事。全書計有：1.開門吧芝麻啊；2.像山一樣的財寶；3.算計金鎊；4.開門吧麥子啊；5.回不來的哥哥；6.能幹的女孩子；7.三角形的暗號；8.奇怪的油販；9.揮劍跳舞共九章。正文前有游彌堅〈寫給小朋友・家長・老師〉，正文後有〈後記〉。

苦兒流浪記

臺北：東方出版社
1954 年，18.4×17.5 公分，40 頁
東方少年文庫
Hector Malot 原著

本書翻譯、改寫自 *Sans Famille*，講述孤兒路密四處流浪，賣藝維生，最後終於找到親生母親的故事。全書共 14 章。正文前有游彌堅〈寫給小朋友・家長・老師〉，正文後有〈後記〉。

---

[1]編按：根據研究，原載於《東方少年》及「東方出版社」出版之童話故事多為日文版再翻譯而來，未集結成冊者亦然，詳見本書〈綜述〉，年表中不再另行說明。

白雪公主

臺北：東方出版社
1954 年，18.4×17.5 公分，40 頁
東方少年文庫

本書集結 1957 年 12 月至 1958 年 4 月連載於《東方少年》，翻譯、改寫自《格林童話》的〈白雪公主〉。講述美麗的白雪公主因為遭到後母妒忌，逃往森林，被七個小矮人收留的故事。全書共十章。正文前有游彌堅〈寫給小朋友・家長・老師〉，正文後有〈後記〉。

青鳥

臺北：東方出版社
1954 年，18.4×17.5 公分，40 頁
東方少年文庫
Maurice Maeterlinck 原著

本書翻譯、改寫自 *L'Oiseau Bleu*，講述一對兄妹尋找青鳥的故事。全書計有：1.聖誕節晚上；2.記憶的國土；3.黑夜的宮殿；4.森林裡面；5.未來的國土；6.睡醒共六章。正文前有游彌堅〈寫給小朋友・家長・老師〉，正文後有〈後記〉。

阿麗思漫遊奇境

臺北：東方出版社
1954 年，18.4×17.5 公分，40 頁
東方少年文庫
Lewis Carroll 原著

本書翻譯、改寫自 *Alice's Adventures in Wonderland*，講述阿麗思為了追趕一隻白兔，不慎掉入兔子洞，展開一場奇幻歷險的故事。全書計有：1.紅眼睛的兔子；2.放著金鑰匙的大廳；3.眼淚的池子；4.挨了兔子的教訓；5.香菇上的毛毛蟲；6.會打噴嚏的廚房；7.殺頭的撲克牌；8.饅頭官司共八章。正文前有游彌堅〈寫給小朋友・家長・老師〉，正文後有〈後記〉。

格列佛遊記

臺北：東方出版社
1954 年，18.4×17.5 公分，40 頁
東方少年文庫
Jonathan Swift 原著

本書翻譯、改寫自 *Gulliver's Travels*，講述格列佛意外來到「小人國」遊歷的故事。正文前有游彌堅〈寫給小朋友・家長・老師〉，正文後有〈後記〉。

富蘭達士的義狗

臺北：東方出版社
1954 年，18.4×17.5 公分，40 頁
東方少年文庫
Ouida 原著

本書翻譯、改寫自 *A Dog of Flanders*，講述在一個名為「富蘭達士」的小村莊，一對貧窮卻善良的祖孫與所飼養的忠犬「巴德拉屑」的故事。全書共 14 章。正文前有游彌堅〈寫給小朋友・家長・老師〉，正文後有〈後記〉。

紅花俠

臺北：國語日報社
1963 年 7 月，40 開，173 頁
Emma Orczy 原著

本書集結 1954 年 7 月至 1955 年 1 月連載於《東方少年》，翻譯、改寫的 *The Scarlet Pimpernel*。講述英國俠客「紅雞腸草花」冒險拯救無辜的法國貴族，免於被革命黨人濫殺的故事。全書計有：1.正義的惡人；2.海濱旅社；3.間諜；4.真憑實據的書信；5.滿不在乎的「巴西」；6.間諜終於得勝了；7.「比博」的下場頭；8.「亞爾蒙德」的帽子；9.啊，紅雞腸草花；10.水鷗的叫聲；11.隱藏的巢穴；12.被追迫的紅雞腸草花；13.光輝的勝利共 13 章。正文前有洪炎秋〈寫在卷頭〉。

祕密的花園
臺北：國語日報社
1964 年 7 月，40 開，122 頁
Frances Burnett 原著

本書集結 1957 年 4 月至 11 月連載於《東方少年》，翻譯、改寫的 *The Sercret Garden*。講述父母雙亡的梅莉搬到舅舅家居住後，無意間發現一座神祕花園的故事。全書計有：1.伶仃孤苦的梅莉；2.走廊的腳音；3.新的生活；4.沒有入口的花園；5.暴風雨的晚上的哭聲；6.小鳥的引導；7.梅莉的驚異；8.女神的頭；9.被關著的孩子，10.牛頭不對馬嘴的問答；11.馬撒的憂愁；12.喜歡得哭了起來；13.梅莉的魔術；14.花園的春天；15.喜氣洋洋的日子共 15 章。正文前有洪炎秋〈寫在卷頭〉。

誰先發現就是誰的
臺北：國語日報附設出版部
1966 年 8 月，18 開，28 頁
世界兒童文學名著第二輯 16
William Lipkind 原著
Nicolas Mordvinoff 繪圖

本書譯自 *Finders Keepers*，講述兩隻小狗溫克和拿普為了爭奪一根骨頭，四處找人評理做主的故事。正文前有本書簡介、作者簡介、繪圖者簡介、譯者簡介。

老姑婆的獅子
臺北：國語日報附設出版部
1966 年 8 月，18 開，33 頁
世界兒童文學名著第三輯 26
Judy Varga 原著、繪圖

本書譯自 *Miss Lollipop's Lion*，講述善良的老姑婆收留了許多無家可歸的動物，後來因為一隻意外來訪的獅子，成為馴獸師的故事。正文前有本書簡介、繪著者簡介、譯者簡介。

老虎山順的早餐

臺北：國語日報社
1966 年 12 月，18 開，33 頁
世界兒童文學名著第四輯 36
Sylvia Makower 原著、繪圖

本書譯自 *Samson's Breakfast*，講述饑餓的老虎山順溜出馬戲團，到大街上尋覓食物的故事。正文前有本書簡介、繪著者簡介、譯者簡介。

團結就是力量

臺北：國語日報社
1967 年 4 月，18 開，38 頁
世界兒童文學名著第五輯 46
Milton Shulman 原著
Dale Maxey 繪圖

本書譯自 *Preep, The Little Pigeon of Trafalgar Square*，講述倫敦特拉法加廣場上，一隻小鴿子遭到偷竊的故事。正文前有本書簡介、作者簡介、繪圖者簡介、譯者簡介。

烏龜大王亞特爾

臺北：國語日報社
1967 年 8 月，18 開，30 頁
世界兒童文學名著第六輯 56
Dr. Seuss 原著、繪圖

本書譯自 *Yertle the Turtle*，講述烏龜大王亞特爾為了看得更高、更遠，統治一切，要求烏龜們為牠疊起新寶座的故事。正文前有本書簡介、繪著者簡介、譯者簡介。

小貓荷馬

臺北：國語日報附設出版部
1967 年 12 月，18 開，28 頁
世界兒童文學名著第七輯 65
Marry Calhoun 原著
Roger Duvoisin 繪圖

本書譯自 *The Nine Lives of Homer C. Cat*，從「貓有九命」的俗
諺引申出小貓荷馬到處模仿其他動物，丟了好幾條命的故事。
正文前有本書簡介、作者簡介、繪圖者簡介、譯者簡介。

桃太郎跟金太郎

臺北：國語日報社
1968 年 4 月，18 開，41 頁
世界兒童文學名著第八輯 76
松谷美代子、黑崎義介繪圖

本書譯自兩個日本知名的民間故事。講述從桃子中出生的小英
雄到鬼島上打擊魔鬼，以及鬼女之子金太郎四方掃蕩鬼怪的故
事。正文前有本書簡介、繪圖者簡介、譯者簡介。

猴子喬治找職業

臺北：國語日報社
1968 年 7 月，18 開，46 頁
世界兒童文學名著第九輯 86
H. A. Rey 原著、繪圖

本書譯自 *Curious George Takes A Job*，講述猴子喬治偷溜出動
物園後，為了生存四處尋求新工作的故事。正文前有本書簡
介、繪著者簡介、譯者簡介。

偏食的小熊

臺北：國語日報社
1968 年 12 月，開，30 頁
世界兒童文學名著第十輯 96
Russell Hoban 原著
Lillian Hoban 繪圖

本書譯自 *Bread and Jam for Frances*，講述熊媽媽為了改正小熊佛蘭絲偏食的習慣，不再只吃果醬麵包的故事。正文前有本書簡介、作者簡介、繪圖者簡介、譯者簡介。

土狼沙孚克

臺北：國語日報社
1969 年 4 月，18 開，45 頁
世界兒童文學名著第十一輯 106
Jim Moran 原著
Roger Duvoisin 繪圖

本書譯自 *Sophocles the Hyena*，講述饑餓的小土狼跑到貓學校，想要找小貓來填飽肚子的故事。正文前有本書簡介、作者簡介、繪圖者簡介、譯者簡介。

丁香花下

臺北：國語日報社
1969 年 7 月，40 開，130 頁
Louisa May Alcott 原著

本書集結 1956 年 8 月至 1957 年 4 月連載於《東方少年》，翻譯、改寫的 *Under the Lilacs*。講述小男孩邊恩從馬戲團逃出後，四處流浪，最後被「丁香公館」女主人收留的故事。全書計有：1.跳迴旋舞的小狗；2.流浪的孩子；3.飛行空中的愛神；4.西里亞小姐；5.不幸的消息；6.心裡的王國；7.鎮上來了個馬戲團；8.山爵啊，那兒去了？；9.禍不單行；10.疑心生暗鬼；11.倍蒂的大功；12.巴布的悲哀；13.熱熱鬧鬧的生日；14.銀的頭髮卡子；15.最後的舞臺；16.喜氣洋溢共 16 章。正文前有洪炎秋〈寫在卷頭〉。

乞丐與王子

臺北：東方少年出版社
1969 年 9 月，18.4×17.5 公分，44 頁
東方少年文庫
Mark Twain 原著

本書翻譯、改寫自 *The Prince and Pauper*，敘述愛德華王子和長相相仿的小乞丐湯姆交換身分的故事。正文前有游彌堅〈寫給小朋友‧家長‧老師〉。

不愛理髮的孩子

臺北：國語日報社
1969 年 12 月，18 開，45 頁
世界兒童文學名著第十二輯 115
Don Freeman 原著、繪圖

本書譯自 *Mop Top*。講述小男孩馬蒂因為差點被當成雜貨店裡的拖把，只好「逃」入理髮店的故事。正文前有本書簡介、繪著者簡介、譯者簡介。

黑色的鬱金香

臺北：國語日報社
1973 年 10 月，32 開，122 頁
Alexandre Dumas 原著

本書集結 1955 年 2 月至 11 月連載於《東方少年》，翻譯、改寫的 *The Black Tulip*。講述一名致力於培育黑色鬱金香的少年，遭人陷害而捲入政治紛爭，甚至鋃鐺入獄。後來在獄卒女兒幫助下脫離險境，也成功讓鬱金香開花的故事。全書共 14 章。正文前有洪炎秋〈寫在卷頭〉

文學年表

1899 年 （明治 32 年）	11 月	8 日，生於臺灣彰化鹿港，排行第二，父洪棄生，母丁聘治，單名「攐」，通行以「棪楸」二字。
1903 年 （明治 36 年）	本年	父洪棄生禁止其子至公學校就讀，親自教授漢學。以清代傳統科舉著重之四書五經與八股制義、詩文為主要內容，佐以演義、御批歷代通鑑、自編《時勢三字篇》等。在父親嚴格的教育下，為洪炎秋奠定厚實的漢文學基礎。
1912 年 （大正元年）	本年	瞞著父親參加鹿港公學校的「夜學會」，開始正式學習日文。並在堂兄洪宣碧的指導下，陸續讀完日本小學校三至六年級的課程參考書。
1914 年 （大正 3 年）	本年	郵購早稻田大學發行之《中學講義錄》，自修中學課程。因每月需至郵局領取講義錄，結識莊垂勝（1897～1962年），對其日後增進日文能力、拓展交友等方面，都有極大影響。
1917 年 （大正 6 年）	本年	與莊垂勝、丁瑞魚、葉榮鐘等人共同發行手寫月刊《晨鐘》，僅一年餘便遭日警偵詢而停刊。
1918 年 （大正 7 年）	本年	參加《臺灣新聞報》創刊十週年的徵文比賽，榮獲小說第一名。 私自提領父親存款六百餘元，赴日讀書。插班考入荏原中學三年級第二學期就讀。
1919 年 （大正 8 年）	本年	修畢中學四年級課程，因旅費用盡，無法繼續就學而返臺。

		向表弟丁瑞魚學習注音符號和標準國語。
1922 年 （大正 11 年）	本年	隨父赴大陸遊覽，因熟練國語，交際應酬通行無阻。
1923 年 （大正 12 年）	2 月	從天津送父親上船回臺，自己則留在北京至王璞的國語傳習所補習國語。
	7 月	以一般生身分考取北京大學預科乙組英文班。
	本年	以原名「洪槱」投考北京大學，並去「槱」木旁以「炎秋」為字。
		志願參加學生軍、韓臺革命同志會。
1924 年 （大正 13 年）	本年	從室友王盛治處獲得一本《三民主義》讀後大受感動，遂由王引薦，祕密加入國民黨，但始終未正式登記為黨員。
1925 年 （大正 14 年）	本年	與蘇薌雨、宋斐如等人一同加入「北京臺灣青年會」。
1926 年 （昭和元年）	1 月	1 日，出席鹿港大冶吟社五週年總會，鄉里為之餞別。
	3 月	24 日，〈群眾領袖的問題〉以原名「洪槱」發表於《京報副刊》第 448 期。
	本年	升入北京大學教育學系（今北京大學教育學院）就讀，並以國文系為輔科。
1927 年 （昭和 2 年）	2 月	〈清高問題〉以原名「洪槱」發表於《語絲》第 118 期。
	3 月	15 日，與張我軍、蘇薌雨等人創辦《少年臺灣》，由張我軍擔任主編。
		〈今後的文化運動〉以筆名「老冉」發表於《少年臺灣》創刊號。
1928 年 （昭和 3 年）	夏	以「日本帝國主義下的臺灣教育」為畢業論文題目，並為此於暑假時返臺，蒐集寫作資料。
1929 年	2 月	9 日，父親洪棄生過世。

（昭和 4 年）	3 月	22 日，於北平[1]與關國藩結婚，次日返臺。
	12 月	長女洪國炎出世。
	本年	自北京大學教育學系畢業後，進入河北省教育廳任科長，並於英文系在職進修。半年後隨政府遷往天津，被迫中止英文系修業。
1930 年 （昭和 5 年）	本年	應沈尹默之邀，從天津返回北平，至北平大學擔任註冊事務。
1931 年 （昭和 6 年）	7 月	12 日，長子洪小秋出世。
	9 月	〈日本帝國主義下的臺灣教育〉發表於《教育雜誌》第 23 卷第 9 號。
	本年	洪母變賣臺灣田地，攜產赴北平依附洪炎秋生活。
1932 年 （昭和 7 年）	1 月	與陳逢源、賴和、莊垂勝、許文葵等人共組「南音社」，發行中文半月刊《南音》。
	3 月	〈無事忙齋閒話〉以筆名「老冉」發表於《南音》第 1 卷第 5 期。
	本年	任教於北平大學附屬高中，並於北平大學農學院講授日文；中國、郁文等私立大學講授國文及教育學。
1933 年 （昭和 8 年）	2 月	9 日，次女洪小如出世。
	本年	於北平西單大街開設人人書店，販賣日文書刊並出版日語教學為主的書籍、雜誌。
1934 年 （昭和 9 年）	1 月	由人人書店出版、發行，張我軍任主編之《日文與日語》創刊，至 1935 年 12 月止。
		〈中國人不認得的中國字〉發表於《日文與日語》第 1 卷第 1 期。

---

[1] 編按：1928 年 6 月國民政府以南京為首府，改稱「北京」為「北平」；1937 年 10 月，日偽政府又改為「北京」；1945 年 8 月對日戰爭結束，收復北方，重啟「北平」之名，直至 1949 年中國共產黨確立首府為「北京」，延用至今。為體現動盪時代變亂，本年表中稱謂依隨當時所用。

	4 月	〈日文中漢字的幾種讀法〉發表於《日文與日語》第 1 卷第 4 期。
	5 月	〈 "Yes" "No" 和 "ハイ" "イイエ" 的比較〉發表於《日文與日語》第 1 卷第 5 期。
	6 月	擔任《日文與日語》「會話講座」與「書簡文講座」專欄執筆，連載至 1935 年 12 月止，期間只有 1935 年 10 月因離開北京停載一期。
	夏	北平大學附屬高中停辦，卸去該校教職。
	本年	長子洪小秋因病夭折。
1935 年 （昭和 10 年）	5 月	30 日，次子洪鐵生出世。 翻譯高橋利維〈被蘇俄所奪取的烏梁海〉、矢野仁一〈蒙古的原住地名稱及範圍〉發表於《新蒙古》第 3 卷第 5 期。
	6 月	翻譯平竹傳三〈布里雅特蒙古共和國：蘇聯西伯利亞的生命線〉發表於《新蒙古》第 3 卷第 6 期。
	7 月	翻譯大河內功〈中東路讓渡後蘇聯邦遠東政策的動向〉、矢野仁一〈內蒙古和清朝的歷史關係〉發表於《新蒙古》第 4 卷第 1 期。
	10 月	翻譯山本實彥〈「國」境及外蒙〉發表於《新蒙古》第 4 卷第 4 期。
	11 月	翻譯山本實彥〈「國」境及外蒙（續前）〉、村田孜郎〈外蒙的最近情勢和「滿」蒙關係〉發表於《新蒙古》第 4 卷第 5 期。
1936 年 （昭和 11 年）	11 月	《日本語法精解》由北平人人書店出版。
1937 年 （昭和 12 年）	7 月	7 日，蘆溝橋事變爆發，日軍占據華北地區。人人書店經營受到影響，日漸慘淡，於 1940 年正式結束營業。

	12 月	北京淪陷。此前北平大學已遷往西安，洪炎秋因母親年邁不便長途跋涉，被任命留守，擔任北平大學農學院留平財產保管委員。
1938 年 （昭和 13 年）	7 月	翻譯〈在外國的日本語研究〉、佐久間鼎〈默照體驗的科學的考察〉、鹽谷溫〈中國文學和日本文學的交涉〉、島崎藤村〈十九世紀研究〉、北原白秋〈麻雀和人類的愛〉、外山英策〈夢窗國師和黃梅院的庭〉、平林治德〈《源氏物語》──日本文學名著解說（其一）〉、相馬御風〈足跡〉發表於《北京近代科學圖書館館刊》第 4 號。
	12 月	翻譯北原白秋〈歌意〉、戶塚武彥〈日本語的節讀〉、三枝博音〈三浦梅園的示唆〉、金原省吾〈南畫的位置〉、板垣鷹穗〈塔〉、河竹繁俊〈逍遙的藏書和演劇博物館〉、佐佐木信綱〈關於英譯《萬葉集》〉、宮田和一郎〈《古事記》──日本文學名著解讀（二）〉發表於《北京近代科學圖書館館刊》第 5 號。
1939 年 （昭和 14 年）	7 月	翻譯〈日本文學紹介〉、木內信藏〈北京的都市形態概報〉、長谷川如是閑〈東洋民族與日本文明〉、田邊尚雄〈日本音樂發達改觀及其本質〉發表於《北京近代科學圖書館館刊》第 6 號。
	9 月	〈偷書〉以筆名「芸蘇」發表於《中國文藝》創刊號。
	10 月	〈健忘症禮讚〉以筆名「芸蘇」發表於《中國文藝》第 1 卷第 2 期。
	11 月	〈閑話鮑魚〉以筆名「芸蘇」發表於《中國文藝》第 1 卷第 3 期。
	12 月	〈關於「死」〉以筆名「芸蘇」發表於《中國文藝》第 1 卷第 4 期。

1940 年 （昭和 15 年）	1 月	〈賦得長生〉以筆名「芸蘇」發表於《中國文藝》第 1 卷第 5 期。
	2 月	〈就「河豚」而言〉以筆名「芸蘇」發表於《中國文藝》第 1 卷第 6 期。
	3 月	〈我父與我〉以筆名「芸蘇」發表於《中國文藝》第 2 卷第 1 期。
	5 月	〈馭夫術〉以筆名「芸蘇」發表於《中國文藝》第 2 卷第 3 期。
	6 月	〈辮髮茶話〉以筆名「芸蘇」發表於《中國文藝》第 2 卷第 4 期。
	7 月	〈貌美論〉以筆名「芸蘇」發表於《中國文藝》第 2 卷第 5 期。
1943 年 （昭和 18 年）	3 月	〈談翻譯〉以筆名「洪芸蘇」發表於《中國留日同學會季刊》第 3 號。
	10 月	翻譯中村孝也〈日本精神的特質〉發表於《日本研究》第 1 卷第 2 期。
	11 月	短篇小說〈復讐〉以筆名「芸蘇」發表於《藝文雜誌》第 1 卷第 5 期。 翻譯田村剛原〈日本庭院與國民性〉發表於《日本研究》第 1 卷第 3 期。
	12 月	〈亂談舞弊〉以筆名「芸蘇」發表於《中國公論》第 10 卷第 3 期。
1944 年 （昭和 19 年）	1 月	〈何謂大和魂〉發表於《日本研究》第 2 卷第 1 期。
1945 年	11 月	19 日，以北平臺灣同鄉會會長名義寫信給聯合國救濟總署遠東委員會，請求提供船隻，協助回歸臺灣。隔年 5 月率領兩百餘人，搭乘聯合國所派船隻，自天津起程上

　　　　　　　海轉臺灣。

　　　　本年　長女洪國炎因追隨共產黨，留信出走，自此失蹤，下落
　　　　　　　不明。舉家返臺後，洪炎秋曾因此事於白色恐怖期間遭
　　　　　　　情治人員偵訊。

1946 年　　2 月　〈平津臺胞動靜概況〉以原名「洪櫪」發表於《新臺
　　　　　　　灣》創刊號。

　　　　6 月　抵達臺灣，洪氏一家暫居於臺北連震東府上。

　　　　7 月　28 日，出席臺灣文化協會中山堂舉辦的初次文學委員會
　　　　　　　懇談會，與會者有郭水潭、楊逵、王詩琅、黃得時、吳
　　　　　　　漫沙等。

　　　　8 月　23 日，〈全省行腳叩頭戰敗記〉發表於《臺灣新生報》5
　　　　　　　版。

　　　　　　　聽從友人連震東建議，競選省參議會參政員，並為此呈
　　　　　　　准內政部，正式改名「洪炎秋」。

　　　　　　　經許壽裳介紹至臺北師範學院（今臺北教育大學）擔任
　　　　　　　教職，未及赴職，便應臺中師範學校（今臺中教育大
　　　　　　　學）家長會要求，擔任校長，於 9 月到任。

　　　　11 月　12 日，與臺中文化界人士莊垂勝、張我軍、張煥珪、葉
　　　　　　　榮鐘、張文環等人共同成立聯合出版社。

1947 年　　1 月　〈關於「烏合之眾」〉發表於《臺灣文化》第 2 卷第 1
　　　　　　　期。

　　　　11 月　〈國內名士印象記〉連載於《臺灣文化》第 2 卷第 8 期
　　　　　　　～第 4 卷第 1 期，至 1949 年 3 月止。

　　　　本年　於二二八事件受牽連，遭撤臺中師範校長職。之後經各
　　　　　　　方友人奔走相幫，洪炎秋也親自上書，獲得蔣中正「特
　　　　　　　赦」而免去牢獄殺身之禍。政府改制後，經時任國語推
　　　　　　　行委員會主任委員的何容協助，任該會之副主任委員。

任命為第一屆國民大會代表暨立法委員臺灣省選舉事務
所選舉委員。自此以後，臺北市每有選舉，都會以「社
會賢達」的身分被聘為選舉委員。

1948 年   1 月   〈談貪汙〉發表於《臺灣文化》第 3 卷第 1 期。

              《閑人閒話》由臺中中央書局出版。

        3 月   《閑人閒話》遭禁。

              教育部長朱家驊決定將原本於北平發行的《國語小報》
之經費、器材等遷至臺灣，創立《國語日報》，由國語推
行委員會負責籌備。

        4 月   〈《閑人閒話》小引〉發表於《臺灣文化》第 3 卷第 3
期。

        5 月   〈悼許季弗先生〉以原名「洪橺」發表於《臺灣文化》
第 3 卷第 4 期。

        8 月   10 日，〈詩人洪棄生先生的剪影〉發表於《公論報》4
版。

              〈先父棄生先生的幾首淪陷紀事詩〉發表於《臺灣文
化》第 3 卷第 6 期。

        9 月   〈入學試驗〉發表於《臺灣文化》第 3 卷第 7 期。

      10 月   25 日，《國語日報》創刊號發行。

      12 月   16 日，〈抖蠱魚——祝賀參議會開會〉發表於《國語日
報》。

              23 日，〈天子無戲言〉發表於《國語日報》。

       本年   應聘為臺灣大學中國文學系教授，並兼任校長祕書半
年。

1949 年   3 月   13 日，國語推行委員會在臺委員胡適、王玉川、陳懋治
等聘任傅斯年、李萬居、洪炎秋、游彌堅等 18 人為《國
語日報》董事，並由洪炎秋擔任社長、王壽康任副社

長。國語推行委員會至此將《國語日報》相關事務移交董事會處理。

13 日,〈戴高帽子〉以筆名「老炎」發表於《國語日報》3 版。

27 日,〈談標點〉以筆名「老炎」發表於《國語日報》3 版。

4 月　10 日,〈再談標點符號〉以筆名「老炎」發表於《國語日報》3 版。

7 月　〈懷鹿港的茶點——鹿港市街〉發表於《自由談》第 1 卷第 5 期。

1950 年　8 月　6 日,〈敬告大學投考生的家長〉發表於《中央日報》5 版。

10 月　25 日,〈光復節和國語日報〉發表於《國語日報》5 版。

1951 年　6 月　24 日,為討論《國語日報》編印「古今文選註」事宜於鐵路飯店召開會議,與會者有羅家倫、臺靜農、鄭騫、黃得時、吳守禮等。

1952 年　1 月　擔任《新選歌謠》編審委員。

9 月　4 日,當選臺北市記者公會常務監事。

本年　母親丁聘治過世。

1954 年　1 月　翻譯、改寫兒童文學〈少年十五漂流記〉,連載於《東方少年》第 1～6 期,至 6 月止。

2 月　翻譯、改寫兒童文學〈沃里翁和公牛的血鬥〉,以筆名「芸蘇」發表於《東方少年》第 2 期。

3 月　翻譯、改寫兒童文學〈樵夫和孤兒〉,以筆名「芸蘇」發表於《東方少年》第 3 期。

4 月　翻譯、改寫兒童文學〈奇怪的盒子〉,以筆名「芸蘇」發表於《東方少年》第 4 期。

6 月　　翻譯、改寫兒童文學〈神妙的燈盞〉，以筆名「芸蘇」發表於《東方少年》第 6 期。

7 月　　翻譯、改寫兒童文學〈紅花俠〉，連載於《東方少年》第 7～13 期，至隔年 1 月止；翻譯、改寫兒童文學〈碾房的小姑娘〉，以筆名「芸蘇」發表於《東方少年》第 7 期。

8 月　　翻譯、改寫兒童文學〈里亞王的故事〉，以筆名「芸蘇」發表於《東方少年》第 8 期。

9 月　　翻譯、改寫兒童文學〈水裡的娃娃〉，以筆名「芸蘇」發表於《東方少年》第 9 期。

本年　　翻譯、改寫兒童文學《阿里巴巴和四十大盜》、《苦兒流浪記》、《青鳥》、《白雪公主》、《富蘭達士的義狗》、《格列佛遊記》、《阿麗思漫遊奇境》由臺北東方出版社出版。

1955 年　　2 月　　翻譯、改寫兒童文學〈黑色的鬱金香〉，連載於《東方少年》第 14～23 期，至 11 月止；〈黃河〉以筆名「芸蘇」發表於《東方少年》第 14 期。

3 月　　〈廬山〉、翻譯改寫兒童文學〈青蛙的媽媽〉，以筆名「芸蘇」發表於《東方少年》第 15 期。

4 月　　翻譯、改寫兒童文學〈木馬的計策〉，以筆名「芸蘇」連載於《東方少年》第 16～17 期。

6 月　　19 日，決議成立國語日報社股份有限公司，並以現有財產為公司股份，全體董事為管理人，逐步將報社從國語推行委員會中獨立。

〈岳陽樓〉以筆名「芸蘇」發表於《東方少年》第 18 期。

10 月　　〈廣州〉以筆名「芸蘇」發表於《東方少年》第 22 期。

11 月　　18 日，國語日報社全體董事至臺北地方法院公證「國語

日報社財產管理人公約」。

12 月　翻譯、改寫兒童文學〈快樂的天使〉，連載於《東方少年》第 24～31 期，至隔年 7 月止；〈大運河〉以筆名「芸蘇」發表於《東方少年》第 24 期。

本年　卸去國語推行委員會副主任委員一職，並開始到大同工學院（今大同大學）、銘傳女子商業專科學校（今銘傳大學）等校兼課。

1956 年　8 月　翻譯、改寫兒童文學〈丁香花下〉，連載於《東方少年》第 32～40 期，至隔年 4 月 1 日止。

1957 年　3 月　8 日，〈悼林獻堂夫人〉發表於《聯合報・副刊》6 版。

4 月　4 日，翻譯、改寫兒童文學〈祕密的花園〉，連載於《東方少年》第 41～48 期，至 11 月止。

7 月　《日本語法精解》由臺北世界書局出版。

8 月　《文學概論》由臺北中華文化出版事業委員會出版。

11 月　18 日，由臺灣大學推薦，獲得中華教育文化基金董事會資助，赴美考察美國的中國語文教學情形。先後至加州大學及耶魯大學，隔年夏經歐返國。出國前辭去各兼任職，專任臺灣大學中國文學系教授與國語日報社長。

12 月　翻譯、改寫兒童文學〈白雪公主〉，連載於《東方少年》第 49～53 期，至隔年 4 月止。

1958 年　5 月　翻譯、改寫兒童文學〈八十天環遊世界〉，連載於《東方少年》第 54～66 期，至 1960 年 5 月止。

6 月　〈日本的大學通信教育〉連載於《教育與文化》第 180～181 期。

9 月　25 日，出席中國畫廳空中藝文講座，慶祝教師節節目，談「美國教育現況」，當日下午八點半由幼獅電臺播出。

12 月　17 日，〈北大校慶簽名冊小引〉發表於《聯合報》5 版。

| 1959 年 | 1 月 | 〈從美國教育說起〉發表於《文星》第 15 期。 |

1959 年　1 月　〈從美國教育說起〉發表於《文星》第 15 期。

3 月　6 日，國語日報社股份有限公司召開股東會議，決議改組為「財團法人」。

9 月　《雲遊雜記》由臺中中央書局出版。

10 月　23 日，出席國語日報社於臺中圖書館舉辦的第二屆中區學生國語演說競賽，擔任頒獎人。

本年　因高血壓引起中風，半身不遂，住院治療。

1960 年　1 月　21 日，經政府核准，國語日報社股份有限公司改組為財團法人國語日報社。

8 月　9 日，〈舉辦「中學學力檢定試驗」──拯救落第孩子的一個建議〉發表於《聯合報》2 版。

本年　財團法人國語日報社第一屆第一次董事會議決議，由董事洪炎秋出任社長職務。

1961 年　4 月　19 日，〈讀梁著：《國語與國文》〉發表於《聯合報‧副刊》7 版。

9 月　《作文檢討第二集》由臺北國語日報社出版。

1963 年　3 月　〈我的先生胡適之──回國求學師長印象記之一〉發表於《傳記文學》第 10 期。

6 月　〈詩人廳長沈尹默──回國求學師長印象記之二〉發表於《傳記文學》第 13 期。

7 月　翻譯、改寫兒童文學《紅花俠》，由臺北國語日報社出版。

11 月　28 日，〈一個教授的自覺〉發表於《中央日報‧副刊》6 版。

1964 年　1 月　〈國語日報十五年〉發表於《社會教育年刊》第 17 期。

3 月　〈懷鹿港的茶點──口腹之欲人生一樂〉發表於《自由談》第 15 卷第 3 期。

6 月		〈傅斯年先生和臺灣人（讀「傅孟真先生年譜」）〉發表於《文星》第 80 期。
		〈十五年來的國語日報〉發表於《報學》第 3 卷第 3 期。
7 月		〈「民族幼苗」還得委屈下去〉、〈也談惡性補習〉發表於《文星》第 81 期。
		〈我印象中的夢麟先生〉發表於《傳記文學》第 26 期。
		翻譯、改寫兒童文學《祕密的花園》由臺北國語日報社出版。
8 月		〈一葉知秋〉發表於《文星》第 82 期。
9 月		27 日,〈《廢人廢話》自序〉發表於《中央日報・副刊》6 版。
10 月		15 日,〈從越南人的漢詩說起〉發表於《中央日報・副刊》10 版。
		22 日,〈《中副選集》讀後感〉發表於《中央日報・副刊》10 版。
		《廢人廢話》由臺中中央書局出版。
12 月		31 日,〈也來論詩〉發表於《中央日報・副刊》6 版。
1965 年	2 月	24 日,〈我當過　國父的警衛〉發表於《青年戰士報》3 版。
	3 月	19 日,與中華民國新聞訪問團出發前往日本及韓國。隨行成員有曹聖芬（團長）、唐樹祥、王民、朱庭筠、王永濤、李荊蓀、余夢燕、余紀忠等。
	4 月	〈幾個難忘的回憶——悼陳辭修副總統〉發表於《傳記文學》第 35 期。
	6 月	〈致蕭孟能先生的信和附件〉發表於《文星》第 92 期。
	7 月	〈和臺大同學談畢業典禮〉發表於《文星》第 93 期。

8月　1 日,〈餵得他飽〉發表於《國語日報》7 版,「茶話」專欄。

6 日,〈再談餵得他飽〉發表於《國語日報》7 版,「茶話」專欄。

15 日,出席國語日報社於臺中意文大飯店舉辦的全省各縣市業務人員座談會,擔任主持。

16 日,〈三談餵得他飽〉發表於《國語日報》7 版,「茶話」專欄。

22 日,〈四談餵得他飽〉發表於《國語日報》7 版,「茶話」專欄。

31 日,〈再談一次餵得他飽〉發表於《國語日報》7 版,「茶話」專欄。

〈關於「吃講茶」的話〉發表於《文星》第 94 期。

9月　7 日,〈近廟欺神〉發表於《國語日報》7 版,「茶話」專欄。

14 日,〈告落第男生〉發表於《國語日報》7 版,「茶話」專欄。

23 日,〈努力第一〉發表於《國語日報》7 版,「茶話」專欄。

30 日,〈白頭教授念師恩〉發表於《國語日報》7 版,「茶話」專欄。

10月　9 日,〈為女界呼冤〉發表於《國語日報》7 版,「茶話」專欄。

18 日,〈不要製造「背書機器」〉發表於《國語日報》7 版,「茶話」專欄。

30 日,〈談道德重整〉發表於《國語日報》7 版,「茶話」專欄。

〈作家的修養〉發表於《中國語文》第 17 卷第 4 期。

11 月　7 日,〈乞食道德的重整〉發表於《國語日報》7 版,「茶話」專欄。

13 日,〈父母子女間的道德重整〉發表於《國語日報》7版,「茶話」專欄。

21 日,〈再談父母子女間的道德重整〉發表於《國語日報》7 版,「茶話」專欄。

28 日,〈三談父母子女間的道德重整〉發表於《國語日報》7 版,「茶話」專欄。

12 月　4 日,〈告子敏一狀〉發表於《國語日報》7 版,「茶話」專欄。

16 日,〈子敏不冤〉發表於《國語日報》7 版,「茶話」專欄。

28 日,〈《夢之圓舞曲》序〉發表於《中央日報・副刊》6版。

〈悼張深切兄〉發表於《臺灣風物》第 15 卷第 5 期。

1966 年　1 月　1 日,出席笠詩社於臺北市新光物產保險公司舉辦的「現代詩座談會——笠詩社正式成立暨笠叢書第一輯出版紀念」,與會者有王詩琅、吳濁流、巫永福、杜國清、陳千武等。

2 日,〈公私生活的道德重整〉發表於《國語日報》7版,「茶話」專欄。

13 日,〈為子敏撤回自訴〉發表於《國語日報》7 版,「茶話」專欄。

26 日,〈馭夫術 ABCDE〉發表於《國語日報》7 版,「茶話」專欄。

〈《國語日報》——它的政治的、教育的背景和現況〉發

表於《社會教育年刊》第 19 期。

2月　24 日,〈丈夫的報答〉發表於《國語日報》7 版,「茶話」專欄。

3月　10 日,〈怕婦也是大好〉發表於《國語日報》7 版,「茶話」專欄。

　　　19 日,〈也談婆媳之間〉發表於《國語日報》7 版,「茶話」專欄。

4月　2 日,〈不顧人情味,不怕得罪人〉發表於《自立晚報》4 版。

　　　17 日,〈單車迎新娘〉發表於《國語日報》7 版,「茶話」專欄。

　　　24 日,〈來函照登〉發表於《國語日報》7 版,「茶話」專欄。

5月　16 日,〈和大學新聞記者談一本書〉發表於《國語日報》7 版,「茶話」專欄。

　　　〈教師匠的祖師爺——孔子〉發表於《孔孟月刊》第 4 卷第 9 期。

6月　2～4 日,〈從百萬聘金徵婚談起〉連載於《國語日報》7 版,「茶話」專欄。

　　　11～13 日,〈高中的選組問題〉連載於《國語日報》7 版,「茶話」專欄。

　　　26～28 日,〈也談結婚儀節〉連載於《國語日報》7 版,「茶話」專欄。

7月　10～12 日,〈「野合而生孔子」的檢討——答胡晶玲女士〉連載於《國語日報》7 版,「茶話」專欄。

　　　30～8 月 1 日,〈設身處地為孩子〉連載於《國語日報》7 版,「茶話」專欄。

8 月	27〜29 日，〈談交通・說公車〉連載於《國語日報》7 版，「茶話」專欄。

翻譯威廉・李普金（William Lipkind）兒童文學《誰先發現就是誰的》、珠迪・瓦加（Judy Varga）兒童文學《老姑婆的獅子》，由臺北國語日報附設出版部出版。

9 月	13〜15 日，〈談讀書〉連載於《國語日報》7 版，「茶話」專欄。

〈未讀其書先知其人——《又來廢話》代序〉發表於《傳記文學》第 52 期。

《又來廢話》由臺中中央書局出版。

10 月	8〜10 日，〈為聖裔的教育進一言〉連載於《國語日報》7 版，「茶話」專欄。

19 日，〈整頓公車〉發表於《國語日報》4 版，「日日談」專欄。

26 日，〈總得便軍〉發表於《國語日報》4 版，「日日談」專欄。

〈臺灣光復後國語教育運動〉發表於《教育文摘》第 11 卷第 10 期。

〈閑話辭典〉發表於《中國語文》第 112 期。

11 月	2 日，〈當兵有益〉發表於《國語日報》4 版，「日日談」專欄。

2〜4 日，〈再談讀書〉連載於《國語日報》7 版，「茶話」專欄。

9 日，〈貨真價實，童叟無欺〉發表於《國語日報》4 版，「日日談」專欄。

13 日，〈三大成就之一〉發表於《國語日報》4 版，「日日談」專欄。

16 日,〈教育改進〉發表於《國語日報》4 版,「日日談」專欄。

23 日,〈志願就學,減少近視〉發表於《國語日報》4 版,「日日談」專欄。

30 日,〈家長難逃教養責任〉發表於《國語日報》4 版,「日日談」專欄。

與何凡、子敏合著《茶話（第一集）》,由臺北國語日報社出版。

12 月　8～10 日,〈談作文〉連載於《國語日報》7 版,「茶話」專欄。

14 日,〈寄厚望於亞聖奉祀官〉發表於《國語日報》4 版,「日日談」專欄。

21 日,〈該把教育搞好了〉發表於《國語日報》4 版,「日日談」專欄。

翻譯雪維亞・馬考沃（Sylvia Makower）兒童文學《老虎山順的早餐》,由臺北國語日報社出版。

1967 年　1 月　17 日,〈羊毛不可出在羊身上〉發表於《國語日報》4 版,「日日談」專欄。

〈漫談隨筆〉發表於《純文學》第 1 期。

2 月　14 日,〈聯招作文評閱問題〉發表於《國語日報》4 版,「日日談」專欄。

21 日,〈作文占一半合理〉發表於《國語日報》4 版,「日日談」專欄。

24 日,〈我所認識的楊肇嘉〉發表於《大華晚報》5 版。

28 日,〈地方教育行政的重點〉發表於《國語日報》4 版,「日日談」專欄。

〈《楊肇嘉回憶錄》序〉發表於《傳記文學》第 57 期。

3 月　19～21 日，〈再談作文〉連載於《國語日報》7 版，「茶話」專欄。

21 日，〈加強中小學的科學根基〉發表於《國語日報》4 版，「日日談」專欄。

28 日，〈祝科學發展會成立〉發表於《國語日報》4 版，「日日談」專欄。

與何凡、子敏合著《茶話（第二集）》，由臺北國語日報社出版。

4 月　1～3 日，〈談科學發展〉連載於《國語日報》7 版，「茶話」專欄。

11 日，〈復興文化從設語文專校始〉發表於《國語日報》4 版，「日日談」專欄。

17～19 日，〈不惡補也行〉連載於《國語日報》7 版，「茶話」專欄。

25 日，〈還是叫國語科對〉發表於《國語日報》4 版，「日日談」專欄。

29 日，〈東海學生熱心公益〉發表於《國語日報》4 版，「日日談」專欄。

翻譯米爾頓・舍曼（Milton Shulman）兒童文學《團結就是力量》，由臺北國語日報社出版。

5 月　5 日，〈公車該先弄好業務〉發表於《國語日報》4 版，「日日談」專欄。

9 日，〈回憶錄糾紛〉發表於《國語日報》4 版，「日日談」專欄。

12 日，〈讓女士們試試看〉發表於《國語日報》4 版，「日日談」專欄。

14 日，主持國語日報社於臺中師範學校附屬第一國民學

校（今臺中教育大學附設實驗國民小學）禮堂舉辦的「臺中縣國校學童語文全能競賽」。

16 日，〈說話教育的重要〉發表於《國語日報》4 版，「日日談」專欄。

19 日，〈法律之前　人人平等〉發表於《國語日報》4 版，「日日談」專欄。

26 日，〈法律座談　確有必要〉發表於《國語日報》4 版，「日日談」專欄。

6月　8～10 日，〈漫談文化〉連載於《國語日報》7 版，「茶話」專欄。

10 日，〈車票官司　不打也罷〉發表於《國語日報》4 版，「日日談」專欄。

20 日，〈節約霞海城隍祭〉發表於《國語日報》4 版，「日日談」專欄。

27 日，〈定期退役　吸收人才〉發表於《國語日報》4 版，「日日談」專欄。

29 日～7 月 1 日，〈也談竊盜〉連載於《國語日報》7 版，「茶話」專欄。

7月　4 日，〈不學詩無以言〉發表於《國語日報》4 版，「日日談」專欄。

11 日，〈增加師資的辦法〉發表於《國語日報》4 版，「日日談」專欄。

18 日，〈女師專的改名和遷址〉發表於《國語日報》4 版，「日日談」專欄。

25 日，〈發榜技術的商榷〉發表於《國語日報》4 版，「日日談」專欄。

〈我所認識的周作人〉發表於《純文學》第 7 期。

〈教育史上的一小插曲——關於周作人的兩封信〉發表於《傳記文學》第 62 期。

8 月　1 日,〈救濟工作　必須切實〉發表於《國語日報》4 版,「日日談」專欄。

5～7 日,〈補談詐騙與強銷〉連載於《國語日報》7 版,「茶話」專欄。

8 日,〈一封黑信　兩個問題〉發表於《國語日報》4 版,「日日談」專欄。

15 日,〈僑教工作　語文第一〉發表於《國語日報》4 版,「日日談」專欄。

22 日,〈文字進化由繁趨簡〉發表於《國語日報》4 版,「日日談」專欄。

翻譯修斯博士(Dr. Seuss)兒童文學《烏龜大王亞特爾》,由臺北國語日報社出版。

9 月　12 日,〈校長　可為而不可為〉發表於《國語日報》4 版,「日日談」專欄。

30 日～10 月 2 日,〈菲遊雜記〉連載於《國語日報》7 版,「茶話」專欄。

10 月　17 日,〈辭達而已矣〉發表於《國語日報》4 版,「日日談」專欄。

24 日,〈國語教育應重標準〉發表於《國語日報》4 版,「日日談」專欄。

31 日,〈組織家長推行義教〉發表於《國語日報》4 版,「日日談」專欄。

與何凡、子敏合著《茶話(第三集)》,由臺北國語日報社出版。

11 月　7 日,〈我手寫我口〉發表於《國語日報》4 版,「日日

談」專欄。

21 日,〈科學的國語和國語的科學〉發表於《國語日報》
4 版,「日日談」專欄。

28 日,〈國語教育的現代化〉發表於《國語日報》4 版,
「日日談」專欄。

12月　5 日,〈馬路不是走馬的路〉發表於《國語日報》4 版,
「日日談」專欄。

9～11 日,〈閑話語言〉連載於《國語日報》7 版,「茶
話」專欄。

12 日,〈為師專畢業生呼籲〉發表於《國語日報》4 版,
「日日談」專欄。

19 日,〈保送制度可以廢止〉發表於《國語日報》4 版,
「日日談」專欄。

20～22 日〈閑話文字〉連載於《國語日報》7 版,「茶
話」專欄。

26 日,〈無妨實驗看看〉發表於《國語日報》4 版,「日
日談」專欄。

翻譯瑪莉‧可琿（Marry Calhoun）兒童文學《小貓荷
馬》,由臺北國語日報附設出版部出版。

1968年　1月　1～2 日,〈閑話國語〉連載於《國語日報》7 版,「茶
話」專欄。

2 日,〈發展科學　翻譯並改寫為先〉發表於《國語日
報》4 版,「日日談」專欄。

16 日,〈守法與執法〉發表於《國語日報》4 版,「日日
談」專欄。

23 日,〈要聽內行人的話〉發表於《國語日報》4 版,
「日日談」專欄。

〈國語國文辯論專輯——也談國語國文〉發表於《中國語文》第 127 期。

2 月　4～5 日,〈從清貧說起〉連載於《國語日報》7 版,「茶話」專欄。

6 日,〈國語教本該多選詩歌〉發表於《國語日報》4 版,「日日談」專欄。

13 日,〈快解除國文教員荒〉發表於《國語日報》4 版,「日日談」專欄。

27 日,〈為屈萬里叫好兒〉發表於《國語日報》4 版,「日日談」專欄。

3 月　12 日,〈反對要依法〉發表於《國語日報》4 版,「日日談」專欄。

19 日,〈傳統的意義〉發表於《國語日報》4 版,「日日談」專欄。

19～21 日,〈向清富邁進〉連載於《國語日報》7 版,「茶話」專欄。

26 日,〈正人須先正己〉發表於《國語日報》4 版,「日日談」專欄。

〈國語日報社總是「化公為公」〉發表於《中華雜誌》第 56 期。

與何凡、子敏合著《茶話(第四集)》,由臺北國語日報社出版。

4 月　2 日,〈樹立司法權威〉發表於《國語日報》4 版,「日日談」專欄。

3～7 日,〈我和《國語日報》〉連載於《國語日報》7 版,「茶話」專欄。

9 日,〈歡迎馬思聰先生留在祖國〉發表於《國語日報》4

版,「日日談」專欄。

14 日,出席《臺灣文藝》四週年紀念暨第三屆臺灣文學獎頒獎典禮,與會者有林海音、巫永福、吳濁流、李喬、鄒宇光等。

16 日,〈悼杜夫人林雙隨女士〉發表於《國語日報》4 版,「日日談」專欄。

23 日,〈賀當選的縣市長和省議員〉發表於《國語日報》4 版,「日日談」專欄。

30 日,〈怎樣貫徹　總統的指示〉發表於《國語日報》4 版,「日日談」專欄。

〈洪炎秋先生來函〉發表於《中華雜誌》第 57 期。

翻譯兒童文學《桃太郎跟金太郎》,由臺北國語日報社出版。

5 月　7 日,〈禮節第一〉發表於《國語日報》4 版,「日日談」專欄。

14 日,〈整理交通自學生始〉發表於《國語日報》4 版,「日日談」專欄。

20～22 日,〈九年義務教育實施以後〉連載於《國語日報》7 版,「茶話」專欄。

21 日,〈學歷無用論〉發表於《國語日報》4 版,「日日談」專欄。

30 日,〈閒話孟子〉發表於《孔孟月刊》第 6 卷第 9 期。

6 月　4 日,〈蓋棺論定〉發表於《國語日報》4 版,「日日談」專欄。

11 日,〈爭取時間　提高效率〉發表於《國語日報》4 版,「日日談」專欄。

13～15 日,〈《教育老兵談教育》序〉連載於《國語日

報》7 版,「茶話」專欄。

《教育老兵談教育》由臺北三民書局出版。

7 月　23 日,〈電視該有國語教學節目〉發表於《國語日報》4 版,「日日談」專欄。

30 日,〈人才的外流與回流〉發表於《國語日報》4 版,「日日談」專欄。

翻譯 H. A. 雷伊(H. A. Rey)兒童文學《猴子喬治找職業》,由臺北國語日報社出版。

8 月　6 日,〈榜首的暗示〉發表於《國語日報》4 版,「日日談」專欄。

9 日,〈《忙人閑話》序〉發表於《國語日報》7 版,「茶話」專欄。

13 日,〈不可「刻舟求劍」〉發表於《國語日報》4 版,「日日談」專欄。

20 日,〈國法與教規〉發表於《國語日報》4 版,「日日談」專欄。

22〜24 日,〈洪棄生的「煉乳教材」〉連載於《國語日報》7 版,「茶話」專欄。

27 日,〈再談國法與教規〉發表於《國語日報》4 版,「日日談」專欄。

《忙人閑話》由臺北三民書局出版。

9 月　1 日,〈開場白〉發表於《國語日報》6 版。

3 日,〈勉國中新生〉發表於《國語日報》4 版,「日日談」專欄。

8 日,〈答魏正華問「冬行春令」的意思〉發表於《國語日報》第 6 版,「國中語文信箱」專欄。

10 日,〈恭讀　總統訓詞有感〉發表於《國語日報》4

版,「日日談」專欄。

17 日,〈「東京方式」的加價〉發表於《國語日報》4版,「日日談」專欄。

24 日,〈養女會應予維持〉發表於《國語日報》4版,「日日談」專欄。

與何凡、子敏合著《茶話(第五集)》,由臺北國語日報社出版。

10月　1 日,〈關於四書註釋〉發表於《國語日報》4版,「日日談」專欄。

9 日,〈交通規則與交通教育〉發表於《國語日報》4版,「日日談」專欄。

15~17 日,〈我的朋友吳三連〉連載於《國語日報》7版,「茶話」專欄。

16 日,〈廣告新聞不可混淆〉發表於《國語日報》4版,「日日談」專欄。

11月　6 日,〈美國的日本研究熱〉發表於《國語日報》4版,「日日談」專欄。

12 日,出席於臺北市中山堂舉辦的紀念國父誕辰暨第三屆文化復興節大會,獲頒社教有功獎。

18 日,出席於香港總統酒店九龍廳舉辦的世界中文報業協會成立大會暨第一次年會。

12月　4 日,〈重視子女的意見〉發表於《國語日報》4版,「日日談」專欄。

11 日,〈趙教授談人生〉發表於《國語日報》4版,「日日談」專欄。

25 日,〈不必縮歲數認同年〉發表於《國語日報》4版,「日日談」專欄。

〈不要製造「背書機器」〉發表於《中國一周》第 975 期。

翻譯羅素・侯班（Russell Hoban）兒童文學《偏食的小熊》，由臺北國語日報社出版。

| 1969 年 | 1 月 | 2 日，〈一年之計〉發表於《國語日報》4 版，「日日談」專欄。 |

1969 年　1 月　2 日，〈一年之計〉發表於《國語日報》4 版，「日日談」專欄。

8 日，〈楚才無妨晉用〉發表於《國語日報》4 版，「日日談」專欄。

15 日，〈分緩急調整待遇〉發表於《國語日報》4 版，「日日談」專欄。

22 日，〈協助政府完成賦稅改革〉發表於《國語日報》4 版，「日日談」專欄。

29 日，〈壽趙太夫人百歲生日〉發表於《國語日報》4 版，「日日談」專欄。

2 月　2～4 日，〈馬來一瞥〉連載於《國語日報》7 版，「茶話」專欄。

5 日，〈統一國語　不廢方言〉發表於《國語日報》4 版，「日日談」專欄。

12 日，〈治鼠之道〉發表於《國語日報》4 版，「日日談」專欄。

3 月　5 日，〈復興平劇之道〉發表於《國語日報》4 版，「日日談」專欄。

12 日，〈不要「只重頭銜不重人」〉發表於《國語日報》4 版，「日日談」專欄。

19 日，〈彌補師資缺乏之道〉發表於《國語日報》4 版，「日日談」專欄。

26 日，〈男女教育宜有差別〉發表於《國語日報》4 版，

「日日談」專欄。

4月　2 日，〈也來談「和」〉發表於《國語日報》4 版，「日日談」專欄。

9 日，〈不可輕易改地名〉發表於《國語日報》4 版，「日日談」專欄。

16 日，〈國語推行會該恢復了〉發表於《國語日報》4 版，「日日談」專欄。

23 日，〈簡筆字可以馬上推行〉發表於《國語日報》4 版，「日日談」專欄。

30 日，〈簡化筆畫減少字數〉發表於《國語日報》4 版，「日日談」專欄。

〈漫談孟子教育思想〉發表於《孔孟月刊》第 7 卷第 8 期。

翻譯吉姆・莫藍（Jim Moran）兒童文學《土狼沙孚克》，由臺北國語日報社出版。

5月　7 日，〈也談確立標準正字〉發表於《國語日報》4 版，「日日談」專欄。

14 日，〈父母應負教育責任〉發表於《國語日報》4 版，「日日談」專欄。

20 日，〈嚴格禁用學齡童工〉發表於《國語日報》4 版，「日日談」專欄。

28 日，〈私中不應分發學生〉發表於《國語日報》4 版，「日日談」專欄。

6月　4 日，〈不可刪除國語推行費〉發表於《國語日報》4 版，「日日談」專欄。

5～7 日，〈新加坡一瞥〉連載於《國語日報》7 版，「茶話」專欄。

12 日，〈孔孟之道不強人所難〉發表於《國語日報》4
版，「日日談」專欄。

19 日，〈該使科學說國語〉發表於《國語日報》4 版，
「日日談」專欄。

26 日，〈談犄角與尾巴〉發表於《國語日報》4 版，「日
日談」專欄。

7 月　　2 日，〈駐外官員的用語〉發表於《國語日報》4 版，「日
日談」專欄。

10 日，〈遵照標準國音推行標準國語〉發表於《中央日
報‧副刊》9 版；〈創辦函授大學〉發表於《國語日報》4
版，「日日談」專欄。

16 日，〈改善郵局禮券〉發表於《國語日報》4 版，「日
日談」專欄。

24 日，〈國語的生長和死亡〉發表於《國語日報》4 版，
「日日談」專欄。

25～27 日，〈談強迫退休〉連載於《國語日報》7 版，
「茶話」專欄。

30 日，〈發展觀光　小處下手〉發表於《國語日報》4
版，「日日談」專欄。

翻譯、改寫兒童文學《丁香花下》，由臺北國語日報社出
版。

與何凡、子敏合著《茶話（第六集）》，由臺北國語日報
社出版。

8 月　　11 日，〈《尾音辨正》書後〉發表於《中央日報‧副刊》9
版。

13 日，〈把教育送到家〉發表於《國語日報》4 版，「日
日談」專欄。

20 日,〈法律和人情〉發表於《國語日報》4 版,「日日談」專欄。

28～30 日,〈老人的處置〉連載於《國語日報》7 版,「茶話」專欄。

9 月　翻譯、改寫兒童文學《乞丐與王子》,由臺北東方少年出版社出版。

10 月　1 日,〈金龍隊的啟示〉發表於《國語日報》4 版,「日日談」專欄。

8 日,〈最好組織財團法人〉發表於《國語日報》4 版,「日日談」專欄。

12 日,〈先父洪棄生先生傳略〉發表於《臺灣日報》8 版。

14～16 日,〈也談死〉連載於《國語日報》7 版,「茶話」專欄。

15 日,〈捐贈器官勿提條件〉發表於《國語日報》4 版,「日日談」專欄。

22 日,〈選賢與能勿拘年齡〉發表於《國語日報》4 版,「日日談」專欄。

27 日,〈姓的特殊念法〉發表於《臺灣新生報・副刊》10 版。

29 日,〈習慣殺人值得重視〉發表於《國語日報》4 版,「日日談」專欄。

11 月　3～5 日,出席於臺北中泰賓館舉辦的第二屆世界中文報業協會年會。

以無黨籍人士的身分登記為臺北市立法委員候選人。

12 月　5 日,於木柵集應廟廣場發表臺北市立法委員候選人政見。

6 日,〈《日本語法精解增訂本》自序〉發表於《中央日報・副刊》9 版。

19 日,〈競選的感想〉發表於《國語日報》1 版。

20 日,當選為臺北市立法委員。

〈愛群故愛黨知艱非行艱〉發表於《新時代》第 9 卷第 12 期。

翻譯唐・佛利曼(Don Freeman)兒童文學《不愛理髮的孩子》,由臺北國語日報社出版。

《日本語法精解》由臺北三民書局出版。

1970 年	1 月	正式就任立法委員,並自臺灣大學中國文學系退休,但仍兼課「文學概論」。
	2 月	與何凡、子敏合著《茶話(第七集)》,由臺北國語日報社出版。
	3 月	〈吳稚暉先生賀《國語日報》董事會成立親筆函〉發表於《傳記文學》第 94 期。
	4 月	29 日,〈我所認識的李玉階兄〉發表於《國語日報》7 版,「茶話」專欄。
	5 月	〈我的朋友葉榮鐘〉發表於《純文學》第 41 期。
	7 月	〈張雪門《我的童年》序〉發表於《傳記文學》第 98 期。
		與何凡、子敏合著《茶話(第八集)》,由臺北國語日報社出版。
	9 月	〈馬祖詩鈔一首──遙寄華民〉發表於《文壇》第 123 期。
	11 月	2 日,出席於香港九龍凱悅酒店舉辦的第三屆世界中文報業協會年會。
	12 月	〈愛群故愛黨知艱非行艱〉發表於《新時代》第 9 卷第

		12 期。
1971 年	1 月	29 日,〈兒時的過年〉發表於《中國時報》3 版。
		與何凡、子敏合著《茶話(第九集)》,由臺北國語日報社出版。
	2 月	〈鄉心新歲切〉、〈年俗今昔談〉發表於《中央月刊》第 3 卷第 4 期。
	5 月	6 日,〈與楊金虎市長談婚姻〉發表於《國語日報》7 版,「茶話」專欄。
		27 日,〈復黃楊麗燕女士〉發表於《國語日報》7 版,「茶話」專欄。
		27~28 日,〈為陳彩鳳說幾句話〉連載於《中國時報·人間副刊》9 版。
	6 月	27 日,〈也談人文學和人文科學〉發表於《中央日報·副刊》9 版。
	9 月	16 日,〈一個建議〉發表於《聯合報》15 版。
		〈當前的教育問題在哪裡——寬籌經費才能解決問題〉發表於《綜合月刊》第 34 期。
	10 月	與何凡、子敏合著《茶話(第十集)》,由臺北國語日報社出版。
	11 月	《淺人淺言》由臺北三民書局出版。
	12 月	10~11 日,〈遺囑〉連載於《國語日報》7 版。
	本年	赴美國舊金山參加世界中文報業協會,回程赴日本考察六天,參觀日本出版協會與國立國語研究所。
1972 年	1 月	15 日,〈遺囑的修正〉發表於《國語日報》7 版,「茶話」專欄。
	2 月	2 日,〈婆媳對話〉發表於《聯合報》9 版。
		27 日,出席《國語日報》第五屆第一次董事會議,由社

　　　　　長改聘為發行人。1978 年復任社長，直至逝世。

3 月　　8 日，〈充實民意代表問題〉發表於《國語日報》4 版，「日日談」專欄。

　　　　15 日，〈行車走路必須守法〉發表於《國語日報》4 版，「日日談」專欄。

4 月　　4～6 日，〈國語與方言〉連載於《國語日報》7 版，「茶話」專欄。

　　　　5 日，〈創造國語環境〉發表於《國語日報》4 版，「日日談」專欄。

　　　　12 日，〈日本益友的話〉發表於《國語日報》4 版，「日日談」專欄。

　　　　19 日，〈用「師丈」比較好〉發表於《國語日報》4 版，「日日談」專欄。

　　　　〈《寄鶴齋選集》弁言〉發表於《傳記文學》第 119 期。

5 月　　3 日，〈適才適位〉發表於《國語日報》4 版，「日日談」專欄。

　　　　10 日，〈發行郵政儲蓄禮券〉發表於《國語日報》4 版，「日日談」專欄。

　　　　16 日，〈《眉亭隨筆》序〉發表於《國語日報》7 版，「茶話」專欄。

　　　　17 日，〈法條含糊　施行難為〉發表於《國語日報》4 版，「日日談」專欄。

　　　　24 日，〈向經國先生建議〉發表於《國語日報》4 版，「日日談」專欄。

　　　　31 日，〈寄望於蔣教育部長〉發表於《國語日報》4 版，「日日談」專欄。

　　　　〈關於「李學思」抑「李學詩」？〉發表於《傳記文

學》第 120 期。

6 月　14 日,〈便官也要便民〉發表於《國語日報》4 版,「日日談」專欄。

17 日,〈橫排國文應該右行〉發表於《國語日報》4 版,「日日談」專欄。

7 月　28 日,出席中華文化復興運動推行委員會於臺北三軍軍官俱樂部舉辦的第五次全體委員會議並致詞。與會者有蔡培火、藍蔭鼎、曾寶蓀、吳大猷等。

8 月　12 日,〈《中外婚緣錄》序〉發表於《國語日報》7 版,「茶話」專欄。

〈關於傅斯年的棄世〉、〈關於李萬居與傅斯年〉發表於《傳記文學》第 123 期。

9 月　22～23 日,〈國語和國際語〉連載於《國語日報》7 版,「茶話」專欄。

10 月　7 日,〈談光餅‧說地名〉發表於《中央日報‧副刊》10 版。

10 日,〈我參加競選的經驗〉發表於《中國時報》11 版。

18 日,〈談安死術〉發表於《國語日報》7 版,「茶話」專欄。

11 月　2 日,〈文學的科學研究方法〉發表於《國語日報》7 版,「茶話」專欄。

9 日,〈一個急需答案的問題〉發表於《國語日報》7 版,「茶話」專欄。

15 日,〈答中文系新生問〉發表於《國語日報》7 版,「茶話」專欄。

〈作家的修養〉發表於《中國文選》第 67 期。

12 月　13 日,〈讀薩孟武先生信〉發表於《國語日報》7 版,

「茶話」專欄。

本年　正式結束於臺灣大學中國文學系的教職。

1973 年　2 月　27 日,〈醫學和法律〉發表於《國語日報》7 版,「茶話」專欄。

3 月　13 日,〈怎樣讀書〉發表於《國語日報》7 版,「茶話」專欄。

《閑話閑話》由臺北三民書局出版。

4 月　29 日,〈丁瑞魚先生墓誌銘〉發表於《國語日報》7 版,「茶話」專欄。

5 月　11 日,〈我的自學進修經驗談〉發表於《國語日報》7 版,「茶話」專欄。

6 月　6 日,〈日本的國立國語研究所〉發表於《國語日報》7 版,「茶話」專欄。

23 日,〈國中畢業生的新路〉發表於《國語日報》7 版,「茶話」專欄。

7 月　13 日,〈把高中送到家〉發表於《國語日報》7 版,「茶話」專欄。

31 日,〈到處是教室　隨時可讀書〉發表於《國語日報》7 版,「茶話」專欄。

〈懷鹿港才子施家本兄〉發表於《傳記文學》第 134 期。

9 月　1 日,〈談學力鑑定考試〉發表於《國語日報》7 版,「茶話」專欄。

9 日,〈談自學進修〉發表於《國語日報》7 版,「茶話」專欄。

10 月　6 日,〈日本的國會〉發表於《國語日報》7 版,「茶話」專欄。

21 日,〈注音符號與我〉發表於《國語日報》7 版,「茶話」專欄。

30 日,〈小處下手〉發表於《國語日報》7 版,「茶話」專欄。

翻譯、改寫兒童文學《黑色的鬱金香》,由臺北國語日報社出版。

11 月　10 日,受邀返鄉為鹿港民俗文物館之開幕儀式剪綵。

17 日,〈不必「防範」社教〉發表於《國語日報》7 版,「茶話」專欄。

18 日,心臟病發作,入院治療五十多天後康復,身體狀況大不如前。

1974 年　1 月　3 日,創辦國語日報社高中函授學校。

29 日,〈洪炎秋啟事〉發表於《國語日報》1 版。

4 月　6 日,〈為助自學　險送老命〉發表於《國語日報》7 版,「茶話」專欄。

5 月　22 日,〈也談順境跟逆境〉發表於《國語日報》7 版,「茶話」專欄。

6 月　23 日,〈國語的詞彙〉發表於《國語日報》7 版,「茶話」專欄。

7 月　12 日,〈童年生活的回憶〉發表於《國語日報》7 版,「茶話」專欄。

17 日,〈故鄉的回憶〉發表於《國語日報》7 版,「茶話」專欄。

27 日,〈人物的回憶〉發表於《國語日報》7 版,「茶話」專欄。

10 月　《常人常談》由臺中中央書局出版。

11 月　25～27 日,出席於香港富麗華酒店舉辦的第七屆世界中

文報業協會年會。

本年　擔任第一屆洪建全兒童文學創作獎評審委員召集人，本屆評審委員有林海音、林良、林鍾隆、琦君、潘人木、馬景賢等。

1975 年　1 月　1 日，〈也談「老師的服裝」〉發表於《國語日報》7 版，「茶話」專欄。

10 日，〈談孝〉發表於《國語日報》7 版，「茶話」專欄。

《洪炎秋自選集》由臺北黎明文化公司出版。

2 月　27 日，〈對蔣院長的一個建議〉發表於《國語日報》7 版，「茶話」專欄。

3 月　8 日，〈也談稿費〉發表於《中央日報・副刊》10 版。

2 日，出席《臺灣文藝》創刊 11 週年暨第六屆吳濁流文學獎頒獎典禮，與會者有黃得時、鍾肇政、李魁賢、吳濁流、巫永福、郭水潭等。

4 月　1 日，〈也談「英雄與常人」〉發表於《國語日報》7 版，「茶話」專欄。

11 日，〈總統　蔣公重視教育優遇教師〉發表於《國語日報》1 版。

16 日，〈總統　蔣公與臺灣光復〉發表於《聯合報・敬悼故總統　蔣公逝世特刊》。

30 日，〈談梁韓婚姻〉發表於《國語日報》7 版，「茶話」專欄。

6 月　5～6 日，〈為「非婚生子女」請命〉連載於《國語日報》7 版，「茶話」專欄。

28 日，〈誰來接棒？〉發表於《國語日報》7 版，「茶話」專欄。

7月　15 日,〈黃著《國會與我》序〉發表於《國語日報》7
版,「茶話」專欄。

8月　3 日,〈「樂老小集」招兵買馬露布〉發表於《國語日報》
7 版,「茶話」專欄

17 日,〈雙親權威的重整〉發表於《國語日報》7 版,
「茶話」專欄。

26 日,〈榮獲法國沙龍金牌獎的李元亨〉,發表於《中央
日報・副刊》10 版。

9月　23 日,〈三個質詢〉發表於《國語日報》7 版,「茶話」
專欄。

10月　10 日,〈蔣總統與我〉發表於《英文中國郵報》12 版。

29 日,〈不在其位而謀其政的何容〉發表於《國語日報》
7 版,「茶話」專欄。

〈推行國語三十年〉發表於《綜合月刊》第 83 期。

11月　1～2 日,〈蔣公提倡注音語體公文〉連載於《中央日報・
副刊》10 版。

12月　2 日,〈《何容這個人》序〉發表於《國語日報》7 版,
「茶話」專欄。

3 日,在住家路口遭公車撞傷,送醫急救,昏迷數日後甦
醒。

26 日,〈函授作文　分勞教師〉發表於《國語日報》7
版,「茶話」專欄。

〈《國語日報》簡介〉發表於《臺灣文獻》第 26 卷第 4
期。

《國語推行和國語日報》由臺北國語日報附設出版部出
版。

本年　擔任第二屆洪建全兒童文學創作獎評審委員召集人,本

屆評審委員有林良、琦君、華景強等。

1976 年　　3 月　　9 日,〈從死說起〉發表於《國語日報》7 版,「茶話」專欄。

21 日,〈《讀書和作文》序〉發表於《國語日報》7 版,「茶話」專欄。

4 月　　1 日,〈追懷田伯蒼先生〉發表於《國語日報》7 版,「茶話」專欄。

22～23 日,〈從嫁妝說起〉連載於《國語日報》7 版,「茶話」專欄。

〈懷才不遇的張我軍兄〉發表於《傳記文學》第 167 期。

《讀書和作文》由臺北國語日報社出版。

5 月　　19 日,〈黃譯《北京人》讀後〉發表於《國語日報》7 版,「茶話」專欄。

6 月　　6 日,〈談應酬〉發表於《國語日報》7 版,「茶話」專欄。

7 月　　13 日,〈戶政平議〉發表於《國語日報》7 版。

8 月　　11 日,〈談翻譯〉發表於《國語日報》7 版,「茶話」專欄。

9 月　　5 日,〈悼洪力生大法官〉發表於《國語日報》7 版,「茶話」專欄。

16 日,〈談養狗〉發表於《國語日報》7 版,「茶話」專欄。

10 月　　6 日,〈再談翻譯〉發表於《國語日報》7 版,「茶話」專欄。

〈懷益友莊垂勝兄〉發表於《傳記文學》第 173 期。

11 月　　4～5 日,出席於香港富麗華酒店舉辦的第九屆世界中文

報業協會年會。

12 月　24 日，〈怎樣學好作文〉發表於《國語日報》7 版，「茶話」專欄。

本年　擔任第三屆洪建全兒童文學創作獎評審委員召集人，本屆評審委員有林良、馬景賢等。

1977 年　1 月　7 日，〈我的近況〉發表於《國語日報》7 版，「茶話」專欄。

30 日，〈官府控告官府〉發表於《國語日報》7 版，「茶話」專欄。

〈由紙虎勾起回憶〉發表於《新萬象》第 11 期。

2 月　10 日，〈一個國家、一種國語、一種國字〉發表於《中國論壇》第 3 卷第 9 期。

17 日，〈談簡筆字〉發表於《國語日報》7 版，「茶話」專欄。

3 月　30 日，〈黃著《臺灣農民運動史》序〉發表於《國語日報》7 版，「茶話」專欄。

4 月　〈三代通家　一面未謀〉（自撰講稿）發表於《傳記文學》第 179 期。

〈談簡筆字〉發表於《建設》第 25 卷 11 期。

6 月　8 日，〈懷北京大學幾位舊師〉發表於《國語日報》7 版，「茶話」專欄。

8 月　11 日，〈《老人老話》序〉發表於《國語日報》7 版，「茶話」專欄。

27 日，〈給本社作文班學生的家長〉發表於《國語日報》7 版，「茶話」專欄。

〈蔡（元培）先生為我解決困難及其遺風對臺大的影響〉（自撰講稿）發表於《傳記文學》第 183 期。

《老人老話》由臺中中央書局出版。

9 月　13 日，〈「百孝圖」序〉發表於《國語日報》7 版，「茶話」專欄。

10 月　15 日，〈跟李部長談簡體字問題〉發表於《國語日報》7 版，「茶話」專欄。

11 月　18 日，〈「跌杯」國語怎麼說〉發表於《國語日報》7 版，「茶話」專欄。

27 日，出席中國語文學會於臺灣師範大學舉辦的第 12 屆「中國語文獎章頒贈典禮」，擔任評審委員及頒獎人。

12 月　25 日，〈讀葉著《美國見聞錄》〉發表於《國語日報》7 版，「茶話」專欄。

〈語堂先生在臺灣的幾件事〉發表於《傳記文學》第 187 期。

本年　擔任第四屆洪建全兒童文學創作獎評審委員召集人，本屆評審委員有林良、馬景賢等。

1978 年　1 月　11 日，〈省議會中應說國語〉發表於《國語日報》7 版，「茶話」專欄。

2 月　26 日，〈從家事到國策漫談留學生〉發表於《國語日報》7 版，「茶話」專欄。

4 月　12 日，〈佐藤春夫筆下的鹿港〉發表於《國語日報》7 版，「茶話」專欄。

28 日，〈一個短命校長的雜憶〉發表於《國語日報》7 版，「茶話」專欄。

6 月　1 日，〈佐藤春夫遊臺記的另一段縮譯〉發表於《國語日報》7 版，「茶話」專欄。

15 日，〈戒煙漫談〉發表於《國語日報》7 版，「茶話」專欄。

7 月	28 日，〈郭著《京粤的臺灣學生反日活動史》序〉發表於《國語日報》7 版，「茶話」專欄。
8 月	27 日，〈水葬頌〉發表於《國語日報》7 版。
9 月	3 日，〈《語文雜談》自序〉發表於《國語日報》7 版，「茶話」專欄。
	25 日，〈幾點淺見請教孫院長〉發表於《國語日報》7 版，「茶話」專欄。
10 月	25 日，出席於臺北國賓飯店舉辦的《國語日報》創刊 30 週年慶祝酒會。
	《語文雜談》由臺北國語日報附設出版部出版。
11 月	19 日，〈我的競選經驗談〉發表於《國語日報》7 版，「茶話」專欄。
12 月	28 日，〈悼念葉榮鐘先生〉發表於《國語日報》7 版，「茶話」專欄。
1979 年　1 月	16 日，〈《林坤元七十自述》序〉發表於《國語日報》7 版，「茶話」專欄。
2 月	15 日，〈《晨鐘》偶憶〉發表於《國語日報》7 版，「茶話」專欄。
4 月	〈總統　蔣公使我特別懷念的二三小事件〉發表於《中央月刊》第 11 卷第 6 期。
6 月	與蘇薌雨、葉榮鐘合著《三友集》，由臺中中央書局出版。
7 月	〈私立學校法與國語辭典問題〉發表於《建設》第 28 卷第 2 期。
11 月	8～9 日，出席於高雄圓山大飯店舉辦的第 12 屆世界中文報業協會年會。
12 月	《文學概論》由臺北華岡出版公司出版。

1980 年	3 月	14 日，腦溢血，病逝於臺大醫院，享年 81 歲。
		29 日，於臺北市立殯儀館景行廳舉辦公祭，安葬於彰化鹿港祖墳。
1996 年	7 月	陳萬益主編《閑話與常談──洪炎秋文選》，由彰化縣立文化中心出版。

參考資料：

・沈信宏，《洪炎秋的東亞流動與文化軌跡》，臺北：秀威資訊科技公司，2016 年 7 月。

・洪炎秋，〈代序〉，《廢人廢話》，臺中：中央書局，1964 年 9 月，頁 1〜16。

・陳萬益，〈洪炎秋先生生平著述簡表〉，《閑話與常談》，彰化：彰化縣立文化中心，1996 年 7 月，頁 330〜335。

・唐淑芬，〈洪炎秋的生平和事功研究〉，中興大學歷史學系碩士論文，1997 年 7 月。

・彭玉萍，〈見證者的散文詩學──省籍作家葉榮鐘與洪炎秋散文研究〉，清華大學臺灣文學研究所碩士論文，2013 年。

輯三◎
研究綜述

洪炎秋研究綜述

◎陳萬益

　　臺灣文學史家黃得時曾經在私人信函中，讚許洪炎秋先生的《廢人廢話》和葉榮鐘的《半路出家集》，是 1960 年代本省人所寫隨筆集的「雙璧」；張良澤也呼應此一觀點，稱洪葉兩位是「臺灣文學中，成就最高的兩位散文家。」這樣的推崇顯然未曾得到足夠的重視。即使葉石濤、彭瑞金的文學史作未曾遺漏，也只有相當少的文字來定位「本土散文家」。相對來說，因為葉芸芸的努力，《葉榮鐘全集》於本世紀初出版，讀者還比較容易重溫；洪炎秋僅在上世紀末本人編選了一部《閑話與常談——洪炎秋文選》的作家作品集，可知其寂寞。

　　如果從筆耕的時間來看，1926 年發表〈群眾領袖的問題〉於《京報副刊》至 1980 年前還有文章刊出，與蘇薌雨、葉榮鐘合著《三友集》，五十多年未曾投筆中輟；再以寫作數量來看：單篇文章超過 470 篇[1]；成書則包括論述 5 種、散文集 13 種、兒童文學 23 種；再從活動方式來看，個人書寫之外，編刊、開書店、教學、辦報等，可以說是文壇的積極活躍分子；他與何凡、子敏輪流執筆的《國語日報》「茶話」專欄創刊伊始即獲得廣大讀者，結集成書，一到十集，好評不斷。這些現象當然是洪炎秋的成就與貢獻，這也是我們回顧洪炎秋研究應該面對與省思的。

　　洪炎秋（1899～1980）出生於日本殖民時期臺灣鹿港，父親漢詩人洪棄生，親為啟蒙，傳授漢學，奠定舊學基礎；再以自學日文，私赴日本就讀中學一年；後隨父到中國大陸遊覽，於天津送父搭船返臺後，自己則留

---

[1] 參見彭玉萍，〈見證者的散文詩學——省籍作家葉榮鐘與洪炎秋散文研究〉（清華大學臺灣文學研究所碩士論文，2013 年）附錄「洪炎秋新文學作品總目與年表」的統計結果。

往北京，考取北京大學預科、升入教育系就讀，以國文系為輔科，以〈日本帝國主義下的臺灣教育〉論文畢業，在北平的幾所大學任教，講授日文、國文、教育學等，又開設人人書店，販售日文書刊、出版《日文與日語》雜誌（張我軍主編），洪氏則執筆寫專欄和翻譯，成書《日本語法精解》[2]。1937 年 12 月北京淪陷於日軍，北京大學與北平大學合併，洪氏受命留守，為北平大學農學院留平財產保管委員。淪陷八年期間，洪氏體認自己「雙料亡國奴」[3]的身分，苟全性命而不求聞達，教學之外，從事翻譯和不涉政治的隨筆寫作。和同時期華北淪陷區文壇的臺灣人如張深切、張我軍比較，洪炎秋相對未介入日中政治的糾葛與紛爭。

1945 年日本戰敗後，洪炎秋擔任北平臺灣同鄉會會長，與天津臺灣同鄉會的吳三連一起奔走，協助臺灣人陸續返鄉。如此，洪氏即以具有中國經驗的臺灣人——半山——的身分，以國語的能力和專業背景，展開了迤邐多變的後半生，參與政治、從事教育、辦報寫作。

返臺初期，洪炎秋的活動主要有三項：一是參與臺灣省參議會參政員競選，結果戰敗；其次，在《臺灣文化》雜誌連載〈國內名士印象記〉系列文章[4]；最後，擔任臺中師範校長。不幸，二二八事件爆發，洪氏以「鼓動暴動，陰謀叛國」之罪名被撤職，任期僅約半年。經多方努力，層層上訴，幸運獲赦，轉任臺灣省國語推行委員會副主委，並任國語日報社長，隔年再受聘為臺灣大學中國文學系教授。第一次參政競選雖然失敗，卻未抹消關懷社會的心志，1969 年底洪氏參選立法委員成功，1970 年就任立法委員，議會論政成為主要工作；國語推行和臺大教學成為兼職，但是，不管論政、教學或辦報，寫作都是洪炎秋生平最主要的勞動，也是他貢獻於斯土斯民的業績。

---

[2]洪炎秋，《日本語法精解》（北京：人人書店，1936 年 11 月）。
[3]洪炎秋的佚文〈群眾領袖問題〉，引自王申論文〈淪陷時期旅平臺籍文化人的文化活動與身分表述〉（北京大學中國語言文學系博士論文，2010 年），頁 62。
[4]洪炎秋的〈國內名士印象記〉連載於《臺灣文化》第 2 卷第 8 期～第 4 卷第 1 期，至 1949 年 3 月止。

　　1980 年 3 月洪炎秋病逝，治喪委員會稱其為「文人報國，書生辦報」的典型，許多輓悼的文字也多以「書生本色」為其定性，薇薇夫人說他是「深藏不露」的學者，何凡稱其「不要沉默棄權」的知識分子；子敏認為洪氏「自在熱情」、徐復觀則以「平凡中的偉大」永憶洪炎秋。[5]至於生平事功，則普遍聚焦在推行國語、創辦《國語日報》、奉獻國語文教育，雖有時跟著戲稱他一生吃「國語飯」，基本上是眾口一聲，普遍推崇的，這樣的光芒也掩蓋了洪炎秋隨筆散文的成就。當然，「1900 年代出生的臺灣人」[6]，身歷日本的殖民壓迫、戰爭和動亂、二二八、白色恐怖、戒嚴高壓，都是艱苦奮鬥才走過來的：洪炎秋許多自述和回憶性文章雖然也已提供讀者認知其生平，但是，因為時代局限、文獻難尋，所以，洪炎秋的生平也有些隱諱，不為人所知的片段，在他離世後很長一段時間，未經討論和研究。

　　大概是解嚴以後臺灣社會的言論自由，讓洪炎秋重新進入讀者的視野，生發了學術研究的話題。1992 年林莊生《懷樹又懷人》出版，這一部副題「我的父親莊垂勝、他的朋友及那個時代」，如作者所說傳述了他父親時代的感覺和氣氛，除了有關莊垂勝的個人之回憶、全書以過半篇幅寫父親的朋友：洪炎秋、許文葵、黃春成、陳滿盈、賴和、徐復觀、蔡培火、林獻堂、岸田秋彥、朱石峰等人，這些人中的多數不為當代所悉，卻是作者成長時期親炙，之後又有書信往來的一代文化人，透過一些交往的小故事和關鍵私信的文字，既真實又溫暖地透露出他們生平的人性，和艱難時局下的隱情，譬如寫洪炎秋的專章，林莊生引用相當多的洪炎秋信件，談文章寫作，談同輩交往、談欲說還罷的二二八事變的創傷。這部書獲得金鼎獎，為臺灣文史學界所重視，研究櫟社的廖振富親赴加拿大向作者請益，在 2015 年林莊生病逝前，相關書信透過廖教授轉贈臺灣文學館典藏，

---

[5]洪氏 1969 年競選立法委員時，助選文章也多以「書生本色」為其定性。詳見洪炎秋《淺人淺言》附錄「助選米湯選」（臺北：三民書局，1971 年 11 月）頁 108～203。
[6]林莊生的文章〈談 1900 年代出生的一群鹿港人〉，《站在臺灣文學的邊緣》（臺南：臺灣文學資料館，2009 年 9 月），此處借用。

出版《時代見證與文化關照——莊垂勝、林莊生父子收藏書信選》[7]，和
《懷樹又懷人》同為最重要最珍貴的研究洪炎秋一代人的新出土史料。

　　1990 年代「臺灣文學」的禁忌逐漸瓦解：各縣市文化中心陸續關注所
屬地方作家作品的整理出版；學院的學者也由過去中國古典的畫地自限，
轉為關注本土的文學。洪炎秋出身的彰化縣文化中心於 1990 年代中期出版
了《閑話與常談——洪炎秋文選》[8]和《彰化縣文學發展史》[9]。前者陳萬益
編選，全書分六輯，包括：自述、懷人、懷鄉、隨筆、序跋和論文，結集
了洪氏較具文學性的散文和生平人物的憶述；後者由施懿琳和楊翠合撰，
在「戰後初期臺灣文學界的歌哭」小節中特別標舉莊垂勝、洪炎秋、王白
淵和楊逵四人不幸的際遇；主要的敘述則在 1960 年代的一節「散文作家撐
開一方天」談葉榮鐘、洪炎秋、碧竹、和劉靜娟四人，作者引用洪氏本人
文章「不顧人情味，不怕得罪人」作小標，內文則引述林莊生之言，認同
他對洪氏文字風格「用一點諧謔和批判的態度回看自己」，在政治高壓下一
稟知識分子的良心，嘲諷當權者，自有一股凜然正氣。

　　1997 年黃秀政指導中興大學歷史系唐淑芬的碩論〈洪炎秋的生平和事
功研究〉，以時間軸論述，前言、結語之外有五章：1.新舊教育的抉擇
（1899～1992）；2.新文化運動的薰陶與實踐（1922～1946）；3.二二八事件
的波及與平反（1946～1947）；4.國語運動的倡導與推動（1947～1980）；5.
從政的抱負與表現（1969～1980）。從各章標題，可以明顯看出作者選擇了
洪炎秋生平和事功的重點，整理了洪炎秋立法委員任內質詢內容，清楚呈
現其論政傾向教育和語文推廣。

　　2013 年，清華大學臺灣文學所同期完成了兩篇洪炎秋的碩士論文，陳
建忠指導，彭玉萍撰〈見證者的散文詩學——省籍作家葉榮鐘與洪炎秋散
文研究〉和王惠珍指導，沈信宏撰〈東亞流動中臺灣文化人的文化身分與

---

[7]廖振富編，《時代見證與文化關照——莊垂勝、林莊生父子收藏書信選》（臺南：臺灣文學館，2015 年 12 月）。
[8]陳萬益編，《閑話與常談——洪炎秋文選》（彰化：彰化縣立文化中心，1996 年 7 月）。
[9]施懿琳、楊翠合撰，《彰化縣文學發展史》（彰化：彰化縣文化局，1997 年 5 月）。

位置——以洪炎秋為例〉。前者對「本土散文」長期受到忽略，而有意在外省作家標舉的抒情美文、學者散文傳統之外，以葉榮鐘和洪炎秋為出發點，重新梳理本土散文的詮釋框架、文學影響傳統、美學實踐等議題。論文共六章：1.緒論：失身／聲的本土散文系譜；2.戰後五四論述與日治傳統：論葉榮鐘、洪炎秋本土散文創作的書寫政治；3.懷／還人：以寫人散文抵禦正統歷史的書寫政治；4.棲居在鄉土：論葉榮鐘與洪炎秋小我散文的主題書寫；5.鏡子與地圖：論葉榮鐘與洪炎秋遊記散文的異國見聞與實踐辯證；6.結論、本土散文納入文學史：另一散文詩學的新起與意義。葉榮鐘和洪炎秋所代表的日治世代臺灣散文的書寫者，葉以文學、史學雙軌寫作，洪則偏重諧謔諷刺的小品文寫作，但是，在懷人、懷鄉、遊記等類別作品的對照閱讀，在語言形式面向都有本土散文的共同特色。葉氏自稱「半路出家」、洪氏自居「廢人」顯示他們在戰後臺灣的邊緣位置與心態，他們的書寫是以「見證者」的姿態，抵抗權力機制的壓抑和遺忘。他們以質樸的語言、不羈的結構形式，見證了他們所經歷的臺灣社會，道出了不同於主流的歷史觀照與思維，隱微而不墜地傳遞「省籍作家」的精神史。

　　沈信宏的碩論則觀察洪炎秋在東亞空間的文化活動，分析他外在的文化位置與內在的文化身分。全文除緒論和結論外，主要的三章為：2.日語的工具性意義與文化性意義——以洪炎秋在中國的日語事業為對象；3.淪陷之後到戰勝之初：低調的文化活動與臺灣的重現；4.從中國到臺灣的五四傳承——周作人與洪炎秋。三章的重點分別從日語教養與事業、雜誌活動和文學風格探討洪炎秋的文化活動，重現其變動的文化身分，確立他在文化場域裡的位階。這三章避開洪炎秋生平的泛泛敘述，以流動性觀點來閱讀洪炎秋：日語教養成就了洪炎秋在北平的事業，也透過翻譯研究日本以期解決中國與臺灣的困境；戰爭時期他在《中國文藝》、《藝文雜誌》與《新臺灣》發表文章，顯現文化路線的轉折與原鄉認同和戰後的半山文化身分；戰後洪炎秋將五四文化資本與周作人的文學影響帶回臺灣，也延伸自周作人的文學觀與寫作風格，成為周作人臺灣傳人，進入五四新文學譜

系中。

　　彭沈兩人的碩論都以非常詳盡的史料線索為基礎，極具參考價值的附
錄，如：彭之「洪炎秋散文出版狀況」、「洪炎秋新文學作品總目與年表」、
「葉榮鐘與洪炎秋生平與散文創作年表」；沈之「洪炎秋《日文與日語》發
表篇目表」、「洪炎秋譯作篇目表」、「張深切編輯時期《中國文藝》篇目分
類表」等等，都是極具工夫的洪炎秋研究的基石。

　　洪炎秋研究在臺灣文學體制化之後有相當堅實的起步，中國大陸也有
所開展。2010 年北京大學中國語言文學系現當代文學研究所，陳平原指
導，王申撰寫〈淪陷時期旅平臺籍文化人的文化活動與身分表述──以張
深切、張我軍、洪炎秋、鍾理和為考察中心〉。此一議題在臺灣先有許雪姬
和秦賢次相關論著考察，中國方面，張泉〈淪陷時期北京文學八年〉則為
先導性專著。王申選取張深切四人，分別探討四位成長於日據時期的臺
灣，具旅居大陸經歷，因緣際會淪陷北平，彷徨於政治現實與歷史處境的
尷尬，並經而詰問，確證身分的過程。王申以四章節依序論述四人，所下
的標題是：1.「孤獨的野人」；2.尷尬的「橋」；3.人海易藏身，書城即南
面；4.想像的「原鄉」與「原鄉」的想像。第三章談洪炎秋，內文有個副
題：「偽北大中的洪炎秋」，在以華北淪陷區文壇周作人為核心的文人集團
和新老之爭中，洪炎秋只在幾個大學兼任講師、教幾個鐘點、寫非干時局
的小品，翻譯日本文學，這樣的生存選擇，作者雖然不敢說他有「暗中監
視偽組織下的北大、師大的使命」，沒有證據下的提出質疑是否恰當？最
終，作者認為洪炎秋是在移民和殖民雙重身分壓力下，認同周作人閉戶讀
書論，顯現「亂世遺民」的隱逸之姿。

　　綜合以上簡述，現階段的洪炎秋研究除了重建史料，勾勒比較清晰的
生平，對北平時期洪炎秋的活動逐漸有較全面的對比式觀照，而其傳承周
作人與五四新文學的系譜，在臺灣寫作極具特色的本土散文：兼具臺、
日、中經驗和語文表現的美學，傳遞了日治世代的歷史與精神。較諸其他
的散文家，洪炎秋文學長期受忽略，個案研究尚屬起步階段，卻已經有很

好的成績。

　　以下，我將從洪炎秋的生平與事功諸面向作一些個人的評論與說明，供研究者參考與討論：

　　首先，從戰前旅居中國大陸、戰後返臺的國民黨人「半山」身分，相對於連震東、黃朝琴、謝東閔等人政經地位的榮崇，洪炎秋在戰後臺灣初期，先是競選省參議會參政員失敗，就任臺中師範校長半年即遭到二二八事件而撤職，從政之路坎坷，遲至 1969 年七十歲高齡以無黨籍身分參選立法委員，當選之後，主要發言和提案，多專注於教育和語言文化問題，確實顯現知識分子關懷社會、堅持理想的本色。應該說，同為「半山」，洪炎秋的一生還是比較類似張深切、張我軍等人：失卻政治角色，卻換取了文學文化的志業，洪炎秋還比較幸運的是，如他所謙稱的：「吃國語飯」數十年，包括經營國語日報社。

　　洪炎秋在戰後臺灣推行國語、奉獻國語文教育，成就斐然，論者幾無異辭。他本人生平不斷為文檢視國語運動與《國語日報》，既自我肯定，也有隨時惕勵之意。但是，國語運動的末流，扼殺了本土語言的生機，甚至隱然形成族群的對立，洪炎秋作為運動的推行者，在立法院的座談會上發言：國語和方言，可以共存共榮，當即遭到許多罵；在另外的場合重申此意後，更收到許多封匿名指責的信。運動明顯出了問題，他在《國語日報》發表〈國語與方言〉，何容也跟進談〈國語和方言的關係〉，都重申當年「臺灣省國語運動綱領」的第一條：「實行臺語復原，從方言比較學習國語。」批判「推行國語就是消滅方言」的錯誤之論。[10] 幾年後，臺灣省議員在議會上用臺灣話發言，遭到批評，《國語日報》「日日談」專欄竟然教訓議員要謹言慎行，葉榮鐘寫了一篇短文〈講臺灣話有罪嗎？〉[11] 強烈批判。

---

[10] 洪炎秋〈國語與方言〉發表於《國語日報》1972 年 4 月 4～6 日；何容〈國語跟方言的關係〉發表於《國語日報》1972 年 5 月 4 日。二文均收入洪炎秋《閑話閑話》（臺北：三民書局，1973 年 3 月）。

[11] 葉榮鐘「講臺灣話有錯嗎？」為〈明日黃花話選風〉，《自立晚報》（1977 年 12 月 31 日）文中的一段，收入《三友集》（臺中：中央書局，1979 年 6 月），頁 151。

該文從自身在日本時代語言不自由的欺辱與敗北感談，到要求臺灣人說標準國語，而聽任外省人、黨國顯要講聽不懂的方言，有欠公允。洪炎秋對於老友的切身直言，「以一個土生土長而從事國語運動達三十年的半山」有義務出來說話，對多方的爭議，他提出的方案是：「國語和方言，可以並行不悖，共存共榮；私生活可以用方言，公生活盡量用國語。」[12]這個國語運動末流偏執所造成的巨大傷害公開引爆，洪炎秋雖然勇敢面對，然而為時已晚，兩年後過世，進入 1980 年代，語言問題成為社會運動的重要議題，1988 年甚至走上街頭，要求政府「還我母語」，以至於今天，臺灣社會要求立法保證不同族群語言的平等發展。洪炎秋在推動一個國家、一種國語的政策上，功莫大焉。衍伸的問題，可能要研究者再進一步探索數十年間的運動細節，才能論定。

再者，我們要特別提出來的是：洪炎秋對兒童文學的貢獻。從 1950 年代到 1960 年代間，洪炎秋共出版了 23 種翻譯和改寫的世界文學作品。先是在同為半山的朋友游彌堅等人所創辦東方出版社的《東方少年》連載，再集結成書；後來國語日報社發行「世界兒童文學名著」則更持續此一譯寫工作，包括《阿里巴巴和四十大盜》、《苦兒流浪記》、《青鳥》、《白雪公主》、《乞丐與王子》、《桃太郎跟金太郎》等等。從譯寫時間來看，在二二八事件之後，而《閑人閒話》出版不久之後即遭禁，白色恐怖的思想禁錮下，這些譯寫大概是文學心靈的一時慰安吧！而它帶給兒童和青少年的精神啟蒙，卻是恆久的。至於洪炎秋譯寫的原著是否皆來自日譯本的二度翻譯以及相關的翻譯創作問題，據聞目前已有翻譯研究者從事全面的探索，希望有具體成果，以補此端之不足。[13]

---

[12]洪炎秋〈省議會中應說國語〉發表於《國語日報》1978 年 1 月 11 日。收入《三友集》，頁 284。

[13]若以《東方少年》為關鍵字在「臺灣博碩士論文知識加值系統」查詢，目前有兩篇學士論文稍談及相關問題，分別為戴寶村指導，李玉姬撰寫的〈臺灣兒童雜誌《東方少年》（1954～1961）之研究〉（臺北教育大學臺灣文化研究所碩士論文，2009 年）及張清榮指導，吳宜玲撰寫的〈由《東方少年》月刊論五〇年代臺灣的兒童文化〉（臺南大學臺灣文化研究所碩士論文，2009 年）。

　　1957 年，洪炎秋在任教臺大中文系十年，出版《日本語法精解》、《文學概論》後，申請出國進修，提出的研究計畫是：美國人怎樣學中國語文和美國大學的推廣教育，沒想到出入境管理處不准，理由是：他乃省籍國學權威，似宜在國內教育青年，應暫緩出國進修。經過奔走與致函省主席周至柔，方克成行，先後到加州大學及耶魯大學，隔年經歐返國。1959 年《雲遊雜記》由臺中中央書局出版，距離《閑人閒話》出版時間超過十年矣！此事所以特別值得一提，一方面說明洪炎秋散文寫作中斷的時代與心理背景；二來，此一祕而不宣的禁忌，是由他致函葉榮鐘所透露，而信函乃葉榮鐘典藏捐贈清華大學，數位公開後的訊息，而洪炎秋給林莊生的信函，如前頭所述透過廖振富轉贈國立臺灣文學館典藏，這些新出土的珍貴史料的探索，值得重視；這也是本書作家作品選文中集選節錄「洪炎秋致葉榮鐘書信選」的原因。

　　洪炎秋和葉榮鐘同為鹿港人，年齡相近，友情甚篤，一直到晚年都還合作出書《三友集》（加上蘇薌雨）。清華大學典藏的洪炎秋書信，最早是 1957 年，最晚到 1978 年，信件的內容（部分未授權公開）除了日常問候與關懷外，有關文友的訊息、讀寫的交流尤其值得重視，洪炎秋除了鼓舞葉氏書寫其親歷的日治時期臺灣社會運動史之外，評點葉氏的記人之文，還對葉氏行文用語的夾雜日語和白話文言問題，多所指點，切磋的情誼見證了跨語世代散文書寫的艱辛歷程。

　　最後，感謝封德屏小姐給我機會，為我大學一年級「文學概論」的老師洪炎秋先生編輯此一資料彙編，責任編輯協助資料的蒐集整理，包括作品目錄提要、文學年表、研究目錄等，資料詳盡，鉅細靡遺，惠我良多，感恩不盡；洪炎秋先生的次女洪小如女士提供多張首次公開的照片，慷慨幫助，為本書增色不少，僅此致謝。本書不足之處，則由本人負責。

辑四◎
重要評論文章選刊

我父與我

◎洪炎秋

　　子女是自己的延長，盼望子女成人，拿得出手，原是為父母的應有的心情。《晉書・謝安傳》謂：「安嘗戒約子姪，因曰：『子弟亦何豫人事，而正欲使其佳？』諸人莫有言者，玄答曰：『譬如芝蘭玉樹，欲使其生於庭階耳。』」謝車騎這兩句答語，對於父兄責備子弟的心理，實在解釋得很妙，誰家庭院，願意它長些樗櫟雜草呢？五柳先生是千古的曠達人，他對於富貴榮華，視若浮雲，可是說到他兒子的賢愚，也就未能免俗，不得不有介於懷了。他有一首〈責子〉詩說：「白髮被兩鬢，肌膚不復實，雖有五男兒，總不好紙筆：阿舒已二八，懶惰故無匹；阿宣行志學，而不愛文術；雍端年十三，不識六與七；通子垂九齡，但覓梨與栗；天運苟如此，且進杯中物。」此詩雖寫得溫柔敦厚，十分蘊藉，然也不免有些倖倖失望之意，流露於字裡行間。由遺傳學的原理來推測，陶處士這五位少爺，何至於盡如他所說的那麼不肖？則亦不過是因為望之切，故不免責之深罷了。

　　古人有言：「知子莫若父。」我覺得這一句話，只能道著真理的一面而已。蓋父子日夜相處，為父母的，對於兒女的性癖，原是較有觀察的機會，照理是應該比別人較能理解；只因關切過深，以致他們的觀察，就免不了雜揉著很濃厚的偏私之見於其中；有些好處，自然是滿心歡喜，要誇得言過其實；有點壞處，也就難免失望懊惱，要罵得狗血淋頭了。莊子謂：「親父譽之，不若非其父者也。」蓋親父的毀譽，終是主觀太重，雜著偏私，難得公允，褒貶起來，當然不容易搔著癢處，倒不如局外人之能夠站在利害圈外，客觀地看到廬山真面也。古者易子而教，實在深有見地。

有子自教，別的毛病先不必提，只在督責上，因有偏私之念雜於其間，就
難以寬嚴得中；蓋情感深的人，既容易失之於寬，而理智重的人，又容易
失之於嚴，均免不了有流弊。韓昌黎有詩云：「有兒雖甚憐，教示不免
簡。」教子過簡，或者難免有些不妥，可是能夠發展個性，尚合近世大思
想家盧騷「歸返自然」的要求；若束縛過甚，如《晉書・孫盛傳》所說：
「孫盛性方嚴，有軌憲，雖子孫斑白，而庭訓愈峻。」那就大糟其糕了。
普天下讀者諸公！諸公試閉目想像：假如諸公府上，有這樣一位頑固不通
人情的當家老頭子，不管你歲數多大，天天在那裡向你喋絮發脾氣，豈不
難乎為其子孫嗎？孟夫子謂：「父子之間不責善，責善則離，離則不祥莫大
焉。」真真是閱歷有得之言，想要保持一家慈祥之氣的人，是不可不奉為
圭臬的。

　　我先父棄生先生，是一個蓄道德而能文章的人，原很值得尊敬，對我
幼時，也極寵愛，只因他蔑視了「易子而教」這條原則，以致後來弄到父
子失歡，無法恢復，令我抱恨終身。他是前清的一個秀才，甲午之役，淪
於棄地，眼看世事日非，便絕意功名，也就不再內渡，而以詩文自娛，過
那隱遁的頑民生活。當時有一班不自重的投機分子，學得幾句藍青的「洋
涇濱語」，可以奔走權貴，便狐假虎威，忘卻本來面目，大有古人所謂「漢
兒學得胡兒語，高踞城頭罵漢兒」的氣概，我父恨之刺骨，所以不令我們
入學校，而親自督責我們在家誦讀經史。我在幼時，頗知自強，12 歲的時
候，居然能謅歪詩，又跟我父一個朋友杜友紹先生學畫，也蒙杜先生十分
誇獎，我父甚為喜歡，曾作五古一首說：「我少解詩文，作書性所拙。下筆
走龍蛇，自笑同樗櫟。至於六法間，更不識毫髮。每羨畫書詩，昔人成三
絕。輞川圖中景，米家船中物。時懸吾心目，誰能相彷彿？吾兒秉幼慧，
游思造化窟。濕墨入鴻濛，佳句出倉猝。有畫兼有詩，文字亦勃勃。但此
俱末藝，未可矜寶筏。鄭虔老畫師，王維徒詩佛。儒生抱膝吟，貴能知治
忽。區區筆墨中，小材同綫轍。右相馳丹青，跼促伏堂闃。庶子號浮華，
承平空黼黻。汝果為通材，須立郅侯骨。早慧未足奇，老成斯卓越。方今

天地非，有才良拂鬱。滄海橫流時，無才更沉沒。萬卷床頭書，供汝自除祓。有成作班超，無成作楚屈。」

14 歲的時候，我讀完《左傳》和《通鑑輯覽》，即大作其史論，我父又在我的窗課後面題一七古說：「時世變遷一至此，讀書今已無種子，仁義道德等籧篨，糞土五經廿四史！吾兒閉門讀典墳，吾與汝作羲皇人，世風不染歐非美，時事遑知魏晉秦。姑從故紙討生活，三國六朝最摎葛，英雄豎子一剎那，氐羯匈奴況毫末。汝幼讀書慧眼懸，他時見異勿思遷，經濟訏謨獲機括，新法西學皆蹄筌。此間教人限等級，有如蛞蝓寶丸粒，吾家幸不隨步趨，汝輩唯當安誦習。聞道中原大改更，用夷入夏日勾萌，不信秦嬴遺禍火，至今商洛發儒坑。我自不求同時世，授汝一經為一藝。仕夷早已鄙劉殷，猾夏今更輕后羿。屈指于今十八秋。閱人閱世真蜉蝣，河山百戰蠻蝸角，寰海千邦楚沐猴。人才生今殊抑塞，有如黃楊當閏厄，蘇軾願兒為八慈，陶潛訓子望三益。海外方今禁讀書，乃公將史作薈薈，治身治世知治亂，一編何止伴閑居。」

讀了這首詩，可以看出我父是怎樣地怕我隨俗浮沉，見異思遷，怎樣地盼我能在故紙堆中，去尋覓清高的精神生活。可是那時正是新舊劇變，而我又正當知識初開的時候。要我「見異勿思遷」，談何容易？我當時求知慾非常熾烈，家中所藏的《瀛寰志略》、《萬國史記》、《格致新編》等書，都很有吸引我的魔力，其中最感動我的卻是我父看過的幾十本《新民叢報》，和十幾本鼓吹排滿的《復報》。《復報》的內容和執筆者，我已想不起來了，唯它的封面那兩個反寫的、每期換色的大字誌名，至今猶歷歷在目，印象非常地深。我看了這些書報，思想和興味，都大起動搖，覺得生在這個世紀的青年，是不應該只在《五經》、《廿四史》這些故紙堆中討生活的，而須想法子去吸收新的知識，有一番作為才是。然而在我的環境中，要想吸收新的知識，只有學習日語，是唯一的門徑。但是要公然學習日語，卻又和我父的家教，大相背馳，未便實行，所以我非常煩悶。幸而當時有一個住在緊鄰的族兄，是日本師範學校的畢業生，他平素也很看得

起我，所以我就懇求他，每天偷偷教我一兩小時的日文和算術，承他快諾，讀了一年多，就把日本小學六年間所讀的書籍，全部讀破。又繼續購讀早稻田大學刊行的中學講義錄，熱心用功。

　　自是之後，一心即不能兩用，對於我父所教的功課，自然就不能夠兼顧，兩年之間，全無寸進，以致我父十分惱怒，曾作一首〈廢學歎〉以呵我說：「身材日大心日矗，塊然質在神乃徂。去年至今無隻字，後來料汝成偏枯。有兒早不願早慧，望汝我亦知我愚。功名事業世無有，學問文章我有無。汝小有才汝不學，我長無用我何圖？詩文書畫皆末藝，一藝成名勝枵樗。坐而不習何由變，不變何由與眾殊？曩年課汝誦經史，望汝積殖為鉅儒；近年攜汝游山水，望汝翛遠離塵趨。汝不扶犁不戴笠，形既甚泰心何劬？奈何飽食終不用，方寸封閉為萊蕪。心本如花復如稻，一日不灌同枯株。人生望子如望歲，苗雖已敗猶望蘇。譙呵誚罵當知恥，不恥定知不丈夫。此非挾山非超海，汝苟安步何崎嶇。行百里者半九十，崦嵫豈可及東隅？及此回頭猶未晚，再三年後將攣拘。文人未必便無後，有眉山蘇秀水朱。此生我亦讀書誤，舍卻讀書無遠謨。書香俎豆名山業，一線當得千鈞扶。」

　　「書香俎豆名山業」，這是飽經憂患，抑志難伸的人，才能發生的心情，要以此來期望一個雄心勃勃的十幾歲的少年，豈非等於南轅而北轍？那當然是要失敗的。義大利的詩人勒阿巴耳地（Leopardi）說過：「兒子和父親決不會講得來，因為兩者年齡至少總要差二十歲。」我父和我，就是很好的一個明證。我父教我以正經，我還聽不入耳，難怪乎漢代陳萬年教子學諂，以致其子陳咸厭倦入睡，至於頭觸屏風，留為千古笑柄也。我和我父既然發生正面衝突，因此決心抓破臉皮，各行其是，於是就由我父存在銀行的儲金中，偷出六百圓，私搭輪船，逃到東京去留學了。我父既然看出我這孺子是不可教的，朽木難雕，便也索性放任我去胡鬧。現在事過境遷，我在外面已胡鬧了二十餘年了，終於落得個「一事無成兩鬢斑」，應了我父的讖語，深悔當年不如老老實實去傳受我父的家學，或者還有成個

一得之愚的希望，也免得父子失和，貽憾終生。而今我父的墓木已拱了，
「樹欲靜而風不止」，此情此景，負負徒呼！

（民國 29 年 2 月）

——選自洪炎秋《閑人閒話》

臺中：中央書局，1948 年

漫談隨筆

◎洪炎秋

　　日本吉田精一在《昭和的隨筆》的開頭，說過這樣的話：「昭和時代（就是現在）也可以說是隨筆時代吧。有個學者這樣說：『20 世紀已經不是小說的時代了。』從世界文學史來看，恐怕不一定可以這樣說，只是跟 19 世紀的寫實主義，有著不同的形式罷了。不過，如果從日本文學史來看，則不但在近代沒有像昭和時代的隨筆這麼隆盛的時代，就在一千數百年中，也是沒有過的。」朱自清在〈甚麼是文學〉中也說：「到了現在，小說和雜文似乎占了文壇的首位，這些都是散文，這正是散文時代；特別是雜文的發展，使我們的文學意念近於宋以來的古文家，而遠於南朝。」胡適之則在〈五十年來之中國文學〉中說：「白話散文很進步了。長篇議論文的進步，那是顯而易見的，可以不論。這幾年來。散文方面最可注意的，乃是周作人等提倡的小品散文。這一類的小品，用平淡的談話，包藏著很深的意味，有時很像笨拙，其實卻是滑稽。這一類作品的成功，就可以徹底打破那美文不能用白話的迷信了。」

　　這三位文學家的共同意見，都認為這個時代是小說以外的散文——就是所謂隨筆，所謂雜文，所謂長篇議論文，所謂小品，所謂美文等等，最為發達、最有成就的時代；這類散文雖然還不能取小說而代之，卻已經日漸擡頭，可以跟小說並駕齊驅，駸駸乎有在文壇上問鼎的輕重的形勢了。不過小說以外的散文，名目繁多，大體上可以分為兩類：一為抒情遣興的，可以叫做「隨筆」，上面所說的小品、美文等，屬於這個範疇，性質近乎「六朝」，近乎西洋的 Essay；一為議論敍述的，可以叫做「雜文」，上面

所說的長篇議論文一類的作品，包括在內，性質近乎「宋以來的古文家」，近乎西洋的 Journalese。這兩者雖然「陽虎貌似孔子」，形式很相彷彿，內容卻大有逕庭；大體說來，前者下筆隨意，輕鬆悠閑，後者立論鄭重，顧瞻周到；用六朝人的專門術語來說，前者是「文」，後者是「筆」；如果用近代人的說法，則前者是「言志派」，後者是「載道派」；前者重視文學價值，後者關心實際效果；前者要把所寫的文章，雕琢成一件藝術的作品，後者則要把它製造為一種濟世的工具。

不過「隨筆」和「雜文」，如果想要給予一個嚴格的分別，就會和六朝人處理「文」和「筆」一樣，總是糾纏不清，沒有法子劃明界線。我們可以大概地說：雜文精的，就成隨筆；隨筆粗的，就叫雜文。這裡所說的隨筆，是一種新的文學體裁，相當於法文的 Essai 和英文的 Essay，跟宋代洪邁的《容齋隨筆》以後，直到清末俞樾的《春在堂隨筆》為止的所謂隨筆，完全不同。以前的所謂隨筆，是讀書、閱歷所見所聞的散漫的箚記，像〈《容齋隨筆》序〉所說的那樣：「予老去習懶，讀書不多，意之所之，隨即記錄，因其後先，無復詮次，故目之曰隨筆。」這種寫法，自然不會有文學價值；而新的隨筆，則或多或少，總要以藝術作品為目標，朝著這個方向去下筆的。總而言之，這猶如近幾十年來，我們穿西服，吃西餐，住洋房一樣，要採用西洋的方式來豐富我們的生活；於是乎在文學方面，也同樣地輸入許多新的樣式，來充實我們的文學，隨筆就是其中的一種；因此我們可以簡單地說：西洋人寫的叫做 Essay，中國人寫的就叫做隨筆。

如此說來，我們要了解隨筆，就該先對 Essay 檢討一番了。英語的 Essay 是從法語 Essai 輸入的外來語，原來的意思是「嘗試」，1580 年法人蒙旦把他的隨想錄叫做 *Essais*，意思是說：要把他對於人們的觀察和自己的反省，試談一下。1597 年英人倍根模仿蒙旦的作風，也把他的隨筆叫做 Essayes，六年後義大利亡命客佛羅里奧，翻譯蒙旦的原書為英文時，就把它寫成 *Essays*，這個字的英文拼法，就從此確定了。倍根所以採用這個字來做書名的理由，據他在 1612 年再版時，準備呈獻給亨利皇太子而寫的說

明說：「這是一種簡短的備忘錄，與其說是綿密的，毋寧說是為要使其富有暗示而寫的文章，我把它叫做 Essay。這是一個新字，但是東西卻是古已有之的。例如辛尼加給魯基紐斯的『書翰』，就可以說是 Essay，也就是隨想錄。」

我們再查 James A. H. Murray 的《英語大辭典》，看著它對於 Essay 這個字怎樣解釋。它說 Essay 有三類十種區別，其中第一類第八種意思說：「這是一種長短適當的文章，對於某個特殊的題目，或題目的一枝杈，加以談論，通常帶些未成品的氣味，就像約翰遜說的『是一篇不規則而且沒有消化的作品』，不過現在指的是一種範圍雖有制限，卻是多少要經過推敲的文章。」《大英百科全書》說的也差不多，它說：「作為文學的一種形式來看，Essay 是一種長短恰當的作品，通常用的是散文，以輕鬆而簡略的筆法去處理主題；嚴格說來，它處理的，僅僅是有關作者的主題。」現代中國的偉大的 essayist 林語堂把 essay 譯為「小品文」，他對它也有一段說明：「此種小品文，可以說理，可以抒情，可以描繪人物，可以評論時事，凡方寸中一種心境，一點佳意，一股牢騷，一把幽情，皆可聽其由筆端流露出來，是之謂現代散文之技巧。」

為探本究源起見，我們最好還是看看蒙旦執筆當時，對於寫作 Essai 所抱的是甚麼態度。他在序文中說：「這些東西，才是地地道道的書籍。看官們，這個意思，我早就在卷頭告訴你們了。我在這裡，除了為一家一身而著想以外，甚麼企圖也沒有。我絲毫沒有想要有益於你，也不打算衒耀我的榮譽。這種企圖，絕不是我的能力所能及的。我的這些東西，僅僅是為要便於親友而寫的。換句話說，就是在失掉了我以後（不等多久，他們總會碰到這一天），為要使他們對於我的心情、氣質的特徵，能夠想出幾分來；使他們從來對於我所抱持的知識，由於讀了這些文章，而更臻完備，更能夠顯得活現；我是為這些目的而寫的。如果我的目的在於譁眾取寵，我總該把自己妝點一番，裝裝模，作作樣吧。我所希望的，是諸位可以在這裡面，從我的自然的，平常的，沒有緊張，沒有造作的，單純的丰采之

中，看出我來。不折不扣，我在這裡描寫自己。我的缺點可以明明白白看到。我的天生本質，也是一樣。不過這卻要在沒有對世人失禮的程度內去寫。假使我是處於現在還在自由寬大的自然的最初的規定下過日子的那種民族之間生活著，我一定十分高興，毫不保留地把自己描寫出來。那麼，看官們，我自己本身就是我的書籍的內容。」

從蒙旦的序文之中，就可以知道西洋人為甚麼把隨筆的文體稱為「個人筆調」（Personal Style），稱為「娓語筆調」（Familiar Style）了。隨筆雖然可以小至蒼蠅，大至宇宙，草木蟲魚，飛禽走獸，無所不談，但是它一定要遵照胡適之的指示：「要說自己的話，不說別人的話」；言言句句，必靠有一個「我」存在於裡面，不論談的是自己，或是外界，都要出自肺腑，如同跟著至親好友，海闊天空，閑話家常。晚明文人，很懂得這種寫隨筆的妙境，像江盈科稱讚袁中郎的尺牘說：「一言一字，皆心所欲言，信筆直書，種種入妙。」李贄〈與友人書〉說：「凡人作文，皆從外邊攻進裡去，我為文章只就裡面攻打出來。……只如各人自有各人之事，各人題目不同，各人只就題目裡滾出去，無不妙者。」

西風東漸以來，擅寫 Essay 式的隨筆的文人，無過於周作人和林語堂，他們寫隨筆時的態度，也是很值得我們參考。周作人在〈《澤瀉集》序〉說：「近來所寫，只是感想小篇，但使能夠表得出我自己的一部分，便已滿足，絕無載道或傳法的意思。」林語堂也在〈《生活的藝術》序〉裡說：「我不是高深的思想家，欠缺學究式的（academic）哲學訓練。不能像正統哲學者那樣，踏著嚴密的理論方法，去進行議論。只憑著直感的判斷，來平易地優美地表現自己的思考罷了。」他在〈論小品文筆調〉文中，要我們「作文時，略如良朋話舊，私房娓語，此種筆調，筆墨上極輕鬆，真情易於吐露，或者談得忘形，出辭乖戾，達到如西文所謂『衣不扣鈕之心境』（Unbuttoned Moods），略乖新生活條件。然瑕疵俱存，好惡皆見，而作者與讀者之間，卻易融洽，冷清，寬適許多，不似太守衣帽膜拜，恭讀上諭一般樣式。且無形中，文之重心由內容而移至格調，此種文

之佳者，不論所談何物，皆自有其吸人之媚態。」

　　日本英文學者福原麟太郎在《英國隨筆史》中，認為隨筆除了比較短小之外，還具備著三個特色：1.心境的記錄——趨向內側的人生的興味；2.重視技巧——雜多之中有統一——有藝術的緊湊；3.懶散的精神——逍遙自在——安靜的觀照。他認為隨筆是鎔鑄作者的經驗、思想、筆調三者而成的。宋張耒的〈《東山詞》序〉中有幾句話，也可以移來形容隨筆的妙境。它說：「滿心而發，肆口而成，不待思慮而工，不待雕琢而麗者，皆天理之自然，而性情之至道也。」這種隨筆必是一個學識、修養、經驗都極其豐富的至人的精神蓄積的自然反映，所以才能夠富有詩趣，才能夠具備著「雲無心以出岫」的自然，「柔條紛冉冉，落葉何翩翩」的閑適，「落花流水窅然去，別有天地非人間」的奧妙吧。

（民國 56 年 1 月　《純文學》）

——選自洪炎秋《語文雜談》
臺北：國語日報附設出版部，1978 年 10 月

作家的修養

◎洪炎秋

　　中國文藝協會曾經辦了一個為期半年的文藝講習班，班中分有詩歌、小說、戲劇、和散文四組。散文組每週有一小時叫做「創作經驗談」的課程，由朱介凡先生主持，邀請成名的散文作家，輪流來會講演，談談他的創作經驗，以供學員參考。有一天，介凡兄光臨舍下，把一頂「散文作家」的帽子，往我頭上硬扣，叫我去做一小時的講演。處在這個爭奪帽子的年頭，像前此一群大詩翁，為了搶戴一頂桂枝帽子，大家打得頭破血流的時候，有人白白送你一頂戴戴，雖是受之有愧，倒也卻之不恭；況且這是一頂《詩經》所誇稱的素冠，既非紅的，也非綠的，把它戴上，不但不犯國法，也沒有帷薄不修的嫌疑，只好硬起頭皮，沐猴而冠，任由介凡兄牽著玩耍一番罷了。不過帽子好戴，講演難為，我本來不是「作家」，自然不懂「創作」，叫我怎樣去談「經驗」？只好換用一個題目，叫做「作家的修養」，惡補兩個晚上，遵照臺灣諺語的提示，「拿別人的屁股，做自己的面皮」，當起文抄公，前往敷衍一番。講演完畢，學員行禮如儀，鼓掌捧場，已經使我渾渾陶陶了；回到休息室，辦公的李小姐給我倒了茶後，又遞給我一個紅包，說是這一點鐘的鐘點費，更使我高興得飄飄欲仙了。我原以為這是拉官差，準得白盡義務，沒有想到竟然有這麼一包倘來的阿堵物，大出意外。不過這個紅包不給還好，給了反而勾起了我的一段故事，引出我的牢騷來。

　　記得「兄弟在美國的時候」（在這個「唯美主義」瀰漫全國的當今，據說不論說話或作文，懂得插上這類的句子，最能引起讀者的興趣。然歟？

否乎？姑一試之），看到報屁股寫著這樣一段故事：有一個人買了一架電視機，用了沒有幾天，電視機忽然失靈，他就按照說明書的指示，自己調整了一個整夜，怎麼也弄不好，第二天只好打電話叫修理電視機的鋪子派人來修理，鋪子派來一個工人，在電視機上東轉轉西摸摸，不到五分鐘，就給修理好了。他問工人要多少工鈿，工人老虎大張嘴，一要就是五弗（日本人以弗字像美金符號＄字的形狀，就用弗字來表示美金，深合六書轉注之義，禮失而求諸野，大可東化一下），此人勃然大怒說：「美國縱使人工昂貴，也沒有五分鐘要五弗的道理。」可是這個工人卻理直氣壯，振振有詞地說：「你知道不知道我所以能夠在五分鐘內把你的電視機修理好，是從三年學徒生活的苦修中得來的嗎？我現在賣給你的是三年的苦修工夫，而不是五分鐘的撥弄操作。」現在介凡兄只給了我一個鐘點的工鈿，而抹殺了我兩個晚上惡補的苦修，實在心有未甘，老想設法找補一下；正好碰上本誌屆滿第一百號，編輯部逼我非寫一篇稿子不可；又看到了孫如陵先生在上期本誌上，表現了一個好榜樣；遂決心步孫先生的後塵，把這碗冷飯，重炒一遍，一來聊盡一番會員的義務，二來敷衍朋友的面子，三來賺些稿費，以補償兩夜惡補工夫未得的報酬，簡直是一石三鳥，實在是罕有的妙招，何樂而不為乎？閑話休提，言歸正傳，一個作家所需要的，是怎樣的修養呢？請看官們聽我細細道來。

　　要做一個「作家」，應該走那一條路呢？上大學的文學系成嗎？不成，不成！那只能培養「學者」，絕對不是製造「作家」的機構，縱使偶然有一兩個「作家」從那裡跑了出來，也只是意外的副產品，不是它本來的目標。這並不一定是大學看不起「作家」，不屑去培養，而是它的部定課程，逼它這樣；不但是中國的文學系的課程如此，就是外國的文學系的課程也不能例外。此路既不通行，那麼，跑到這裡的文藝講習班來講習講習成嗎？得到的答案，也照樣是不成。四個年的正規教育做不到的事情，六個月的短期講習，怎麼能做得到？那麼，這樣不成，那樣不成，怎麼樣才成呢？我想除了遵照趙麗蓮教授交棒時，對臺大外文系學生說的一句臨別贈

言以外，沒有別的路子可走。他說：「除了自己，絕不依靠任何一個人。」（Never depend upon anyone but yourself.），這個金言，適用於從事各種學問的學徒，想要當個「作家」的人，更須拳拳服膺，古來有名的作家，都是依靠自己的苦修，打出天下來的。

　　記得宋朝陳師道的《後山詩話》，說過這樣的話：「永叔（歐陽修）謂為文有三多：看多，做多，商量多」，真是寶貴的啓示。作品看多了，可以幫你擴充語彙，精通句法，吸收別人的作風，多獲模範，同時懂得別人在作品中所表達的廣泛的觀點和湛深的經驗。不過據我愚見，「看多」的涵義，除了多看書籍以外，還要多看宇宙間的自然和社會的多采多姿的事事物物，也就是應該把「閱歷多」包括在內。因為文學是人生的表現，人生經驗越豐富，則文學的資本越雄厚，寫作起來，自然就容易獲得左右逢源之樂了。不過同是經驗，由書本上得到的間接經驗，總不如自己親身所歷的直接經驗，來的親切而深刻，所以俗諺說：「聽見不如看見，看見不如做見。」古人對於一個作家的要求，除了「讀萬卷書」以外，還要他「行萬里路」，就是這個道理。

　　在歷代的史學界中，坐著第一把交椅的作家司馬遷的寫作資本，就是從「讀萬卷書，行萬里路」的「多看」工夫得來的。他在〈太史公自序〉中說：「遷生龍門，耕牧河山之陽，年十歲則誦古文，二十而南遊江淮，上會稽，探禹穴，闚九疑，浮於沅湘，北涉汶泗，講業齊魯之都，觀孔子之遺風，鄉射鄒嶧，戹困鄱、薛、彭城，過梁楚以歸。於是遷仕為郎中，奉使西征巴蜀以南，南略邛、筰、昆明，還報命。」可見靠旅行和讀書的「多看」的工夫，對於一個作家的成就，是多麼重要呢。宋蘇轍〈上樞密韓太尉書〉說：「太史公行天下，周覽四海名山大川，與燕趙間豪俊交遊，故其文疏蕩，頗有奇氣。」明李沂《秋星閣詩話》則說：「讀書非為詩也，而學詩不可不讀書。詩須識高，而非讀書則識不高；詩須力厚，而非讀書則力不厚；詩須學富，而非讀書則學不富。昔人謂子美詩無一字無來處，由讀書多也。」

　　看多了，不但一般博大精深的大道理，可以採來做你寫作的良好資料，就連那些瑣屑猥褻的事物，只要運用得宜，也一樣可以使你的文章顯得有聲有色。宋周紫芝《竹坡詩話》說：「李端叔常謂余言：東坡云：街談巷語皆可入詩，但要人熔化耳。」清初古文大家魏禧也主張要做文章，應該把「竹頭木屑」和「金玉珠寶」，平等看待，一齊收羅，好好加以「蓄積醞釀」，到了作文的時候，自然能夠左右逢源，各顯神通了。他在〈《宗子發文集》序〉中說：「人生平耳目所見聞，身所經歷，莫不有其所以然之理，雖市儈、優倡、大猾、逆賊之情狀，灶婢、丐夫，米鹽、凌雜鄙褻之故，皆必深思亦謹識之，醞釀蓄積，沉浸而不輕發，及其有故臨文，則大小深淺，各以類觸，沛乎若決陂池之不可禦。譬之富人積財，金玉布帛，竹頭木屑糞土之屬，無不豫貯，初不必有所用之，而當其必需，則糞土之用，有時與金玉同功。」這種「蓄積醞釀」的工夫，一定要靠多看來達成，不過必須平時多多燒香，臨到急時才想去抱佛腳，是來不及的。近代吳曾祺《涵芬樓文談》說：「儲材之法，可儲之於平日，而不能取之於臨時。」就是這個意思。

　　一個作家的修養，除了「看多」以外，「做多」也很必要，俗語說：「熟能生巧」，熟就是從「做多」來的。法國大作家莫泊桑，剛習寫作的時候，要去拜寫實派大師福羅貝爾為師，福羅貝爾叫他回家，先去細心觀察一百個人的生活行動，分別一一把它描寫出來，完成了後，再來商量。莫泊桑遵照辦理，費了好幾個月工夫，把一百個人的起居注做成功了，就拿去交卷，福羅貝爾審查了這一百篇力作以後，就把莫泊桑叫來，告訴他說：「你的寫作的基本訓練，已經畢業，師也不用拜了，回去自己好好繼續寫下去吧，這樣就會越寫越好的。」莫泊桑得了這一指點，後來果然也成了一個舉世聞名的大作家。

　　不過想要「多做」，初學的人，總是眼高手疏，不懂得怎樣著手，據我愚見，開始的時候，不妨自己挑選一些名家作品，悉心加以模仿，像書家臨帖一樣，自然就不怕做不多了。吳宓說：「文章成於模仿。古今之大作

者，其幼時率皆力效前人，節節規撫，初則形似，繼則神似，其後逐漸變化，始能自出心裁；未有不由模仿而出者也。」但是「節節規撫」，只是初學時候的一種手段而已，一定要進而脫胎換骨，達到「自出心裁」的境地，才能成為一個作家，如果始終脫離不了模仿，那就沒有價值，無法擠進作家之列了。顧亭林說：「近代文章之病，全在摹仿；即使逼肖古人，已非極詣，況遺其神理而得其皮毛者乎？……效《楚辭》者必不如《楚辭》，效〈七發〉者必不如〈七發〉，蓋其意中先有一人在前，既恐失之，而其筆力復不能自遂，此壽陵餘子學步邯鄲之說也。」總而言之，要成一個作家，不管是「節節規撫」也罷，「獨出心裁」也罷，總得痛下工夫，多多寫作，才能達成目的，單憑「靈感」，是無濟於事的；宋呂居仁說：「作文必要悟入處，悟入必自工夫中得來，非僥倖可得也。」所謂「悟入」，就是「靈感」；所謂「工夫」，就是「做多」，這兩者猶如輔車相依，是缺一不可的。桐城派開山祖師姚鼐，也在〈與陳石士書〉中，把這個意思發揮得很好，他說：「學文之法無他，多讀多為，以待其一日之成就，非可以人力速之也。士苟非天啓，必不能盡其神妙；然苟人輟其力，則天亦何自而啟之者哉？」朱光潛對這一層，在〈談文學〉中，說得更明白：「學文學第一要事，是多玩索名家作品；其次是自己多練習寫作，如此才能嘗出甘苦，逐漸養成一種純正的趣味，學得文學家一副體驗人情物理的眼光和同情。到了這步，文學的修養，就大體算成功了。」歐陽修〈答孫莘老〉說：「疵病不必待人指摘，多作自能見之。」這些大家的指示，或長或短，無非都是要告訴我們，多做是如何地重要罷了。

除了看多和做多以外，「商量多」也是作家修養上不可或缺的工夫。商量就是添削和推敲，本是可以跟師友斟酌的，不過自己跟自己商量，更為重要，古來名家，沒有不對這一層，下過重大的苦心。晉左思作〈齊都賦〉，一年方成；作〈三都賦〉，歷經刪改，經過十年，才得脫稿。宋徐度〈卻掃篇〉說：「陳無己之詩，揭之壁間，坐臥吟哦，有竄易至一月十日乃定。有終不如意者，則棄去之。故平生所為至多，而見於集中才數百

篇。」提倡三多說的歐陽修，對於自己的這個主張，更是忠實勵行。據葉夢得《石林燕語》所說：「歐陽文忠公晚年取平生所為文，自編次之，即今所謂居士集者。往往一遍至數十遍，有累日考取不能決者。一夕大寒，燭下至夜分，薛夫人從旁語曰：『寒甚，當早睡，胡不自愛？此己所作，安用再三閱，寧畏先生嗔耶？』公笑曰：『正畏先生嗔耳。』」世傳他每寫一文，輒糊於牆上，改了又改，當改定時，常常不存原文一字。例如他那篇〈醉翁亭記〉，初稿發端凡三四行，將滁州四面的山，一一描寫，累次修改，總不愜意，後悉塗去，而易為「環滁皆山也」五字。王安石對這一點的用力，也和歐陽修不相上下。據洪邁《容齋續筆》說：「王荊公絕句『春風又綠江南岸』，原稿『綠』作『到』，圈去，註曰：『不好』，改『過』字，復圈去，改為『入』，旋改『滿』，凡如是十許字，始定為『綠』。」蘇東坡也一樣下過「多商量」的苦工夫，他那篇〈潮州韓文公廟碑〉，起句屢改其稿，凡百十次，最後乃定為：「匹夫而為百世師，一言而為天下法。」

　　凡是成名的作家，無分中外，都要對他的作品，十斟八酌，改了又改，在沒有十分自信以前，大都是不肯輕易發表的。托爾斯泰那部大部頭的《戰爭與和平》，經他太太仔細替他抄謄七次，每一次的稿紙，總是刪改得體無完膚，面目全非，到了第七次才覺得不需再抄，勉強可交手民排版。近代寫實主義倡導者的福羅貝爾，為要寫作那部有名的《包華利夫人》的寫實小說，費了五年工夫，寫出了三萬一千七百八十八頁的草稿，然後著手仔細推敲，終於改成為一部四百八十多頁的定本。有一次，一個朋友來訪問他，看見他愁眉苦臉，埋頭在書齋裡工作，就問他：「這一天寫了多少字？」他說：「悶坐了四個鐘頭，不但作不出一句來，反而刪掉了一百多行。」由此看來，難怪杜甫說他「新詩改罷自長吟」，皮日休說他「吟成七字句，撚斷數莖鬚」了。賈島作了一聯「獨行潭底影，數息樹中身」，自注說：「兩句三年得，一吟雙淚流；知音如不賞，歸臥故山秋。」凡此種種，全是名家愛惜羽毛的表現。

　　無論作詩，無論作文，這種「百鍊成字，千鍊成句」的苦心孤詣、慘

澹經營的工夫，都是缺欠不得的。明李沂《秋星閣詩話》說：「作詩如食胡桃宣栗，剝三層皮方有佳味。作而不改，是食有刺栗與青皮胡桃也。」梁實秋說：「散文的藝術中，最根本的原則，就是割愛。一句有趣味的俏皮話，若與題旨無關，只能割愛；一個美麗的典故，一個漂亮的字眼，凡與原意不甚洽合者，都要割愛。散文的美，不在你能寫多少旁徵博引的故事穿插，亦不在多少典麗的辭句，而在能把心中的情思乾乾淨淨直截了當地表現出來。散文的美，美在適當。不肯割愛的人，在文章的大體上，是要失敗的。」世上許多膾炙人口的好作品，讀起來輕鬆愉快，好像是作者漫不經心，一揮而就的神來之筆，其實乃是作者無數的心血的結晶；大才子袁子才的詩文，可以為證，他在一首題名「遣興」的七絕中坦白出來說：「愛好由來落筆難，一詩千改始心安。阿婆猶似初笄女，頭未梳成不許看。」由此一斑，可窺全豹了。

（民國 54 年 9 月　《中國語文》）

——選自洪炎秋《又來廢話》
臺中：中央書局，1966 年 9 月

國語和方言

◎洪炎秋

　　兩年前我在立法院一個座談會上說:「國語和方言,並非勢不兩立,乃是可以共存共榮的。我們想要統一國語,應該採取華盛頓王道主義的措施,在那原存的 13 州上面,建立一個共有的聯邦政府;不必採取秦始皇霸道主義的方式,非消滅六國,定於一尊不可。前者費力小而收效大,後者費力大而收效小。」這是我以一個本省人的身分,參加統一國語運動二十多年經驗有得之言,所以提出來供同志們參考,沒有想到此話一出,竟挨了熱心於國語教育的人們許多罵,甚至說我把國語運動拉退了十五年。最近我又在中華文化運動推行委員會召開的國語運動座談會上,重申此意,又接到了幾封匿名的漫罵信,所以我不得不把理由申述一下。我的這個主張,並非自我作古,乃是抄襲 52 年前劉半農先生的舊調,由我的實地經驗,加以印證罷了。

　　民國十年國語運動界「京音」、「國音」之爭,正達高潮的時候,北京大學教授、教育部國語統一籌備會委員劉半農先生正在巴黎大學研究語言學,他寫了一篇長文,寄回發表,文中有一段說:「在討論這個爭點之前,應當先把一個謬誤的觀念校正。這觀念就是把統一國語的『統一』,看作了統一天下的『統一』。所謂統一天下,就是削平群雄,定於一尊。把這個觀念移到統一國語上來,就是消滅一切方言,獨存一種國語。」

　　「這是件絕對做不到的事。語言或方言,各有他自然的生命。他到他生命完了時,他便死;他不死時,就沒有甚麼力量能夠殘殺他。英國已經滅了印度了,英語雖然推廣到了印度的一般民眾,而種種的印度語,還依

然存在。瑞士的聯邦政府早已成立了,而原有德、意、法三種語言,還守著固有的地域,沒有能取此代彼,以求『統一』。法語的勢力,不但能及於法國各屬地和比利時瑞士等國,而且能在國際上占優越的地位,然而在法國本境,北部還有四種近於法語的方言,南部還有四種不甚近於法語的方言,並沒有消滅。從這些事實上看來,可見我們並不能使無數種的方言,歸合而成一種的國語;我們所能做的,只是在無數種方言之上,造出一種超乎方言的國語來。我的意思,必須把統一國語四個字這樣解釋了,然後一切討論才能有個依據。」

「我的理想中的國語,並不是一件何等神祕的東西,只是個普及的、進步的藍青官話,所謂普及,是說從前說官話的,只是少數人,現在卻要把這官話教育,普及於一般人。所謂進步,是說從前的官話,並沒有固定的目標,現在卻要造出一個目標來。譬如我們江陰的方言,同官話相差得很遠。從前江陰人要學說官話時,並沒有官話的本子,只是靠著經驗;他今天聽見有人稱『此』為『這』,稱『彼』為『那』,他就說起『這』與『那』來,後來覺得沒有甚麼阻礙,他就算成功了;他明天又聽見有人稱『何物』為『甚呢羔子』,他也照樣的說,久後才覺得這是一句江北話,不甚通行,必須改過,他就算失敗了。他這樣用做百衲衣的辦法,一些些湊集,既然很苦,成績也當然不好。但他有一種不可忽視的精神,就是他能暗中摸索,去尋求中國語言的『核心』。我們現在要講國語教育,只須利用一種向心力,把這個具體的核心給大家看了,引著大家向它走,我並不敢有過奢的願望,以為全中國人的語言,應當一致和這核心完全密合;我只想把大家引到了離這核心最近的一步……就是我們見了廣東人,可以無須說英國話的一步。」

劉半農先生的同事,也是國語運動的一位健將錢玄同先生,讀完這篇文章,寫了一篇讀後感,開頭就說:「半農這篇文章的主張,據我看來,沒有一句不是極精當的。」可見他們英雄所見全同,可以代表「國音」派的說法,雖然不為「京音」派所贊同,可是仍有參考的價值。

　　據哈佛大學語言學教授豪根（Einar Haugen）博士的估計，現在世界上約有三千種以上互不相通的語言：只說美國加州一州，在白種人還沒有來到以前，那裡的印第安人就使用著超過一百種的語言。臺灣高山族的語言，也有八種完全互不相同。這是由於未開發的少數住民群，居住於彼此容易孤立，不受鄰接住民群的影響，可以自給自足，過著老子所說的「安其居，樂其俗，鄰國相望，雞犬之聲相聞，民至老死不相往來」的生活，經過時間慢慢的塑造，終於形成了一種與眾不同的語言來。現代新興的許多國家，由於國內語言複雜，沒有法子制定一種全國承認的國語的，比比皆是。非洲遠僻地區不用說了，就拿咱們鄰近的亞洲來做例吧，菲律賓人口不過三千多萬，只因島嶼散布，產生了方言八十多種，獨立的時候，決定採用馬尼拉區的「大家樂」（Tagalog）作為國語，推行了二十多年，國民不肯遵行，結果只好拿以前統治者的語言——英語和西班牙語，作為公用語。印度人口多達五億，語言更加混亂，獨立的時候，要採用說的人比較多些的「興第」（Hindi）語作國語，也是此路不通，結果選出十四種方言，並列為國定公用語，實行起來，困難重重，終於拿英語來充做國語的代用品。新加坡是一個只有二百萬的人口，五百四十平方公里的土地的蕞爾小國，卻因為除了百分之七十五的中國人以外，還有少數的馬來人、印度人、和英國人雜居一起，不易同化，只好承認英語、馬來語、淡米爾語、跟中國語並列，同為國定的官話。

　　比較起來，咱們中國在國語方面，可以說是得天獨厚的一個國家。咱們中國地大人眾，論人口數目，超過七億，在全球一百多個國家中，高居第一位，占著全世界總人口的近四分之一。論土地面積，也有九百六十萬平方公里，坐著第三把金交椅。咱們號稱五族共和，是漢、滿、蒙、回、藏五個民族構成的國家，可是漢民族占著十分之九，其他四族合起來不過十分之一而已，所以說漢語的人，占著絕大多數，說非漢語的人，占著絕對少數。在這一個漢語系統中，雖然方言相當複雜，卻都是同源的語言的分支；有些分歧得很厲害，不過只要稍加考察，就可以看出它是由同一個

語言演變出來的，因此在我國說漢語方言的人，要學習國定的國語，不會感到甚麼困難。

　　現在所謂國語，早先叫做官話，都是拿國都所在地的方言來做標準的，所以國語也是一種方言，只因它在政治上和教育上處在一個絕對優越的地位，於是乎說的人就多起來，不是別種方言所能望其項背的。在全國中各地方言接近標準國語的地區，非常廣大，這種地區一般的人習慣上把它叫做「官話區」有包括冀、魯、豫、察，綏的「北方官話區」，包括遼、吉、黑、熱的「東北官話區」，包括陝、甘、青、寧、晉的「西北官話區」，包括川、滇、黔、桂的「滇西南官話區」，這些地區的方言，跟標準國語的距離，雖然有的遠些，有的近些，形形色色，各不相同，不過大致可以互相了解，不必翻譯。這類的方言，早先叫做「藍青官話」，現在叫做「普通話」，說這種話的地區，據趙元任先生的估計，約占全國四分之三的面積，三分之二的人口。官話區從統一國語的立場看來，不成多大問題，最成問題的，第一是非漢語區，其次是漢語系統中的非官話區，其中以廣東、福建和臺灣，最為嚴重。幸而這些非官話區的方言，也跟官話區的方言一樣，變化雖然有大小的差別，都是漢語這個大源頭分支出來的，枝葉雖不相同，根柢卻是一致，彼此交流，十分容易，將來教育普及，交通發達，再輔以電視、廣播、錄音這些傳播工具，我們相信不久的將來，全國國民就都能夠用一種共同的標準國語，來互相表達意志，溝通情感了。

　　大家知道，要研究一種方言跟另一種方言的歧異，有三個問題需要注意；第一是同字異音，其次是同義異詞，第三是語法上的不同，拿國語和閩南語來做例吧，這兩種方言歧異最多的，是同字異音，凡是最常用的詞素，幾乎十之八九，屬於此類。例如東、西、南、北，春、夏、秋、冬，上車，入學等等都是。同義異詞的，在詞素中，大約不過十之一二，例如國語的「老闆」，閩南語叫做「頭家」；國語的「伙計」，閩南語叫做「辛勞」；這類的詞素，分量占得不多，而且有些這類的方言，由於國語的普及已經漸漸被國語取而代之了。至於文法上的歧異，更是少之又少，我們最

常遇見的，是閩南語中喜歡用「有」作為表現過去的助動詞，是國語文法中所沒有的。例如國語說：「你去開會了沒有？」閩南語就要說：「汝有去開會無？」像這類的文法上的差異，在漢語系統的各種方言之間，並不多見。如果傳授國語的人，能夠利用方言和國語的異點來指導學生，幫助他們的理解和記憶，那麼方言不但無害，而且有益了。

　　我國土地這麼大，人口這麼多，何以在統一國語的工作上，會有這麼好的基礎呢？這應該感謝我們先民的苦心。統一國語以統一國家為前提。我們先民在建國的時候，已經注意到國家的統一這一點。遠古的歷史暫且不去深究，只追溯到三千年前周武王的時代去看看就行了。周武王取代殷紂，大封諸侯於天下，實行封建，號稱八百，可謂洋洋大觀，好像一盤散沙了。可是周室的中央政府，卻定出一個定期朝貢的制度，叫他們必須按照規定的時期，到中央政府來觀見。進貢一些象徵性的方物，以維持其向心力，同時採用一種叫做「雅言」的官話，來做公事上的通用語，後來秦始皇削平群雄，統一天下，廢止封建，改設郡縣，以提高中央政府統治的力量。為配合這個新制度，命令天下車要同軌，以便利交通；書要同文，以便利記錄。同時叫李斯簡化大篆為小篆，後來又採用程邈所作的更簡便的隸書，配以新發明的筆墨，有了這些新的文字和新的書寫工具，於是乎春秋以前的經典和戰國時代諸子百家的學說，都從容易寫定下去，這些文章，遂成為秦代到清朝，二千多年間，全國一致通行的標準「書寫語言」（Written Language），為統一國語運動奠定一個十分鞏固的基礎。

　　這種「書寫語言」原是把周代的標準「口述語言」（Spoken Language）的雅言寫定下來的；不過口述語言隨著時光的流轉和人口的遷移，漸漸演變為各種不同的方言，而書寫語言卻一直固定下去，成為推行政令，傳播文化，統一國家的工具。時間一久，因而和口述語言發生了相當的差異。這種僵化固定不隨口語變化的文言，也和方言一樣，對於國語統一的工作，只有幫助，沒有阻礙。因為它在時間上，替我們堆積了三千年來許多美麗的詞藻，靈活的句法，供我們使用；在空間上，它超然獨立，不受各

地方言的影響，一直保持著本來的面目，成為全國必不可缺的公用語言，發揮聯繫、凝結的功用。文言文的這種超越時間和空間的特質，也影響到後來白話文的制訂，試看宋代的平話，元代的戲劇，以及明清的小說，凡是廣被流傳、膾炙人口的作品，用的都是超越方言，大家能懂的文體。五四以後的文字，更是遵守著這個原則而寫的。國語也和國文一樣，都可以在亂七八糟的各種方言的上面，建立起來，絕對不必敵視方言。

　　說起方言的性質，它是會因時因地的不同而自然產生出來，很難用人力加以阻止，更談不上消滅了。美國是完全採用英語作為國語的，但是美國的英語在語彙、聲調、拼法和文法上就產生了不少的變化，形成一種方言。譬如同是一樣的地下鐵路，紐約叫做 Subway，倫敦卻叫做 Underground，是其一例。美國的國民是由歐非各地的移民雜湊而成的，所以開國以來一百數十年間，十分致力於英語教育，要使他們美國化（Americanization），可是五十州中的好些州，仍然保留著相當濃厚的方言，無法糾正。據美國方言學會會長馬克戴維德（R. I. McDavid）教授根據他對於最近五個大學畢業生而在政界混得很久的總統——柯立治、胡佛、羅斯福、甘迺迪、和詹森——的演說，加以分析研究的結果，發現他們都摻雜了好些他們出身州的方言，而且各人所用的方言，彼此之間，都不相同，可見方言在人們身上，是怎樣的根深蒂固，難以消滅了。

　　臺灣光復，立刻成立臺灣省國語推行委員會，該會的領導人物，有鑑於此，在制定「臺灣省國語運動綱領」時，第一條就首先規定：「實行臺語復原，從方言比較學習國語。」民國 35 年該會的某一位專家，又在《臺灣新生報》上登了一篇題名為「恢復臺灣話的方言地位」的文章，內中有一段說：「推行國語，『不必』也『不能』把方言消滅。為甚麼『不必』把方言消滅呢？因為國語本身也是一種方言，因為它合於作全國通用的條件，所以採用它作國語。這也就是把它的使用範圍擴大了，從一個區域擴大到全國。有了這種全國通用的語言，其他區域的方言，仍舊可以在它本區域內通行。方言在它本區域內通行，不但不妨礙國語的推行，反而對於國語

的推行有幫助。因為方言和國語是由一種語言演變而成的不同的支派，彼此的語法是大致相同的；語音的差別雖大，也有演變的系統可尋，並不像兩種不同系的語言的音那麼毫無關係。保存方言，可以用比較對照的方法來學習國語，所以對於推行國語是有幫助的。

　　「為甚麼說『不能』消滅方言呢？因為方言和國語是同系的語言。推行同系的語言的一支派來消滅另一支派，是不可能的。而且正像保存方言能幫助國語推行一樣，推行國語也能幫助方言的保存。歷史上確是有若干種語言死亡了，可是都不是被和它同系而同時通行的另一支方言所消滅的。不但如此，就是用強力來推行另一種語言，也不容易把原來的語言消滅。日本人在臺灣推行日本語，方法那麼周密狠毒，經過了五十年的時間，也沒有把臺灣話消滅啊。」這位專家在 27 年前已經把方言可以和國語共存共榮的道理，講得十分清楚，可以替我答覆那些寫匿名信罵我的同志，用不著我多所費話了。

（民國 61 年 4 月 4 日《國語日報》）

——選自洪炎秋《語文雜談》
臺北：國語日報附設出版部，1978 年 10 月

懷益友莊垂勝兄

◎洪炎秋

影響我最大的人

　　對我一生發生過影響最大的人，第一是先父棄生先生，其次是亡友莊垂勝兄。先父從我幼小時候起，就在我的腦子裡面，硬裝進去一大堆的「聖賢書」，在當時我對這些聖賢書，不但莫名其妙，而且感到厭煩；但是隨著年齡的增加，這些聖賢書卻在不知不覺之中，正比例地發生出它的教育效果來了。我憑自修，到了 16 歲時，已經能夠讀通當代出版的一切日文書籍了。就在那個時候，結交了莊垂勝兄，他長我兩歲，而且是一位聰明而早熟的青年，讀過的日本名著很多，他「乘熱打鐵」，趁著我求知若渴的時候，介紹給我一些他認為最好的書籍，使我終生受益，其中有西田幾多郎的《善的研究》，朝永三十郎的《近世「我」的自覺史》、丘淺次郎的《生物學講話》和《進化論講話》、夏目漱石的《吾輩是貓》和《哥兒》。前四本書奠定了我的新的人生哲學的基礎，尤以丘淺次郎的兩本書，使我在北京大學入教育學系以後，對於許多教育學和心理學的書籍，格外容易了解。例如史坦利·霍爾（Stanley Hall）的心理學書中所發揮的「個體的成長複演著種族的進化」的說法，特別能夠引起我的共鳴，使我了解許多文明人的乖張的違反理性的行為，不但是「蠻性的遺留」，而且是「獸性的再發」。夏目漱石的那兩本小說，使我有機會領略清新雋逸的筆調，影響我後來的寫作。

出身鹿港世家

莊垂勝兄字遂性，出身鹿港世家，父士哲先生為前清秀才，叔父士勳先生為舉人。士哲先生與先父也是好友，只是兩人作風不同，家教亦異。日本初據臺灣，伊澤修二任總督府學務部長，建議總督，要極力實施國語（日語）教育，以推行政令；禮遇前清有功名的讀書人，以收攬人心。歷代總督對於他所建議的實施日語教育，始終推行得十分徹底；禮遇有功名的讀書人，也頗加採納。先父安貧樂道，閉門讀書，絕不跟日本當局打交道；士哲先生則因為家無恆產，子女眾多，不得不接受日本政府的羈縻，出任鹿港區長（相當於現時的鎮長，唯社會地位比較高）。我們弟兄全部關在家中，由先父自己教育；士哲先生的子女則全部送入學校就讀。其中丈夫子六個，有一個出嗣其戚施家，家中尚有五個，垂勝兄排行第四，其三位兄長均已就學遠在臺北的中等學校，所費不貲，士哲先生已經沒有力量再供垂勝兄升學，只好任其失學了。幸而垂勝兄聰明過人，日本語文的程度，非常高強，能夠打入日本人的社會，被海關、鹽田的文職官吏和學校教員所重視，因而能夠有機會閱讀他們所訂購的日本本國出版的新聞、雜誌，從而得以購讀刊物中所介紹的各種新刊書籍，所以所獲得的知識，相當豐富，遠非那些上中等學校的人，所可比擬。

締交經過

我和垂勝兄因為環境不同，雖然彼此相識，幼小時候，卻沒有來往的機會。有個時期，我想參加檢定試驗，以取得升學的資格，購買早稻田大學的中學講義錄，在家中自學進修；而垂勝兄也抱著同樣的志願，購讀國民中學會的講義錄。這兩種講義錄都是每月 1 日和 16 日各發一冊，我們到時候都自己到郵局去領取，以便先讀為快，因此倆人常常碰頭，大家交談起來，就發生感情，吃過晚飯，時常在垂勝兄設在區公所工友室的書齋中聊天，成為上下古今，無所不談的知己，彼此所受完全不同的教育，由是

而獲得交流，對於兩人以後的做人，都有很大的影響。剛剛締交的那個時候，不但教育互異，而且裝束也完全不同。我還留著辮髮，穿的是古舊落伍的臺灣衣服，拖著一雙木屐；他因為常常跟那些日本小官吏廝混，一起釣魚，一起打網球，怕被他們看輕，所以衣裳十分講究，是鹿港三個最早的斷髮者之一，西褲革履，有時也穿和服，外表看來，和我成一對蹠，沒有想到兩人卻能成為密切的知己，這完全是由於有共通的上進思想所使然，無足怪異。

在日本組織新民會

我們締交後一年多，垂勝兄覺得身無一技之長，不能找事，長為家累，不成局面，所以想投考一個公費的學校。當時有公費的師範學校，就學四年，畢業後有服務四年的義務，不是好路徑。此外只有一個設在大目降（現時的新化）的總督府糖業試驗所，為配合發展糖業的政策，每年招收 20 名講習生，替各糖業公司培養技術人才，年限兩年，全部公費，因為出路很好，升進也快，所以不要求服務的義務年限，垂勝兄就考入該講習所了。他在那裡，頭角嶄露為各任課技師所賞識。畢業時，派往大日本製糖會社蒜頭工場任農務技工，赴任時候，該試驗所的主任技師親自帶他到工場，向工場長和有關主管介紹，說：「莊某是該所歷屆畢業生中最優秀的人才，而且極肯苦幹，請大家另眼看待。」有此一著，果然獲得從優核薪的優遇，日給八角五分。那個時候從事農務的工人，一天的工資是二角五分到三角，技工是六角五分，師範畢業的小學訓導，月薪也不過三十元左右，所以日給八角五分，可以說是特別優待了。過了不久，從事政治活動的林獻堂先生的祕書施家本兄辭職，就請垂勝兄去補那個缺。當時林家族中有一個少爺，要上東京留學，害怕人地生疏，乏人做伴，願意負擔一切學費，邀請垂勝兄同往，垂勝兄也以機會難得，於是決意「陪伴公子讀書」，於民國十年到東京考入明治大學政治經濟科。十一年年末起到十二年九月一日東京大震災止，寄宿設在神田的中華基督教青年會館，因而結交

了該會總幹事馬伯援先生,共同組織聲應會(取「同聲相應,同氣相求」的意義),以便結合內地同學和臺灣同學,溝通兩者的思想、感情的交流。他在青年會中和幹事張濬清先生相交莫逆,張先生係地道的北平人,垂勝兄因此學得一口好國語。他在留學東京那幾年間,正當第一次世界大戰後,民主思潮澎湃於世界,祖國發生五四運動,新文化急劇展開中,日本的思想界,也正呈現著百花爭放、百鳥齊鳴的盛況,垂勝兄置身其間,耳濡目染,所受影響極大。當時一批留學東京的臺灣學生,組織一個新民會,要作為推動臺灣人的民族意識、民權思想、以及新文化運動的核心動力,垂勝兄就成為該會的主要分子,正好林獻堂先生也到東京來,大家遂推他為會長,以後臺灣所發生的各種政治鬥爭,以及各種啟蒙活動,該會都在背後推動,每年暑假,組織講演隊,回臺灣各地去講演,以啟發民眾。

為撤廢六三法案運動奮鬥

民國 13 年春天,垂勝兄畢業明治大學,受到一位韓國朋友的邀請,先到韓國各處去考察,然後彎到北平、上海來參觀。他來北平時,我還在北京大學預科讀書,功課相當忙碌,所以主要是由他的老朋友張濬清先生陪他,通共十幾天,所有名勝、古蹟,以及文化機構,大都去過,名人的講演,也聽過幾場,到了上海,則注重考察出版事業。這次的旅行,期間雖然不長,對他卻有很大的影響。垂勝兄回臺後,即投身於「臺灣文化協會」,使該會的活動,更顯得有聲有色。文化協會是民國十年臺北醫學專門學校的優秀學生蔣渭水等人所發起組成,分子逐漸擴及社會各界人士,仍推林獻堂先生為會長。該協會雖然標榜文化以為掩護,其實乃是個以政治鬥爭、社會改革、思想啟發為目的的一個組織。當時鬧得舉國洶洶的六三法案(賦與臺灣總督可以集立法、行政、司法的大權於一身的第 63 號法律)撤廢運動,臺灣議會設置請願等等,都是該協會所策動。垂勝兄是該協會最活動時期的三大主力鬥士之一;三大鬥士中之臺南的蔡培火先生以

人格服人，臺北的蔣渭水先生以熱情感人，臺中的垂勝兄則以雄辯動人；也是該會的一個鬥士葉榮鐘君，形容垂勝兄的講演說：「組織嚴密，理路井然，內容充實，用語平易，這是他的特點，他的講演確能做到深入淺出的境地，一句平凡無奇的俗語，經他發掘闡揚，便成為蘊藏著豐富的內容和力量。好像『涓涓之水』經他引導，就變成一股洪流一樣，他的議論真能出人意表，使你有石破天驚之感，又使你有『旨哉言乎』的共鳴。」因為有這一批志士的奮鬥，臺灣文化協會自民國十年創立起，到民國 16 年左右兩派分裂為止，在這五個年頭又三個月之間，臺灣人的民族意識，發揚到絕頂，抗日的情緒，真有如火如荼的氣勢；文化啟蒙運動，也普及到各階層去，垂勝兄所賣的力量，實在很有可觀。日本警察對他咬牙切齒，在平時無可奈何他，到了七七事變發生後，就把他抓進拘留所，誣他偷聽南京的廣播，關他 49 天，大肆修理一番。

傳播祖國文化

垂勝兄回臺參加文化協會以後，深深感到要從事啟蒙運動，這種空口說白話的演講，民眾聽過，馬耳東風，影響不深，應該有一個具體的表現，造成富有文化氣氛的環境，才能夠發生示範的效果。他於是構想要創設一個「中央俱樂部」，裡面分設書局，來輸入祖國的出版物，以宣揚祖國文化；刊行新書，以傳布新知識；成立旅社和餐廳，介紹合理的衣、食、住的新生活方式，以革新舊的陋習。進而設立集會所、圖書室、講演廳等機構，以提高民眾的精神水準。垂勝兄自己沒有資力，於是計畫創設股份公司，因為這乃是個非營利的文化事業，只得到處去講演宣傳，讓大家了解他的宗旨，終於在民國 14 年，得到張濬哲先生等同志四百多人，集資四萬元，先著手開辦書局。15 年中央書局成立，垂勝兄親自到上海向商務、中華、世界、開明各書局，訂購書籍，採買文具。過了不久，所訂貨物，源源運到，中央書局遂成為全臺唯一以推銷祖國刊物為主的一家書店，對於祖國文化的傳播和漢文的維持，發揮了很大的功用。中央書局不但努力

推銷中文的書籍和新聞、雜誌，同時對於日文的高級刊物的介紹，也盡了一番的力量。那時候臺灣雖然有好幾家日文書局，都是日本商人所開的，他們唯利是圖，只賣一些折扣大的大眾讀物，至於利潤少而銷路短的高級專門書刊，則不肯販賣；中央書局為要補此缺憾，乃特別向東京的岩波書店、京都的弘文堂等高級書局聯絡，代銷他們的書刊，因此中央書局不但成為臺灣人讀書的寶庫，就是日本人的知識分子也趨之若鶩。

擔任「世話役」排難解紛

垂勝兄因為書局經營成功，正要展開其他的計畫，不幸九一八事變發生，火藥氣味逐漸濃厚，日本政府禁止漢文的傳授，取締祖國書刊的輸入，中央書局只能勉維現狀，一切理想全受阻礙，垂勝兄又被拘留，受監視，行動失掉自由，只得收斂鋒芒，明哲保身，把書局交給別人去管理，以免拖累，自己則利用小時候所學到的農業知識，在萬斗六經營大同農場，過著隱居的生活。太平洋戰爭發生後，日本人漸感人手不足，覺得有收攬臺灣人心以獲得協力的必要，於是臨渴掘井，盡力撤除日、臺人的差別，組織皇民奉公會，以臺灣總督為總會長，各州州知事為支部會長，網羅各界有力人士作為基幹，是個半官半民的組織。它的主要目的，在於泯滅民族間的對立，開發利害相關的意識，以鄰居的人為單位，由鄰而里，由里而區，層層擴大，使全臺的住民，不分彼此，都有一種利害相通，死生聯帶的意識。皇民奉公會下面設有各種組織，凡是人民非加入組織去活動不可。各種組織之中，最小的單位是鄰，他們叫做「鄰組」，把鄰長叫做「世話役」。垂勝兄當時住在初音町一丁目，有一天，忽然接到區公所的通知，派他當這一鄰的世話役，這一任命使他十分高興，因為有了這個職務，就可以不必再去出席壯年團等組織，免去參加操練，大喊口號，高呼「天皇陛下萬歲」，只在鄰裡替大家辦辦例行公事就可以了。

初音町一丁目這一個鄰，雖然只有 16 戶，戶主也都受過中等以上的教育，可是他們的經濟狀況和社會地位，卻相差很大。這 16 戶之中，臺灣人

和日本人各占一半，八戶的日本人，都是機關中的小職員，比較單純，而八戶的臺灣人中，有大地主林烈堂，有金融界的大亨陳炘，有市議員黃棟，有製造汽水的龍泉公司，分子頗為複雜。假定把這一鄰的土地作為一百，林家的邸宅約占百分之五十，陳家約占百分之八，龍泉公司約占百分之二十，其餘五家的臺灣人，共占百分之十二，八戶的日本人共占百分之十。林家和陳家，都是赫赫有名的「大市民」，他們另有他們的天地，除和垂勝兄有來往以外，跟其他鄰居從來沒有打過交道。其餘 14 戶雖都算是「小市民」，可是日本人的八戶，同住在一個巷子，臺灣人的六戶，則又同住在另一個巷子，空間上原就有了距離，又加以語言、風俗、習慣的不同，自然又分成兩個集團。因此在「鄰組」成立以前，這個「寡民」的 16 戶，原是三國鼎立，過著老子所謂「安其居，樂其俗，鄰國相望，雞犬之聲相聞，民至老死不相往來」的那種生活。鄰組的世話役，在這種情形之下，要達成解除隔膜，彼此和睦互助，全鄰打成一片的任務，確是不易。幸而垂勝兄人緣極好，深通人情物理，善於排難解紛，終於把這個情形複雜的集團，弄得妥妥貼貼，成為一個模範的鄰組，受到臺中州知事的特別賞識。

守望相助敦睦鄉里

鄰組的目的，主要在於使大家深切體會「遠親不如近鄰」的感覺，使大家能夠「守望相助，疾病相扶持」；每月開常會一次，以灌輸這種精神。日常的任務，在於照料出征軍人的眷屬，幫助窮苦的鄰居，分發食物的配給單，組織防空班，分配個人的職務，定期舉行防空演習。這一個鄰組中的 16 戶人家，生活水準都過得去，無需別人幫助；至於出征軍人，只有一個牧野太太的長男，被徵召到前線去，可是她雖然是個寡婦，她的兒女都已長大成人，能夠自立，她本身依靠亡夫的退休金的生息，生活也過得蠻不錯，一切都不成問題，只有防空演習這一件事，最傷腦筋。

防空演習每週舉行一次，辦理最為嚴格，當局每次都派人出來督導。

垂勝兄在東京大震災時，從火窟中逃出，所有書籍衣物，全被燒光，僅以身免，深知救火訓練的必要，所以對這椿事情，特別賣力。例如警報的傳遞、燈火的管制、消防的方法、傷亡的救護等等，每件工作，平時都預先分配好，一遇演習，大家都要出來協力進行。日本人做起事來，由於訓練有素，都十分認真而徹底，家家動員，個個努力，假戲真做，像煞有介事；而臺灣人雖然被日本警察磨練了四十個年頭，也已經到了有命必奉，無令不遵的地步，可是大家只是做些表面文章，虛應故事，以「瞞官騙鬼」而已，尤其是女太太們，除黃議員的太太外，大都不出來參加活動，叫傭人代表，因此就難免引起口舌來了。

有一天，鄰組裡面姓陳的家中，發生火警，時在上午，家家的男人，都出去上班，能夠出來救火的人，除汽水公司的員工以外，都要靠女太太們的力量，幸而這一天天晴無風，救火所需的水和沙，因為防空演習而儲備的，也十分充足，加以訓練有素的這一團雜兵的努力，不到十幾分鐘，消防車還沒開到時，已經被大家撲滅了。這一場的火災，卻給予素懷不平的牧野太太一個發洩牢騷的機會了。牧野太太在八家日本人中，年紀最大，又有出征軍人眷屬的特殊身分，所以大家都唯她馬首是瞻，儼然是八戶日本人中的發言人，於是她採取了擒賊擒王的手段，砲口直朝著林家的女主人林三姨太，對垂勝兄說：「林烈堂先生的小老婆真太不成話了。所有鄰組一切的活動，連面也不露一次，只叫她們的下女、傭工出來代表應卯。她們家事自然可以雇人代替，至於國事，怎麼可以這樣？」垂勝兄只好委婉代為辯解說：「林太太的愛國心，不一定不如別人，只因為她纏過小腳，走動不方便，參加活動，不但無補，反而礙手礙腳，有害於事。愛國之道很多，不限於防空演習，譬如每次攤派國防獻金，前線勞軍等等，她家無不踴躍輸財，出得比誰都多。」經過這番解釋，牧野太太的氣才勉強平下去。

垂勝兄覺得這種不睦的厲氣，如不設法消除，總有爆發的一天，那就不好收拾了。恰好時近中秋，垂勝兄就向林烈堂先生說明緣由，要借他們

的花園，由鄉組發起，舉辦觀月會，參加的人，各出份金，大家都是主人，免受拘束，可以開懷暢敘一番，除掉隔閡。林先生大表贊成，就按時舉辦下去。林家動員全家，布置會場，代辦酒餚，林三姨太也出來跟大家周旋應酬。這一次的觀月會，做得很成功，不但彼此不再斤斤計較，就連牧野太太說到林家的女主人時，也不說是「林烈堂先生的小老婆」，而改稱為「林烈堂先生的夫人」了。垂勝兄從民國 30 年起，到 33 年搬到萬斗六鄉下去住為止，才擺脫掉這個將近三年的苦差事。

出任公職舊友重聚

　　垂勝兄一生從事文化運動，從來沒有表現行政才能的機會，日據末期雖然被迫擔任過鄉組的世話役，小試牛刀，雖有一點成績，卻是微不足道的。光復後，他於民國 35 年被政府任命為省立臺中圖書館長，過了不久，我也被任為省立臺中師範學校校長，相離幾十年的老友，才又能夠同在一地服務，十分愉快。不幸不過半年，遇上二二八事變，兩人同被免職，又不得不再離開了。在二二八事變中，垂勝兄處理得宜，免去地方的靡爛，卻很少有人知道，現在事過境遷，不妨報告一下，先由我說起。我於民國 35 年由北平回臺，六月間到臺北，七月間遇到臺灣編譯館長許壽裳先生，他介紹我到師範學院去教書，師範學院李季谷院長原是北平大學史學系的教授，許館長是女子文理學院的院長，我則擔任附屬高級中學的校長，算來都是舊同事，原可以安定下去了。沒有想到臺中師範正鬧著排斥校長的風潮，家長會和校友會都派代表到教育處來請願，希望派我去接任，以便收拾爛局。教育處請許、李兩先生來勸駕，說我回桑梓去服務，貢獻比教書大得多，我經不起他們的敦勸，只好答應去了。我到校時，大受學生歡迎，可是到了學期末，幾位兼任訓育的先生，屢次報告我，有四個學生時常搞亂，挑撥風潮，而且常在半夜裡跳牆偷出校外，不知道搞什麼鬼，如果不把他們開除，恐怕早晚會出事。我多方調查，確實如此，所以就在民國 36 年 2 月 27 日搭車到臺北，向教育處去說明，先備個案，回來好動

手。我從教育處出來，正好遇到北大同學，臺大的蘇薌雨教授，他問我到那裡去，我說，想到連震東兄家去，他說，連君聽說到南部去了，不如一塊兒到北投水利會招待所去洗澡吃飯，就在那裡過夜，好聊聊天，我們就一同到水利會去了。第二天清早，從北投回臺北，要轉車回臺中，看到後車站站了好些荷槍上刺刀的憲兵，大感意外，趕緊買了一份報紙，在車裡打開一看，才知道昨天晚間，專賣局的緝私人員，會同警察，取締販賣私菸，打死了一個小販，動起公憤，好事的人，結隊成群，遊行示威，要求政府懲兇，今天還要繼續請願。我看了後，立刻感到事情有些不妙，恐被匪諜利用，興風作浪，鬧出大事來。

二十七年前往事說從頭

　　我回到臺中，就召集訓育人員，告訴他們，開除學生的事，已經獲得教育處的諒解，不過臺北正在鬧事，暫時不宜有所動作，看看情形再說。次日三月一日是星期六，市面很平靜，學校也照常上課，下午住離不遠的學生，都依例回家去了，只有少數的學生，留在宿舍。到了晚間，謠言漸多，市面已經顯出一些浮動的跡象。二日雖然是星期日，我清早七時就從宿舍到學校去坐鎮。到了七時半左右，市政府的莫大元主任祕書來訪，告訴我有人在臺中戲院召開市民大會，恐怕會出來遊行，師範學校有七年制的專科程度的大學生，比較能夠發生領頭作用，所以首先前來告訴我，叫我加以約束，不要讓他們出去參加。我認為很有道理，就把住在宿舍的幾個有號召能力的學生叫來，讓他們約束同學，不讓大家出去；不多工夫，回家的同學漸漸回校，人數越來越多。我照樣加以管禁，同時利用廣播電臺，告訴學生，學校暫時停課，沒有回來的，先不要回來。過了一會，臺中戲院由謝雪紅主持的市民大會就散會，分批到各機關去搗毀、接收，鬧得不成體統，地方有力人士，就於午後在市民館集會，研究收拾的辦法，林獻堂先生也出席。林先生說，謝雪紅是共產分子，讓她抓住武力鬥下去，非把地方搞得靡爛不可。我們應該請師範學校的體育教員吳振武出

來，搶她一部分武力，加以牽制。因為吳振武出身東京高等師範學校，是個田徑選手，曾經參加日本的選手隊，到柏林出席奧林匹克大會，得到獎牌，又被徵往海南島，率領過臺灣兵，人品極好，他一出面，一定有很大的號召力。正在討論中間，霧峰林公館派人來告急，說有暴徒包圍林公館，請獻堂先生回去應付，這個會也就因此沒有結果而散。

吳振武對抗謝雪紅

　　這一天的晚上，吳振武君滿頭大汗，跑到我的宿舍來報告，說，有數十名海南島回來的退伍軍人和軍夫，跑到學校來，在大門口貼了一張「治安本部」的標記，要他當他們的首領，他推不掉，他們就在學校住下去了，請示我應該怎樣應付。我說，這大概是受了林獻堂先生建議的影響，你就把他們組織起來，以牽制謝雪紅，維持地方的治安。吳振武君回去了後，在臺中空軍機場當醫官的鹿港同鄉許子哲君也跑到我宿舍來報告，說，下午謝雪紅帶了一批人，要去接收在機場服務的四百多名的臺灣兵，被大家所拒絕，聽說林獻堂先生建議要請吳振武先生出來統率，大家都願意接受他的節制；我叫他到學校去跟吳君商量，彼此互相聯繫，以壯聲勢。這一晚上，謝雪紅就利用所占領的廣播電臺，向各方廣播，請各地的青年，到臺中來集合，以便團結起來，向政府抗議，並要求改革惡政。

　　我看情形已經演變得太嚴重了，趕緊請臺中師範的前教務主任林朝棨和前生物教員鄧火土兩君（當時兩君都轉到臺大教書），代表學校，趕到臺北找個門徑，去向警備司令部，報告臺中的情況，並請求指示。林朝棨君次日到臺北後，住在他哥哥林朝杰君家裡，碰巧警備司令部的前主任祕書馬鏡華先生全家都到林宅來避難，朝棨君就請馬先生帶他冒著砲火到司令部去見柯遠芬參謀長，向他報告並請示。柯參謀長認為這個措施非常好，可以放手做下去，不過有三件事情要遵守，第一，保護外省同胞；第二，不可毀壞軍用物資；第三，不要讓共匪的標語、傳單在街上張貼。林朝棨君獲得這個結果，立刻回來傳達，大家才算吃下了一顆定心丸，就遵照指

示，盡力做下去。

主席一番話安定父老心

　　三月四日各鄉鎮喜歡鬧事的青年，受到昨夜謝雪紅廣播的煽惑，紛紛聚集到臺中市來，而各地害怕鬧出大事的父老，也多跟著到臺中來，因為鬧事的各地，大都按照政府的希望，組織二二八事件處理委員會，以收拾亂局，雖然有些地方被不良分子所把持，發生相反的作用，不過歸根說來，總不失為一個處理的途徑，因此大家就要求臺中的士紳，於是日下午，在市民館，召開一個處理委員會籌備會議，謝雪紅本來計畫抓住這個會，作為她們的工具，幸而大家都看穿她的居心，不理會她，而推舉垂勝兄為主席。垂勝兄聽完各地父老的牢騷以後，乃作一結論說，這次事變，乃起因於緝私人員打死一個菸販，事情本來很小，要求政府嚴懲兇手，以儆效尤就可以了結，沒有想到竟被另有用心的人，擴大成為這樣不可收拾的局面，實在遺憾。諸位剛才所舉政府好些不盡合理的措施，也是事實，不過那是另一回事，不可攪在一起，我們可以整理出來，反映上去，請求改革。現在有些人想要利用武力去要脅政府，那是犯法的事，絕對不會成功。現在請大家選出幾位委員，來處理此事，那就可以把一切交給委員會去善加處理，散會後請諸位父老勸告來中的青年，隨同諸位回鄉，不要在臺中鬧事，免受拖累。這一場會，謝雪紅因為垂勝兄控制得很好，無所施其技，只好怏怏失望回去。散會後雖然有很多青年，跟著他們的父老回去，但還有不少的人留在臺中，要瞧熱鬧。

收拾殘局無官一身輕

　　垂勝兄怕這些散兵遊勇，費用發生問題，而出於搶劫，就不好辦了。於是乎立刻募集米糧，通告大家，把散集各角落的人數，造冊向處理會報告，處理會發動臺中婦女會出來服務，利用臺中師範的十幾口效率很高的蒸氣飯鍋，蒸出飯來，搏成飯丸，加上醬瓜、酸梅、蘿蔔乾，包以粽葉，

用大卡車按口配給大家。另有二百多名怕被謝雪紅所集中的外省同胞，避難在臺中師範，也同樣分配，因為當時交通紛亂，菜蔬來源缺乏，只能這樣供應。垂勝兄又向臺中醫院陳彩龍院長交涉，請他撥出美援的奶粉，供應孕婦和乳兒，免致營養不良，發生疾病。二二八事變鬧事的各地方，除臺北外，臺中鬧得最兇。結果除了三月二日一個警務人員被謝雪紅所率領的暴徒打死以外，沒有再犧牲過一個人，這完全是垂勝兄處理得宜的功勞。

　　自從處理會成立後，因為有吳振武君這支實力的監視，謝雪紅這一派的亂民，再也沒有法子鬧出什麼新花樣來。謝雪紅對吳振武君銜恨很深，視為眼中釘，有一天派人躲在師範附近僻處，等吳君經過時，就開槍射擊，吳君身中一槍，幸非要害，經校醫急救，送院治療，終得無事。三月十二日聽說國軍已在基隆登陸，謝雪紅怕被內外夾攻，倉忙率領黨徒，入山逃亡，被拘禁的各機關首領，才獲自由，出來重新執行任務。垂勝兄遂向治安當局建議，首先收回散在民間的武器，免生意外，由當局公布，攜有武器的人，自動取往憲兵隊和師範學校兩處繳納，不加追問，以安人心；於是盲從分子遂紛紛把武器交出，不費絲毫力量，而完成繳械的使命，垂勝兄的這一著，也有很大的貢獻。十四日劉雨卿師長率師坐火車開到臺中，民眾大表歡迎，一場噩夢，由此結束。垂勝兄雖被教育當局所誤會，而受到撤職的處分，可是「無官一身輕」，從此回萬斗六鄉下，安心去過那晴耕雨讀的清閒生活，也可以說是因禍得福了。

徐復觀的評價

　　垂勝兄接任臺中圖書館長時，該館剛經兵燹，毀壞不堪，垂勝兄加以修葺，將疏散各處的圖書搬回，並加購中文書籍，編目供覽，規模方具。他又聘請臺中師範北平籍的教員，於夜間在該館開班教授標準國語。同時成立星期座談會，集合知識分子，交換讀書心得，有時邀請名人，來會講演，求知風氣，因而造成。蔡培火先生籌設中國紅十字會臺灣分會時，垂

勝兄也從旁協力，並擔任臺中的負責人，該會能夠扎根生長，垂勝兄也有
很大的貢獻。垂勝兄不但善演說，能辦事，會治家，凡是認識他的人，也
都認為他是一位難得的益友，他在民國 51 年 10 月去世時，朋友們無不懷
抱著無限的惋惜和懷念，現在抄出徐復觀兄悼念文中的幾句話，來做代
表。

　　復觀兄於垂勝兄逝世後，在《民主評論》上寫了一篇〈悼念莊垂勝先
生〉的文章，文中這樣說：「……我對莊先生初步的認識是：他的天資高，
理解力強，受過時代思潮的洗禮，對人生、社會問題，都有一套深刻的看
法。在對人的態度上，雖風骨稜稜，卻於一言一動之中，流露出他的肝
膽，所以我們的來往，一天親切一天。……我和他認識，正當他已從政
治、社會，完全引退的時候，但一直到他進入臺大附屬醫院以前，始終如
一地給我和松喬以精神上的照顧。當他所種的得不償失的某種菓子成熟
時，我們一定收到一份。他和他夫人精於飲食，端午的粽子，過年時的年
糕及特製臘腸，也是按期領受。我在沒有搬進大度山以前，小孩子聽說要
去看莊伯伯，大家都爭著去，有點像外甥去外婆家的神氣。所以我的認識
莊先生，不僅是添了一位朋友，而是添了一個異姓弟兄，更像添了一門舊
社會中的親戚。……他中間曾一度和我說到，他願以過去為創辦中央書局
而到各地講演的方式，展開一個中國文化的運動。但我覺得時移世易，容
易引起誤會，他又想由我主持，編一套真正足以代表中國文化精神，可資
一般人教養之用的叢書，由中央書局出版。一方面因為我太忙，同時也想
到，因時間的演變，中央書局的經營方針，恐怕也不能完全和創辦時一
樣，負責經營的都是好朋友，萬一因此而虧本，倒使我對朋友不起，所以
拖了幾年，也沒有交代。近三四年來，他更知道彼此環境的艱難，除了各
自讀書，見面時談談文章，談談一些見解，並多一些咨嗟嘆息之外，不再
有積極的意見了。……在臺中開追悼會時，葉榮鐘先生的輓聯是『義比嚴
師，情同手足；生如璞玉，死若巨星』。在不深知莊先生的人看來，會以為
『死若巨星』這一句，似乎和莊先生的身分不切。但若是深知他的人，便

會了解他的存在，是象徵著一個偉大地中國人的人格的存在。此種人格存在的價值，是人類一切價值的根本。從這一意義來說，他的生命，真要算是個巨星；而他之死，正同於一個巨星的隕落。」復觀兄是垂勝兄晚年才結交的新朋友，但是他文中所說的，卻可以代表垂勝兄所有一切的老朋友、新朋友所共同懷抱的心聲。

晚年研究儒家思想

　　垂勝兄是首先斷髮的極少數人中的一個。年輕時候，穿戴都極時髦，所追求的都是新鮮的玩藝兒，可是中年以後，卻喜歡穿起長掛，拉起胡琴，唱起平劇來了。這類舉動，看來好像反動，好像落伍，其實乃是思想成熟、民族自覺的一種顯現。他晚年的熱愛中國文化，是根源於中年時代對日抗爭運動中孕育出來的民族自覺所產生的結果。老友葉榮鐘君在〈悼臺灣文化戰士莊遂性〉文中，說他「晚年受徐復觀教授的影響，對於中國文化，尤其是儒家思想的研究，頗為致力，崇信儒教，似已達到安心立命的境地。」復觀兄卻加以否認說：「在葉先生的大文中，說他因受我的影響而晚年用力研究儒家思想，但實際上，恐怕是我受到他的鼓勵而才研究儒家思想。……他是個性很強的人，以他與蔡培火先生私交之篤，及對蔡先生欽佩之忱，卻依然始終不接受『歸主』的善意勸告。假定他對中國文化，不是出於自己的真知灼見，便決不會受我的影響的。要說影響，乃是一種相互的影響。」葉先生和徐先生兩人所說的，我認為徐先生所說的，比較合於事實。

　　垂勝兄逝世以來，已滿 14 年了，自從他逝世以後，我一直想要寫一篇悼念他的文章，只因我跟他雖然結交了四十多年，可是中間有二十多年彼此分離，消息極疏，事蹟不詳，因此，很難下筆。前年年底，我患了三場險症，一命幾乎報銷，在重病之中，對這一事，始終耿耿於懷，恐怕齎恨以歿，對不起老友。現在出院已過兩年，視力、聽力大為減退，記憶力更差，及今不寫，垂勝兄的一個大功勳，恐怕永遠不會為世人所知道，所以

趁這一個還可以勉強執筆的時候，把它宣布出來。因為垂勝兄對臺灣的許多貢獻，知道的人很多。只有二二八事變時，如果沒有垂勝兄運用他的聲望，發揮他的智慧，依靠他的能力，把謝雪紅那一批匪徒壓制下去，中部情況，是不堪設想的。這件事知道的人很少，非趁早表揚一下不可。大家知道，二二八事變時，臺中和南北兩個地區不同，它沒有駐軍，是個真空的地帶，如果匪黨抓住領導權，容易興風作浪，一般無知的青年，被他們牽著鼻子走，這一個乾淨的地方，必定受其踐躪，被他們所造成的血腥所汙染，國軍到臺後，必須大費一番手腳，民眾受到他們的毒害，一定很大。星星之火，可以燎原。垂勝兄曲突徙薪，彌大亂於未然，無論對地方，對國家，都是一個莫大的功績。二二八事變後，身歷其境的人，都談虎色變，諱莫如深，其實這是一件歷史事實，此時業已事過境遷，不妨談它一談。追懷垂勝兄的這篇文章，醞釀於我的心中已經很久，現在由於垂勝兄的幾位生前好友，給我好些資料，使我能夠完成這個心願，從此以後，可以死而無憾，是應該對他們表示謝意的。

（民國 65 年 10 月　《傳記文學》）

——選自洪炎秋《老人老話》

臺中：中央書局，1977 年 8 月

洪炎秋致葉榮鐘書信選¹

◎洪炎秋

1957 年 3 月 9 日

　　七日獻堂夫人之喪，甚願前往執紼，因此十三日^{愚甥}（施媽鉗之子）結婚，非往參加不可，接連告假兩週，頗有未便，只得於是日改用課餘時間，寫了一篇〈悼獻堂夫人〉，送給《聯合報》刊登，已於八日見報，文中口氣，有幾處被編者刪改，雖與原文不同，卻較圓滿，免惹是非，故可仍之。愚思此文，可附載灌園先生追思錄中，（如果來得及），蓋替獻堂先生寫文章之人，一定甚多，而替獻堂夫人寫文章之人，恐怕太少，其實後者之偉大，遠超前者，似應表揚一番也。

1957 年 9 月 24 日

　　昨日託趙麗蓮教授拿一信與經國主任，請其幫忙出入境事，未及發生作用，即收到（今午）保安司令部出入境管理處一函（46 賢賦字第 436 號），內開：「臺端申請出入境要求，奉批示緩議。茲退上工本費四十元，請查收為荷。」看來今年是賭不過他們了。我想衝著「緩議」兩字做文章，看看經國先生有沒有回信，就要分別向安全局及保安司令部，請其加緊察看一年，明年暑假，我還要申請（中華基金會獎學金可申請保留）出國，以免又要「緩議」。昨日寫些資料給性兄，請其轉交涂先生參考，請你也將此信給他看，免得又要另寫一信。我所粗製濫造的《文學概論》已出

---

¹ 編按：本文摘選自清華大學「葉榮鐘全集、文書及文庫數位資料館」書信類典藏品「洪炎秋致葉榮鐘信函」數封之部分內容，由編選者題名。

版了，寄去六冊，除你及銀行圖書室各一冊外，餘請順便轉交性兄、煥珪兄、攀龍兄、深切兄，幸甚。

附函

吾兄大鑒：^弟因準備出國，申請出入境證，遲未發下，曾於本月十四日上周主席一書，請其轉飭管理處，迅予發給。函中曾引吾　兄為^弟知友，可以保證^弟之為人。因信要面交，時間迫促，未及徵求　同意，特抄同原函，送請　海涵，如有詢及，並懇善為說辭，是所至感。專此奉聞，順頌

刻綏。

^弟洪炎秋　拜
九月十四日

附上周主席書

周主席兼司令鈞鑒：

一、　^{炎秋}在臺灣大學任教，連續九年，本年度獲准休假一年（規定七年即可休假）並經大學選送，由中華文化教育基金董事會補助，赴美研究「美國之中國語文教學法」經層呈奉行政院批准在案。

二、　^{炎秋}當即函請美國加州大學及耶魯大學，准其以「研究員」或「訪問學人」資格，前往研究各半年，亦均得其復函歡迎。

三、　^{炎秋}即於八月十二日遵照規定，辦理申請出入境手續，為時逾一月，致今尚未發給，恐係聯審人員，過於慎重所致。

四、　^{炎秋}此次出國研究，係鑒於本省役男，多數不解國語，訓練遭受困難，本年暑期，政府雖大規模為役男補習國語，唯因教法陳舊，以致收效未宏，故欲出國吸收美國最新之語文教學方法，以冀有所貢獻於反攻復國之大業。

五、　^{炎秋}為人，素重倫常，日據時代，即以愛慕祖國著名，民國十八年毅然脫離日絆，呈准內政部，恢復我國國籍；光復回臺，遂獻身於國語國文之教育，使臺灣同胞得以領略固有文化，加速其祖

國化。

六、　此次如獲出國進修，自必專心吸收一些有用之教學知識，以貢獻
　　　茲役政，絕不致有不利於國家之言行發生；對於此點，省籍知友
　　　如連震東、謝東閔、黃啟瑞、楊肇嘉、王民寧、蘇紹文、游彌
　　　堅、吳三連諸先生，皆可請其代具保結。

七、　理合披歷肺腑，檢同美國兩大學原函，懇請　鑒核轉飭出入境管
　　　理處，核發　^{炎秋}　出入境證，俾得成行，以遂素願，是所至感。

1961 年 1 月 21 日

　　老鐘老弟：獻老紀念集及來函，均已奉到。年譜在一天一夜間，一氣
讀完，穿插甚佳，可使人對獻老之為人，獲深切之了解，可謂成功之作。
余意老弟前此所說，擬寫一臺灣民眾運動有關的著作，如按此作風作去，
必有可觀。重在此活史料——參加之人，如肇嘉、呈祿、培火、三連諸
人——尚存之時，趕緊著手，可得許多方便。寫作之寸，一鼓勁作下去，
便可有成，反之，則一縱即逝；老弟此刻，事較清閑，正好利用也。可贈
之臺大同仁，列舉如下，以供參考：
即候　近好

　　　　　　　　　　　　　　　　　　　　炎秋寄於一月廿一日

夏德儀　歷史系教授（為臺銀編《臺灣文獻》）

李宗侗　歷史系教授（與省文獻會曾有一度關係）

方豪（杰人）　歷史系教授（與雲萍同榮臺灣史權威）

吳相湘　歷史系教授（搞中國近代史的）

臺靜農　中文系主任（對幼春先生詩甚欣賞因而對林家感興趣）

本省人則戴炎輝似亦可送也。

1961 年 6 月 27 日

　　日前　閣府光臨，適往臺大繳交試卷，有失迎迓，萬歉！星期日晤及

瑞魚，談及滿盈兄之子在東大研究，要寫一部「臺灣社會運動史」，來信託找資料。我說他寫出來，一定是隔靴搔癢，不著邊際，這部書只有你最配寫，並且有意著筆。老魚大表同感，說須加以「鞭撻」，我想你已半退休了，似可拿這當晚年的消遣，也是對歷史、民族的一大貢獻，甚盼乘興執筆，不可拖延。

1962 年 1 月 10 日

日前談《晨鐘》事，後來憶起遭禁後，有誌友作過一聯說：「晨光未破巨獅夢，鐘紐先遭小鼠嚙（原作喞，不通；改嚙，按標準口語讀平聲，意、韻都較好）」。何人所作，今記不起，確可表現我輩年青時代的意氣，不妨錄下，以作資料。……《國語日報》作風，完全反映愚的性格，處處腳踏實地，有多少力量，做多少事情，絕不會有冒險的行動，可請聘三兄放心，^愚絕不會對不起他啊！

1962 年 4 月 11 日

「矢師」稿已讀完，掛號奉上，諒已接到。文章不蔓不枝，富有情感，的是佳作，唯內容「私」遠勝「公」，較難引起讀者興味，全書似以多反映時代，著重於「公」，較有歷史價值。文中多用「灌老先生」，雙重敬稱，大可不必。或用「灌老」，或用「灌園先生」皆可，前者較富「親切味」，後者較有「尊敬感」，以你地位，用前者較合。白話文以少用文言助詞較純，例如「之」字，除成語如「國之瑰寶」外，以改「的」為宜，餘可類推。

1962 年 7 月 20 日

「黑貓」一文，一氣讀完，韻味雋永，可說成功之作，比「矢師」一文，出色得多，可以發表。文中「人氣」、「氣味」等字，係日本語彙，國人不通用，故任意塗改，惜無的譯。文中有不大合口語習慣者，亦為刪

改，此點小毛病，改不改固無所謂也。

1962 年 8 月 2 日

大作「記辜耀翁」，立意敦厚，敘述生動，能把耀翁內心扶挖出來，的是佳作。我自一病以來，記憶力全退，想像力更差，寫不出東西來了，此後生活，只能混日子，不能有所作為。望　老弟寫出一本小品，來為《晨鐘》撐門面，作個紀念吧！

1962 年 8 月 10 日

「臺灣民族運動先賢傳」書名的「先賢傳」三字，不如改為「的領袖」，範圍較廣，可以把活人也寫進去，材料可較豐富。

蔡惠如一篇可用，我想不妨抄給《傳記文學》去發表（臺北市郵政信箱 1706 號傳記文學編輯部）。該誌執筆者都是相當人士，可用真名。以後每月寫一篇，積少成多，刊出來有名有利──稿費，可以提高興趣。我想他們為吸收本省讀者，必定歡迎。將來彙刊時，也較有人知道。
即候
暑祺！

炎秋啟　八月十日

口語不說「若」、「若是」，都說「如果」、「要是」。白話文還是以接近口語為好。

1965 年 11 月 12 日

我十五日去南部參觀三軍大演習，十七日回北，廿一日深切君開弔，一定去臺中一下，一切再當面研究。深切君生前除了有些浮誇的毛病以外，卻是個好人，也是個好朋友，遂性兄去世時，我非常悲傷，想寫一對聯表達表達，卻始終作不出來。前天晚上在統一飯店遇見「脫線的」，才從他口中聽到深切君的噩耗，雖在意中，也頗難過，就在床上，作了一對對聯：

生來就帶反骨，老跟惡勢力鬥爭；

死去長留正氣，永供好朋友懷思。

昨早託人寫好郵去，也算盡了一番最後的友情了。

1966 年 4 月 7 日

《自立晚報》拙文，編輯削去幾句和幾字有刺激性的，大概怕惹麻煩，卻也應該。其中第二段第一行我寫的是「楊揚得意」，因此牽係楊揚領頭反對，故意寫明，並叫報社不要把「楊」字改正，結果將木旁刮掉，弄成模糊，避免得罪一方，亦顯出其難處。此類文章，無人肯寫，多登亦恐不妥，似即以此結束了。江紹原的鬚、髮、爪，手上未有。幼春先生之子培英，存有此類書甚多，應該會有，不過數年前曾開一目錄要賣給《國語日報》，一來開價太大，二來正要蓋樓，無力購買，曾介紹給東海大學，或已成交。可問培英及徐復觀，當有結果。

1966 年 8 月 1 日

你退休，要吃自己，好在還有可吃，逍遙逍遙也好。閉門寫些雜文，吐吐胸中惡氣，也不無好處；不過要採我同樣的態度：（一）不碰最高峯，就是恭維兩句也沒有關係；（二）不反三民主義；（三）不罵執政黨本身。更進一步，拿最高峯的言論、黨義、黨策來糾正從政黨員個人，殺一儆百，可搏好評；我以社長地位，知而不敢行，你無官一身輕，不妨處士橫議一番，《臺灣日報》、《自立晚報》可利用乎？

螞蟻也來拜天公
敬悼洪炎秋先生

◎尤增輝*

　　立法委員、國語日報社長洪炎秋先生，於 3 月 14 日上午 3 點 25 分，因腦溢血病逝於臺大醫院，享壽 81 歲。洪氏生前親友、門生聞訊莫不悼惜，紛紛為文誌哀。筆者雖與洪教授僅數面之緣，談不上什麼交情，但作為《廢人廢話》、《閑人閒話》、《雲遊雜記》、《教育老兵談教育》、《洪炎秋自選集》、《讀書和作文》等書（以上均為洪氏著作）之忠實讀者與《國語日報》二十多年之長期閱戶，也想在先生去世之後，寫下這篇短文敬悼一番。

　　以洪教授在學界、報界、政界之聞名，逝世之後本用不著我這個後生小子為文悼念，即已備極哀榮；但思想起自己曾是先生 11 年前競選立法委員的「助選員」，豈可在先生離開他熱愛的塵世時，三緘其口呢？如此這般，正好應了臺灣俗諺──螞蟻也來拜天公──意指湊熱鬧。

　　我第一次拜讀洪教授的文章，是一篇登在《自由談》雜誌中的〈懷鹿港的茶點〉；那時，我是個 14、15 歲的小男孩，也許故鄉情懷的關係吧，我閱讀得津津有味。後來我才從先父口中得悉，洪先生原名槱，出身鹿港書香世家，他的父親是前清有名的秀才洪攀桂先生（字月樵，號棄生，學名一枝），不但精通詩文經史，而且是個民族意識特濃的漢學家，詩作甚多，均為不可多得的抗日史詩。

　　其後我又從洪先生的作品中，得悉他畢業於國立北京大學教育系，歷

* 尤增輝（1948～1980），臺灣彰化人。曾任臺中東園國小教師，發表文章時為專欄作家。

任國立北京大學、北平師範大學、臺灣大學教授，臺灣省立臺中師範校長、臺灣省國語推行委員會副主任委員、國語日報社長、發行人等職。從洪氏的作品中，我們不難發現他是個飽讀古今中外書籍，幽默風趣的學者，尤其他求學與治學的刻苦精神，更可拿來作為青年學子向學的楷模。

洪先生認為天下最快樂的事莫過於讀書，因此他喜歡引用哲人培根說的話來勉勵大家；那就是——「歷史能使人變得聰明，詩歌能使人增加想像力，數學能使人精確，自然哲學能使人思想深刻，倫理能使人態度莊嚴，理則學、修辭學能使人擅長辭令。總而言之，讀書能陶鑄人們的個性。」洪先生更進一步鼓勵失學的青年刻苦自修，不要氣餒，必有收穫；我聽了他的告誡，果然收益不少，從此就不再把有無文憑那回事常掛在心，更確信他說的「到處是教室，隨時可讀書。」

這位將「團結就是力量」看成「國語就是力量」的洪教授，於民國 58 年出馬競選立法委員，他在政見中自我介紹道：「我在北平 23 年，臺北 23 年，一直從事教育工作。光復回臺，憑我這樣一個能說標準國語，有作為，敢擔戴的『半山』，加入仕途去求一官半職，或轉商界去發筆小財，都不困難。但是我仍堅守清苦的教育崗位，先在臺北女師當教務主任，又到臺中師範做校長，然後轉到臺灣大學來教書，並參加推行國語，辦理《國語日報》。我認為教育是栽培下一代的人才，為建設國家的基礎工作；統一國語是實現三民主義的前提，因為大家懂得國語，意見可以溝通，民族才能團結；懂得國語，容易做事，可以解決民生問題；懂得國語，才能表達主張，伸展民權；因此我始終不肯放棄這兩個工作，將來還是要在這方面努力。」

聽說洪教授要出來競選立法委員，我的心神為之一振，當下寫信告訴他，要當他的義務「助選員」，盡我一切所能寫信給在北親友，投下神聖的一票。洪先生競選的事得到大家的支持，特別是新聞界的老前輩馬星野先生推許洪炎老是文人報國、書生辦報的典範，他預料洪先生將成為大家敬愛的立法委員。果然不錯，這個手提包袱，天天擠公車的老教授以高票當

選，在立法院實踐他的理想。

民國 65 年夏，立法委員一行二三十人到達鹿港考察、參觀，洪教授也藉這個機會回到他那美麗的故鄉鹿港小遊；那時，他已 77 歲了，雖然手拄木杖，但神采還相當不錯，臉上毫無倦色。我因受鹿港民俗文物館之邀，權充導遊，為遠來的客人介紹故里鄉情風光，得與炎秋先生閒話鹿港今昔差異。

我們並肩走在鹿港龍山寺、天后宮的廣埕鋪石上，相談甚歡；剎那間許多童年舊事浮現在洪教授的臉上，那逝去的美麗歲月使他懷念不已。舊地重遊，百般心緒上心頭，此乃人之常情也！

同年秋天，我寫了一本小書，名稱《鹿港斜陽》，記錄鹿港歷史與現實的諸多層面，書中曾引用了洪教授那篇〈懷鹿港的茶點〉，因此敢將單行本寄請洪教授指正。洪教授回贈一本他的著作《讀書和作文》，同時附上一信，鼓勵我繼續整理鹿港文獻，並在寫作上下功夫，當然不要忘記讀更多的書。

本來，我是《國語日報》的「常客」，不時在洪教授主持的報上寫些有關教育的文章；後來我的興趣轉移了，也就不再投稿了，但洪教授的「茶話」仍是害我通宵不眠的最佳讀物。我像一隻羽毛未豐的小鳥，不斷地啄食他成熟的果實；如今我稍微能學走路了，但樹卻枯了。

民國 68 年夏，我完成《鹿港三百年》一書的寫作與攝影工作，心中非常舒坦。其中最得意的，就是從鄉親施人豪教授那裡得到一張舊相片──丙寅（民國 15 年）元旦大冶吟社五週年總會並洪棪楸（洪教授之原字）君餞別（赴北京求學）攝影紀念──合影者皆是半世紀前鹿港有名的文人詩家。先生於民國 12 年考入北京大學預科乙組，畢業後升入本科教育系，以國文為輔科，民國 18 年畢業；據此推論，這張照片極可能先生自北平回鹿港，又欲赴北平求學前所拍。（按，此圖為鹿港第一位攝影家施強先生所拍，拍攝地點在鹿港文祠）。細看半世紀前先生之丰采，可謂風流瀟灑；而今竟作古人，能無憾乎？

先生在世，曾說人生之有生老病死，猶如四時之有春夏秋冬，原都是缺欠不得的；但人世無常，至少可以使我們胸懷豁達，少所執著，不致利欲薰心，迷惑不悟。死的「平等」，原是很好的，倘若它能再給我們一點「自由」，想來必定更佳。因此六七月大熱天，千千萬萬死不得；三九大寒，孝子順孫送殯有所不便；九秋寂滅，頗近理想，但未若春天近乎完美。如今，先生逝於春日，花下永眠，該無遺憾吧！只是，我這隻不自量力的小螞蟻也跑來拜天公，先生地下可會有知嗎？

民國 69 年 3 月 16 日凌晨

——選自《臺灣日報》，1980 年 3 月 25 日，12 版

平凡中的偉大

永憶洪炎秋先生

◎徐復觀*

一

洪炎秋先生於 3 月 14 日病逝於臺北臺大附屬醫院,避臺後結交到的幾位知己,又弱一個了。

去年(1979 年)接到他 2 月 13 日來信說:「少奇(葉榮鐘)去世後,曾請其內弟施維堯君搜集遺稿,擬與藹雨(蘇藹雨,臺大前心理系主任兼圖書館長)的《我的一生》,及弟未結集的雜文 24、25 篇,合出一本『三友集』,以作紀念」。又說:「由弟作序,不如煩兄一序,更能吸引讀者,兄肯俯允否」?「三友」的文章,都比我寫得出色,這樣的序,實承擔不起。但我和三友,經常玩在一起,百無禁忌,無所不談,從這一角度說,我又是最有資格寫序的人,便壯起膽來,寫了篇序寄去。旋接炎秋 3 月 3 日來信說,「昨接大作〈《三友集》序〉,言言切實,句句得體,非相處如兄者不能作也。」不久《三友集》印出,寄贈了我一冊。

1969 年秋,我來香港後,一連三年的暑假,都回臺北一次。每次都由炎秋陪我赴臺中,看望臺中的幾位好友。而中文報協在香港開會時,又是炎秋與我聚首歡談的機會。1977 年 8 月底,我由美返港,途經臺灣,住在新竹大兒子武軍處;和炎秋通電話,他一定要我到他家裡吃餃子,並約了藹雨。炎秋在中風後復原,已算是奇跡,但又撞了一次車,此時形容枯

---

*徐復觀(1904~1982),本名徐秉常,湖北浠水人。史學家、散文家。發表文章時為香港新亞文化學院教授。

槁，動作呆滯。薇雨又早不良於行，彼此見面，和過去加上洪耀勳先生的
「三老年遊」，有時硬把我拉上又變成「四俠客行」的情形相較，簡直淒涼
得使我難於忍受。尚喜他和薇雨的頭腦並未衰退。他在 1978 年 3 月的來信
中說「弟目不能視，手不能寫，雖未報銷，亦已報廢」；但實際地還繼續工
作，且希望中文報協如在香港開會，他還要參加和我見面。不過我心裡早
知道，在他府上飯後之別，大概便是永訣了。

二

　　炎秋於民前 10 年 10 月 6 日，生於彰化縣鹿港鎮。他的尊翁棄生先
生，與連雅堂先生為莫逆交，連先生常推棄生先生是「當代臺灣第一大文
學家」；更是深於國族之愛，身被屈而志未嘗稍降的志士。炎秋幼有神童之
目。棄生先生督課甚嚴，11、12 歲，讀完四書五經，並背誦得許多詩文。
他的求知欲非常強，日以繼夜地讀可以讀到的新書，15 歲時思想起了大變
化，「決心把線裝書扔進茅坑三十年。」追隨當時新人物喊打倒孔家店。他
偷了父親的六百銀元到日本留學。民國 11 年夏，隨父親遊歷祖國，他留在
北京，於民國 12 年 7 月，在數千名考生中被錄取在北京大學兩百名新生之
內，此後一直到光復臺灣時，他都在北平做事、教書，（北平淪陷時，他與
斐文中們奉命留平保護大學財產）和自己的祖國緊密連在一起。

　　他未到日本以前，已受到日語的嚴格訓練，到日本後，又增加英文的
閱讀能力。在臺灣時已非常喜愛注音符號，所以初踏上祖國，便能講標準
國語。因為他的語文條件，可以滿足他的求知欲，所以他學識的廣博，在
我們這一輩中，很少有人能與他相比。他在臺大中文系教書時出版的《文
學概論》，是在中國這類著作中最好的一部。他寫了一百多萬字的雜文，觸
機而發，無不以他的廣博學識為背景。他廣博的學識，都落實在現實中來
思考，所以他投身於五四運動之中，終能超拔於五四運動之上。他談到孔
子時，認為「陳（陳獨秀）吳（吳虞）諸人並沒有分清真假，所高呼打倒
的其實是汪麻子開設的剪刀店，並不是王麻子的老鋪。他們所看到的是漢

武帝以來，大家假借孔子的名義而開設的孔子政治店，並沒有看到孔子所手創的那家孔子學店……這是任誰都打不倒的」。他中年以後，對儒家的服膺，證明他在人生、學問上的大進步。

他不僅對中國傳統詩文，「大都能夠欣賞」；對西洋文學，也著實下過一番功夫。他在〈也來論詩〉的一篇文章中的結尾時說，「我相信我們的兒子、孫子、甚或曾孫、玄孫，總會有讀到音韻鏗鏘，格律完美的白話新體傑作的一天。」一針見血，意味深長。

炎秋的散文受了周作人的影響。他對周作人的功過是非，都剖判得銖兩相稱。他說周氏的小品是「用平淡的語言，包藏著深刻的意味；有時很像笨拙，其實卻是滑稽。」我不喜歡周的小品文，卻喜歡炎秋的散文，化嚴肅的意味於平淡乃至幽默之中，在平淡中有波瀾，在幽默中有眼淚，這是周氏所不能有的。他在自傳中開玩笑地說，「遵守徐復觀教授『自由人不跟官吏打交道』的聖訓，不願出入公門」。由「聖訓」兩字，反映出了他對出入公門的深刻感受。

三

他認為貧富都可以分清濁兩類。他甘心自己的「清貧」，但決不反對他人追求「清富」。他唾棄社會的濁富，但也決不同情許多人的「濁貧」。這是他在現實生活上的中庸情態。

他的一生可用他自己說的「努力做事，認真讀書」八個字加以概括。薩孟武先生曾給他一信中說「吾兄以本省之人，提倡國語，公而無私，謀中華民國之統一……真正是一種社會事業，」這簡單說明了他當國語日報近三十年社長的貢獻。他自述其性格是：「表面一看，是個拘謹迂腐的鄉愿。相處久了，就知道我乃是個脫略形骸，玩世不恭的放浪不羈的傢伙」。實際，他有銳敏的洞察力，又有不撓不屈的狂狷各半的心靈。所以他的散文，在尋常的題目，尋常的文字中，一定流露出深刻地批評意味。北大臺大，都是中國第一流的學府，他都躬逢其盛。他把兩大學加以比較後，認

為設備及教授陣容，當年的北大都不及今日的臺大。但臺大對社會的影響
力及成就的人才，何以不及當年的北大呢？他的解釋是：「北大的好處，在
於他的包羅萬象的氣概，和獨立自主的精神」。而臺大則「既不能耍筆桿，
也不能發議論；既沒有錢，又沒有勢，以致招來傖夫俗子的輕視，被迫得
不能不自暴自棄……北大的學生……藐視群小，懷著澄清天下的大志。大
家又有讀書的自由，不受外界所干擾……（買書時）絕對不必受到睜眼瞎
子的檢查人員的腌臢氣」。「現在的臺灣大學，雖然萬事具備，卻欠了這樣
的一陣東風」。他的平淡而帶幽默性的文章風格，大體上是吐透這類的內
容。我說他是「平凡中的偉大」，不應算是「阿其所好」吧。

1980 年 4 月 10 日《華僑日報》

──選自徐復觀《徐復觀雜文續集》，1981 年 5 月

臺北：時報文化出版公司

一生吃「國語飯」的學者社長
洪炎秋（1899—1980）

◎戴寶村*

鹿港文化　作育薰陶

　　鹿港夙為臺灣中路水陸要津，是商業貿易繁盛、孕育極具特殊性格的地方，詩人雅士、戲樂工藝、史蹟文物成為鹿港的重要文化財，稍涉臺灣文史者對洪棄生（1866～1929，月樵、攀桂、一枝）沒有不知的。洪氏在1891年中秀才，三年之後臺灣割讓，仕途遂絕，成為「棄地遺民」而潛心詩文，其著作合輯為《洪棄生遺書》九冊，亦是重要的文史素材。他未內渡赴考，然而其子炎秋日後卻畢業於全國最高學府——北京大學，並成為文化人和立法委員，洪炎秋曾自言「父子失歡，抱恨終身」，但衡量其一生行事，乃父亦當無憾才是。

　　洪炎秋（槱、棪楸），1899年10月6日（舊曆）、出生於鹿港，為洪棄生之次子。洪棄生之性格略趨保守，臺灣割讓的變局成為其傳統功名前途的一大挫傷，故對日人持排拒態度，亦不准子女進入日人所辦的學校就讀，故幼年、少年時期炎秋在其父親親自教育下熟讀中國四書、五經、史書、古文、古詩，遂奠定相當紮實的漢學基礎。

　　少年時代的炎秋求知慾頗為熾烈，埋身故紙堆無法滿足其需求，其父雖浸淫古籍，亦留意時事，曾搜集有關「新學」之書籍雜誌，炎秋讀過《瀛寰志略》、《萬國史記》、《格致新篇》、《新民叢報》、《復報》等，益發

* 發表文章時為臺灣師範大學歷史研究所博士候選人，現為臺北藝術大學建築與文化資產研究所兼任教授。

鼓舞其吸收新知識的興趣。在當時環境之下，追求新知則以熟習日文為首
要之途，但學日文與其父親性格、意願大相逕庭，只有偷偷地學習。

　　炎秋求知慾強，學習能力亦佳，他先與蔡子昭、許嘉恩等人利用洪父
晚間赴側室（陳、楊二夫人）處，至龍山寺主持光明智曉（智曉禪師係曹
洞宗，在鹿港攜妻帶子，飲酒吃肉，以寺為家，被臺人稱為野和尚）學習
日語，唯學習成果不彰。適有鹿港公學校校長平田丹藏設「夜學會」，招收
會員，每夜教授日語兩小時，採用國語學校教諭宇井英與劉克明所編之
《日語大全》為教材，該書分發音、會話、文選，由淺簡而深繁，炎秋在
半年內讀完該書。此外又得到擔任公學教諭之族兄宣碧指導日文和算術，
竟在一年中讀完了日本小學校四、五、六年級的書籍。

遊學東瀛　學成北京

　　炎秋自修完小學課程之後，再購讀早稻田大學出版之《中學講義錄》
（中學五年課程濃縮成兩年，每月兩次，結業測驗合格，發給畢業證書）。
日據時期臺灣上層社會子弟赴日留學風氣頗盛，1918 年他獲得臺灣新聞社
60 元徵文獎金，另從其父存款中偷領六百元，遠赴東京進入正則預備學校
和英語正則學校，補習三個月，繼而考入荏原中學三年級，至修完四年級
課程後，由於其父不予以經濟支援而輟學返臺。

　　1920 年，中國大陸五四新文化運動蓬勃展開，引發他赴北京求學的動
機。他先學習國語注音符號預為準備。國語運動由於吳稚暉在上海推動，
南方各省有很多學注音符號者。炎秋之表弟丁瑞魚（1901～1973）就讀於
臺北醫學專門學校，由廈門派來的留學生教其注音符號，另再傳授給炎
秋。為了進一步的學習，他向上海商務印書館購買注音漢字編印的讀本和
會話，由於其語文能力甚佳，1922 年隨其遊歷中國大陸，行遍八省，通行
無阻，甚至能為其父購得違禁的鴉片煙，成績可見一斑。他後來在北平居
留 23 年，使其國語根基更為穩固，日後乃能成為推行國語的健將。

　　1923 年 7 月，洪炎秋與同為臺籍的宋裴如雙雙考取北京大學預科。期

間曾獲讀三民主義而祕密加入國民黨，後因未正式辦理登記而未取得黨籍，1926 年由預科乙組升入本科教育學系，並以國文為輔科。他在校期間就已在大同、大中等十多個中學教過書。畢業前夕對矢內原忠雄之《日本帝國主義下的臺灣》一書中的教育方面略而不詳，故在 1928 年返臺搜集資料寫成畢業論文──〈日本帝國主義下的臺灣教育〉，經由北大校長蔣夢麟轉投登載於商務印書館之《教育雜誌》第 23 卷第 9 號，後來收入《教育老兵談教育》（臺北：三民書局，1968 年 6 月）。

1929 年北大畢業後至河北省教育廳擔任科員。兩年後原先之詩經教授新任北大校長，炎秋乃至北大擔任註冊事務。高級中學成立後擔任主任，並在農學院教授日文，另在中國、民國、華北、郁文各私立大學講授教育和國文科目。1933 年並在北平城內開設「人人書店」，出版語言教學書籍。

1937 年 7 月中日戰起，北平各校相繼撤出，炎秋因母親年老，無法內遷而留守北平大學，任農學院留平財產保管委員，淪陷期間在北大與師大任教，北大校長錢稻孫與督辦周作人只要他教書而不任「偽官」，雖然身分條件特別，但戰爭結束幸而未蒙被冠「漢奸」之困擾。

勝利歸鄉　遽逢變局

對日抗戰結束後，平津地區有三千多臺灣人，從事商業或徵召服役、任職，日本敗降自顧不暇，國民政府當局亦忙於接收，宛如邊緣人的臺灣人頓失所措，乃組織北平、天津臺灣同鄉會，分別由洪炎秋與吳三連兩位先生擔任會長，經多方協調交涉，終送返臺灣，他本人亦在 1946 年 5 月由天津搭船至上海，再轉船返回久別的家鄉。

他自北平返臺後，得到臺灣編譯館館長許壽裳之介紹至師範學院任教，當時臺中師範學校發生學生排斥校長之風潮，省教育處擬利用其地緣關係，而派他前往接任校長以便控制局面。1947 年 2 月 27 日為處理開除激進學生之事赴教育處備案，不意「二二八事變」突發，乃返校坐鎮，管

束學生勿參與行動。

　　事變期間，師範學校的體育教員吳振武原亦為激進分子，起而組「保安委員會」，令避難於臺中師範的兩百多名外省籍人士家族亦得到安全庇護。臺中市區由於莊垂勝等疏導與武力團體轉往埔里方向，情勢還算平靖，然洪氏仍罹「鼓動暴動，陰謀叛國」之名而被撤職，後來經許壽裳為其洗冤才獲得平反。

發揮長才　推行國語

　　1947 年 9 月，洪氏轉任「臺灣省國語推行委員會」擔任副主任委員（主任委員為何容，1923 年同時考入預科乙組）。臺灣省長官公署接收臺灣之後，發現推行國語為重要工作，因此成立國語推行委員會，各縣市設立國語推行所。當時除了有全國國語運動的五條綱領之外，另訂有「臺灣省國語運動綱領」：（一）實行臺語復原，從方言比較，學習國語；（二）注重國字讀音；（三）刷清日語句法，以國音直接讀音，達成文章還原；（四）研究詞類對照，充實語文內容，建設新生國語；（五）利用注音符號，溝通民族意志，融貫中華文化；（六）鼓勵學習心理，增進教學效能。

　　循此綱領展開的四項基本工作為（一）利用廣播，樹立標準；（二）舉辦講習，訓練教師；（三）編印書報，供給參考；（四）師範課程，加重語文，透過學校教育與社會教育，使國語運動的推行普遍化、深刻化。

國語日報　ㄅㄆㄇㄈ

　　1948 年教育部長朱家驊來臺視察，發現國語運動績效頗佳，若有報刊讀物之發行當更能收事半功倍之效，決定將教育部在北平發行之注音國字小型三日刊——《國語小報》，搬遷來臺改為日刊以發揮功效。六月指示魏建功與何容籌辦《國語日報》，然由於國共內戰轉劇，局勢惡化，原先預撥之七十六億國幣經費改發金圓券一萬元，北平《國語小報》亦只移交一部老舊的四開印刷機，勉強拼湊在 10 月 25 日創刊，第二號則延至 11 月 13

日始出刊。

　　《國語日報》創刊之初，運作頗艱，適國語運動之先驅吳稚暉來臺，乃由其領銜與教育部國語推行委員會在臺委員陳頌平、汪怡、胡適、傅斯年、齊鐵恨、王玉川、何容等邀請本省人士黃純青、杜聰明、游彌堅、洪炎秋等，並聯合臺灣省國語推行委員會常委方師鐸、李劍南、祁致賢、王壽康、梁容若等於 1949 年 3 月 13 日正式成立「國語日報董事會」，傅斯年擔任董事長，洪炎秋為社長。

　　國語日報原設在南海學園，由於國語推行委員會他遷，乃在長沙街另購樓房為經營之所，並向臺北地方法院辦理公司公證手續，組織完整，業務漸擴展。1960 年 3 月再購福州街之地興建大樓，除發行報紙並設出版部，尤以出版兒童讀物為主，當今中年層之國民，幾乎都與《國語日報》結緣。

　　國語日報出版報紙、讀物，另在 1973 年 2 月成立語文中心，主要教授對象為僑生和外籍學生，現已成為外籍人士學習華語的重要機構。洪氏長期擔任國語日報之社長（或發行人），並在臺大中文系任教，擔任國文、文學概論、老子等課程。由於個人具有豐富自學經驗，故在國語日報設立函授學校，擬為失學青年服務，然由於教育的演進，函授教育漸不合時宜，成果不盡理想。

國語功臣　涉入政壇

　　洪氏大部分時間投注於教育、傳播之工作，然如他自己所言：「我淡於名利，而表現慾卻十分強烈」，早年加入國民黨，北伐成功之後，「市黨部在舊教育部豎起招牌公開活動，雖然去開過幾次會，以不願與人爭權奪利，又不肯替人搖旗吶喊，在辦理登記時，故意不去登記，以致失去黨籍，浮沉人海，永遠失掉了發跡的機會」，言下之意，難掩「表現慾」下的失落感。

　　他第一次涉足政壇是 1946 年在連震東的鼓勵下，參加參政員的選舉，

由於缺乏選舉經驗與財源，結果獲得十票，以兩票之差落選。他離開臺灣二十多年，牛刀小試有此成績，不算太壞。次年開始實行憲政，陸續辦理制憲國大代表和立法委員的選舉，舉辦大選，但臺灣沒有民社黨，選舉事務所三缺一無法成立，民社黨人乃推其擔任省黨部書記長，於是成為選舉事務所當然委員，選舉結果，依協定原可轉任省府委員，然因無法約束黨員，爭端肇興，故俟選務告成即登報聲明脫黨，垂手可得之省府委員一職讓予顏欽賢，倒是他亦頗能蟄伏於「社會賢達」的身分角色，前後擔任近十次的選舉委員，並專注於國語運動之推行，二十年後才再投入選舉，成為立法委員候選人。

　　1969 年底立委增選，臺北市共有四個名額，國民黨提三名，留一名開放競選，洪氏在北大同學蘇紹文鼓勵下出馬競選，雖無發動銀彈攻勢之資本，報界同業的支持，使紙彈威力旺盛無比，12 月 5 日公開活動開始，《大華晚報》等九家民營報紙同時刊布共同啟事助選：

　　大華晚報　英文中國日報

　　大眾日報　英文中國郵報

　　中國時報　華　　報

　　民族晚報　經濟日報

　　自立晚報　聯合報

　　我們共同推舉國語日報洪炎秋社長出來競選立法委員。洪炎秋社長畢業於國立北京大學，曾赴歐美東亞各國研究，一生從事教育工作，人品清高，學識豐富，著作很多，而又熱心服務。他雖出生於彰化縣，卻在北平住過 23 年、臺北 23 年；光復後，致力國語推眾，以求民族的團結，絕無地域的偏見，是一位最理想的立法委員，所以我們負責向各位讀者介紹，希望大家投他神聖的一票，使他能夠當選，好來多多為我們做些事情。

　　他並利用自己之《國語日報》編輯特刊,印刷數十萬份,分送各方,增加選民對他的認識,並爭取學校(臺中師範、臺大)、文藝社團的支持,結果以八萬二千多票當選,得票數僅次於謝國城。

　　臺灣推行國語運動普遍而且深刻,使語文成為政治社會化的利器,其成功的關鍵在於「臺灣省國語推行委員會」成立之初即有完善的理論與優良的方法為指針,其中主其事的洪氏學養頗佳,又富實際經驗,並徹底了解臺灣的社會與文化,所訂目標與方法正確而實際,並配合《國語日報》的發行,往下扎根而能有極豐碩的成果。洪氏在 1980 年 3 月 14 日去世,享年 81 歲。

主要參考資料:

1.洪炎秋,《閑人閑話》,臺中:中央書局,1948 年。

2.洪炎秋,《廢人廢話》,臺中:中央書局,1964 年。

3.洪炎秋,《又來廢話》,臺中:中央書局,1966 年。

4.洪炎秋,《教育老兵談教育》:臺北,三民書局,1968 年。

5.洪炎秋,《忙人閑話》,臺北:三民書局,1968 年。

6.洪炎秋,《淺人淺言》,臺北:三民書局,1971 年。

7.洪炎秋,《閑話閑話》,臺北:三民書局,1973 年。

8.洪炎秋,《常人常談》,臺中:中央書局,1974 年。

9.洪炎秋,《洪炎秋自選集》,臺北:黎明文化公司,1975 年。

──選自張炎憲、李筱峰等《臺灣近代名人誌(第四冊)》

臺北:自立晚報,1987 年 12 月

洪炎秋先生

　　洪炎秋先生是光復後才回到臺灣，我對他的認識是從他來臺中擔任師
範學校校長開始。他雖然住在北京 23 年。但他的臺語，鹿港音之重，出我
意料之外。後來想一想也難怪，像父親和榮鐘叔，雖然出生鹿港，但自小
就離開家鄉，跟其他地區的人相處，久而久之，他們的鹿港腔慢慢被外地
腔同化了。反之，洪先生是一直在京白地方生活，平常講臺語的機會只有
跟他高堂，鹿港腔一直沒有受到汙染，容易保持純粹性。

　　我真正與洪先生接觸是父親去世之後，1965 年在威斯康辛大學就讀
時，突然接到他寄來的《廢人廢話》[1]，打開一看有一獻辭：

> 這本雜文出版兩千冊，不出兩月，居然全部賣光，可是自小相知最深
> 的老友莊遂性兄，已於兩年前的十月十三日因肺癌去世，不能分享這
> 份愉快，來補償他十七年前為出版《閒人閒話》而遭遇到的懊惱。現
> 在趁著訂補再版的機會，特把它獻給他在天之靈。

> 　　　　　　　　　　　　　　　　洪炎秋敬獻
> 　　　　　　　　　　　　　　　　中華民國五十三年十一月

　　當時我正在考試之前，自己叮嚀自己說：「好吧！考完後再來看，現在

---

*林莊生（1930～2015），臺中人。作家，為著名文人莊垂勝（1897～1962）之長子。發表文章時為
　加拿大農業部研究人員。
[1]洪炎秋，《廢人廢話》，中央書局，1964 年 12 月，增訂再版。

不要看。」但是不翻還好，一翻就被吸引，欲罷不能，終於把全書看完。考試完後，我馬上把讀後感寫出來，寄給他。有兩篇文章特別引起我的注意：一是〈一葉知秋〉，二是〈傅斯年先生和臺灣人〉。

頭一篇是針對當時發生的一件社會新聞：一個五十九歲的老人林清源前後離家二十六年，與他人姘居。近來因年老多病，被其姘婦逐出家門，現因窮途末路，想去投靠當年的妻兒，但被拒絕收容，遂病倒街頭，隨即死亡。

對此，某專欄作家批評說：「……事急相依，妻兒硬起心腸，不予收留，亦為司空見慣之事，孽由自作，實在怨不得他人。不過照人情講，此種作風，究嫌過分，看在骨肉的關係上，也不能見死不救……」

洪先生看了卻大不以為然，他認為：「凡是社會情況已經發生了重大的變動，而一般的道德觀念還沒有跟著它一齊往前走的時候，總會有一些違背傳統的，令人看著不順眼的人事糾紛，不時發生。這類的人事糾紛，如果細加探討，常常可以借給我們作為形成適合新情勢的新道德的根據。」因此他就把林的妻兒之行為，做一個倫理問題來檢討分析。

他說：「林清源的妻兒，敢於冒天下之大不韙，向不合理的傳統權威，實行挑戰，對於不夫、不父的林清源，毅然採取『以怨報怨』的措施，來闡明『善有善報，惡有惡報』的天理，一番勇氣，絕非一般鄉愿所可企及，值得我們喝采。如果矯揉造作，硬要提倡『以德報怨』，勢必弄到善惡難分，是非不明，未免大悖天道了。」他認為傳統的「父雖不父，子不可以不子」是不合理的。他的看法是：「過去的倫理是絕對的，將來的倫理必定是相對的；過去的倫理是片面的，將來的倫理必定是雙邊的。林清源的妻、子對他的投奔，堅決不予收留，就是這種新倫理觀念的具體表現，只有像他們這種純樸的粗人，才敢本著良知，做出這樣大膽的抗議，如果換個裝滿一腦袋的教條的鄉愿，就絕不會露出這種本色來，那麼，我們也就沒有機會看出這種新觀念的端倪了。」

這篇文章很難得的原因是洪先生用福羅貝爾的《包華利夫人》做例

子，說明新舊思想衝突引起的社會問題，進而引申林清源與他妻兒間所發生的糾紛，也就是這類問題的具體表現。這個對比與情況說明，將本來僅僅站在「情」與「理」的葛藤中看問題的讀者，轉入於歷史發展的過程中看問題。繼之，他檢討歷史上對夫妻、對父母間倫理關係的不同解釋，來印證他提倡的新倫理觀，是在傳統思想的繼承發展上所做的合情合理的調整，而不是跟傳統思想相對立。因為這雙層的說明做得很周到，他的理論使人感到相當折服。

第二篇〈傅斯年先生和臺灣人〉跟上一篇一樣，都是由小事談到小問題、大道理。不同的是前一篇針對倫理問題，後一篇是針對政治問題。洪先生舉出傅校長在臺大的六項措施，來說明傅氏培植臺灣人才、收攬臺灣民心的苦心。從舉例來看，傅氏有兩點很值得欽佩。第一，他有公道之心（sense of fairness）；第二，他沒有忘記為誰辦大學，對本地人及本地文化之將來是有著想的。以現在的眼光來看，也許覺得無甚高論，但如果從當時大陸撤退，大多政要眼中只有「領袖」而毫無「小民」的情況看時，有這種風度與眼光，實在是不容易。難怪洪先生說這些措施看來都是芝麻小事，其實是政治建設最基本的工作，是很有道理的。

洪先生用荀子的話：「下臣事君以貨，中臣事君以身，上臣事君以人。」來衡量時政說：「縱覽全國，盱衡廊廟，能夠在財經方面，大顯身手，以貨事君的下臣，俯拾即是；肯為首領、主義、國家、榮譽而出生入死，以身事君的中臣，也可以車載斗量；唯有能替政府培植人才，收攬人心，像孟真先生這樣的以人事君的上臣，則不多覯。」洪先生以民心為政之第一要義，而以傅校長為謀國之上臣，在當時的政治環境來說，不僅是空谷足音，而且有重大的政治意義，他也許覺得下藥下得太重了一點，在最後一節裡自嘲：「十多年來，身經憂患，又得重病，對於世事的白雲蒼狗，久已漠不關心，無意顧問，近來忽然失常，看到一些閒事，竟又故態復萌，總是沉不住氣，老想閒言幾句，才覺開心。這在我的生命現象上，到底是返老還童的徵候；抑或是迴光返照的徵兆？放下筆桿，不由得一則

以喜，一則以懼。」從字面上看來，他的「喜」是對「返老還童」，「懼」是對「迴光返照」，其實他心中的「喜」是把一肚子的苦水吐出來的快感，「懼」是由此可能引起的中下臣之圍攻，只是他文字運用巧妙，加以他天生的幽默，竟把這套高性能的「安全措施」在人不知鬼不覺中安插進去，毫不留痕跡。我對他世故人情之精練通達，真是佩服。我向他提起一件事：「胡適先生曾對他的袍澤說：『寫文章，不但要有道理，還要入耳才算好。』當時我覺得胡博士這一套太極拳，講得頭頭是道，哪裡去找這種文章，心中很不以為然，現在看到老伯此文，始感到這種好例子之所在。」

　　洪先生也許聽到我說此文能「入耳」，而感到很「安全」的關係吧。有次與幾位父執聚餐時，對我的「讀書報告」嘉獎一番，這是施維堯先生後來在信上告訴我的。不管怎樣，從此以後我們通信較頻繁，談得也較「入港」（臺語：投機的意思）是事實。

　　莊生賢侄：

一月一日的信接到了。我的《廢話》能夠獲得你們年輕人的欣賞，感到十分愉快。我自六年前得了血管栓塞症，弄得半身不遂，現在雖然治好，血壓還是相當高，平常高血壓在 180 度左右，低壓在 100 度左右，所以不敢多看書，多用心思，而且環境也不讓人隨便發牢騷。因此一直不寫文章。去年張耀錡君要再版《閑人閑話》，我就勉強寫幾篇新的來湊熱鬧，此端一開，無聊刊物常來擠稿，弄得不好應付，只好「暫停營業」。老實說來，「話」也真正難說，有人叫好，自然就有人叫倒好，說不定還會惹麻煩，所以還是不說為宜。這種苦衷，你們在國外的是不會理會的。我一生寫文章，最感遺憾的，是對先母和遂性兄，寫不出紀念文來。先母是最愛我，也是我最愛的人；遂性兄和我可以說是最知己的，我們彼此的缺點和優點，都知道得比誰都透切；可是這種最高的情感，沒有法子表達出來，可見我的文章，還是十分不成。

你們在國外，寫作的時間很少，閱讀的機會也不多，不過，我總覺得為寫文章而寫文章，未免無聊，應該為發表意見而寫文章，才有意思。日本醫學界出了許多文士，農界也出了不少，像新渡戶稻造、志賀重昂等的文章，都很有價值，所以我也希望你們除了本行的學問要努力以外，有機會也練習練習發表些意見，專家寫的通俗文字，發生的影響，有時比專門論文還要大，這是實情，並非誇張。寫作並不難，歐陽修主張從三多入手，即看多，做多，商量多。商量就是修改，這也不必找他人，自己「吟味」就可以。這個意思，請你宣傳宣傳。……即問旅中平安愉快。

　　　　　　　　　　　　　　　　　　　炎秋啟　一九六五‧一‧七

　　過了幾個月後，朋友來信說該書出了問題，這次不是內容，而是廣告用的書籤上用的字，有損害某作家的名譽，而被告一狀。書籤我看過，事實上沒有誹謗之意，只是用「將欲揚之，必先抑之」的手法，先幽默一下而已。洪先生以前也用過這種手法來稱讚某業餘劇團，而碰到類似的誤會，可見有些人還是不大習慣這種豁達的幽默。

　　莊生賢侄：
　　你六月初的信，早就要給你回，因為去了一趟日本和韓國，雜務壓得太多，就給耽誤下來，對不起。ｘｘ本來是個很有天才，很可造就的人才，可惜因為出名太快，性格又輕佻，近年只寫罵人的無聊文章，自以為了不起，目中無人，因而受到各方的迫害，找不到正當的職業，以致更加偏激，寫的多而讀的少，顯得越寫越不成東西，實在可惜。這個結果，他個人固然是自作自受，而社會不能容允一個豪放的青年，不懂得把他引入正途，而迫他走上梁山，更要負一個大責任，他告ｘｘ先生，法院有偏見，判他敗訴；告ｘｘ本是無理取鬧，自然也敗訴

了。這類的事情對他個人的性格，更要發生不良結果，實在是無可奈何的事情。

我記得法國 G. L. L. Buffon 說過一句話：「文就是人。」實在很有道理。因為好文章一定要能夠反映作者之人格才可以；如果是浮浮泛泛，言之無物的文字，就不耐讀了。古人說，文人要讀萬卷書，行萬里路，就是說，一個人要從書卷中吸收許多間接的人生經驗，要從旅行中吸收許的直接經驗，來培養他的人格，發出來的文章，才有價值。文字是一種技術，只是技術好是不成的，一定要有材料來供它運用，才能創出好東西來，所以天才固然要緊，修養更不可缺，你將來執筆寫文章，就可以知道這話不錯。

遂性兄修養極深，他對人生社會的見解，都極值得推崇，可是他不在文字下功夫，沒有留下他的思想的痕跡，實在可惜。……即祝健康進步。

洪炎秋啟　一九六五‧八‧三

　　洪先生勸我寫作，動機之一是希望我不要踏上父親的覆轍——述而不作的毛病。我自己也覺得生活在現代，必須要有發表自己意見的能力才行。古人說：「言之不文，行而不遠。」現在更是如此。所以我對他的鼓勵非常感激，也衷心想要做到，只是功課太忙，無法實行，一直歉然於心。1967 年威斯康辛大學畢業後，利用在四妹家等候移民簽證的時間，草了一文〈父親的墓園〉（本書第六章）。承他鼓勵，投稿於《自立晚報》。這一篇文章可以說是我的處女作。該文刊載時有一段作品的介紹，想是出自洪先生手筆：「本文對中國傳統的『孝』有非常中肯的詮釋，兼及藝術對生活的影響和看法，文字純樸感人。」我看了很高興，因為它使我想起學校時代國文老師在作文簿上的評語，給我一種鼓勵。如在前信所說，洪先生一直想寫一篇紀念父親的文章，1973 年他的表弟丁瑞魚先生去世後，更加強了

這個念頭。

莊生侄：

最近舍表弟丁瑞魚去世，老友日漸減少，因而更加懷念令尊遂性兄。令先尊去世後，一直想寫一篇懷念他的文字，只因自民國八年和他分手，即很少聚會機會。他的事跡，例如那一年入糖業試驗所，那一年入明治大學，那一年和令堂結婚，那一年創辦中央書局等等大事，都不知道，近年眼花耳重，記憶又差，腦筋失靈，都已無法挽救，現在如有資料，還能夠編綴成篇，再過一、二年，則雖有資料，也一定寫不來了。人在幼時，發達甚速，中年則進行頗緩，到了老年，以加速度走下坡路，其沒落正與幼年成反比例，及今不寫，再過兩年就寫不下來了，所以希望你就記憶所及，供給我一些資料，那一方面都好，我再整理就是。我去年曾叫立生給我搜集一下，結果沒有消息。榮鐘叔也因記憶衰退，想不出什麼來，所以我期望你多少給我搜索看看，使我能湊成一篇。我最近又出版一本雜文集《閑話閑話》，前天已由海郵寄給你一本，不日當能達到。專此，順問旅安！

　　　　　　　　　　　洪炎秋啟　一九七三・四・十二

莊生侄：

四月三十日信接到很久，因為信封被郵差拿去，到了最近才從立生那裡打聽出來，所以耽誤了。令先尊的人格、情愫，叫人欽佩的地方很多，但這是無形的、抽象的，很難寫出。具體可寫的，以處理二二八事變最能顯出他的魄力和手腕，但是榮鐘叔向我忠告，此時當局最怕人提起二二八，頂好不說，於是乎我就不好動筆了。我想資料繼續收集，慢慢構想好了，再來動手，好在這事不忙，不必著急。你的小時的印象，對於他的了解，都很有幫助，如果再寫，仍請將副本寄我保

存。順候儷安。

洪炎秋啟　一九七三・六・七

　　接到這兩封信後，我就把與父親在生活中所體驗的事情，拉拉雜雜寫了一篇，題為「父親與我」，送他做參考。這就是本書第一章的原始稿。照理來說，父母的事跡，最清楚的是兒女。其實不然，兒女所知道的是家庭內的父母，家庭之外的父母知道得很少，非仰賴父母的朋友不可。但人在國外，這是做不到的。我提供的資料對父親的個性、趣味、生活方面的理解有用，但對外的事跡，卻幫不了什麼忙。不過對洪先生總算是填充了一大半的空白了。

莊生侄：

來函和令尊事略，都已接到了。我對這篇文章的著筆，也感到相當困難，一來民國八到三十五年這近三十年，不跟令先尊在一起，材料缺乏，二來想說的話，雖然相當不少，也和你一樣，找不到「焦點」，所以一直遲延下來。雖然叫玉斗伯和榮鐘叔提供一些材料，也提供不出來，甚覺苦惱。不過有你這一篇素材，給我一些暗示，也許可以著手了。

近來歲數一大，記憶衰退，手顫眼花，執筆為難。現在不寫，將來更難，所以近中想試試看，寫好印出，當送供指正。專此，順候儷安。

炎秋啟　一九七三・十一・五

　　可是，正當他要發軔時，忽得嚴重的心臟病。

莊生侄：

去年十月二十日來函附令尊資料，都早接到，遲未回答，不意十一月
中忽得心肌阻塞症（胡適先生死於此病）。急送臺大附設醫院救急室
救急，救急了一個禮拜，方轉往普通病房，過了不久，又患小便不
通，幾乎發生尿毒症，施行手術，造一人工尿道，以利排泄，過了不
多日子，又發生腦血管硬化，用特效藥救治，才把生命保住，在院中
五十天中，連遭三次險症，好些朋友都以為沒有活的可能了，幸而出
了奇蹟，三道難關都已打通，到一月間出院。渾身乏力，不能行動，
到了最近，才能執筆，別的機關沒太大影響，只有記憶力大受損傷，
很多事情，都記不起來，連熟友的名，也叫不出，似非長期休養，不
能恢復，令尊的事跡，恐須延個時期，方能著手。前年去美國開會，
因是團體行動，雖到尼加拉瀑布，可惜勻不出工夫去看你，甚感遺
憾。榮鐘叔夫婦，前日搭機赴美看其子女，說要盡可能去看你們，大
概會實現的。此復，順候儷安！

炎秋啟　一九七四・四・三十

大病初癒，身體還沒有復原時，他還念念不忘紀念文章的事，實在使
我感激。我屢次勸他不必急，但他好像把這件事，當作他的使命似的，非
完成不可。

莊生世兄：

懷念令尊的文，一連費了三天工夫，才整理出來。煩打字小姐代打四
份，一份送給你們賢伉儷，一份寄給徐復觀先生，一份寄《傳記文
學》雜誌，一份留作結成雜文集的資料。榮鐘叔的地址一時找不出
來，請你寫信告訴他，等雜誌文集出版後再給他。我死裡逃生，對令
尊二二八的一番大貢獻，非趁沒有死去這個時候，代為表揚一下不

可。因為風燭殘年，萬一遇到意外，這件事就沒有什麼人詳知，連榮鐘叔在內。現在心願得了，你的幫助很大，順此向你致謝。順候儷安。

炎秋啟　一九七四・八・二十八

我把初稿一讀，大感興趣，因為他與父親年輕時的交友情況是我從來沒有聽過的。但我同時也發現了一個問題，那就是他十幾年來欲說而罷的二二八事變（嚴格說，本文所說的二二八只指臺中地區而言，不涉及其他地區）。洪先生在文中細說他在事件中親歷的事情。因為他是當時中師的校長，中師師生在事變中扮演很重要的角色，因此他提供的資料是有很大的史料價值。問題是二二八在當時的臺灣還是禁忌，沒有人，包括他，能毫無保留說明來龍去脈。在這種狀況下，僅僅羅列幾件親歷事情，很容易給人當話柄。最簡單的疑問是，如果按照文中之事實來判斷，他和父親在事變後應受政府表揚才對，為什麼兩個人都被撤職，父親還鋃鐺入獄？這個疑問，該文是以「被教育當局所誤會，而受到撤職的處分」來交代。顯然，這個理由是不夠充分的。我回答說：

炎秋伯：

今天接到老伯的大作，一口氣讀完，很感動。感動炎秋伯在身體不十分爽快的情況下，為去世十多年的老朋友執筆宣揚遺憾，做下代的我，真是感激不盡。尤其看到：「從此以後，可以死而無憾！」更覺得老伯用心用力之大，和完成一個心願後的滿足。不過細心拜讀之下，覺得有幾個地方，因為只能擇其一而述之，不明其全貌者，很容易以偏概全而引起誤會，這是我深以為慮的地方。因此很冒昧請老伯暫時把稿收回，容我再思考一個月半，再做決定如何？……

榮鐘叔、榮鐘嬸六月底來看過我們，他倆精神、身體都很好，預定十月十七日飛去日本，在那裡停三個禮拜後回臺。這次會面是我離臺十

四年後的頭一次的再會，非常的高興。

莊生上　一九七四‧九‧三

當時葉先生夫婦旅遊至美東，住在他女婿家。我打電話告訴他該文的問題。他說他要寫信給洪先生，等他回國後再做決定。他說二二八是一件嚴肅的歷史事實，不能用馬路新聞的方式處理，他在國外看了不少有關二二八之書，但都不滿意；觀點、事實均與當時實情相去太遠，他覺得回國後需要把這段史實寫出來，給後代做個交代。葉先生十月十二日抵達臺北，不久我接到洪先生的信：

莊生世兄：

榮鐘叔前天夜裡到臺北，我往機場去晤他，並詳問一切，已決定該文不刊出，並去函《傳記文學》社索回原稿，已不成問題了。《常人常談》原擬帶往香港，參加十一月二十六、七、八日世界中文報業協會中贈送幾位朋友，因該文問題，久懸未決，現在恐怕來不及趕上，好在黎明公司要編一部文學叢書，叫我選一部「自選集」湊熱鬧，此書大約可以帶去，也就不致空手了。該兩書出版後，當一齊郵上，到時查收可也。匆此奉告，順候闔宅大安。

炎秋啟　一九七四‧十‧十四

與這封差不多同時，我也給洪先生一封信：

炎秋伯：

謝謝用掛號寄來的稿子，把介紹我們兄弟那一段去掉，給人較乾脆的感覺。我因把字條中之十二日看成「十二月才回來」，怕正式付印之

前老伯還沒有聽到我的意見，所以匆匆用電話報告。其實不用這麼緊
張，少見多怪之病，請多多原諒。

來北美十三年，日常生活也多多少少染上洋人之習氣，看到某一事
件，如果不知道，那無話可說，但如果知道那是錯誤的話，一定要做
到「知無不言，言無不盡」，好像如果不這樣做，即有過不去自己似
的。我對老伯之大作的意見是歸於一種「杞人憂天」的心理，怕老伯
下筆的時候，對各種客觀問題考慮得沒有十分周到，所以提出來做參
考。只要老伯對這些問題給與「應有的考慮」的話，最後的定稿就是
跟我的意見相反，我也放心。

莊生上　一九七四‧十‧十三

洪先生寫文章碰到問題的例子很多，但像這一次由自己人而引起的，
大概是第一次。他聽了葉先生的說明後欣然撤回，實在太尊重葉先生和我
的意見。這篇文章不是平常的一篇，而是他傾注心血的一篇。我心中也相
當歉疚。只是這是懸案中的歷史事件，史料提供需要有詳細的背景說明才
行。經過兩年多的熟慮後，洪先生終於決心了。

莊生世兄：

前年所寫懷令先尊的文，《傳記文學》已排版後將付印，因你和榮鐘
叔反對發表，所以叫主編劉紹唐兄抽出印成抽印本十冊，分別送徐復
觀、蔡培火、吳三連諸先生及敬生、悅生、立生諸侄。皆認為可以發
表，尤以培火、復觀兩先生皆認為應該發表，但榮鐘叔極力反對，所
以請劉紹唐兄，將版折掉，賠他排版及抽印本的損失。劉紹唐兄極願
登載本省社會運動家的事蹟，叫我不必賠錢，慢慢將不合適的地方去
掉，再讓他登載，即以稿費抵銷，所以一直拖下來。今年年初被公共
汽車撞倒，傷了額角，當場暈去，被送往市立仁愛醫院救治。……幸

　　而這次又從閻王手中逃了出來，只是體力衰弱，記憶減退，眼睛昏花，所以想懷令尊這篇文章，一定要修改發表，以免遺憾，同時又草出一篇追懷張我軍兄的文章先在《傳記文學》發表，以了心願。……

　　　　　　　　　　　　　　　　炎秋啟　一九七六・十・五

　　一波三折的〈懷益友莊垂勝兄〉終於發表在《傳記文學》（民國 65 年十月號）。洪先生心中的一塊石頭是放下來了，而我也放心了。我以平靜的心從頭細讀一下，更體會到他對父親真摯的感情。

　　該文開宗明義：「對我一生發生過影響最大的人，第一是先父棄生先生，其次是亡友莊垂勝兄。」棄生先生對他的影響在他的著作裡提了不少，所以是沒有什麼意外的，但父親對他的影響，我卻是頭一次聽到。據他說，他 16 歲時憑自己自習功夫，已經可以看懂日文，就在這個時候，碰到比他大兩歲的父親（果如此，我應稱他炎秋叔才對，但我們兄弟一直稱他為伯），父親把他認為最好的日本名著介紹給他。其中有西田幾多郎的《善的研究》，朝永三十郎的《近世「我」的自覺史》，丘淺次郎的《生物講話》和《進化論講話》，夏目漱石的《吾輩是貓》和《哥兒》（原名：坊ちやん）。他說前四本書奠定他的人生哲學基礎，後兩本使他領略清新雋永的筆調，影響他後來的寫作。

　　這段記述觸動了我自己的體驗，因為我也覺得朝永的《自覺史》和漱石的兩本小說給我相當的影響，可以說前者提示我，西方的思想史可以沿「我的自覺」這條線索去探求，大大壯我膽子去胡思亂想，幫助我獨立思考的習慣；後者教我如何眺望人生、欣賞人生的樂趣。漱石雕塑出來的那個純潔又不太懂世事的《哥兒》，氣質與意境是我所欣賞的。周作人[2]說漱石的文章是「英國紳士的幽默與江戶子的灑脫之和合」。我完全同感。

---

[2] 周作人，〈我是貓〉，見於《苦竹雜誌》（上海：良友圖書館，1936 年），頁 253。

《貓》告訴我，一個人如果能站出自己之外，用一點諧謔和批判的態度回看自己，往往可以轉怒為笑，化兇為和，得到一種妙趣盎然的人生。

　　洪先生是這方面有突出表現的文學家，我覺得他和我在性格上多少都有《貓》的成分，難怪他的幽默我可以完全接受，想來這大概都是所謂的「同宗同誼」的自然發展吧。

　　從 1977 到 1980 年 3 月洪先生去世為止，我們還通信五、六次。所談的是文章或寫作的事情，現在按年月之前後，節錄如下：

〔第一信〕

周作人的文章，好處在於清淡而有餘味，和陶淵明的詩一樣，看不出好處，卻是耐人咀嚼，和李白的詩不同。讀文和飲食一樣，各有各的嗜好，不能一致。復觀兄能欣賞魯迅的文，卻不喜作人，亦個性使然也。（一九七七‧二‧二）

〔第二信〕

近年記憶力和視力，全部退化，所以讀書作文，都不方便，只好真正退休了。榮鐘叔《見聞記》，不同凡響，想寫一文捧捧場，因為原書須用擴大鏡才看得見，所以讀來既費眼力，又費時間，因此遲遲未能執筆，真是「是不能也，非不為也」，不服老是不行的。古人說：「少壯不努力，老大徒傷悲。」不可不信。（一九七七‧十二‧十五）

〔第三信〕

你說，大家認為郭大砲引經據典，跑不出《三國演義》，其實書不必讀得太多，要緊的是能應用，宋朝趙普對宋太宗說：「臣以半部《論語》佐太祖得天下，以半部佐陛下治天下。」這是會用書的最好的例子。我曾聽見傅斯年校長親口對我說，有一次他們八個人受招待到延安，毛澤東用八個晚上分別約他們談談，方面各不相同，跟他談的是

中國小說，毛澤東引兩本小說問他，他都沒有看過，他也引兩部偏僻小說考他，毛都曾經看過，他認為毛一生詭計多端，是從小說學到的知識。可見什麼書都有用處，你不常寫文章，所以感到很艱澀，多寫自然熟識生巧，你還是常常寫吧！（一九七八・三・十三）

〔第四信〕

你在國外有看書的自由，像魯迅的作品，這裡就不能讀到，筆鋒的尖刻，可以濟周作人的平淡，年輕人可以學習。老侄你的聰明和見識，是可以寫寫東西，在僑報露露手，因為寫作不難，難在有無話說，所以胡適教人作文章的祕訣，就是「有什麼話，說什麼話；話怎麼說，就怎麼說」。前者是內容，後者是技巧；內容要有見解，技巧要多練習，也就是歐陽修所主張的「為文有三多，看多，做多，商量多」。又說：「疵病不必待人指摘，多作自能見之。」所以多作是作文進步的捷徑。老侄讀多了，再在「做多，商量多」下些工夫，好文章就能出來，希望多加努力。令尊是可以留下許多好文章來的，可惜他惜墨如金，以致埋沒下去，老侄千萬不要再蹈他的覆轍，努力發表，切切是盼！順候平安！（一九七九・十一・二十二）

〔第五信〕

作文「做多，商量多」固是要緊，「看多」更要緊，看不僅是「讀書」，還包括看「世情物理」，有了這些，自能言之有物。你的年紀正好做這些工夫，我已眼力不濟，不能讀書，至於對事理的反應，也很遲鈍，已不得不放棄寫作生涯了。你正當時，不可自棄，而任其懶散，常常作，自能越作越好。我也四十多歲張深切兄編《中國文藝》，時來逼迫，才開始寫作的，如果沒有張深切兄的逼迫，我也就跟令先尊一樣「坐而論道」，「述而不作」了。你這二、三十年的社會經驗，很可發表一番，用力寫出，一定會越寫越好的，千萬不能膽

怯。以致沒有留下意見，不但是自己的損失，也是社會的損失啊！先拿你的求學的經過，也可以寫出很好的文章來，雖是個人的事，卻也成了大家關心的事了。諸如此類，要寫的材料俯拾即是，不可錯過，切切是要。（一九八○・一・十）

　　洪先生最後一信，字跡已有點零亂，顯然手已不十分靈活，在這種狀況下，他還再三叮嚀我要用心努力寫作，殷勤懇切之情，真使我感激。他說：「我老眼昏花，寫這一些要來解開你的疑問，真是你所說的『字字是辛苦』，只好就此結束了。」不幸，此信如此結束，十幾年來的通信也如此永遠結束。想起「曲終人不見，江上數峰青」的詩句，心中充滿無限懷念。

　　洪先生給我寫作上的指導，有三點倍覺珍貴：第一，書不一定要讀多，但要讀到能「用」。讀書功夫要到「會用」這一層，才算上乘。第二，為文三多之中的「看多」，除了書本之外包括「世情物理」，要細心觀覽，用心思想。第三，文章之疵病，不必待他人之指摘，只憑自己多作、多商量的功夫，也就可以糾正。

　　　　　　　　——選自林莊生《懷樹又懷人：我的父親莊垂勝、他的朋友及那個時代》
　　　　　　　　臺北：玉山社，2017 年 6 月

多重困境下的文化選擇
洪炎秋大陸時期的文學文化活動研究

◎楊紅英*

　　洪炎秋，生於 1899 年，原名槱，字炎秋，筆名芸蘇，是臺灣著名的教育家，1947 年任臺灣國語推行委員會副主任委員，1948 年以後長期擔任國語日報社社長，致力於臺灣的國語推行與普及運動，厥功至偉。1969 年，獲民間各界推舉競選增額立法委員成功，迄 1980 年逝世為止，質詢問政不遺餘力，是書生報國的典型人物。著有《閑人閒話》、《雲遊雜記》、《廢人廢話》、《又來廢話》、《教育老兵談教育》、《忙人閒話》等散文集 13 部，縮編改寫《格列佛遊記》、《阿麗思漫遊奇境》等兒童文學 12 部，專著《日本語法精解》、《文學概論》等。前半生輾轉臺灣、日本、大陸等地，失地喪權的家國之恨，飽受歧視壓迫的殖民地的悲哀，前現代到現代社會轉型的巨大衝擊，新舊文化的矛盾與衝突，是他無可選擇的歷史境遇，也構成了他人生歷程、文化選擇與認同難以迴避的多重困境。「我是這個矛盾時代、矛盾社會、矛盾地區、矛盾遭際，以至於矛盾家庭所產生一個充滿矛盾的畸形人。」[1]這幾多酸楚、幾多悲涼的人生自白正是多重困境的真實寫照。剖析他的人生歷程和文化選擇與認同，對理解 20 世紀臺灣歷史與經驗具有重要的意義。但兩岸有關他的學術研究顯得較為單薄，筆者所看到的只有唐淑芬的〈洪炎秋的生平和事功研究〉、林安吉的〈大眾傳播媒介對臺灣地區選舉與結果之影響──報紙為洪炎秋助選之效果研究〉兩篇碩士論文，零散的四篇論文如林莊生的〈談 1900 年代出生的一群鹿港人〉、余蕙靜的

---

*發表文章時為江蘇技術師範學院中文系講師，現為江蘇理工學院人文學院副教授。
[1]洪炎秋，《洪炎秋自選集》（臺北：黎明文化公司，1975 年 1 月），頁 15。

〈北京生活對洪炎秋一生的影響〉、葉龍彥的〈奉獻國語文教育的洪炎秋（一九○二——一九八○年）〉和秦賢次的〈臺灣國語教育老兵——洪炎秋〉，大陸學者張泉在其《抗戰時期的華北文學》中對洪炎秋有所論及。總的說來，大陸學術界對他的文學文化活動關注不多，也不夠深入與全面，對其文學活動的研究更是幾乎付諸闕如。本文擬通過對其一生產生至關重要影響的大陸時期的文學文化活動的觀照，探討一代臺灣知識人在近代多重困境下的文化選擇與認同的複雜性及意義。

一、叛逆與回歸——父親的影響

　　洪炎秋曾言，一生中影響他最深的人是他的父親洪棄生，但早年他曾兩度與父失和，導致其遺憾終生。要討論洪炎秋的文化選擇，父親的影響及父子關係的發展演變都是一個無法回避的重要原因，而父子關係從一度的叛逆轉向精神上的回歸與認同和洪炎秋北平時期的經歷又是密不可分的。

　　洪炎秋出生於文風鼎盛的彰化鹿港，父親洪攀桂，學名一枝，字月樵，是以詩文名世的才學之士。甲午之戰，中國戰敗，臺灣被割讓給日本人，父親眼見各地武裝義軍抵抗日軍登陸占領的行動皆宣告失敗，而日軍又囂張跋扈、濫殺無辜，失望之下，乃改名繻，字棄生，絕意仕進，採取退隱避難的方式和不合作的態度頑強抵抗，並設帳授徒，寄情詩酒，是日據前期臺灣堅定的文化民族主義者，被稱為「特異獨行的抗日典型」。[2]其抗日言行主要有拒學日語，拒穿和服西服，拒絕斷髮，在終日閉門躲避終遭日警強行闖入家中斷其髮後，寫下多首詩作抒發悲憤之情，最見其心力的則是對兩個兒子的教導。

　　為抵制日本的同化，傳承中華文脈，洪棄生拒絕把兒子送到日人所辦

---

[2]臺灣省文獻委員會編印之《臺灣省通志稿卷七・人物誌》，將洪棄生與姜紹祖、徐驤、吳彭年等同列為「特行篇」。吳文星則將他和新竹生員王松（1866～1930）同稱為隱逸人物的典型。參見吳文星，《日據時期臺灣社會領導階層之研究》（臺北：正中書局，1992年7月）。

的公學校就讀，而是親自在家教授。洪炎秋五歲開始，就由父親親自啟蒙，以清代傳統科舉教育著重的四書五經及八股制藝和詩文為主要內容。教習的課程，進度是先念四書，次念五經及整部《左傳》。在念四書的時候，同時背誦《唐詩三百首》和《時勢三字篇》，課外讀物為《三國演義》，並用演義資料，學作史論。到了讀五經的階段，同時讀《古文析義》、《古詩源》和《唐宋詩醇》，輔之以課外讀物《三國演義》、《東周列國演義》，再下去是《御批歷代通鑑輯覽》。創新的是，多了其父自編的《時勢三字篇》教材。這套教材分為兩部分：第一部分為「國史篇」，從盤古開天地，一直講到清光緒以前的中國歷史，把古人認為無從說起的二十四史大綱，只用 156 句，468 字即貫穿一線，敘述明白；第二部分為「輿地篇」，用 174 句，522 字，從《尚書・禹貢》的九州講起，進而介紹世界四大洲的位置和當時各州主要國家。這套教材比王應麟的《三字經》，忽而講性理、忽而講事物、忽而談史事、忽而談經書的無系統更見組織，所記內容已涉歷史、地理的實用知識，更超越傳統漢學的藩籬，可見其識見的開通和淵博。[3]深厚的家學庭訓使洪炎秋自幼打下了堅實的國學基礎，讓其一生獲益匪淺。父親希望他不要隨俗浮沉、見異思遷，要心無旁騖地從國學中尋找清高的精神生活，但洪炎秋當時處在求知慾強烈的時期，家中所藏的《瀛寰志略》、《萬國史記》、《格致新編》和《新民叢報》、《復報》等書報雜誌所宣講的時潮新學思想對他產生了很大的影響，拓寬了他的眼界，使他對父親所授起了很大的懷疑和動搖，「覺得這個世紀的青年，是不應該只在五經廿四史這些故紙堆中討生活的，而須想法子去吸收新的知識，有一番作為才是。然而在我的環境中，要想吸收新的知識，只有學習日語，是唯一的門徑。」[4]所以洪炎秋開始違背家教，偷學日語，主要通過鹿港公學校的夜學會和自修的方式完成日本小學課程，再通過早稻田大學《中學講義錄》自修中學課程，並順利取得卒業證書。既忙於學習日文和閱讀各

[3]唐淑芬，〈洪炎秋的生平和事功研究〉（中興大學歷史學系碩士論文，1997 年 7 月），頁 23。
[4]洪炎秋，〈我父與我〉，《中國文藝》第 2 卷第 1 期（1940 年 3 月），頁 6～7。

種新書，自然荒疏了父親教習的功課，洪炎秋 16 歲後的兩年時間，幾無寸進，引來父親的大怒。父親嚴而暴的個性、抽大菸等不合聖訓的惡習，尤其是父親養外家對洪炎秋母子的感情傷害使洪炎秋對於父親的教導產生了強烈的叛逆心理，父子衝突加劇，最終導致他遠渡日本求學以逃離父親的樊籬，父子失和。

　　1940 年，在父親過世 12 年之後，已為人父的洪炎秋以深情的筆觸寫下〈我父與我〉，對此作了深刻的反省，以「望之深、責之切」諒解了父親小時對自己的嚴苛，字裡行間洋溢著父子情深。他在文末寫到「現在事過境遷，我在外面已胡鬧了二十餘年了，終於落得個『一事無成兩鬢斑』，深悔當年不如老老實實去傳授我父的家學，或者還有成個一得之愚的希望，也免得父子失和，貽憾終生；而今我父的墓木已拱了，『樹欲靜而風不止』，此情此景，負負徒呼！」[5]這不是一篇簡單的浪子回頭的懺悔，如果聯繫作者當時的處身環境，不難發現其中別有深意。本來父親以飽經憂患、抑志難伸的人所追求的「書香俎豆名山業」去責難雄心勃勃、少不更事的洪炎秋，自然注定失敗；而且父親當時為抵抗日人的同化，往往也將現代科學民主一起拒之於門外，失之偏頗，但一度雄心勃勃違背父訓留學日本定居北平的洪炎秋，最終還是難免淪為亡國奴。身處淪陷的北平，痛感家國淪喪的悲哀，洪炎秋深深體會了個人在大時代大社會中的渺小與無奈，終於明白了父親當初的偏執，及這種偏執具有的深刻意義：「當時有一班不自重的投機分子，學得幾句外國話，可以奔走權貴，便狐假虎威，忘卻本來面目，大有古人所謂『漢兒學得胡兒語，高踞城頭罵漢兒』的氣概，我父恨之入骨，所以不令我們入學校，而親自督責我們在家中誦讀經史。」[6]在文中，作者高度讚揚父親以傳統文化作為自己的精神家園，擇善固執、不隨波逐流的堅貞氣節。對於那些媚敵忘祖之流來說，父親的言行成為一面照見他們不堪嘴臉的明鏡；而對於自己，對於過著悲哀晦暗的生

---

[5]洪炎秋，〈我父與我〉，《中國文藝》第 2 卷第 1 期，頁 6～7。
[6]洪炎秋，〈我父與我〉，《中國文藝》第 2 卷第 1 期，頁 6～7。

活的淪陷區人民、抗戰的軍民而言都不能不說是一個很好的榜樣和鼓舞。文學史家這樣評價道：「這暗藏機鋒的直接記載，表明淪陷區堅持民族氣節，固守中國傳統文化的知識分子大有人在。同時，也說明了編者和作者的立場和勇氣。」[7]一度對父親的叛逆，學日文，留學日本，最終還是小時候父親深植下的文化因子成為他回歸中國的源泉與動力。雖然父子二人所認同的對象有所不同——父親更傾向於認同大清王朝，兒子更傾向於認同走向現代民族國家的中華民國，但誓不事倭的民族氣節和文化操守卻是同一的，由此提供了回歸的可能。北平淪陷時期的洪炎秋，憑其日語水平和資歷完全可以在日偽政權下求得「利祿」，但他僅以教學為生，偶爾作一些散文、翻譯，其生活狀態便與父親在臺灣不合作的寄情詩酒的隱逸生活頗為相似，其父的影響不能說不大。

二、大陸時期的文學文化活動

1918 年，洪炎秋為了掙脫父親的束縛，用參加《臺灣新聞報》徵文所獲得的首獎 60 元獎金和偷領自父親帳戶的 600 元銀行儲金，奔赴日本東京開始了一年半的留學生活，後因苦學不成改為儉學，待資金告罄後返臺。日本的留學經歷，彌補了他未受新式學校教育的不足，另一個收穫則是接觸到當時世界各國的新思潮。那時日本正處於自由民主思潮風起雲湧的大正民主時期，世界各國的各種新思潮都能在日本得到傳播和實踐。美國總統威爾遜的「十四點和平原則」（著名的民族自決原則就包含其中）、日本的「大正民主運動」、蘇聯的「社會主義革命」、朝鮮的「三一獨立運動」、中國的「五四新文化運動」相繼發生，尤其是由新一代知識分子和青年學生所發起的五四新文化運動所展現的蓬勃景象對洪炎秋產生了巨大的吸引力，使他萌發了奔赴北京大學留學的願望。正好旅資告罄，便回臺準備。

1919 至 1922 年，洪炎秋從就讀於臺北醫學專科學校的表弟丁瑞魚那

---

[7]張泉，《抗戰時期的華北文學》（貴陽：貴州教育出版社，2005 年 5 月），頁 283。

裡學會了注音字母，練就了一口國語，並在 1922 年隨父到大陸遊覽時得到很好的發揮，這更增強他對國語的信心和對新文化運動的了解，進一步產生對新文化的認同感，所以在天津送父親上船回臺後，執意留下求學，並再次引起父親的不滿。

1923 年，洪炎秋考上北京大學預科文科班，兩年後進入教育系就讀，成為第一個以一般考生身分考上該校的臺灣學生。在政治文化中心的北平，洪炎秋親炙五四新文化，正式由背經典、學對子、習詩文的傳統教學轉向了近代化的新式教育，與父親早期教習的文言古典詩文傳統漸行漸遠。畢業後他更是申請恢復中國國籍，定居北平。1924 年，洪炎秋為同時進北大的臺灣同學宋斐如創辦並主編的《少年臺灣》執筆，另外一個執筆人是好友張我軍；1929 年他以論文〈日本帝國主義下的臺灣教育〉畢業後忙於教育教學工作和開辦人人書店，和張我軍合譯飯田茂三郎的《中國人口問題研究》等；抗戰爆發，北平淪陷後，洪炎秋留守北平保管北大校產，友人張深切創辦《中國文藝》後勤於催稿，讓他寫下了〈我父與我〉等十篇散文；另外的文學活動主要有在《藝文雜誌》上發表中篇小說〈復讐〉，翻譯武田麟太郎的〈裸婦〉，和張我軍、張深切等友人的譯作一起結集為《現代日本短篇名作集》；此外還有 21 篇譯作在《北京近代科學圖書館館刊》、《日本研究》上刊載；《中國留日同學會季刊》上也有一篇〈談翻譯〉的文章。

（一）深切的殖民控訴

1929 年洪炎秋以論文〈日本帝國主義下的臺灣教育〉從北大教育系畢業。論文較早地參考了日本正義學者矢內原忠雄的《帝國主義下之臺灣》，對日據時期臺灣經濟、政治、法律、社會狀況作了深入的分析與透視，尤為突出的是，在原作較為單薄的教育方面，洪炎秋在收集了翔實的資料後加以全面豐富的闡發，揭示日本殖民政府通過壟斷經濟利益、把持政治權柄和操縱教育機會的方式對臺灣實施殖民壓迫與剝削，揭穿了 36 年來臺灣教育蒸蒸日上的假象：「在外表上看來，可謂『猗歟盛哉』，然而考其實

際，則臺灣人所得沐其恩澤者，只是奴隸的教育而已，敷衍的教育而已，榨取的教育而已！」[8]文章揭示日本殖民政府榨取臺灣金錢培養日人，剝奪擠壓臺人受中高等教育的機會，以排斥臺人進入執政管理層，確保日本在臺灣的經濟利益和政治優勢的兇惡本質。「它（臺灣教育）的運用，小可以絕人智慧，大可以滅人種族，深可促現受帝國主義壓迫的中國國民反省。」[9]由於論文資料翔實，論述深入，批評尖銳而犀利，受到導師的激賞，後在校長蔣夢麟的推薦下，發表於《教育雜誌》第 23 卷第 9 號。

（二）盲人瞎馬何其憂——人人書店的開辦與日文翻譯

　　1929 年父親去世後，洪炎秋就開始為整理出版父親的文集而積極奔走以稍盡人子之責。雖然父親的文集得到胡適的讚賞並由他向商務印書館的高夢旦推薦，但因其為舊體詩文有違商務印書館對新文學的堅守而未果。剛好母親從臺來京倚子而居，帶來一定家產，1932 年，洪炎秋投資 8000 元在北平西單大街開設人人書店，經營銷售日本書籍雜誌、代訂歐美各國書籍雜誌。為輸入文化，便利科學研究，人人書店除向日本各大書店特約經售日本書籍雜誌外，復與東京丸善書店特約代理，凡該店所經售歐美書籍雜誌，人人書店均可代為迅速訂購。為父出書可以說是洪炎秋開辦書店的起因，但他的經營既顯露出卓越的商業頭腦，更暗藏著他作為一個臺灣人，在中日關係日趨緊張時的擔憂與思考。

　　甲午一戰，中國士人雖感屈辱，但震懾於日本維新成果之快速與顯著，語言、文化的親緣關係使他們覺得找到了學習西方的捷徑，因而在 20 世紀初從政府到民間掀起一波赴日留學的高潮。在時人眼中，日本似乎只是一扇窗口，一個學習西方的透明介質，其傳統文化也因多是隨唐以來學自中國，所以缺乏對日本真正深入的研究。所以 1928 年戴季陶初版《日本論》時猶感嘆，「『中國』這個題目，日本人也不曉得放在解剖臺上解剖了

---

[8] 洪炎秋，〈日本帝國主義下的臺灣教育〉，《教育老兵談教育》（臺北：三民書局，1968 年 6 月），頁 9。

[9] 洪炎秋，〈日本帝國主義下的臺灣教育〉，《教育老兵談教育》，頁 40。

幾千幾百次，裝在試驗管裡化驗了幾千幾百次，我們中國人卻只是一味的排斥反對，再不肯做研究功夫，幾乎連日本字都不願意看，日本話都不願意聽，日本人都不願意見，這真叫做『思想上閉關自守』,『智識上的義和團』了」,「無論是怎樣反對他攻擊他，總而言之，非曉得他不可。」[10]1929年「田中奏折」的曝光，1931 年九一八事變的爆發，中日關係日趨緊張，對於日本的無知將使中國陷入危險的境地，正如洪炎秋的摯友張我軍所說「無論是要真正提攜或要兵戈相見，我國都有一個極重大的缺點，就是國人對日本的認識太缺乏。自今而後，國人首須努力研究日本，認識日本，一切才有辦法，否則一味趨於感情作用，對日的問題，終成盲人騎瞎馬之勢，戰則失敗自無可諱言，和亦絕無成功之理。」[11]洪炎秋當時在北京大學農學院教授日文，身邊聚集著一群精通日語的臺灣同鄉，如摯友張我軍、蘇薌雨、張深切等，編印出版日語學習輔導教材、翻譯出版日本著作就成為人人書店的特色所在。從 1932 年起，人人書店先後出版了日語專家張我軍編寫的《日語基礎讀本》、《現代日本語法大全：分析篇／運用篇》、《高級日文自修叢書》、《日語基礎讀本自修教授參考書》、《高級日文星期講座》、《標準日文自修叢書》、《日語模範讀本》等日語學習輔導書，發行其主編的《日文與日語》雜誌，洪炎秋也長期為該雜誌撰稿，開設「會話講座」和「書簡文講座」多期。張我軍所編日文教材多數曾再版，《日語基礎讀本》再版更多達 9 次。書店翻譯出版的日人著作主要有今中次磨的《法西斯主義運動論》（張我軍譯，1933 年）、飯田茂三郎的《中國人口問題研究》（張我軍、洪炎秋合譯，1934 年）等。這些學術著作，並無多大的市場價值，但對於國人了解世界形勢、認識國情大有裨益，尤其是前者，譯者的譯序中曾說「日本國中，自從去年占據我東三省以來，法西斯主義忽見發展，在這個當兒，著者竟而著書反對法西斯主義，我以為不是沒有意

---

[10] 本尼迪克特、新渡戶稻造、戴季陶、蔣百里，《日本四書：洞察日本民族特性的四個文本》（北京：線裝書局，2006 年 1 月），頁 270。
[11] 張我軍，《日文與日語》，第 3 卷第 6 期（1935 年 12 月 1 日）。

義的事」[12]，顯示出譯者和出版人對於中日關係的洞見與隱憂。可惜此事業隨著全面抗戰的爆發，各地交通的漸漸中斷，書店的販賣網絡受阻，無法收回寄賣各地的錢款，最終在 1940 年宣告結束。[13]

除此之外，洪炎秋還在《北京近代科學圖書館館刊》、《中國留日同學會季刊》和《日本研究》等雜誌上發表翻譯文章，主要有〈默照體驗的科學的考察〉[14]、〈中國文學和日本文學的交涉〉[15]、〈十九世紀研究〉[16]、〈麻雀和人類的愛〉[17]、〈夢窗國師和黃梅院的庭〉[18]、〈在外國的日本語研究〉[19]、〈《源氏物語》——日本文學名著解說（其一）〉[20]、〈足跡〉[21]、〈歌意〉[22]、〈日本語的節讀〉[23]、〈三浦梅園的示唆〉[24]、〈南畫的位置〉[25]、〈塔〉[26]、〈逍遙的藏書和演劇博物館〉[27]、〈關於英譯《萬葉集》〉[28]、〈《古事記》——日本文學名著解讀（二）〉[29]、〈北京的都市形態概報〉[30]、〈東洋民族與日本

[12]張光正編，《張我軍全集》（北京：臺海出版社，2000 年 8 月），頁 407。
[13]洪炎秋，《閑話閑話》（臺北：三民書局，1973 年 3 月），頁 62～63。
[14]佐久間鼎著；洪炎秋譯，〈默照體驗的科學的考察〉，《北京近代科學圖書館館刊》第 4 號（1938 年 7 月），頁 6～13。
[15]鹽谷溫著；洪炎秋譯，〈中國文學和日本文學的交涉〉，《北京近代科學圖書館館刊》第 4 號，頁 38～51。
[16]島崎藤村著；洪炎秋譯，〈十九世紀研究〉，《北京近代科學圖書館館刊》第 4 號，頁 55～57。
[17]北原白秋著；洪炎秋譯，〈麻雀和人類的愛〉，《北京近代科學圖書館館刊》第 4 號，頁 60～61。
[18]外山英策著；洪炎秋譯，〈夢窗國師和黃梅院的庭〉，《北京近代科學圖書館館刊》第 4 號，頁 81～85。
[19]佚名著；洪炎秋譯自《日本讀賣新聞》，〈在外國的日本語研究〉，《北京近代科學圖書館館刊》第 4 號，頁 85～88。
[20]平林治德著；洪炎秋譯，〈《源氏物語》——日本文學名著解說（其一）〉，《北京近代科學圖書館館刊》第 4 號，頁 88～90。
[21]相馬御風著；洪炎秋譯，〈足跡〉，《北京近代科學圖書館館刊》第 4 號，頁 91。
[22]北原白秋著；洪炎秋譯，〈歌意〉，《北京近代科學圖書館館刊》第 5 號（1938 年 12 月），頁 109～111。
[23]戶塚武彥著；洪炎秋譯，〈日本語的節讀〉，《北京近代科學圖書館館刊》第 5 號，頁 22～23。
[24]三枝博音著；洪炎秋譯，〈三浦梅園的示唆〉，《北京近代科學圖書館館刊》第 5 號，頁 22～23。
[25]金原省吾著；洪炎秋譯，〈南畫的位置〉，《北京近代科學圖書館館刊》第 5 號，頁 34～43。
[26]板垣鷹穗著；洪炎秋譯，〈塔〉，《北京近代科學圖書館館刊》第 5 號，頁 44～52。
[27]河竹繁俊著；洪炎秋譯，〈逍遙的藏書和演劇博物館〉，《北京近代科學圖書館館刊》第 5 號，頁 94～101。
[28]佐佐木信綱著；洪炎秋譯，〈關於英譯《萬葉集》〉，《北京近代科學圖書館館刊》第 5 號，頁 102～104。
[29]宮田和一郎著；洪炎秋譯，〈《古事記》——日本文學名著解讀（二）〉，《北京近代科學圖書館館刊》第 5 號，頁 105～106。

文明〉[31]、〈日本音樂發達改觀及其本質〉[32]、〈日本文學紹介〉[33]、〈日本精神的特質〉[34]、〈日本庭院與國民性〉[35]等，將日本作家的作品和日本學者所寫的關於日本文學、文化的文章譯介給國內讀者。而他所寫的〈談翻譯〉[36]、〈何謂大和魂〉[37]兩篇文章則是談自己在日語翻譯方面的體驗與日本所謂「大和魂」的來源與含義。北京近代科學圖書館的館刊是洪炎秋發表翻譯文章最多的地方，尤其是自第 4 號至第 6 號的終刊號，其翻譯幾乎占據整個刊物的一半。洪炎秋還多次擔任該館所設立的日語基礎講座的老師。他為何對此館如此用心，也許該館的創設目的——蒐集近代日本於各方面所發達之科學的研究精華，介紹於中國，以供中日兩國好學之士來自由研究——能透露一二。這一點在另一份投稿雜誌《日本研究》也能得到相應的證明。在此雜誌的〈本社啟事〉中這樣寫道：同人等因感中日問題之嚴重，欲盡國民之責任，屢思不果，雖不願隨波逐流，自欺欺人，亦不容逃避責任現實，袖手保身，爰不揣淺薄籌創此刊。這些文章以其純客觀與學術的姿態避過日警的檢查得以發表，既有助於國人了解日本知己知彼，又避免為日本虛偽的「大東亞聖戰」宣傳協力，從而實現其略盡國民之責的目的。

（三）「似閑非閑」的散文創作

　　憑藉其優秀的商業頭腦，人人書店從最初的 8000 元，雖然因為戰事而

---

[30] 木內信藏著；洪炎秋譯，〈北京的都市形態概報〉，《北京近代科學圖書館館刊》第 6 號（1939 年 7 月），頁 33～56。

[31] 長谷川如是閑著；洪炎秋譯，〈東洋民族與日本文明〉，《北京近代科學圖書館館刊》第 6 號，頁 82～96。

[32] 田邊尚雄著；洪炎秋譯，〈日本音樂發達改觀及其本質〉，《北京近代科學圖書館館刊》第 6 號，頁 111～137。

[33] 〈日本文學紹介〉轉載自《日本文學史講話》；洪炎秋譯，《北京近代科學圖書館館刊》第 6 號，頁 161～163。

[34] 中村孝也著；洪炎秋譯，〈日本精神的特質〉，《日本研究》第 1 卷第 2 期（1943 年 10 月），頁 58～65。

[35] 田村剛原著；洪炎秋譯，〈日本庭院與國民性〉，《日本研究》第 1 卷第 3 期（1943 年 11 月），頁 21～25。

[36] 洪炎秋，〈談翻譯〉，《中國留日同學會季刊》第 3 號（1943 年 3 月），頁 105～109。

[37] 洪炎秋，〈何謂大和魂〉，《日本研究》第 2 卷第 1 期（1944 年 1 月），頁 44～49。

遭受不小的損失，但還是回收 5 萬多元的利潤，再加上母親帶來的殷實家產，和在各大學兼課的收入，足以使洪炎秋過上衣食無憂的生活。儘管如此，抗戰時期，對於深通國情又懂日語的臺灣籍的洪炎秋來說，要保持自身的文化、民族認同是需要相當的智慧和定力的。早在日軍進入北平時，「北支軍」第二課課長長河野大佐就派了人要洪炎秋協力處理占領區的文教事務，被其婉拒。[38]他執意過著遠離政治的隱逸生活，同樣任教於偽政權統轄下的北平高校的張我軍、柯政和、張深切、江文也、張秋海、郭柏川、林朝權等臺灣老鄉，因為都是高級知識分子，又志趣相投，所以常一起聚飲敘談，並自命為「八仙」。[39]此時期洪炎秋的散文創作，多發表於《中國文藝》。雖然主編張深切向出資人提出四大原則，即，1.編輯方針、內容不受干涉；2.雜誌不刊宣傳標語；3.不做主義思想宣傳；4.不做政治活動等條件，[40]以維護雜誌的獨立性，但其言論畢竟時時處在日本軍警的監視之中，言說的題材、觀點的自由度大打折扣。在《中國文藝》上發表的十篇散文後收入散文集《閑人閑話》。在書前的小引中，洪炎秋自嘆：「處在這個革命的年頭，閑人原是廢物，閑話更要不得，標榜出來豈不自顯沒落？然而環境讓我做閑人，時代要我說閑話，情形如此，可奈它何？」[41]道出了淪陷時期人民受壓迫的悲哀。即使如此，其文章中仍有似閑不閑、暗藏機鋒的文章，微言大義，曲折地表達淪陷人民的心聲！除上文提到的〈我父與我〉外，還有如〈就「河豚」而言〉在發抒自己濃郁的鄉梓之思外，認為利用日本的河豚料理技術開發我國視為廢物的河豚，對於雙方來說是相益而不相損的，果真如此，中日兩國之前途可待，但文末的感嘆卻又暴露出現實與口號之間的巨大差異，揭示日中友好、經濟提攜政策的虛偽性。[42]〈賦得長生〉中「既要長生，就要活的得體，否則不如短命，省卻

---

[38]洪炎秋，〈我和國語日報〉，《教育老兵談教育》，頁 232。
[39]北京市臺灣同胞聯誼會編，《在北京的臺灣人》，（北京：臺海出版社，2005 年），頁 101。
[40]張深切，《張深切全集》（臺北：文經出版公司，1998 年 1 月），頁 658。
[41]洪炎秋，〈小引〉，《閑人閑話》（臺中：中央書局，1948 年 1 月），頁 4。
[42]洪炎秋，〈就「河豚」而言〉，《中國文藝》第 1 卷第 6 期（1940 年 2 月），頁 20～21。

在人間丟丑也」，[43]展示國人對尊嚴而得體的生活的嚮往，否則毋寧死的氣
節。〈辮髮茶話〉以父親為例，反駁了下村海南「留辮時死了那些人，剪辮
時竟找不出一個殉節者，頗致怪異」中對臺灣缺少殉節志士的暗示，並警
告日人「蓋人與人之間，多了一道裂痕，就要多生一層隔膜，多生一層隔
膜，就要多惹一番衝突，所以莫說區區辮髮，關係淺鮮也。」[44]其散文多能
用簡練優美的文字，隨意點染頗為到位的古今中外的名言與典故，或表現
通達透徹的人生感悟，或發抒隱微曲折的悲慨情懷，無不直指人心！回臺
後，洪炎秋先後有 15 部散文結集出版，成為臺灣重要的散文家，而其散文
創作正開始於北平，《中國文藝》從某種意義上說成為其文學生涯的起點。

（四）小說創作

　　〈復讎〉是作者創作的一部小說。小說的原型是臺灣同鄉、來自宜蘭
的張鍾鈴（即張鳴，淡江文理學院的創設者）的一段羅曼史。當時張鍾鈴
在世界語專門學校就讀，一位吉林女同學主動追求他。這女同學雖是富家
小姐，但其貌不揚，且年歲比張鍾鈴大，張鍾鈴對之沒有興趣。為免除糾
纏，張乃「移禍東吳」，把她介紹給韓國亡命學生吳基星（後成為韓國駐華
大使），最終兩人同居。張鍾鈴因此與吳基星往來密切，曾一起組織「韓臺
革命同志會」。[45]現實中的吉林女同學，成為小說的主人公「楊麗娟」。小說
採用第一人稱「我」展開敘述，「我」在上海與「楊麗娟」擦肩而過，讓我
回想起「我」11 年前的一段前塵往事。「楊麗娟」身世畸零，在鎮江曾經
歷一段短暫而幸福的婚姻，丈夫發生外遇後，憤而離家出走，並產生一種
自我放縱、肆意放浪以圖報復的過激心理，但一個弱女子的「復仇」在一
個男權的社會裡，只是一次次被欺騙、玩弄和最終被拋棄而已。在從汕頭
到北京，輾轉於大半個中國，接連遭遇各色男子的輕薄寡信之後，「楊麗
娟」幡然悔悟，結束了這種頹廢迷亂的生活，重回上海靠縫紉開始自強自

[43]洪炎秋，〈賦得長生〉，《中國文藝》第 1 卷第 5 期（1940 年 1 月），頁 20～21。
[44]洪炎秋，〈辮髮茶話〉，《中國文藝》第 2 卷第 4 期（1940 年 6 月），頁 3～4。
[45]洪炎秋，〈《楊肇嘉回憶錄》序〉，《忙人閒話》（臺北：三民書局，1968 年 8 月），頁 56。

立的生活。小說對善良而不乏單純的新女性「楊麗娟」始終抱持一種尊重
與同情的態度，對其不幸遭際給與了真摯的同情。「我」自始至終都在熱心
地幫助她，幫她解決生計、為其指點出路，雖然曾一度成為她盲目「復
仇」的犧牲品。在追求個性解放、愛情自由、婚姻自主的五四大潮激蕩洗
禮 20 多年的 20 世紀 40 年代，作者所注目的不再是頑固封建禮教對自由愛
情的摧殘和阻撓，而是人們，尤其是弱勢女性對於現實和人性的清醒而深
刻的認識。「楊麗娟」的悲劇不在於封建禮教，也不在於「楊麗娟」所經歷
的幾個男子的人格、德性的嚴重缺失：丈夫的外遇是被動的，帶她到汕頭
讀書的高校長對其的幫助也算誠心盡力，姜立奎雖然「胡說八道」但並沒
有對其造成實質的傷害，李厚紳對她也可算是慷慨仁義，和陳再生分手主
要是因為其性格中的暴力傾向，悲劇在於她對人性世事缺乏清醒的認識，
過於輕信。作者似乎在傳達這樣的一種思考，在愛情、婚姻已經相對自由
自主的環境中，弱勢的女性要想獲得愛情婚姻的幸福，需要一定的智慧。
首先需要經濟上的獨立，有一份工作可以養活自己，經濟的獨立帶來人格
的獨立，自重自持而不是完全依靠男性，然後是對於人性世事要有清醒的
認識，擇善而固執，而不是輕信男子一時的花言巧語。也許是有感於與自
己感情甚深的母親賢雅良淑，丈夫卻別築香巢另有所鍾，沒有得到婚姻的
幸福，洪炎秋對女性的命運與處境給予了一種誠摯的尊重與關注。某種意
義上說，這是他對自己矛盾家庭的反思的結果。而且，作者自身的愛情和
婚姻就是一個成功的典範。洪炎秋的妻子關國藩是家住杭州的滿人，當時
在北平女子師範大學教育系就讀，個性爽朗而又頗具才情。洪炎秋因賞識
其文章而寫信與之結識，交換照片後開始正式約會，妥善解決了家裡所訂
的婚約後，兩人於 1930 年正式結婚，婚後夫妻關係甚篤，伉儷情深。

　　小說結構也頗為精巧，作者嚴格使用第一人稱限知視角，既有效地傳
達了「我」的真實觀感，也使主人公的遭際由於「我」的知與不知，直接
間接的見聞不斷引發讀者的種種思考和猜測，使讀者保持持續的關注與興
味。敘述的節奏張弛有度，尤有新意的是，作者採用倒敘的手法，從 11 年

「不顧人情味，不怕得罪人」
——洪炎秋

◎楊翠[*]

◎楊翠[*]

1948 年，洪炎秋洗清他在二二八事件中的冤屈之後，任教於臺灣大學，同時任《國語日報》社長，1969 年轉戰政壇，當選立法委員。雖然忙於教職與國語推廣運動，洪炎秋仍然勤於寫作，1960 年代計出版《廢人廢話》（1964 年）、《又來廢話》（1966 年）、《教育老兵談教育》（1968 年）、《忙人閒話》（1968 年）等。

《廢人廢話》收有隨筆雜文 38 篇，包括鹿港回憶，父親回憶，悼念傅斯年、蔣夢麟、林獻堂夫人、許季茀，對國語推廣運動的回顧，國語標點符號的問題，以及各種隨想隨論等，部分為 1940 年代之作，部分為 1960 年代之作。

洪炎秋文筆平易幽默，談笑間針砭時事，頗能發人深省。如〈也談惡性補習〉中，提出中學資格檢定、大學通信教育等建議，不過，他自嘲無論在報刊發表什麼意見，看的人也僅說聲「放屁」而已，很多事要能「上達天聽」才有可能性，問題是，「天」常關起耳朵，這就傷腦筋，洪炎秋舉自己為例說：

> 只可惜自從那次宴會以後，總統硬是不肯再請我陪客，我這一肚子「嘉謀嘉猷」，自然無由「上達天聽」，只好任它胎死腹中，讓臺灣這

*發表文章時為臺灣大學歷史學系博士，現為東華大學華文文學系副教授，2018 年 5 月 31 日至 2020 年 5 月 30 日借調至促進轉型正義委員會。

二三百萬「民族幼苗」，暫時要委屈一些時候了。

　　這很明顯地是在嘲諷民主國家的總統與帝制王朝的天子無異，姿態仍是高高在上，聽取建言，可是由於民主國家沒有早朝，有時還連見都見不到呢！在〈傅斯年和臺灣人〉一文中，他指出傅斯年在臺大時期，對臺灣人材的培育不遺餘力，比起那班「空談黨義，靠黨吃飯的黨官老爺們，大異其趣。」[1]洪炎秋在這篇隨筆中，針對國民黨官僚虛妄腐化的本質，大力抨擊：

　　近來忽然失常，看到一些閒事，竟又故態復萌，總是沉不住氣，老想閒言幾句，才覺開心。這在我的生命現象上，到底是返老還童的徵候，抑或是迴光返照的徵兆？放下筆桿，不由得一則以喜，一則以懼。[2]

　　洪炎秋罵到興起，想起自己前此的經驗，雖然心中揣惻不安，卻又不甘緘默，由此可見他的耿直。1966 年，洪炎秋再出版《又來廢話》，在序中，他又發起牢騷來：

　　我的為人，渾身矛盾，一肚皮不合時宜。年輕時候，努力要做孝子，結果卻落了個父子不合，遺憾終身；中年以後，想要盡忠國族，有所貢獻，又被先父遺傳下來的幾根硬骨頭，潛伏身中作祟，既不肯拍馬吹牛，又厭惡蠅營狗苟，自然無法爬居高位，以致滿腹「金輪」，無處伸展。[3]

---

[1]洪炎秋，〈傅斯年先生和臺灣人（讀「傅孟真先生年譜」）〉，《文星》第 80 期（1964 年 6 月）。
[2]洪炎秋，〈傅斯年先生和臺灣人（讀「傅孟真先生年譜」）〉，《文星》第 80 期。
[3]洪炎秋，〈代序〉，《又來廢話》（臺中：中央書局，1966 年 9 月）。

　　不肯拍馬屁，不會逢迎的洪炎秋，也只有寫寫文章，「伸展滿腹金輪」了，因此，他的隨筆總是忍不住要批判官僚政治的汙濁黑暗。如〈不顧人情味，不怕得罪人〉一文，針對蔣中正在國民黨第九屆三中全會中，強調起用新人才，洪炎秋也有話要說，他認為起用新人才是很不錯的，但實行起來恐怕沒那麼容易，因為：

　　　有三種阻礙起用新人的歪風根深蒂固地存在著，如果不先把這三種歪
　　　風剷除乾淨，則一切只能成為空言，絕對不會有補於實際。那是三種
　　　什麼歪風呢？一是本位作風，二是官僚作風，三是黨棍作風。[4]

　　該文只談了本位作風，深切批判了當權者（以及民選公職）的惡習，自陳已得罪上千權勢者，便打住了，然而觀諸文末的一段自我嘲諷，若非由於報紙篇幅所限，他是不怕什麼的。〈日本的武士道〉一文，以日本封建制度所醞釀出來的實踐道德，對比於中國無論封建或現代都奉行的形式主義，認為日本武士道不崇尚道德，而重實踐的特質，值得只重道德理論，不重實踐的中國文化深沉反思。

　　洪炎秋其時雖已六十幾歲了，思想卻還前進，曾以多篇文章為女性說話，如由英國首相邱吉爾的夫人所說的馭夫術〈餵得他飽〉談起，以五篇小文討論這個「餵得他飽」的概念；又從大專聯考問題談起，寫了〈為女界呼冤〉[5]，指出世界各地的婦女都屈居弱勢，連基督教也不比儒教好到那裡去，都是重男輕女，「怪不得天下烏鴉一般黑啊！」

　　洪炎秋與莊遂性是知交，而洪炎秋與莊遂性之子林莊生又是忘年之交，兩人自 1960 年代開始，十餘年書信往返，十分感人。書信中除談論莊遂性與時事之外，也談論如何作文章，由這些信中之語，可以看出洪炎秋的文學觀；如他十分強調「人」與「文」的一體性，在給林莊生的信函

---

[4] 洪炎秋，〈不顧人情味，不怕得罪人〉，《自立晚報》1966 年 4 月 2 日，4 版。
[5] 洪炎秋，〈為女界呼冤〉，《國語日報》1965 年 10 月 9 日，7 版。

中，他談到文字與人格之間須有緊密的連結性：「文字是一種技術，只是技術好是不成的，一定要有材料來供它運用，才能創出好東西來，所以天才固然要緊，修養更不可缺。」

　　林莊生對洪炎秋有深刻的了解，他曾舉夏目漱石的《吾輩是貓》，自比他與洪炎秋的相同性情：

> 一個人如果能站出自己之外，用一點諧謔和批判的態度回看自己，往往可以轉怒為笑，化兇為和，得到一種妙趣盎然的人生。
>
> 洪先生是這方面有突出表現的文學家，我覺得他和我在性格上多少都有《貓》的成分，難怪他的幽默我可以完全接受，想來這大概就是所謂的「同宗同誼」的自然發展吧。
>
> 洪先生給我寫作上的指導，有三點倍覺珍貴：第一，書不一定要讀多，但要讀到能「用」。讀書工夫要到「會用」這一層，才算上乘。第二，為文三多之中的「看多」，除了書本之外包括「世情物理」要細心觀覽，用心思想。第三，文章之疵病，不必待他人之指摘，只憑自己多作、多商量的工夫，也就可以糾正。[6]

　　「用一點諧謔和批判的態度回看自己」，這或許就是洪炎秋文字風格的最佳註腳罷！觀乎洪炎秋的隨筆，一直都具備這樣的特色，他的文字嘲諷性很強，嘲諷的對象遍及當權者、官僚、逢迎的馬屁精，以及他自己，他的道德勇氣十分令人感佩，在 1940 到 1960 年代，政治高壓持續籠罩臺灣的情況之下，洪炎秋卻能一稟知識分子的良心，「不顧人情味，不怕得罪人」，說其該說，罵其該罵，有些言論更是直刺當政者的心窩，在幽默詼諧中，自有一股凜然正氣。

---

[6]林莊生，〈洪炎秋先生〉，《懷樹又懷人——我的父親莊垂勝、他的朋友及那個時代》（臺北：自立晚報社，1992 年 8 月）。

　　由此可見洪炎秋雖不樂於爭權奪利，卻又對政治革新抱持知識人的使命感，因此，他也有一段政治參與的歷程，早年曾入國民黨，但在北伐成功後：「市黨部在舊教育部豎起招牌，公開活動，雖然去開過幾次會，以不願跟人爭權奪利，又不肯替人搖旗吶喊，在辦理登記時，故意不去登記，以致失卻黨籍，浮沉人海，永遠失掉了發跡的機會。」其後，1946 年，他曾受連震東之邀，出馬競選參政員，高票落選。次年，在民社黨人的推舉下，擔任省黨部書記長，並成為選舉事務所的選舉委員。

　　1966 年，他在〈不顧人情味，不怕得罪人〉一文中，勸當年他擔任選舉委員時所選出的 18 位國代和 5 位立委，已經在位 18 年了，要自動集體向選民辭職，空出職缺，才有辦法「起用新進人才」，「你們如果採納我的忠告，俯順輿情，毅然辭職，我要對天發誓，在這一生，絕不出來競選中央級的公職。」

　　然而，無人願意放棄終身可以享用的權力，於是，1969 年，他出馬參選立委，受到九家民營報紙的聯名助選，並有學校及文藝社團的支持，遂而高票當選。於是操一口純粹鹿港腔的洪炎秋，站上了國會議堂，準備一展他政治革新的理想了。

——選自施懿琳、楊翠《彰化縣文學發展史（下）》

彰化：彰化縣立文化中心，1997 年 5 月

二二八事件的波及與平反
（1946—1947）

◎唐淑芬[*]

一、「半山」身分返臺

　　1929 年爆發世界經濟大恐慌以後，日本工商業也同樣蕭條，公司、工廠紛紛倒閉，失業人數高達三百多萬人，社會秩序混亂。日本軍閥乃以向外侵略的手段，希望解決國內的嚴重問題。[1]1931 年趁各國自顧不暇之際，發動九一八事變，占領中國東北以後，由於英美等國採行「綏靖政策」[2]，使其侵略野心更加熾熱，於 1937 年發動了蘆溝橋事變，並展開全面侵華的軍事行動，中國方面也迎面反擊，並宣告對日抗戰。這時，有一些臺灣人基於血濃於水的「中國意識」和反日情結，在大陸組織反日團體，參與抗日活動。1921 至 1937 年之間，臺灣人在大陸共設立了四十多個抗日組織，主要分布於上海和廈門。1937 年以後，則轉移至華南和重慶活動，他們藉著國民黨軍政領袖和機關的奧援，為戰局貢獻心力。[3]

---

[*]曾任健保署中區業務組科長，現已退休，發表文章時為中興大學歷史學系碩士生。

[1]車霽虹，〈日本軍國主義的興衰與抗日戰爭勝利的歷史啓示〉，《黑龍江社會科學》第 4 期（1995 年），頁 54。

[2]Pacifism，廣義言之，即不信武力，反對戰爭，崇尚和平之意。二次大戰期間，德、日、義軸心三國向外伸張勢力之際，最富強的美國，因其國會受孤立主義的影響，反在 1935～1937 年制訂周詳的中立法案，嚴禁政府及人民出賣軍火或貸款給交戰國，竭力避免捲入國外戰爭。英、法兩國因在戰事上尚無準備，對軸心國的侵略無法有效制裁。在此狀況下，英國首相張伯倫（Neville Chambrlain）只得採取綏靖政策，希望以討好、退讓的手段，安撫希特勒的野心。參見羅志淵編，《雲五社會科學大辭典》第三冊（臺北：臺灣商務印書館，1971 年 2 月），頁 343。

[3]參見 J. B. Jacobs 著；陳俐甫、夏榮和、林偉盛譯，《臺灣・中國・二二八》（臺北：稻鄉出版社，1992 年 3 月）頁 6～8。

　　1945 年以前，中國大陸的臺灣人只占著微小的比率，包括淪陷區在內，不過十萬人；其中至少有八、九萬人散居在廣州、香港、九龍、汕頭和廈門。在中國的大部分臺灣人，常因日本人利用臺灣人作間諜及徵召臺人加入其侵略戰事的例子而見疑或被迫害，因此常常隱藏身分。絕大部分的臺灣人也不熱衷於政治，他們寧願為生計奔波，而只有一千人左右的臺灣人分屬於中國非占領區的各型國民黨組織，為臺灣的前途奮鬥。這些戰時組織，較具知名度的有社會團體的臺灣革命同盟會（以下簡稱臺盟）、軍政組織的臺灣義勇隊及政黨組織的臺灣黨部等。[4]

　　臺盟是由臺灣人所組成，1941 年 2 月 10 於重慶成立，事實上它是一個與國民黨關係密切且受其資助的團體。其會章第二條揭示創立宗旨：「以集中一切臺灣革命力量，打倒日本帝國主義光復臺灣與祖國協力建設三民主義新中國為宗旨」。[5]而主要工作為情報蒐集和政治宣傳。其組成分子並在 1939 年初創建了臺灣義勇隊，成為臺灣人最重要的一支武力，因此臺盟本身的軍事行動顯得相當有限，而主要致力於下列事項：1.主導大陸與臺灣兩地的宣傳活動。2.設法讓外國人認為臺灣屬於中國乃是天經地義的事。3.設法教育大陸人認識臺灣的重要性，並且說服中國當局戰後應視臺灣為中國之一省，而非日本之一地。[6]

　　編制上隸屬於臺盟的臺灣義勇隊，旋為國民黨軍隊收編，並改隸於青年團之下。其創始者暨領導者，係出身黃埔軍校，當時官拜少將的李友邦[7]，其隊員以徵募臺人為第一優先，雖然該隊強調政治工作，但是成年隊員仍獲軍方授以少尉以上的官階。臺灣義勇隊從浙江省的金華展開工作，到了1941 年初，已由一個區隊擴編為三個區隊，並均有其特殊的功能，例如協

---

[4]J. B. Jacobs 著；陳俐甫、夏榮和、林偉盛譯，《臺灣‧中國‧二二八》，頁 4～5、頁 8。

[5]見「臺灣革命同盟會會章」第二條，錄於張瑞成編，《臺籍志士在祖國的復臺努力》（臺北：中國國民黨中央委員會，1990 年 6 月），頁 110。

[6]J. B. Jacobs 著；陳俐甫、夏榮和、林偉盛譯，《臺灣‧中國‧二二八》，頁 10。

[7]李友邦（1905～1952），生於臺北，畢業於黃埔軍校；1939～1945 年為臺灣義勇隊隊長；1945 年以後在臺灣省政府工作，且先後擔任臺灣省黨部副主任委員、主任委員；後以匪諜罪名被蔣中正處死。參見 J. B. Jacobs 著；陳俐甫、夏榮和、林偉盛譯，《臺灣‧中國‧二二八》，頁 33～34。

同第十軍團的前線部隊作戰，組織最為人稱道的醫療服務隊，以及專事臺人成員及士兵的訓練軍事單位，該隊並且擁有一支活躍的少年團。[8]

日本統治臺灣初期，因臺灣傳染病肆虐，西醫不足，於 1899 年 3 月31 日公布臺灣總督府醫學校官制，同年 4 月醫學校正式成立，以培養本土醫療人員。1919 年臺灣教育令將該醫學校改為醫學專門學校，並配合其國家主義的南進政策，利用臺灣的地理條件研究熱帶醫學，更積極於臺灣人醫師和公醫候補者的培養，也因日本統治者將醫學與日語教育當成最實用的教育政策，使得臺灣人選讀醫科的比例極高。[9]臺灣義勇隊的第二區隊便由二十餘名醫師組成，專門從事醫療工作，他們也憑藉日語和臺語的能力，直接針對日軍和臺灣軍伕進行陣前喊話、質問戰俘和滲透至敵軍部隊組織情報網等工作。此外，也利用提供醫療服務的機會，宣導日本治臺的暴政和收復臺灣的必要。

在中國大陸的臺灣人組織中，就成員多寡、活動範圍以及臺籍「半山」成員日後回臺後的成就而言，則以臺灣黨部最為重要。1940 年，中國國民黨中央組織部正式核定設立直屬的臺灣黨部籌備處，以翁俊明[10]為籌備處主任委員。臺灣黨部經歷重慶籌備、香港設處、泰和訓練、永安遷駐等階段。其組織任務，以策動居留大陸各地及海外富有民族意識之臺灣人奮起抗日，建立並發展臺灣島內黨務組織，啟發被迫在日閥中服役臺籍青年民族意識的覺醒及起義來歸，並有計畫的編印「臺灣問題參考資料」，廣泛宣傳。[11]該黨部在 1944 年遷至福建戰時省會永安而漸趨式微，但曾在該組

---

[8]J. B. Jacobs 著；陳俐甫、夏榮和、林偉盛譯，《臺灣‧中國‧二二八》，頁 12～13。

[9]參考矢內原忠雄著；陳茂源譯，《日本帝國主義下之臺灣》（南投：臺灣省文獻委員會，1977 年 4 月），頁 167～168。及李雄揮編，《重修臺灣省通志：文教志‧學校教育篇》（南投：臺灣省文獻委員會，1993 年 4 月），頁 218、421。

[10]翁俊明（1893～1943），生於臺南市，1909 年進入臺灣總督府醫學專門學校；1912 年參加同盟會並成為臺灣通訊員；1913 年在日本會見孫中山。1914 年畢業於醫學專門學校；1915 年遷往廈門並設立診所；1938 年日本占領廈門後前赴香港及重慶；1940 年協助建立重慶臺灣革命同盟；1940～1941 年擔任香港直屬臺灣黨部籌備處主任；1942 年為臺灣黨部江西泰和黨部訓練班主任；1943 年為福建漳州直屬臺灣黨部主任委員。參見 J. B. Jacobs 著；陳俐甫、夏榮和、林偉盛譯，《臺灣‧中國‧二二八》，頁 38。

[11]張瑞成編，《臺籍志士在祖國的復臺努力》，頁 4～5。

織工作的臺灣人，例如謝東閔、丘念台等人仍然活躍於戰後的臺灣政界。

從另一個角度來說，雖然早在 1914 年，孫中山即面諭蔣中正恢復臺灣的重要性：「日本人如果不將東北和臺灣交還我們，並保證朝鮮的獨立，我們國民革命運動是不能停止的。」[12]蘆溝橋事變發生後不久，中國國民黨於 1938 年 3 月 29 日在漢口舉行臨時全國代表大會，選出蔣中正為總裁，其在 4 月 1 日的會中報告中也重申孫中山「恢復高（麗）臺（灣），鞏固中華」的決心。1941 年 12 月 8 日日本偷襲珍珠港，翌日中國政府對日宣戰，並昭告中外：「所有一切條約協定合同，有涉及中日間之關係者，一律廢止」。[13]據此，馬關條約當然廢止，臺澎亦自然恢復為中國之領土。

然而，中國國民黨看待臺灣的情結仍然矛盾。有些人固然將臺灣人視為亟待解救的同胞，有些人則將之視為係侵華日軍中的間諜與軍伕，有些人甚至視臺灣為日本戰敗之後即將到手的戰利品。因此 1944 至 1945 年這些在中國的「半山」[14]，他們組織團體，傾注相當的心力，運用諸如臺盟發行的半月刊《臺灣民聲報》撰文討論等管道，系統介紹臺灣的歷史與地位，來教育中國的領導人關於臺灣的現狀及人民的愛國情操，所憂慮的是戰後中國將臺灣視為「特別行政區」而不是中國的一省的地位或者戰後是否能公平合理對待臺灣的問題，他們的高瞻遠矚，事實上已預言了臺灣收復後的命運。[15]

1937 年日軍入侵，國立各校撤出北平，洪炎秋因母親年老，無法隨其服務的北平大學遷移陝西城固，被校長徐誦明任命為該校農學院留平校產

---

[12]《蔣總統思想言論集》（臺北：中央文物供應社，1966 年 10 月 31 日），頁 9。

[13]陳三井，〈政治情勢的演變〉，《臺灣近代史‧政治篇》（南投：臺灣省文獻委員會，1995 年 6 月），頁 367～368。

[14]臺灣人習以福建語稱中國大陸為「唐山」，「半山人」意即半個大陸人，其他耳熟能詳的定義，如「在大陸受教育的臺灣人」，或「娶外省人為妻的臺灣人」則不盡正確。參見 J. B. Jacobs 著，陳俐甫、夏榮和、林偉盛譯：《臺灣‧中國‧二二八》，頁 5。此外，李筱峰定義為：「一、指曾經留居中國大陸一段時日（非旅遊）而後返臺的臺籍人士；二、該人士係在國民政府體制內任職，或在行動上擁護國民政府。」見氏著《臺灣戰後初期的民意代表》（臺北：自立晚報出版部，1986 年 4 月再版），頁 148。

[15]J. B. Jacobs 著；陳俐甫、夏榮和、林偉盛譯，《臺灣‧中國‧二二八》，頁 26～31。另參見張瑞成編，《臺籍志士在祖國的復臺努力》，頁 4。

保管委員[16]，平日除教書、讀書外，對政治保持緘默，並未參加抗日的組織，其反日的情緒也未在言行上表現。他將心神用在生計的維持與學識的涵養上。1945 年日本戰敗，國民政府派遣十一戰區前進指揮所進駐北平，洪氏像絕大多數的臺灣人一樣興奮，思鄉之情讓他決定返臺。但是他目睹到一些被日本徵調到華北來的軍伕或機關任職人員等，正因日本戰敗，頓失依附，面臨生計困難而回鄉無路的窘境，於是挺身而出，擔任了「北平臺灣同鄉會」會長[17]，不久，並與「天津臺灣同鄉會」的會長吳三連聯合，又合組一個聯合會[18]多方奔走，爭取經濟援助和回臺船隻，幫助臺灣人返鄉。

　　抗戰勝利的時候，北平與天津兩地共有三千多名等待返鄉的臺灣人，他們多是被日本人徵用服役或者是徵用於各機關的臺灣人，只有少數係自行前往經商或就業者。因日本戰敗後，自顧不暇，無法顧及這些人，中國的各級政府也忙於接收和復員，加上物資短缺，海運工具嚴重缺乏，使這些臺灣人面臨進退維谷的困境。[19]

　　此外，國民政府軍事委員會於 1946 年 1 月 3 日發布的「處理在日軍服務之臺人辦法五項」[20]，因有些地方政府對這個辦法誤解，要將各地臺人集中管理，其財產一律先接收，俟其提出戰時未為敵人效力之證明，經調查屬實後，方准發還[21]，臺人聞訊，憤慨填膺，鼓躁不安，平津地區也不例

---

[16]洪炎秋，〈由紙虎勾起的回憶〉，《老人老話》（臺中：中央書局，1977 年 8 月），頁 217。

[17]洪炎秋，〈懷才不遇的張我軍兄〉，《老人老話》，頁 139。

[18]洪炎秋，〈我的朋友吳三連〉，《淺人淺言》（臺北：三民書局，1971 年 11 月），頁 30。

[19]洪炎秋，《淺人淺言》，頁 30～31。及高淑媛，〈吳三連與臺灣光復初期政治發展（1945～1954）〉（政治大學歷史學系碩士論文，1993 年 6 月），頁 37～38。

[20]「處理在日軍服務之臺人辦法五項」：1.凡在日軍中服務的臺灣人，仍與日軍繳械之官兵暫不區分，由各受降區一併集中，將來再另行分別集中，交由當地省市政府管理；2.凡臺灣人散在各地者，由各地省市政府使其與日僑分別集中，嚴密保護；3.上述臺灣人集中後，查明其曾係日軍特務工作並有殘害同胞之行為者，依法處理，其有曾憑藉日人勢力凌害同胞，或幫同日人逃避物資、轉賣軍用品者亦依法懲處；4.對集中之臺灣人應迅速進行調查工作，凡屬良善者，願在中國內地居住或願回臺灣，均應聽其自由，但大部以送其遣返，交臺灣行政長官公署安置為原則；5.臺灣人由各地集中返臺灣，應以集中輸送為原則，並應由臺灣行政長官公署派員前來負責登記及輸送工作。見何鳳嬌，《政府接收臺灣史料彙編》下冊（臺北：國史館，1990 年 6 月），頁 1044。

[21]例如安慶日僑管理所將當地的所有臺胞集中管理，且未比照發給口糧，汕頭一地臺人，男人被集

外，所幸洪、吳兩人出面，他們一方面安撫這些臺人的憤怒，一方面則動員輿論嚴加抗議，並向省市各當局行營、行政院，呈請取消前令，終得行政院批示，否認前項集中管理、接收財產諸辦法，並通令各機關對於臺人應特加保護。[22]

　　此外，洪、吳兩人為解決滯留平津臺人眼前的生活和返鄉問題，並朝四個方向努力：1.向比較富有的同鄉募款；2.向十一戰區、北平行營、日俘管理處交涉，對被徵軍屬，按口給予日俘的口糧，並設法籌畫船隻，把他們送回；3.向救濟總署天津分會請其對平民身分的臺人，盡可能給予救濟，並代洽遣送船隻；4.向天津港口司令部交涉，遇有遣送臺人回臺船隻，在手續上盡量給予方便。[23]

　　在洪氏與吳氏兩人的努力奔走下，平津兩地的三千多個臺灣人，在不滿兩年之內，分成七梯次全部遣送完畢，而洪炎秋是在 1946 年 5 月率領兩百多人的軍屬，由天津坐船到上海轉臺灣，於 6 月抵達臺北。[24]但其家眷則俟兩個子女學期終止，隨後搭乘最後一班船回臺，惟其兄認養，洪氏視為己出的洪緞則繼續留在北平讀書，一家老小回臺後，暫時住在臺北連震東家。[25]

　　戰時在重慶等地為戰事費盡心力的臺灣人，所憂慮的臺灣戰後地位及公平對待問題，事後證實是一語成讖。1945 年 3 月，由臺灣調查委員會報核的「臺灣接管計畫綱要」第八條明白揭示，以臺灣為省，接管時正示成立省政府的規定，卻在 1945 年 8 月 27 日陳儀被蔣中正任命為臺灣省行政

中監視、婦孺被棄置在外，挨餓受凍、處境堪憐。參見高淑媛，〈吳三連與臺灣光復初期政治發展（1945—1954）〉，頁 37。

[22]高淑媛，〈吳三連與臺灣光復初期政治發展（1945—1954）〉，頁 37～38。

[23]洪炎秋，《淺人淺言》，頁 31。

[24]洪炎秋，《洪炎秋自選集》（臺北：黎明文化公司，1975 年 1 月），頁 3。

[25]關國藩口述。因洪緞留在北平讀書，二二八事件以後寫信回臺，被情治當局以為是洪氏長女的信函，致洪氏曾被偵問。連震東（1904～1986），生於臺南，連橫之子；二次大戰時服役於重慶的國際問題研究所及臺灣革命同盟會；1945～1946 年為臺北縣縣長；1946～1951 年任臺灣省議會祕書長；1952 年為國民黨中央改造委員會委員；1953～1954 年任臺灣省政府建設廳廳長；1954～1959 年為臺灣省政府民政廳廳長；1960～1966 年擔任內政部長；1966～1976 年擔任政務委員。參見 J. B. Jacobs 著；陳俐甫、夏榮和、林偉盛譯，《臺灣・中國・二二八》，頁 34。

長官後，以「臺灣省行政長官公署組織大綱」，取代原有的「臺灣接管計畫綱要」。此一以行政長官為名的臨時組織，不僅代表中國政府接收臺灣、重建政權，使戰後的臺灣進入特殊化的統治時期，而全權統一接收臺灣的行政長官——陳儀，除依法綜理臺灣全省政務，且得受中央委託辦理中央行政，對於在臺之中央機關，具有指揮監督之權。其後，集軍政大權於一身的陳儀雖因二二八事件去職，1947 年 4 月 27 日臺灣省行政長官公署也被撤銷，5 月 16 日臺灣省政府正式成立，但戰後不久的臺灣卻因此付出慘痛的代價。[26]

　　戰時與國民黨有共事經驗的臺灣人，在臺灣回歸中華民國的行政體系以後，因為「半山」的背景，成為政府汲引借重的對象。而富有大陸經驗的「半山」，若洪炎秋者，雖未參與戰時的國民黨組織或與當局共事過，但因深諳中國國情及語言溝通暢達等條件，也被倚重。洪炎秋〈從候選到當選〉說到：

　　　自從民國 36 年我被簡派為第一屆國民大會代表暨立法委員臺灣省選舉事務所選舉委員以後，臺北市每有選舉，不管是市長、是參議員、是市議員，我都以「社會賢達」的身分被聘為選舉委員，參加選舉工作。[27]

　　在擔任選舉委員以前，洪炎秋有一次參選的經歷。1946 年，臺灣省行政長官公署接到行政院 7 月 13 日的命令，要臺灣省參議會一個月內選出八名參政員，到中央參與國民參政會。[28]甫由大陸回來的洪氏，因連震東鼓勵

---

[26]陳三井，《臺灣近代史‧政治篇》，頁 375。及鄭梓，〈戰後臺灣行政體系的接收與重建——以行政長官公署為中心之分析〉，《臺灣史論文精選（下）》（臺北：玉山社出版公司，1996 年 9 月），頁 235～236。

[27]洪炎秋，《閑話閑話》（臺北：三民書局，1973 年 3 月），頁 1～2。

[28]蘆溝橋事變爆發，中國抗戰軍興，翌年 3 月，中國國民黨臨時全國代表大會開會，制訂抗戰建國綱領，有關政治部分規定：「組織國民參政機關，團結全國力量，集中全國之思慮及識見，以利國策之決定與實行。」因此，該年的 7 月成立了「國民參政會」，該會可說是一個為因應抗戰特殊需要，而由政府遴選國內及僑外各界人士，以備政府諮詢及向政府作建議的組織。參見李筱峰，《臺灣戰後初期的民意代表》，頁 29。

他：「選得上是上上工作，選不上也得到一個機會，到各縣市去訪問該地選出的參議員，可周遊全省一番。」[29]而登記競選。

　　1945 年 7 月屆滿任期的國民參政會，至隔年才依國民參政員組織條例改選第四屆國民參政員。依該法第四條規定，臺灣省得補選參政員八名，並由已經成立省參議會的省分，以省參議員為選舉人，選出國民參政員。而與洪氏一起參加候選者共有四十人左右，那次選舉為間接投票，買票的傳聞甚囂塵上[30]，堅決不買票的洪氏，在認識的臺灣參議員只有楊天賦、丁瑞彬和洪火鍊三人的情形下，雖也費了五天拜票，8 月時選舉的結果，洪氏得了十票，但終以兩票之差落選。[31]而當選的林忠、林宗賢、羅萬俥、林獻堂、林茂生、杜聰明、吳鴻森、陳逸松八人，不是中國戰時與當局關係密切的「半山」，就是日據時期即相當活躍的臺灣社會領導階級。[32]

　　雖然參政員選舉未果，但洪氏回臺不久就被介紹到臺灣省立師範學院擔任教職，引薦的人正是他在北京大學舊識；當時任臺灣編譯館館長的許壽裳。[33]未幾，洪氏轉往臺中師範學校擔任校長，依洪炎秋在〈懷益友莊垂勝兄〉一文中的記述：

　　　我於民國 35 年由北平回臺，六月間到臺北，七月間遇到臺灣編譯館長許
　　　壽裳先生，他介紹我到師範學院去教書，師範學院李季谷院長原是北平

---

[29]洪炎秋，〈我參加競選的經驗〉，《閑話閑話》，頁 113。

[30]《民報》的一篇社論〈選舉與民意〉曾詬病當次的選舉：「據有關係參政員選舉的人們說：要當選並不是什麼難事，假使汝若不惜重金，貼實地收買兩個有權投票者，就可贏得頭銜斗大的參政員了。因為選舉方法，是無記名聯記式的投票，各省參議員可以聯記八名的候選人。」見李筱峰，《臺灣戰後初期的民意代表》，頁 31～33。

[31]洪炎秋，〈我參加競選的經驗〉，《閑話閑話》，頁 112～113。

[32]林忠於臺灣調查委員會成立時，即被派任專員，亦隨前進指揮所返臺，接收廣播電臺，被任命為臺灣廣播電臺臺長。而林宗賢、羅萬俥、林獻堂、林茂生、陳逸松及林忠皆是光復初期新聞文化事業的名人，而杜聰明、林獻堂、羅萬俥是日據時期即享譽全島的士紳，吳鴻森為新竹縣之士紳。參考李筱峰《臺灣戰後初期的民意代表》整理。

[33]洪炎秋，〈悼許季茀先生〉，追述其於十五年前認識許壽裳（按：1931 至 1933 年之間），當時許氏在北平大學女子文理學院當院長，洪氏在附屬高中服務。在教育處主辦的座談會碰面時，許氏係應陳儀聘請，特地來臺協辦文教，但是 1948 年意外遭人殺死，洪炎秋追悼其處事接物，圓滿具足，堪稱「今之古人」。見《廢人廢話》，頁 145～147。

> 大學史學系的教授，許館長是女子文理學院的院長，我則擔任附屬高級
> 中學的校長，算來都是舊同事，原可以安定下去了。沒有想到臺中師範
> 正鬧著排斥校長的風潮，家長會和校友會都派代表到教育處來請願，希
> 望派我去接任，以便收拾爛局。教育處請許、李兩先生來勸駕，說我回
> 桑梓去服務，貢獻比教書大得多，我經不起他們的敦勸，只好答應去
> 了。[34]

　　洪炎秋到臺中師範學校擔任校長，理想未及實現，卻險因二二八事件
喪命。在這個事件中，有許多臺灣菁英遇害，使外省人與臺灣人之間劃下
一道歷時三十年難以跨越的鴻溝。原在政治上扮演兩者之間「橋樑」的
「半山」，也因這個事件，被迫表明立場，有的人因而退出政界，有的人則
一面倒向國民黨，甚至有加入了共產黨者。但是直至 1970 年代末期，大多
數得意於政壇的臺灣人，還是「半山」居大多數。[35]而洪炎秋因這個事件的
影響，政治之路不免受到影響，但他對公職仍然熱衷，而爭取到臺灣省國
語推行委員會副主任委員的職務，他的得以復任，歸根究底還是因為「半
山」的中介身分，因為二二八事件後，攸關省籍問題的國語推行，正需要
像洪炎秋這樣具有中國經驗且學經歷俱佳的臺籍人士參與，因此這項職務
雖非重要，但因象徵的意義明顯，讓他得到表現的機會。

二、二二八事件及平反後的動向

（一）事件的波及

　　臺灣百姓因脫離日本殖民統治，重回中國懷抱，歡天喜地迎接國軍到
來的熱情，不過 14 個月，卻因二二八事件的發生，冷卻到冰點，彼此之間
也留下傷痛的裂痕。臺灣被日本統治的五十餘年間，中國正飽受一波波的
革命浪潮和戰爭衝擊，臺灣人並未親身經歷，反之，日人強化了清代鞏固

[34]洪炎秋，〈懷益友莊垂勝兄〉，《老人老話》，頁 188。
[35]J. B. Jacobs 著；陳俐甫、夏榮和、林偉盛譯，《臺灣‧中國‧二二八》，頁 30～31。

的模範省根基，並藉強有力的行政和軍警系統，撲滅了傳染病，增進了臺灣人的健康和平均壽命；普及基礎教育，消滅文盲等。此外，完成土地、林野、戶口的調查，以及度量衡、貨幣的統一。對於郵政、電信、航運、港灣、道路等也加強擴充，在產業方面，將製糖提升為近代化的工業生產，並且振興水力發電事業。臺灣的財政，1904 年以後，開始自立更生，因此，1900 年代可以說是臺灣間接透過日本明治維新，吸收近代世界產業文明而開始脫胎換骨的時代。[36]而臺灣人的生活水準也遠超越長期處在革命與戰爭破壞侵擾下的大陸人[37]，兩岸之間的現實歧異，早在中國收復臺灣之前，已被有識之士反覆在報刊上探討，但是，彼此之間長期的隔閡加上認識模糊，使兩者之間的必然衝突，終究還是落入歷史的宿命，付出慘痛的代價。

　　二二八事件的發生，原因錯綜複雜，如戰後經濟的蕭條與凋敝、政治的腐敗與不公、社會的動盪與不安等都是原因。論及其發生背景，也有各種不同的觀點和論證存在，歸納而言，約有四種詮釋可以綜括：第一種是中共的詮釋。中共領導人和學者長久以來辯稱，臺灣民眾是愛國；而反對帝國主義的，二二八正是當時中共領導下橫掃中國的大革命潮流的一部分。第二種是臺灣獨立運動者的詮釋。臺獨論者認為這次暴動是對國民黨壓迫的憤怒反應，並指稱國民黨屠殺兩萬以上的臺灣菁英，目的不止要恢復秩序，甚至是要根本消滅國民黨統治的反對者。第三種是國民黨的解釋。從楊亮功到白崇禧等官方報告認為，五十年的日本奴化教育誤導了臺灣民眾，使得他們起來暴動；另外，許多中共幹部和野心分子也從事煽風點火勾當，這些因素糾纏，遂造成此一不幸事件。第四種是美國國務院「中國白皮書」的詮釋。其聲稱經濟惡化和國民黨吏治敗壞，造成這個起

[36]J. B. Jacobs 著；陳俐甫、夏榮和、林偉盛譯，《臺灣‧中國‧二二八》，頁3～4。及李筱峰，〈戰後初期臺灣社會的文化衝突〉，《臺灣史論文精選（下）》，頁277～278。
[37]短短十七年間，中國境內一千三百多個軍閥發動的戰爭，就有一百四十次以上。參見張玉法編，《中國現代史論集（第五輯）》（臺北：聯經出版公司，1980年7月），頁142。

事，而國民黨軍隊則以極高的人命代價敉平這個暴動。[38]

洪炎秋因「半山」身分，在國民政府初來時，因身居要津的大陸舊識的援引提攜，而到臺中師範學校當校長，未及半年，因二二八事件波及，被指控叛亂且遭撤職，讓他成了短命的校長。[39]

1947 年 2 月 27 日下午，因臺灣省菸酒專賣局緝私員盛鐵夫、鐘延洲、趙子健、劉超群、傅學通、葉得根等六人，至臺北延平北路與南京西路附近查緝私菸，女菸販林江邁不服取締，緊抱緝私員不放，遭傅學通以槍管擊傷頭部，一時血流滿面，圍觀民眾憤而包圍聲援，緝私員鳴槍示警，傷及一叫陳文溪的圍觀者（送醫後不治），並因肇事倉促離去，致圍觀民眾群情激憤，不法分子從而煽動，糾集群眾包圍警察局及專賣局等機關，要求懲凶。28 日，民眾轉向行政長官公署請願，不意遭衛兵開槍射殺，群情更加激昂，遂形成暴動；攻擊政府機關、毆辱外省人，已喪失理智。3 月 1 日，暴動擴大，臺中、基隆、嘉義、臺南等地均發生騷亂。[40]

甫到臺中師範校長數月的洪炎秋，因學期將屆，有幾位兼任訓育的老師向他反映，有四個學生時常搗亂，挑撥風潮，並時常半夜越牆偷出校門，應速開除，免生事端。洪氏調查屬實，乃於 1947 年 2 月 27 日專程搭車到臺北，向教育處報告及備案，出來時遇到北大舊友蘇薌雨（時任臺大教授），本來洪氏要去找連震東，蘇氏告以連氏正好到南部去，兩人乃相偕到北投水利會招待所吃飯住宿。第二天清晨，洪氏從北投回臺北，準備搭火車回臺中，看到後車站有好些荷槍的憲兵，納悶之下趕緊買來報紙，才知昨天（27 日），專賣局的緝私員會同警察，取締私菸販賣，打死一個人，引起公憤，正成群結隊、遊行示威，要向政府請願懲凶。洪氏的反應是：「我看了後，立刻感到事情有些不妙，恐被匪諜利用，興風作浪，鬧出

[38]陳三井，《臺灣近代史・政治篇》，頁 377～379。

[39]洪炎秋曾寫一篇〈一個短命校長的雜憶〉，收錄於《三友集》（臺中：中央書局，1979 年 6 月），頁 302～308。

[40]陳三井，《臺灣近代史・政治篇》，頁 378。

大事來。」[41]而趕緊返回學校，並馬上召開訓導會議，告訴大家因臺北發生暴動，開除四名學生之事暫緩，以免衍生問題。

次日，3 月 1 日（星期六），臺中市面平靜，學校照常上課，到了晚上謠言漸多，市面顯得浮動。3 月 2 日上午七時洪氏即由宿舍到學校坐鎮。七時半左右，臺中市政府主任祕書莫大元來訪，言民眾午前將於臺中戲院召開市民大會，因該校有七年制的大專生很能發生領頭作用，請其約束學生，勿前往參加。洪氏乃叫來平素富號召力的學生柯萬蛟、何烈堂等出來約束秩序。[42]十時餘，私立建國工藝職校校長謝雪紅糾眾，在臺中戲院召開市民大會，抗議陳儀專政，並帶領群眾動用消防車，利用車上的響笛，呼籲民眾跟隨，並分批到各機關，拘禁首長，搗毀或接收辦公廳財物，且占領廣播電臺等。[43]

下午，臺中士紳於臺中市參議會會址（舊市民館）聚會，成立「臺中地區時局處理委員會」（以下簡稱處委會），商討對策，仿臺北的處委會設置各部門，並組織青年學生為「治安隊」。林獻堂建議由中師體育教員吳振武控制部分武力。晚上，吳振武向洪氏報告，有數十名海南島返臺之青年攜帶武器已至中師，並在校門口張貼「治安本部」字樣，強推吳氏為首領。洪炎秋告以：「這大概是受了林獻堂先生建議的影響，你就把他們組織起來，以牽制謝雪紅，維持地方治安」[44]，並命吳氏返校布置。

---

[41]洪炎秋，〈懷益友莊垂勝兄〉，《老人老話》，頁188～189。

[42]洪炎秋，〈懷益友莊垂勝兄〉，《老人老話》，頁189～190。

[43]賴澤涵，《二二八事件研究報告》（臺北：時報文化出版公司，1994年）之記載，其時謝雪紅為建國工藝職校校長，被推為三月二日臺中民眾大會主席後，「詳述收復以來陳儀暴虐政治的事實與目前臺灣的形勢，強調欲解放臺灣人民的痛苦，人民必須團結起來，結束國民黨一黨專政，立即實行臺灣人民的民主政治。所以必須響應這次臺北市民的英勇起義……」該報告中未明言謝雪紅為共黨分子。又云：「三月二日下午，臺中縣市、彰化市參議會及士紳代表們鑑於事態嚴重，乃齊集於臺中市參議會會址（即舊有的市民館），成立了『臺中地區時局處理委員會』。其成員包括：黃朝清、林連宗……謝雪紅、巫永昌……莊垂勝、吳振武等，仿臺北的處委會設置各部門，並立即組織青年學生為『治安隊』，以維持治安及準備展開有組織的行動。……晚上，因林獻堂的建議，由海南島復員歸來的原吳振武舊部、臺中師範學校學生與該校體育組長廖忠雄等人，在臺中師範組織了『治安維持隊』，推選原日本海軍大尉出身，時任臺中師範體育教師的吳振武為隊長，藉以牽制謝雪紅。」

[44]有關林獻堂暗示一節，洪炎秋在〈一個短命校長的雜憶〉則說：「這是獻堂先生一句話促成的，你先馬馬虎虎把他們組織起來，按兵不動，我想好對策再說。」見《三友集》，頁307。

此外，在第三飛機場（臺中空軍機場）當醫官的洪氏鹿港同鄉許子哲也到洪氏宿舍告稱，當日下午謝雪紅帶了一批人，要去接收在機場服務的四百多名臺灣兵，被大家拒絕，希望同受吳振武的領導，洪氏要其到校與吳振武商議，彼此聯繫、互壯聲勢。[45]當晚謝雪紅利用占領的廣播電臺，要各地青年到臺中集合，一起向國民政府抗議。洪氏眼看事態嚴重，乃請曾任該校教務主任的林朝棨和生物教員的鄧火土二人，利用返回臺大教書之便，代表中師，去向警備司令部，報告臺中的狀況，並請求指示。

3 月 3 日，林朝棨、鄧火土二人受洪氏之託回到臺北後，林氏在其兄住處，巧遇至林家避難的警備司令部主任祕書馬鏡華，乃由馬氏引見參謀長柯遠芬。柯遠芬認為中師的處置很好，可以放手做下去，並指示三件事情要遵守：「第一、保護外省同胞；第二、不可毀壞軍用物資；第三、不要讓共匪的標語、傳單在街上張貼」。[46]當日上午，謝雪紅也將甫成立就解散的處委會的治安隊予以整編擴大，在市參議會成立「臺中地區治安委員會作戰本部」，並組織「人民大隊」（以下簡稱民軍），成為反抗的據點。[47]

3 月 4 日，各鄉鎮喜歡鬧事的青年，受到 3 日夜晚謝雪紅在廣播的影響，紛紛聚集到臺中市來，而害怕鬧出大事的父老，也多跟著到臺中來，並要求臺中士紳，於是日下午，在市民館重新召開處理委員會會議，謝雪紅本計畫抓住這個機會，作為工具，但大家看穿其原先標榜的省政改革訴求已經變質，而推舉時任臺中圖書館館長的莊垂勝為主席。莊氏告訴大家：「這次事變，乃起因於緝私人員打死一個菸販（圍觀者），事情本來很小，要求政府嚴懲兇手，以儆效尤就可以了，沒有想到竟被另有用心的人，擴大成為這樣不可收拾的局面，實在遺憾。」[48]並要求大家將意見整理

---

[45]洪炎秋，〈懷益友莊垂勝兄〉，《老人老話》，頁191。
[46]洪炎秋，〈懷益友莊垂勝兄〉，《老人老話》，頁191。
[47]賴澤涵，《二二八事件研究報告》，頁87。
[48]洪炎秋，〈懷益友莊垂勝兄〉，《老人老話》，頁191。又莊垂勝，曾於1921年到東京，考上明治大學政治經濟科。與寄宿地的中華基督教青年會館總幹事馬伯援，曾共組「聲應會」，以結合內地和臺灣同學，溝通思想與感情。又曾參加稍後成立的「新民會」。畢業後，曾到韓國、北平、上海參觀考察，回臺後，即投身「臺灣文化協會」，該會暗中策動六三法案撤廢運動，臺灣議會設

出來，向上反映，請求改革，且推選吳振武擔任「民軍」總指揮，要謝雪紅將軍權移給吳振武，但謝雪紅不服，拒絕將「民軍」編入該處委會所屬的保安委員會。吳振武乃在中師重新編組部隊，停止供應武器給中南部的「民軍」，因此臺中地區形成兩個步調不一的武裝系統。[49]

莊垂勝為避免這些散兵游勇，因沒錢而搶劫，立即出面募集米糧，動員臺中婦女會，在中師炊煮，再以車輛每日按口發放，此外，並收容外省人至中師避難。處委會的成立，加上吳振武這股武裝力量的監視，使謝雪紅一派人因而無法生事。3 月 12 日，國軍第 21 師登陸基隆，謝雪紅恐被內外夾攻，入山逃亡，臺中各機關首長重獲自由。莊垂勝向治安當局建議，應先收回散在民間的武器，免生意外，並由當局公布向憲兵隊及師範學校繳納，不加追究。[50]3 月 14 日，21 師劉雨卿師長率軍至臺中，騷動結束。[51]

二二八事件，臺中地區除了 3 月 2 日有一個警務人員被謝雪紅率領的部眾打死外，沒有再犧牲一個人[52]，洪氏認為這完全是莊垂勝運用他的聲望，發揮他的智慧，依靠他的能力，壓制了謝雪紅，中部的情況才能得到控制。[53]但是事變後，有人向教育處誣告洪炎秋「鼓動暴動，陰謀叛國」，使洪氏旋被撤職。莊垂勝也被誤會撤職，從此遠離政治，回歸萬斗六（霧

置請願等等。莊被稱為該協會的三大主力鬥士之一；其中臺南的蔡培火以人格服人，臺北的蔣渭水以熱情感人，臺中的莊垂勝則以雄辯動人。此外，莊氏在 1925 年集資創辦「中央書局」，成為全臺唯一推銷中國刊物的重要書店，對中國文化的傳播和漢文維持，發揮很大的功用。見《老人老話》，頁 180～183。

[49]賴澤涵，《二二八事件研究報告》，頁 89。
[50]洪炎秋，〈懷益友莊垂勝兄〉，《老人老話》，頁 193。
[51]據該師師長劉雨卿云：「所部自八日起，分別在基隆、高雄登陸。」參見張炎憲、李筱峰編，〈劉雨卿的回憶〉，《二二八事件回憶集》（臺北：稻鄉出版社，1989 年 1 月）。又《二二八事件研究報告》云：「（十二日）下午……林獻堂、黃朝清等士紳，則在市區沿街勸募，準備製作彩坊，歡迎國軍進入臺中。」
[52]見洪炎秋，〈懷益友莊垂勝兄〉，《老人老話》，頁 193～194。但《二二八事件研究報告》則云：「……一部分群眾擁至濟世街包圍前臺中縣長劉存忠住宅。劉氏因庇護專賣局臺中分局長趙誠、科長劉青山，又因在擔任臺中州接管專員及臺中縣長任內舞弊，不計其數。命民眾前來，大驚，即令部屬等向徒手民眾開槍射擊，當場傷亡三名（一死二傷），……適謝雪紅乘消防車趕到，立即將傷者送往臺中醫院。」見該書頁 85。
[53]洪炎秋，〈懷益友莊垂勝兄〉，《老人老話》，頁 197。

峰）鄉下，過著「晴耕雨讀」的隱逸生活[54]，還有洪氏在北平認識，一起結伴回臺，時被洪氏延攬為該校教務主任的張深切，也被當時的臺中市長黃克立指為共匪主腦，而開始亡命，雖事後大白，也從此遠離公職。[55]

（二）平反後的動向

二二八事件時，中師因林獻堂暗示及為了牽制謝雪紅，乃由吳振武組織武裝部隊坐鎮，並由莊垂勝等人安撫節制，對無軍隊駐守，狀屬真空的臺中而言，發揮了中流砥柱的作用，也使臺中免被有心分子利用，擴大變亂，身為中師校長的洪氏，在整個過程中表現決策的擔當，同時他也慎重的將處理的經過和用心向警備司令部報備，取得認同，有其正當性和適法性，況且，中師的作法對當時的亂局也有正面的安定作用，不料洪氏卻因而被誣陷免職，據他在〈悼林獻堂夫人〉文中的說法是：「被搶飯碗的人，給戴上了一項『鼓動暴動、陰謀叛國』的大帽子，誣陷撤職。」[56]而〈和《大學新聞》記者談一本書〉文中則說：「光復當初，我曾經被一些黨棍給戴上一頂『鼓動暴動，陰謀叛國』的大帽子」。[57]指明其遭誣陷，係肇因於爭奪權位者的欲加之罪。

洪氏被誣陷，固然是仕途順遂遭忌，其「半山」背景的被聯想，或也不無關係，因為戰後初期的「匪諜」陰影，使不少「半山」在事件中或事件後罹難。從另一個角度說，洪炎秋認為二二八事件中共產黨是禍首。他在〈一個短命校長的雜憶〉文中，對共產黨在該事件的角色，即有指陳，首先他說到其校中幾個搗亂的學生，是「受到外界另有居心者的鼓惑，時常借端要鼓動風潮」。[58]因此洪氏決定要向教育處備案，將他們開除。而這項決定則早在他到中師任職前因朋友提示，而時生警惕：

---

[54] 洪炎秋，〈懷益友莊垂勝兄〉，《老人老話》，頁 193～194。
[55] 洪炎秋，〈悼張深切兄〉，《又來廢話》（臺中：中央書局，1966 年 9 月），頁 66。
[56] 洪炎秋，〈悼林獻堂夫人〉，《廢人廢話》，頁 90。
[57] 洪炎秋，〈和《大學新聞》記者談一本書〉，《教育老兵談教育》（臺北：三民書局，1968 年 6月），頁 146。
[58] 洪炎秋，〈一個短命校長的雜憶〉，《三友集》，頁 304。

我來校以前，曾經在鄉友郭火炎醫師的宴席上，聽到一位「半山」朋友說：「共產黨真大膽，竟然派了一個參加過一萬八千里大流竄的本省資深老黨員，祕密到臺灣來活動，此後如非十分留意防範，必會惹出大亂。[59]

　　事件發生後，林獻堂建議中師的體育教員吳振武出來，洪氏的說法是為了「搶來一部分武力，以免被共黨分子謝雪紅全部抓去惡用」。[60]顯然洪氏認為共產黨在該事件扮演相當的角色。此外，當時的官紀敗壞，他到中師履任前，其北大同學，時任教育處會計室的汪孝龍也曾告誡他：

現在內地一些官場的惡作風，也吹到新收復的臺灣來了，例如要離職的主管，每每故意把現款花費一空，以困擾接任者，……。我在北平待了二十四年，這個官場惡作風，還是聞所未聞，幸好有汪學長指點我，所以有備無患，……，因為前任不但沒有存下現款，反而留了一批帳目要我清理。[61]

　　戰後臺灣官場的不良風氣，洪氏到中師任職之初已有領略，未幾，又因爭權奪利的惡鬥歪風，被冠上莫須有的罪名並被免職，讓洪氏遭遇事業上的大挫折，不但需立即遷出宿舍，眾親友怕受連累也紛紛迴避，冷暖立見。只有其友林湯盤講義氣，騰出房子安置其一家老小，林獻堂夫人楊水心[62]，不嫌路途遙遠，幾次從霧峰送米、送菜來，雪中送炭，使備受冷落而含冤的洪氏，深感溫馨。
　　此外，為了幫洪氏洗刷冤屈，許壽裳、連震東皆曾奔走或上書當時在

[59]洪炎秋，〈一個短命校長的雜憶〉，《三友集》，頁307。
[60]洪炎秋，〈一個短命校長的雜憶〉，《三友集》，頁307。
[61]洪炎秋，〈一個短命校長的雜憶〉，《三友集》，頁303。
[62]洪炎秋盛讚楊水心精通人情機微，且加以體貼運用，也是日據時代，林獻堂從事政治鬥爭，能獲得全臺上下擁戴的最得力「內助」。見《廢人廢話》，頁89～91。

南京的蔣中正，但久久不得回音。洪炎秋乃親自撰文上書，而得到蔣中正「特赦」的批示，未釀成大禍。[63] 後來劉雨卿也查明真相，在警備總部備案，並讚洪氏行事沉著。[64] 洪氏向蔣中正陳情的內容並無相關文字可稽，只有其〈和《大學新聞》記者談一本書〉中的一段話或可得其梗概：

> 光復當初，我曾經被一些黨棍給戴上一頂「鼓動暴動，陰謀叛國」的大帽子，這是一項殺頭的罪名，幸而我深通三民主義，應付有方，立場站得很穩，所以結果只是挪動挪動屁股而已，腦袋沒有因而搬家。[65]

洪氏所說的深通三民主義，正是戰後政府積極推展的思想改革。認識中國國情的洪氏，早在大學時期即對孫文學說產生信仰，也參加過國民黨，加上自幼培養的聖賢思想，皆使他會去配合政策行事。然而洪氏雖個性隨和，處世中庸，但遇到不平仍然會顯現不屈不撓的本性。早在 1976 年解嚴十年前，洪氏即撰文記述一般人諱莫如深的二二八事件，因為他認為該事件是歷史事實，事過境遷談談無妨，而且在他老死以前，要為他的朋友莊垂勝討回公道：「垂勝兄曲突徙薪，彌大亂於未然，無論對地方，對國家，都是一個莫大的功績。」[66] 此外，對於自己在該事件的遭遇，也曾以反嘲的口吻，藉與記者談三民主義這本書，隱喻早期不合理的政治生態和權勢鬥爭歪風：

> 第一、你讀了三民主義，腦袋裡面就裝上一套正確的思想，先入為主，自然就不會再被外來的邪說所蠱惑，容易保全性命於亂世。第二、你讀了三民主義，因而加入組織，在組織中有良好的表現，自可轉而從政，萬一官運亨通，青雲直上，就可以達到「光耀門楣」、「顯祖榮宗」的目

---

[63] 關國藩口述。
[64] 洪炎秋，〈自序〉，《語文雜談》（臺北：國語日報附設出版部，1978 年 10 月），頁 3。
[65] 洪炎秋，〈和《大學新聞》記者談一本書〉，《教育老兵談教育》，頁 145～146。
[66] 洪炎秋，〈懷益友莊垂勝兄〉，《老人老話》，頁 197。

標。即便信仰　國父的昭示，不願意去「作大官」，而願意去「做大事」，也是近水樓臺，比別人可以先得月的。第三、你如果懂得三民主義，就是不加入組織，也有一防身的武器，可以不受黨棍的欺侮，可以把他們給你亂戴的帽子，返送給他。[67]

　　洪氏雖然獲得平反，仕途已經受挫，政治的險惡，讓他心有餘悸，在徬徨之際，其半山好友黃烈火伸出援手，但現實生活與理想相違，洪氏並未接受：「我在當時對於烈火兄的好意，雖然非常感激，卻覺得他要把我從第一位『士』的首座，往下扯拉，降為第四位『商』的末席，未免委屈，於心不甘，又向他辭謝了。」[68]

　　教育系畢業的洪氏，在中國新文化運動的洪流中浸淫頗深，鍾情「士」的桂冠不難了解。他對公職仍然熱衷，臺灣省行政長官公署改制為臺灣省政府後，洪氏也表明意願，獲允再給予公職。洪氏在其《語文雜談》序中就曾說到：「沒想到當了一學期的校長，就碰上了二二八事件，教育部根據不正確的情報，派我一個『鼓動暴動，陰謀叛國』的罪名，把我撤職。……不久，省長官公署改制為臺灣省政府，當局知我受了委屈，允我再就公職，……只有兩個空缺供我選擇：一是林獻堂先生當館長的省文獻館（臺灣省通志館）的副館長，另一個是何容同學當主任委員的省國語推行委員會的副主任委員。」[69]

　　當時正在籌備臺灣省通志館的林獻堂約談洪氏任副主任委員一事，多年來一直希望出版其父遺著的洪氏認為這是一個好機會，依約拜晤林獻堂，晤談後了解可能沒有自己想的那麼樂觀[70]，乃以臺灣省國語推行委員會

[67]洪炎秋，〈和《大學新聞》記者談一本書〉，《教育老兵談教育》，頁146。
[68]洪炎秋，〈我和《國語日報》〉，《教育老兵談教育》，頁234。
[69]洪炎秋，〈自序〉，《語文雜談》，頁3。
[70]洪炎秋，「在談話當中，正好籌備人員把所擬就的該館組織大綱、工作計畫、預算等草案，送請林先生核閱。我心裡暗想，他既然有意邀我當他的副手，這些重要的東西，按理應該先叫我審核一下，然後簽註意見，再請他作決定。但是他並沒有這樣做，卻叫籌備人員把它交給同在座上的他的從孫林培英先生……我對於他這個措施，就直覺的感到縱使到了通志館去，也無法發生作

正在改組，大學同學何容被簡派為主任委員，要推薦其接任副主任委員為由婉辭。

　　洪炎秋投入國語推行的行列，機緣是由於何容的提攜和推薦，原動力則是對國語文深具興趣所作的抉擇，而更大的原因是二二八事件後的剛性國語推行政策，需要稍作調整，而具「半山」身分的洪氏正符合政策上的要求，而得到復任之機。臺灣省通志館以聲望甚高的臺灣本土仕紳林獻堂任館長，即不無省籍的懷柔色彩存在。而對清一色中央派下的外省人士組成的省國語會，安插洪氏任輔佐性質的副首長，用意不難了解。因此，洪氏雖因二二八事件的波及，使他的仕途無法一帆風順，但國語會副主委的職務雖然不是很重要，但卻因他的「半山」角色很難被忽視，加上他具備學養與能力，且認真任事，終於在國語運動上表現優異，成為代表性人物，當時的受挫，福禍也因而顛倒。

　　　　　　　　　　　　　　——選自唐淑芬〈洪炎秋的生平和事功研究〉
　　　　　　　　　　　　　　　　中興大學歷史學系碩士論文，1997 年 7 月

用。」見〈「寄鶴齋選集」弁言〉《閑話閑話》，頁 63。

人海易藏身，書城即南面[*]

偽北大中的洪炎秋

◎王申[**]

　　1937 年 7 月 29 日文化古城北平陷落，各大高校及教育機構紛紛隨軍南下撤離。9 月，北大、清華、南開三校合併之臨時大學於長沙成立，重要職員及大部分教授俱陸續赴湘，後又轉赴昆明；翌年 4 月，「臨大」易名為國立西南聯合大學。由是直至 1945 年 8 月 15 日日軍投降，西南聯大解散為止，是乃老北大的西南聯大時期。

　　在陷落的北平城內，日軍卵翼下之華北偽政權亦在翼贊團體「新民會」的指導下，啟動一系列以建設「東亞新秩序」與「大東亞共榮圈」為目的之思想教化工作。當中，1939 年 8 月，由偽臨時政府教育部督責整併原國立北京大學及北平大學而成之偽國立北京大學的復校，即乃營建貫徹「和平反共建國」基本政策的教育網絡重要之一環。

　　偽北大初由偽臨時政府教育部總長湯爾和兼任總監督及校長二職，以錢稻孫為祕書長，吳祥鳳為教育長。未久，戰前於文教界富享盛名之周作人，亦在幾經周折後，首肯出任文學院長一職。《知堂回想錄》中，周氏固自述：「我還是終日住在家裡，領著乾薪，圖書館的事由北大祕書長代我辦理，後來文學院則由祕書代理，我只是一星期偶然去看一下罷了。」[1]然圍繞著偽北大文學院成立之際人事的聘雇，逐漸形成以周氏為核心之文人團

---

[*]夏仁虎，〈枝巢九十回憶篇〉，轉引自王景山主編，《國學家夏仁虎》（杭州：浙江文藝出版社，2009 年 10 月），頁 136。

[**]發表文章時為北京大學中國語言文學系博士生，現為福建師範大學文學院講師。

[1]周作人，《周作人自編文集・知堂回想錄（下）》（石家莊：河北教育出版社，2002 年），頁 645。

體，並於文壇輻輳出廣泛的文事效應，亦不可謂「無心插柳柳成蔭」。彼時臺籍文化人洪炎秋因母親年邁，無法隨校內遷，奉命留守，擔任北平大學農學院留平財產保管委員。無意卻於平大和北大合併後，進入了偽北大的行政體制，亦成為以業師周作人、錢稻孫為中心之學術生態圈中有機組成之一部分。

　　本文即在分析淪陷時期偽北大特殊的時代意義及歷史位置的基礎上，考察以周作人為核心之「北大」文人集團之組成及輻散而出之文事效應，並探討臺籍文化人洪炎秋於此學術場中文學生產的情況與涉入時隱逸的姿態，及藏匿於其後之「移民／遺民」形象的傳承與構建。

一、偽北大內臺籍教員的雙璧及以周作人為核心的文人集團

　　蘆溝橋事變爆發後，飽受戰火蹂躪之華北淪陷區的教育事業，一時損失慘重以致完全陷入停擺。「當時平津京滬各地之機關學校均以變起倉促，不及準備，其能將圖書儀器擇要轉運內地者僅屬少數，其餘大部分隨校全毀於砲火，損失之重，實難數計。」[2]尤在北平陷落後，人員星散，除卻戰前一部分教會大學和私立院校，因具西方教會背景或本身為宗教學校，如以愛國教育家陳垣為校長的輔仁大學、美國人司徒雷登為校長的燕京大學等，巧妙地以中性姿態仍能勉力維持外；平津地區數十所高等院校均於風雨飄搖中被迫就地中途結束辦學。直至 1938 年春，伴隨著日軍扶植下偽北平臨時政府及其後身汪偽政府華北政務委員會的成立，始先後逐步展開「恢復」與「整頓」，以建立配合文化統制機制之高等教育網絡的活動。

　　其中，由偽臨時政府教育部直接督責之「國立北京大學」，乃以原國立北京大學、北平大學、清華大學與交通大學（北平鐵道管理學院部分）為基礎，整併「恢復」而成，共囊括文、理、法、醫、農、工六個學院，以偽臨時政府教育部長湯爾和兼任校長（總監督），於 1939 年 1 月宣布正式

---

[2]教育部教育年鑑編纂委員會，《第二次中國教育年鑑》（上海：商務印書館，1948 年），頁 8。

成立。

　　自 1938 年 5 月至 8 月間，偽北大之中，醫、農、理、工四學院皆率先相繼復課，唯文學院與法學院，則分別遲至 1939 年 4 月及 1941 年 8 月，方始完成設置。據戰前富享文名，其後出任偽北大文學院長之周作人回憶，此蓋與時執華北高等教育界牛耳之「東亞文化協議會」中，日方人員之疑慮有關：

> 當時北京大學恢復開學，日本方面只贊成開辦理工農醫，對於文法各科深有顧忌，恐防這方面有些危險思想，協議會頭一次的議案裡面就提出了恢復文學院，隨後又主張恢復法學院，這恐怕是第二次的會議了。[3]

　　日本學者木山英雄引用日本觀察家原一郎〈北支那國人的文化活動狀況〉（《東亞研究》第 24 卷第 1 號），亦有「關於文學院，在 8 月末成立的『東亞文化協議會』第一次評議會人文科學部上，做出迅速設置的決議」之記述，並對該協會的性質略作了說明：

> 「東亞文化協議會」是以「中日學界及文化團體相互合作圖謀中日兩國文化提攜並振興東亞文教」為目的的「華北最高學術團體」、「北支那學界的總統領」。同時，「具有北支那學界的根本方針由此協議會來策畫、決議之觀」，乃是學術文化方面的合作機關。[4]

　　然由自湯爾和過世後即於 1941 年繼任會長直至該會解散為止的周氏看來，該會僅是一個「虛設的專門空講的組織」，「定章各學部每年開一次常會，議決文化界應辦的事情，再經過大會通過，看事件的性質再建議於哪

---

[3] 周作人，〈「東亞文化協議會」為何物？〉，《文史資料選輯》第 135 輯（北京：中國文史出版社，1999 年 10 月），頁 158～162。

[4] 木山英雄著；趙京華譯，《北京苦住庵記：日中戰爭時代的周作人》（北京：生活・讀書・新知三聯書店，2008 年 8 月），頁 77。

一方面的政府」，乃純然虛應故事的團體。[5]儘管，周氏亦指認「東亞協議會」組織內部存在監視與控制之性質：

> 日本軍部雖然讓我們辦大學，可是很不放心，總想來加以統治，現在的辦法是把「東亞文化協議會」與北京大學聯結了起來，各日本專家悉由日本副會長介紹聘請；其次是這些專家統統叫做「名譽教授」，而不是別的名稱，如副院長之類，這是當初軍部的人所擬定的；其三則於各院所聘請的日本教師中指定一人為「首席教授」，已備名譽教授不在時作為代表。名譽教授既然由日本副會長負責推薦，所以如有不合適的地方，也可以請他撤換。[6]

　　侵略者一方故欲採取「以漢治漢」的統御手段，誠如戰時供職於興亞院的武田熙，據聞曾為偽北大祕書長兼日文系主任錢稻孫的弟子[7]所言，「完全交由中國人則弄不明白他們會搞怎樣的教育，因此，實質上是要監視而表面上稱為交流」。[8]但即使如此，由日本文部省透過偽臨時政府派遣而至的日人教員之作用，於大學實質上之經營運作，是否取得制衡中方的效果，似仍須置疑。彼時曾任偽北大文學院史學系副教授之岡本堅次即言：「我們這些大學教師與中國人教員沒有什麼特別的權限區分。……北大的教授會形式上由日中雙方的教員構成，但我們這些人完全不懂中國話，所以沒有人出席教授會的。故會議完全由中國人操作，我們於大學的經營方面沒有任何干係。」[9]而即便忽視語言不通的因素，如宇野哲人等持有特

---

[5]周作人，〈「東亞文化協議會」為何物？〉，《文史資料選輯》第 135 輯。木山英雄先生亦曾論及「東亞文化協議會」空疏的性質，引志智嘉九郎語：「協議會成了北京『合作』派知識人沙龍一樣的東西，除了籌備後來的『大東亞文學者大會』和組織『日華書道展』外，想不起來還做了些什麼工作。」參見木山英雄著；趙京華譯，《北京苦住庵記：日中戰爭時代的周作人》，頁 132～133。
[6]周作人，〈「東亞文化協議會」為何物？〉，《文史資料選輯》第 135 輯。
[7]黃開發整理，〈沈啟無自述〉，《新文學史料》2006 年第 1 期，頁 63。
[8]木山英雄著；趙京華譯，《北京苦住庵記：日中戰爭時代的周作人》，頁 116。
[9]木山英雄著；趙京華譯，《北京苦住庵記：日中戰爭時代的周作人》，頁 116～117。

殊權限的名譽教授，也僅在文學院籌備階段理事，一俟成立即返回日本，事務工作則由專人代勞。足證儘管是在為時人所譏之冒名頂替、「私生子式」[10]，謳歌「日華合作」的「國立北京大學」內部，仍舊存有一定予中國文化人活動斡旋的餘地。

根據 1938 年制定之《國立北京大學組織大綱》，由偽臨時政府兼任或聘任的總監督，除具統籌全校事務之責，並有審批教職工人事任用之權。上至祕書長、教務長，下至各學院院長、教授、副教授、講師、助教，乃至校圖書館館長、館員及助理諸人員之聘雇，均須呈請總監督批示，由總監督面向偽臨時政府教育部，經興亞院聯絡部裁定，方始通行。[11]日本當局之人力控管雖層級嚴密，然據興亞院聯絡部調查官武田熙，及以「特別任用」的形式於 1939 年春任職聯絡部文化局的志智嘉九郎的說法，出於對中國方面「不知名人士」資訊了解的有限，日本方面對遞進之人事方案，一般多只得以原樣批復。[12]亦即，在日本方面有意或無奈而對大學保持某種程度之不干預的情況下，偽北大校務之營運及人事任免，之於中國方面，實際產生了可以相對彈性運作的空間。是以，似周作人氏般，在任職「北大」文學院長及偽華北教育總督辦期間內，出於善意或功利的考量，運用職權為故舊親朋、私淑弟子與連帶關係者安插職位、救急解難，實亦不足為奇。[13]如 1939 年 8 月周氏就任「北大」文學院長職後，即為因冀東暴動失敗而避居北平之李大釗次女李炎華之夫婿，於偽北大臨時找了一份職員工作。同年，李大釗長女李星華及其弟李光華，亦因冀東暴動無法安身返回北平，周作人遂將李星華安排於偽北大會計科當出納員。[14]另，據孫玉蓉

---

[10]凌有光，〈牛鬼蛇神統制下的北平〉，《新華日報》，1944 年 2 月 19、20 日，14 版。

[11]曹豆豆，〈日偽時期的「北京大學」〉，《文史精華》第 178 期（2005 年 3 月），頁 14。

[12]木山英雄著；趙京華譯，《北京苦住庵記：日中戰爭時代的周作人》，頁 115。

[13]若偽北大法學院院長方宗鰲及其子弟方紀生（文學院講師）、方鴻慈（理學院地質學系助理）及方文卿（法學院助理）即乃一家人同事於偽北大中。即據 1942 年編定之《國立北京大學教職員錄》，同列一住址且一望可知為親屬關係者比比皆是，如文學院講師張汝良和工學院講師張伯純乃昆仲、農學院辦事員韓津與法學院打字員韓雪清乃父女等等，可知偽北大中此現象之普遍。

[14]張菊香、張鐵榮編著，《周作人年譜：1885～1967》（天津：天津人民出版社，2000 年 4 月），頁 576～577、頁 580。

〈出任偽職前後周作人為他人謀職軼事探究——為〈周作人年譜〉補遺〉
一文的考證，周氏除先後為弟子俞平伯，及在俞之請託下，為俞之親友如
愛國民主人士許介君（許寶騤）、許雨香、許家儒、高潔、張潤豐等人謀職
外[15]，亦曾於擔任偽華北教育總署督辦期間，替在教育總署祕密從事抗日情
報工作之共產黨員高炎，安排一名為「祕書行走」之掛名祕書的職務。[16]

　　即分析 1942 年 12 月偽北大編印之《國立北京大學教職員錄》，則如著
名生物學者劉思職教授之於「北大」醫學院和理學院兼任教職，卻籍注不
同出生地的情況實屬平常。[17]尤通過目前已掌握之資料，擇取是時任職於偽
北大之臺灣籍教員略作比對，可發見臺籍教員改易現籍、牽入原籍福建或
廣東的情況頗為普遍：

姓名	字	性別	年紀	籍貫	職稱	地址
林朝棨	赫戟	男	33	福建	理學院講師	前外板章胡同 5 號
洪橷	炎秋	男	41	福建同安	文學院講師理學院講師農學院講師	西單手帕胡同 2 號
洪耀勛		男	38	福建閩侯	文學院講師	西斜街 15 號車門後院

[15]孫玉蓉，〈出任偽職前後周作人為他人謀職軼事探究——為《周作人年譜》補遺〉，載《魯迅研究月刊》第 8 期（2004 年），頁 49～55。另，據顧隨 1943 年 2 月 10 日予周作人之信函，有請託周氏為其弟顧寶謙於偽北大圖書館謀職的內容：「比來弟子月入大減，事不煩，固大佳，惟食少難堪耳。頃舍弟又失業歸來，負荷益重。敢懇老師為在圖中設法。」參見顧隨，《顧隨全集‧書信日記卷》（石家莊：河北教育出版社，2001 年），頁 468。

[16]參見高炎，〈我在北平從事黨的情報工作的回憶〉，《日偽統治下的北平》（北京：北京出版社，1987 年 7 月），頁 48。

[17]劉思職於「理學院講師」一注「福建興化」，於「醫學院教授」卻注「福建仙游」。地址固同，籍貫卻異。

張我軍		男	41	福建南靖	文學院教授	西單手帕胡同丙 25 號
梁永祿		男	33	臺灣	醫學院助教	西城南太常寺 4 號，西局（2）3260
曾昌明	一如	男	33	福建龍溪	醫學院附屬醫院院長室祕書，醫學院講師	西城辟才胡同六條 7 號
蕭正誼		男	38	福建南靖	農學院教授	大佛寺 43 號
徐牧生		男	31	福建南靖	法學院講師	西單手帕胡同乙 25 號，西局（2）1167 轉
鍾柏卿		男	31	日本臺灣	醫學院助教	嘎哩胡同 8 號
蘇子蘅		男	38	廣東汕頭	理學院副教授，工學院講師	西單手帕胡同乙 25 號，借西局（2）1167
葉炳遠		男	26	日本	中藥研究所副研究員	西城機織街 26 號，西局（2）2957

表列中可見有梁永祿、鍾柏卿、葉炳遠三人籍注「臺灣」、「日本臺

灣」、「日本」，餘者皆改注為福建或廣東兩省籍貫。此外，由其住所集中的
狀況，亦可想見若洪橷、張我軍、徐牧生、蘇子蘅諸人關係大約頗為緊
密。

據蘇子蘅之子蘇民生回憶，在舉家遷移至北平的 1943 年 3 月前，蘇子
蘅即通過同鄉楊克培、賴傳賢的幫助，與慕名已久之張我軍取得聯繫：

> 張先生久居北平，熱心觀照同鄉，留父親住在他家。為了能夠全家來北
> 平，按當時規定，父親要有一個固定的工作，為此，張先生介紹父親就
> 近到北京女子師範大學附小教日語，張先生的二位公子光正兄和光直兄
> 當時都在該校讀書，父親有幸教了他們幾天日語。
> 有了固定的工作和收入之後，到日本領事館申請，獲准全家到北平。母
> 親一手抱著我，一手拿提包，從家鄉臺灣坐船到大連，父親從北平到大
> 連接我們母子。在大連旅館住一晚後，先坐船到天津，再坐火車到北
> 平。住處也是張先生安排的，就在他家隔壁，西單手帕胡同乙 25 號，和
> 同鄉徐牧生先生合租三間北方，徐家住西屋，我家住東屋，中間堂屋合
> 用。[18]

此外，常與張我軍比鄰而居者，尚有張我軍之摯友洪炎秋[19]，及 1936
年自日本早稻田大學經濟系畢業後抵京之徐牧生。

徐牧生早時寄居張家，與光正、光直兄弟相處甚睦，淪陷時期擔任大
學講師，且「公開在講義裡大量引用馬克思、恩格斯的論述」，是對張氏兄
弟卓有影響的馬克思主義者[20]。若洪耀勛雖乃少數「不談政治思想，不談日

---

[18] 蘇民生，〈北平五年〉，《在北京的臺灣人》（北京：臺海出版社，2005 年），頁 10～11。
[19] 張光直回憶：「……可以想見洪橷是父親最好的朋友，後來他父親去世，洪老太太被接去北京，和我們住在一條胡同。他們在 2 號，靠著宣武門內大街；我們在丙 25 號，離南河沿比較近。」參見張光直，《番薯人的故事：張光直早年生活自述》（北京：生活・讀書・新知三聯書店，1999年 7 月），頁 9～10。
[20] 關於徐牧生，張光正、張光直俱有詳細描述。張光直記憶中徐牧生有張「圓圓的臉，一身筆挺的日本大學生黑制服。……說話聲音很大，充滿自信，見了我和哥哥便叫，少爺！少爺！」是對張

臺間的任何問題」、「百分之百的書生」[21]，然偽北大中其餘的臺籍教員若蘇子蘅，或為政治面貌左傾之知識分子，與蟄伏於偽北大內部的共黨人士有相當頻密的聯繫，或如林朝棨、鍾柏卿、葉炳遠及 1944 年甫於藥學系任教之林耀堂，曾於抗戰勝利前夕為同鄉蘇子蘅動員前往晉察冀邊區。[22]倘勿論此輩臺人思想成分為何，至少其相似之「出走」的決定，是與張光直所述，如張我軍般彼時多少出於對國民黨的失望所下的決斷：

> ……以父親的聲名、身分和體力，祕密離開敵占區，穿越封鎖線，進入抗日的山區，是要冒相當風險和有一定困難的。沒想到他卻毫不遲疑地當即同意前往參觀。並且對我說，在大革命時期，曾加入過國民黨，由於對這個黨失望，就拒絕重新登記而脫黨。[23]

而此確是與家庭中同具滿懷熱血潛赴抗日根據地的兒女，及相似生命經歷之洪炎秋，兩人選擇頗見區別之處。[24]

光正決心於 1945 年進入河北平山晉察冀邊區，加入共產黨，具有影響力的關鍵人物。(《番薯人的故事：張光直早年生活自述》，頁 10)張光正本人亦有與其弟相似的回憶。見張光正，〈悲、歡、離、聚話我家——一個臺灣人家庭的故事〉，《番薯藤繫兩岸情》(臺北：海峽學術出版社，2003 年 9 月)，頁 13～14。

[21]洪耀勛為張深切留日時之益友，兩人於七七事變後，又於北平重逢。參見張深切，《張深切全集・卷 2・里程碑》(臺北：文經出版社，1998 年 1 月)，頁 143。

[22]據蘇民生回憶，1945 年 5 月，蘇子蘅通過留日時期之同窗、時任偽華北政府教育局長之陳普ების介紹，與晉察冀城工部聯絡員北京師範大學數學系教授李鑒波和任教於偽北大工學院之周子健結識，獲得重返共黨的機緣。蘇子蘅在偽北大理學院與他校兼任教職的經歷，乃晉察冀邊區的革命人士深欲借重以動員科技人才的條件，是蘇子蘅其後幫助李子秀(原名呂芳魁)並動員林耀堂、葉炳遠、林朝棨、鍾柏卿等人前往邊區參與革命工作的契機。參見蘇民生，〈北平五年〉，《在北京的臺灣人》，頁 15～18。

[23]此與張我軍的知識組成也有關聯，畢竟張我軍青年時期曾翻譯不少社會主義和日本無產派作家的作品。據張光正回憶，「在他的書房裡，一直珍藏著全套馬克思《資本論》的日譯本。」參見張光正，〈悲、歡、離、聚話我家——一個臺灣人家庭的故事〉，《番薯藤繫兩岸情》，頁 19。

[24]抗戰勝利前夕，洪炎秋的長女洪國炎亦響應同學前往共黨抗日邊區參加革命，卻「因吃不了苦而不幸死亡」。洪炎秋為此終身抱憾，並對此段經歷一生諱莫如深，卻於返臺後，因其女曾為共產黨而迭被審訊。另，據洪妻關國藩女士口述，其女小名「小藩」，心腸軟，愛讀書，幼時即懂得欣賞洪棄生的詩文。自己偷偷考上高中，也讓她就讀，差一年高中畢業前又考上市立大學。但碰到戡亂，四川來了很多共產黨員，很多人家的小孩想當共產黨，紛紛出走，小藩也留了一封信，半夜離家出走，聽說後來受不了苦，在井邊洗衣服時，擔水倒地而死，時年約 18 歲。參見唐淑

　　和張我軍、洪炎秋俱有深交的張深切，憶及此二人於淪陷時期北平之行藏，曾如是言之：

> 我和炎秋、我軍很快成為莫逆之交。炎秋負有暗中監視偽組織下的北大、師大的使命，所以他不接受任何大學的專任教授，只兼各大專講師，每日僕僕電車上，東奔西跑，極為忙碌。我軍專任北大教授，較為安閒，所以和我接觸的時間比較多，幫了我不少忙。[25]

　　而就筆者目前所見保存於北京大學檔案館 1940 至 1941 年「北京大學」文學院教務股日誌，張、洪二人是時從業的狀態，確與臺籍文化人張深切所述符合若節。如據文學院教務股 1940 年 8 月 24 日日誌所載，由祕書交下中國籍續聘及新聘教授、助教、研究院導師之名單薪俸可觀，職稱「教授與工學院合聘」之張我軍，下署每月給薪 400 元外，並有「文學院出 200 年津貼」之注記；所得與中國文學系教授兼任系主任的沈啟無（400元）、史學系教授兼任系主任的吳祥麒（400 元）、日文文學系教授兼任系主任錢稻孫（400 元，下注「仍暫支舊講師薪」40 元）乃同列一級，僅次支院長薪之教授兼文學院院長的周作人。相較於同鄉洪耀勛、洪炎秋等依照擔任時數支領講師薪俸且無津貼的待遇[26]，張我軍的收入確可謂相當優渥。即合併分析《國立北京大學文學院三十年度各學系一二三年級課程一覽》[27]，亦可發現某些有趣的事實。如擔任哲學系講師兼翻譯的洪耀勛，於

芬，〈洪炎秋的生平和事功研究〉（中興大學歷史學系碩士論文，1997 年 7 月）頁 76、87。

[25] 張深切，《張深切全集・卷 2・里程碑》（臺北：文經出版社，1998 年 1 月），頁 643。

[26] 據 1940 年 9 月 8 日《北京大學文學院教務股日志》，第三條「祕書交下本院續聘及新聘講師名單擔任時數暨薪額與津貼是否在本院支領各節一併開列通知會計組以備 9 日呈報教育總署用」，下錄「新聘講師」，有「洪耀勛，4 小時，80 元，不領津貼」一項，及「以下未聘定」欄，有「洪橒，5 小時，100 元，不領津貼」項。參見《北京大學文學院教務股日志》，檔號 WBD0000014，藏北京大學檔案館。

[27] 〈國立北京大學文學院三十年度各學系一二三年級課程一覽〉，1941 年 9 月到 1942 年 7 月，檔號 WBD0000022，藏北京大學檔案館。

該學年度課程的安排，主要是與哲學系教授兒玉達童合上二、三年級的必修科目「西洋哲學史」（上）、（下）及「認識論」；出任日本文學系教授職的張我軍，則於該學年獨自擔綱日本文學系一、二、三年級的三門專業必修課程：「日文講讀」、「日本現代文學選讀」（二）及「日本現代文學研究」，每週共十課時。洪炎秋固亦掛名日本文學系講師，然每週僅於國文學系一年級上四個鐘點普通必修的「日語」課程，分屬文學院「未聘定講師」支薪名單之列，卻又遊走於校院間，講授基礎的語言課程。則讓人不得不尋思，學識資歷均不遜色於張我軍氏的洪炎秋，「不接受任何大學的專任教授，只兼各大專講師」，持續性教育游擊的姿態，背後是否真有「暗中監視偽組織下的北大、師大的使命」諱莫如深之原因。

　　張深切所述姑聊備一說，而洪氏不專任教授、多處奔波以兼任講師的選擇，於此兵馬倥傯之際，或亦有其自身的考量。畢竟依隨著周作人由「北大」圖書館館長、「北大」文學院院長，至出任偽華北教育總署督辦，逐步深入政治權力內核的路程，一個以周氏為中心，圍繞著「北京大學」文學院之籌設與人事安排，而逐漸生成之文人團體的出現，已是其時華北淪陷區文壇引人矚目的文藝勢力之一。而其初掌「北大」文院，因此一干係百人以上，糾結於留平人員之聘僱無可迴避之出處與生計的兩難之「文院人事」的置措[28]，由是亦可視作「北大」文人集團勢力版圖擴張的原點。當中，過往與周氏私淑、有師徒之誼，或曾留學日本、具日本教育背景，又或來自臺灣等殖民地之年輕的知識分子，均成為被招攬網羅的對象。如周之及門弟子沈啟無、尤炳圻，友人方紀生，以及臺籍文化人張我軍、洪炎秋等，俱在其列，而以 1943 年 7 月問世，由周擔任社長之藝文社與《藝文雜誌》，為此輩集結的主要陣營。

---

[28] 據《周作人年譜》，周作人自接任偽北大文學院長職後，於文院成立之際，即曾就「北京大學文學院教職員的人事安排」，與錢稻孫和羅子余進行過 3 次會商。可想見問題之棘手。

二、華北淪陷區文壇的「新」、「老」之爭

　　隨著戰事擴大，為響應日本政府建設東亞新秩序國策之需要，將日本全體文學家納入順應翼贊體制的一元化團體──「文學報國會」，於 1942 年 5 月整備完成。1943 年 1 月，為從事「參戰體制下，中日文學者握手」之聯絡[29]，日本文學報國會小說部參事林房雄以「文化使節」之姿抵燕，並捎來第一次大東亞文學者會議結束後，「組織中國統一的文學者團體」與「促成中國方面純文學雜誌之創刊及強化」等決議事項，未料卻遭逢淪陷區華北文壇諸「老作家」之冷遇。[30]

　　即中國方面對林房雄之「轉向」了然於心之曾留學日本或熟悉日本文學界情況的文化人，如周作人所言，對林房雄之到來，則雖未擺出明目張膽蔑視的態度，然除沈啟無個人外，亦未嘗竭誠地予以過歡迎。[31]而在與「老作家」接觸卻處處碰壁之林房雄一方面，亦漸將目光遠颺，將「文化提攜」的目標落實於「年輕而有熱情和良心」之「青年文學者」們的培植。[32]然而，對於「第一次文學革命運動的先輩而留在和平地區的人們」，「如同確信只有沉默才是對祖國盡忠似的，沉默得如同徹底的石，又如石一般頑固的沉默著」[33]消極抵抗的態度，熱望於「大東亞文學」之牽成的林房雄實頗有微詞。

　　林氏認為，「在現在的和平地區興起新文學運動，創造勝於一切敵性文學的新文學」[34]，極易落入形式化的窠臼；而此「文化工作」之敗筆，乃由

---

[29]蕭菱，〈林房雄印象記〉，《華北作家月報》第 4 期（1943 年 1、2 月合刊號），頁 16。
[30]1943 年 1 月 27 日，華北作家協會於北平萃華樓設宴招待林房雄。席間，林房雄自言本為通過「組織中國統一的文學者團體」之決議案而來，但「及來後始知此事殊不可能。不過，老作家去了就讓他去了罷。我們應本此次方針進行。我即將不可能之實況復命大會。」言談間頗見憤憤。參見〈本會歡迎林房雄氏座談會記〉，《華北作家月報》第 4 期，頁 15。
[31]周作人，〈文壇之分化〉，《中華日報》，1944 年 4 月 13 日。
[32]林房雄著；張銘三譯，〈中國文化運動偶感〉，《中國文藝》第 9 卷第 3 期（1943 年 11 月 5 日），頁 20～21。據木山英雄先生言，此乃林房雄寫成於第 2 次大東亞文學者會議前。
[33]林房雄著；岳蓬譯，〈新中國文學運動〉，《中國文藝》第 9 卷第 1 期（1943 年 9 月 5 日），頁 42～43。
[34]林房雄著；岳蓬譯，〈新中國文學運動〉，《中國文藝》第 9 卷第 1 期，頁 40。

日本當局只重視名人的官僚主義，與中國知識階級虛與委蛇、陽奉陰違的處世術，所共同作成。在此「二重招牌主義」及「利用廢物主義」下進行之「官廳的文化運動」，蓋除滋養一幫職業日華親善家或職業文化運動家，便於巧為羅致名目而成立「新文化團體」以中飽私囊外，即成就各界「名士」藉以攀權附貴之捷徑。易言之，「所以從來的『文化團體』，最成功之時，便成了著名文化人的社交俱樂部，普通成功之時，便成了使青年文化人失望，對於日本有害無益的文化協會。」[35]

　　於是，在 1943 年 4 月 25 日，於教育總署召開之華北作家協會春季大會上，許是受到林房雄態度的影響，設置「華北文藝獎金」、「擴充作家月報篇幅」，以作為培育青年作家陣地等事項的決議，在在皆顯示華北作家協會「革新」的意向漸趨明確。[36]而在 1943 年 8 月 27 日，日本作家片岡鐵兵於第二次大東亞文學者大會上，發表「中國文學之建立」的演說，針對「存在於和平地區的反動老作家」，進行不指名攻擊後，「以華北作家協會代表青年界作者文學活動的集團」，及「可以勉強說是老作家的集團」──由周作人、錢稻孫、瞿兌之、尤炳圻等「北大」幫所組成之藝文社[37]，乃於文壇形成好似對峙競爭的態勢：

　　　　所謂老作家的沉默，在我們看來也不失為一種態度，只要是這種沉默是徹底的話。比如俞平伯先生，為人與作品都是我們所景仰的。這種沉默，無妨於作家自己的為人，也不致有礙文壇的進步。但是若以沉默為孤高自賞，或傲岸於後起的青年，這沉默倒是不可寬恕的。[38]

　　文學界以新的步伐挺進於新的時代，我們應該呼號掃蕩中國「反動作家」，一般以所謂「名氣」遮擋一切而放任頹敗的文化人，我們要揚棄了

[35]林房雄著；張銘三譯，〈中國文化運動偶感〉，《中國文藝》第 9 卷第 3 期，頁 21～22。
[36]黎建青，〈一年間的華北文壇〉，《華文每日》第 12 卷第 2 期，1944 年。
[37]黎建青，〈一年間的華北文壇〉，《華文每日》第 12 卷第 2 期，頁 14。
[38]黎建青，〈一年間的華北文壇〉，《華文每日》第 12 卷第 2 期，頁 13。

他們，我們要從新建立新的文化陣營，這是一群有朝氣有活力負起時代
鬥爭責任的思想家的結集，而不是搜羅或過分高抬已落伍的作家的大本
營。[39]

自報章披露在第二次大東亞文學者會議上，林房雄與華北占領區代表
沈啟無間之談話，固可略窺此「文壇之分化」，與發生於藝文社及《藝文雜
誌》組織籌備過程中人事糾葛的牽連；然以藝文社內，同服務於日偽政權
的諸成員與日人態度冷熱的不同，所形成之言動本質衝突性的區別，肇使
未久之後周作人與其弟子沈啟無間的決裂，除使該事件頗見是時文壇生態
與文人派系營壘分明之實情，亦致林房雄所稱「文學運動的同志」沈啟無
之被黜，乃成為周作人落入有意逐斥「有良心和熱情的文學者」之口實的
端倪。[40]

例如負責統籌全國文學者統一團體之成立的柳龍光即言，周氏「破門
聲明」的發表，是推進組織工作其間，「為了個人的愛惡或派別的私見而排
除異己的事」逐次發生的遠因。[41]而呂奇、辛嘉、呂珏等偽華北作協的年輕
幹部，於此亦多別有所指的批評：

而最可恨最無聊的，卻是一種「破落戶」根性的文士，平素不得志，一
旦抓住機會，就跟著胡攪、離間。倘真把別人弄倒，他也沒能力做，可
是別人一做，他就吃錯，就攪亂，結果是「成事不足，敗事有餘」。……

我希望組織當局，能夠來一次徹底的「陰謀」把這些分子趕回老家去。[42]

---

[39]陳魯風，〈鏟除「國民文學」前進途上的障礙〉，《中國文學》第 1 卷第 5 期（1944 年 5 月 20
日），頁 3。

[40]林房雄，〈新中國文學的動向——與沈啟無君的談話〉，《中國公論》第 10 卷第 2 期（1943 年 11
月），頁 56～57。

[41]柳龍光，〈編輯後記〉，《中國文學》第 1 卷第 5 期（1944 年 5 月 20 日），頁 72。

[42]呂奇，〈中國協會與中國人〉，《國民雜誌》第 4 卷第 3 期（1944 年 3 月 1 日），頁 65。

而現在就因此釀成了紛爭、分裂、聯合、排擠……這一些不是文化運動
應有的現象，這些情形，大凡稍稍注意於文藝界的人都很明白，徹底的
原因，全是自私人而發，不是這個人想打倒另一個人，就是另一個人對
於第三個人印象不佳，於是，都想占有這個團體的領導權。[43]

　　在林房雄及其卵翼下之「青年知識階級」看來，由周作人氏所主持之
《藝文雜誌》及藝文社同人的罪愆，於黨同伐異以外，莫過「對於現狀的
消極的冷淡的處置」[44]，而缺乏有力的創作，「只用些短論考據和小品之類
的東西來裝點」[45]，更乃此輩文化人已然落後於時代，而無能構成「新中國
文學運動的主體」確鑿的證據。尤就《藝文雜誌》發刊詞所謂糾合賞愛文
藝同道，「一無運動，二無主張，但也不一定便非沉默非曖昧不可」傾向的
消極與漠然[46]，並以「硬」與「舊」見稱的內容，且為該刊及雜誌主事人員
被抨擊最烈者。僅標榜「有朝氣有活力負起時代鬥爭責任的」青年界文學
者的結集，於斯固不無對文壇前賢迴避現實的刻意及政治態度之軟弱反動
的意味[47]，此青年作家集團行動取徑之趨近居於「文壇指導」的日方，並欲
奪取「老作家」於藝文界發言權及領導權之感忿睚眦，個中實存有難以維
持之生活拮据的貧窘，與文化資源分配不均諸現象驅動下，憤激情緒的借
題發揮。

　　即自 1942 年初，零星漸起之「打倒自命非凡，霸占文壇的作家們」等
無名文藝工作者的「吶喊」[48]觀之，是時輿論所集中批判的，乃在文學發表
園地稀缺，及因各家雜誌立場與取稿態度不一的情況下，橫亙於編輯與作

---

[43] 呂珏，〈斷想・雜感・期待〉，《國民雜誌》第 4 卷第 3 期，頁 67。
[44] 辛嘉，〈冷淡的一面〉，《國民雜誌》第 4 卷第 3 期，頁 66。
[45] 秦明，〈十二月文藝概談〉，《國民雜誌》第 4 卷第 1 期（1944 年 1 月 1 日），頁 58。
[46] 〈發刊詞〉，《藝文雜誌》創刊號（1943 年 7 月 1 日），頁 1。
[47] 如吳樓稱章太炎的「潑辣精神」與「毫不畏服，且蔑視一切的態度」為「名士精神」，以暗諷京派「名士」為「有閑看花賞月，喝酒吟詩」的「有錢階級」，併存在此輩文人「老爺」、「紳士」風度中之「幫閑」氣。參見吳樓，〈游牧・老爺・名士和文學家〉，《中國公論》第 7 卷第 3 期（1942 年），頁 76～82。
[48] 笑星，〈「吶喊」一年來〉，《藝術與生活》第 24 期，1942 年 1 月 25 日。

家間「隔閡」之發生，並「基本作家」集團占據刊物版面，使「登龍乏術的新人」發表無門的窘境[49]：

> 時至今日，文場與官場的混亂，汙穢，黑暗，惡劣諸般現象相差者，幾稀矣！
>
> 官場中，沒有人情，難望騰達；文場中亦然。沒有人情，文章發表固極難；即或發表，成名也非易，蓋沒人捧故也。
>
> 官場中有所謂幫派，非其流者，終難插足；文場何獨不然。所有封鎖主義，基本作家等類現象，無形中把整個文壇分成數個小集團，彼此互相仇視，老死不相往來。如此，步伐不齊，力量分散矣。
>
> 官場中有所謂「一人成神，百人陞天」，意即一人得勢，則親友皆可趁機而上；文場中亦不無是類情形。某甲榮任編輯，則即盡量選近人作品發表，左親右鄰皆作家矣。[50]

此外，稿酬既薄，其間又時有苛扣，文筆工作者即使鎮日孜孜矻矻，卻難脫為生計碌碌於顛沛之「游」與為謀稻粱所「牧」之苦況，而無緣於作品質量的提高，亦乃為「新興作家」深所詬病者。[51]

　　1942 年 9 月 13 日以《武德報》報業為背景之偽華北作家協會的成立，所提出之四項工作目標及事業方針：1.「求文藝學術的發展，與大東亞的進展一致」；2.「謀文藝學術的作品，普遍的產生與鑒賞」；3.「提高作家在社會上的地位」；4.「養成職業作家」，由是至少於彼米珠薪桂、謀生不易的時機，能以「公共組織」的力量，為孑然飄零、渺無根基於北平拼

---

[49] 上官箏，〈一年來華北文壇的總清算〉，《中國文藝》第 7 卷第 5 期（1943 年 1 月 5 日），頁 8～9。該文總結自 1942 年正月以來，主要集中在《藝術與生活》之「文藝茶話」專欄，對「基本作家組織」肆行攻擊的文字。如《藝術與生活》第 26、27 期合刊之老元的〈談「基本作家」〉，第 29 期竹天之〈清閑編輯〉、日生之〈投稿有道〉等，皆為反映新人作家發表文章困難，與文壇資源為集團壟斷的情況下，「登龍乏術的新人，將更無染指文壇之希望矣」的批評。

[50] 老元，〈文場與官場〉，《藝術與生活》第 29 期（1942 年），頁 14。

[51] 吳樓，〈游牧‧老爺‧名士和文學家〉，《中國公論》第 7 卷第 3 期，1942 年，頁 77。

搏之文學青年，提供向日偽當局要求文藝工作者社會待遇的提高，對作家生產建設的重視，並給予作家著作權以至翻譯權的保障等願景[52]，是亦此輩青年文化人所肯定於偽華北作家協會作為「全華北文藝工作者『領導體』」的價值，與表面上對此一「全體主義」具體實踐之擁護與期待重要的原因。然如附識於《藝文雜誌》第 1 卷第 2 期之〈關於青年藝文壇〉一文，固亦顯示編者對欲專門從事文學創作以維生計者現實困難點的估計與認識，而圖以開闢藝文的苗圃，鼓勵青年與藝文界「卻帶寒梅百樹來」的踴躍，但「老作家」諸公於字裡行間所透露之對「文藝寫作職業化」趨勢的杞憂與不以為然的態度，時屆偽華北作家協會行將改組之際，卻顯示為對職業作家養成計畫隱微的質疑：

> 第一件想說的是，不可以文學作職業。……若是想以學問文章謀生，唯有給大官富賈去做門客，呼來喝去，與奴僕相去無幾，不唯辱甚，生活亦不安定也。……中國出版不發達，沒有作家能夠靠稿費維持生活，文學職業就壓根兒沒有，此其一。即使可以有此職業了，而作家須聽出板（筆者按：原為「板」）界的需要，出板界又要看社會的要求，新舊左右，如貓眼睛的轉變，亦實將疲於奔命，此其二。因此之故，中國現在有志於文學的最好還是先取票友的態度，為了興趣而下手，仍當十分的用心用力，但是決心不要下海，要知正式唱戲不是好玩的事也。[53]

是暗諷妄圖攀權附勢以於文壇登龍之「甘鼠」一輩，亦是「新」、「老」作家代際之間，對嚴峻的生存現實不同層面的感知。即當《藝文雜誌》多數撰稿人乃別於大學從事穩定教學職業，足具使個人學問／文藝事業不至因外界影響而墮落動搖的條件，而「新進作家」群體卻尚存糊口之憂所處境

---

[52]〈華北作家協會成立典禮並全體會員大會記〉，《中國文藝》第 7 卷第 2 期（1942 年 10 月 5 日），頁 73〜74。
[53]藥堂，〈苦口甘口〉，《藝文雜誌》第 2 卷第 5 期，1943 年 11 月，頁 2〜3。

遇和文化空間位置的差別。

　　如黎建青所云《藝文雜誌》飽受批評之《青年藝文壇》的設置:「雖能以此推銷於『青年讀者』間,但它以此鼓勵青年的創作,畢竟還是薄弱的。」[54]在對「老作家」群體「孤高自賞,或傲岸於後起的青年」之認識以外,由是尚須於此「名人效應」光環下文化資源壟斷的視角作理解。既是華君於《還是稿費問題》中所指出之由少數作家把持的文壇包辦現象,亦是以「自己的園地」為喻,對文學工業化下作品粗製濫造、內容宛若陳糠舊粃的批判:

> 文學產品乃是為了市價過低,不得不多產多賣。因之,在目下存在的僅少數的可容文學作品的刊物上,不能不爭占,不能不排擠,「把持」「門戶」的現象,因以自然形成,刊物上反來覆去,總是幾個作家的名字的事實,是必然的。這樣坦白地解釋,還不至是無依據的妄言吧?
> 歸根究柢,還是稿費問題,生活問題![55]

　　若臺籍文化人洪炎秋固不能屬《藝文雜誌》「基本作家」之列,卻被黎氏點名批評,則在其小說〈復讐〉[56]形式與內容確鑿於「華北文藝刊物中恐怕還找不出這樣駕鴦派的故事,章回小說的寫法」[57]的指責以外,更可能是其「票友」性質的創作態度,引致一干青年作家投稿無門的憤慨。

　　試分析洪炎秋以來自宜蘭之臺灣同鄉張鍾鈴的一段羅曼史[58]為原型之小說〈復讐〉,所講述的,乃身世畸零的主人公「楊麗娟」與「我」於 11 年前的前塵往事。作者歷數「楊麗娟」經過之曾以丈夫外遇告終而失敗的婚

---

[54]黎建青,〈一年間的華北文壇〉,《華文每日》第 12 卷第 2 期,頁 15。
[55]華君,〈還是稿費問題〉,《中國公論》第 7 卷第 3 期(1942 年),頁 104。
[56]芸蘇,〈復讐〉,《藝文雜誌》第 1 卷第 5 期(1943 年 11 月),頁 15~22。
[57]黎建青,〈一年間的華北文壇〉,《華文每日》第 12 卷第 2 期,頁 15。
[58]其事參見洪炎秋,〈《楊肇嘉回憶錄》序〉,《忙人閒話》(臺北:三民書局,1968 年 8 月),頁 56。

姻，與自汕頭至北平，輾轉大半個中國接連遭遇之各式男子的輕薄寡信，
從恣意放浪以圖報復，到拋棄生活中之頹廢靡爛，復歸自立自強幾經轉折
的生命歷程；始終對「楊麗娟」抱持著尊重與同情態度的敘事者「我」，雖
一度淪為主人公「楊麗娟」盲目復仇的犧牲，然其所矚目的，卻是在「楊
麗娟」不幸遭際的背後，逐漸清晰地對現實與人性深刻的認識，以表達在
20 世紀 40 年代相對自由自主的婚戀環境中，現代女性欲獲得幸福婚姻必
須具備的心理準備和思想素質的個人思考。洪炎秋所指出之自重自持、擇
善固執不輕信的人格素養，與其散文名篇〈馭夫術〉之旨趣相互呼應，而
如學者楊紅英所論，是「看似鴛鴦蝴蝶派的多角戀愛小說」，但實質確是
「五四思想的一個延續深入的思考」。既是對「娜拉」出走以後可能性的發
掘，卻又不同於怒目指向社會批判的魯迅，而乃隱含誘發女性反躬自省的
意圖。[59]

　　曾為時常往訪八道灣苦雨齋就教於周作人的賓客之一，洪炎秋亦不諱
言斯種關係之建立，與昔時求學北大的經歷有關。[60]除因嘆服周氏小品文的
精美，歆羨錢稻孫「壽泉文庫」蒐藏日本文化相關書籍的宏富，洪炎秋於
北平淪陷時期與周、錢二老間之往還，主要還限執教偽北大時期交遊的衍
伸：

> 淪陷八年間，他們當了偽要人，除起拉我去教書以外，從不誘引我去做
> 偽官，更不叫我去替日本人做任何事情，使我這個深通國情，而又懂得
> 日本語文的最有資格當漢奸的材料，能夠出淤泥而不染，沒有受到絲毫
> 的困擾，這是應該對他們深致感激的。[61]

即就 1937 年蘆溝橋事變後，錢稻孫與柯政和應北平近代科學圖書館館長山

---

[59]楊紅英，〈多重困境下的文化選擇——洪炎秋大陸時期的文學文化活動研究〉，《臺灣研究集刊》第
105 期（2009 年 9 月），頁 96～97。
[60]洪炎秋，〈我所認識的周作人〉，《忙人閒話》，頁 91～92。
[61]洪炎秋，〈代序〉，《又來廢話》（臺中：中央書局，1966 年 9 月），頁 6。

室三郎之邀，而於館內所設「日語基礎講座」及「日語補充講座」擔任教席以後，如蘇民生、洪炎秋、張我軍、尤炳圻等具留日背景並於日本文化領域學有專精的人士，亦陸續加入講師陣營，使該館有如偽北大文學院教職人員編制的延伸，糾合了彼時「搜集近代日本於各方面所發達之科學的研究精華，介紹於中國，以供中日兩國好學之士來自由研究」[62]的學界菁英。

嘗自謂寫作動機「大都是由於捧場朋友的刊物而來」[63]的洪氏，在《北平近代科學圖書館館刊》第 4 卷至第 6 卷上，且有將近 21 篇翻譯作品頻密的發表。若平林治德之〈《源氏物語》——日本文學名著解說（其一）〉、〈《古事記》——日本文學名著解說（二）〉及〈日本文學紹介（其三）〉引介《風土記》[64]等諸篇，顯然乃敷應日語教學所需之講義。其後雖偶有見諸《中國留日同學會季刊》、《日本研究》等雜誌的洪氏譯文，或發表於《中國文藝》、《中國公論》等綜合性報刊之零星篇章，亦多乃與偽北大同仁或臺灣同鄉間之交遊具有密切聯繫之同人刊物。[65]足證是時以籍貫、職業、寫作領域、政治態度和藝術旨趣，所形成文化人群落之集結，與文學場域內部特定資本的爭奪及等級化分配，實不可謂毫無關聯。[66]

---

[62] 〈本館記事〉，《北平近代科學圖書館館刊》創刊號（1937 年 1 月），頁 97。

[63] 此外，洪炎秋於該刊尚譯有佐久間鼎〈默照體驗的科學的考察〉、鹽谷溫〈中國文學和日本文學的交涉〉、島崎藤村〈十九世紀研究〉、北原白秋〈麻雀和人類的愛〉、外山英策〈夢窗國師和黃梅院的庭〉、〈在外國的日本語研究〉、相馬御風〈足跡〉、戶塚武彥〈日本語的節讀〉、三枝博音〈三浦梅園的示唆〉、金原省吾〈南畫的位置〉、板垣鷹穗〈塔〉、河竹繁俊〈逍遙的藏書和演劇博物館〉、佐佐木信綱〈關於英譯《萬葉集》〉、北原白秋〈歌意〉、木內信藏〈北京的都市形態概報〉、長谷川如是閑〈東洋民族與日本文明〉、田邊尚雄〈日本音樂發達改觀及其本質〉、加藤繁〈中國與武士階級〉等。

[64] 洪炎秋，〈小引〉，《閑人閑話》（臺中：中央書局，1948 年），頁 3。

[65] 洪炎秋曾自述：「民國 28 年鄉友張深切兄在北平發刊《中國文藝》，徵稿最勤，日夜催迫，嚴於討債，因此他辦了 12 期的《中國文藝》，我倒為他寫了十篇文章。」（洪炎秋，〈小引〉，《閑人閑話》，頁 3）另，據 1943 年 9 月出版之《日本研究》第 1 卷第 1 期卷首所錄之「本刊特約撰述人」名單觀久：「尤炳圻、方紀生、王石之、王古魯、王誼、王輯五、王謨、余天休、祁森煥、何達、知堂、洪炎秋、胡瀛洲、夏以農、徐光達、梁盛志、姚鑒、張我軍、張君衡、張鳴琦、傅仲濤、曾一新、靳宗岳、楊堃、褚小石、樊伯山、錢稻孫、關棋桐、蘇民生、蕭逸鴻」。諸人幾乎皆任職偽北大，〈本社啟事〉亦說明是日本研究社乃為一同人性質社團。

[66] 如日本學者木山英雄先生即曾引《東亞新聞》記者中薗英助語，說明 1942 年自偽滿洲流入北平的青年作家對是時文壇權力分布的觀感：「這些人面對滯留北京的那些地道的中國文化人感到某

即觀周作人氏於〈藝文社與藝文雜誌社〉一文所作不無辯解意味的說明：

> ……藝文雜誌第一不是純文學雜誌、第二不是同人雜誌，這兩點都很重
> 要，也是互相關聯的。……雜誌的名稱不曰文藝而云藝文，也就含有這
> 個意思，蓋藝文現在通用作文學講，而文學又不免就要被解釋作純文
> 學，藝文二字則向來用法略有不同，如史書上藝文志即包含一切著作，
> 我們不必要想包括得那麼廣，至少也可以避開文藝的限制，表示其雜而
> 不純，創作固好，論著亦好，雜文隨筆亦好，關於藝術文史的文章，能
> 具有學術性與通俗性的，也是好的，都可以收錄，只求對於讀者有什麼
> 好處，編輯的人也就滿意了。[67]

則雖在「非同人雜誌的招牌」與「雜文學」的立場，昭示以「駁雜」見「兼容」之基礎上，《藝文雜誌》與「藝文雜誌社」的新方向；然自「藝文社」至「藝文雜誌社」的過渡，圍繞著周作人、錢稻孫二人，以尤炳圻、傅芸子、張我軍、陳介白、蘇民生等偽北大教員為核心所構成之固定班底，與偏重於「學術性與通俗性」的選稿趣味，是亦不能否認某種「類文學集團」的「門檻」無形的存在。

此輩文化人固無意於「主辦文學運動」，然綜觀其感興趣之話題，如日本古笑話的輯錄、民俗相關的隨筆雜文、文史哲及藝術領域學術與考據性的篇章等等，俱以矚目往昔文明之輝煌，與現實保持著清醒的距離，而以「沉默」標識其抵抗現狀、聊遣苦悶的姿態。惟在「新進作家」看來，「生存競爭」、民族危亡即乃逼人現實的當下，「京派名士」們從事美文之雕琢

種劣等感，弄得事事都不順利（〈旅行者文化人的責任〉，收《亞洲的思念》）。」參見木山英雄著；趙京華譯，《北京苦住庵記：日中戰爭時代的周作人》（北京：生活・讀書・新知三聯書店，2008年8月）頁181。
[67] 知堂，〈藝文社與藝文雜誌社〉，《藝文雜誌》第2卷第12期（1944年12月），頁63。

與吟風弄月、徒尚「清談」的逸致閑情，無異迴避現實的刻意及政治態度之軟弱。尤在「老作家」生活普遍相對寬裕的情況下，其「站在文壇以外」、「一不想做嘍囉，二不想做頭目」[68]，事不關己之「紳士風度」，乃為掙扎於北平文壇之暫安、戮力耕耘於貧瘠而忍耐窮窘的青年作家深所嫉視者。

即以自滿洲而至的青年作家為主之文園社，於 1943 年 3 月「因了武德報社要節省紙張的關係」而停刊。其且自譬為「野草」，於〈編後記〉發表「我們不是喊出許多口號的大作家或編者們，但這燒不盡的野草，也並不會對誰把腦袋低下」的宣言，固不無對文壇派系傾軋鬥爭境況憤憤的針砭，同時亦乃此輩作家於斯時所處文學場域位置的自覺。

楚天闊於〈一年來的北方文藝界〉中，對彼時華北淪陷區文壇派閥割據、門戶漸嚴的現象有較為持平的看法：

> 就小的範圍說，各雜誌差不多都有自己的「基本作家」，但這些作家卻並不就是「基本」的，常常隨著時代而更動，從前的作家到後來也許很少寫作，而另一些新人造成新的「基本」。就《中國文藝》說是這樣，二年前寫作的人，現在反而少見作品發表。這實質上並不是進步，實在倒是一種苦衷。[69]

點明此類文學場域內部權力位置的移動與升降，幕後實有更為龐大的權力機制在推磨運轉的事實；至於主事人員的更替，則乃權力意志不可違逆之具象體現。如原《中國文藝》編輯長張深切，因觸時執日軍報導部牛耳之參謀少佐山家亨的逆鱗，以致雜誌社被查封，改由山家派系之武德報社接收續辦[70]，即為絕佳的例證。

---

[68] 周作人，〈文壇之外〉，《周作人自編文集・立春以前》（石家莊：河北教育出版社，2001 年），頁 158～159。

[69] 楚天闊，〈一年來的北方文藝界〉，《中國公論》第 8 卷第 4 期（1942 年），頁 83～84。

[70] 在張深切任《中國文藝》期間，洪炎秋與張我軍等臺籍人士俱可謂該刊之「基本作家」，洪炎秋

　　由是觀之，在華北作家協會幹事長、「滿洲」係作家領袖柳龍光領銜下之「汰舊革新的文化運動」，面向「保守固陋的特權階級以及在其羽翼下幫閑的反動分子」之宣戰[71]，則無論是出於長期受到「老作家」集團壓制爆發而生之逆反心，抑或是以此為抗日地下工作者暗渡陳倉之計，就其響應參戰體制下文藝總動員的號召，成為「大東亞文學」熱誠的謳歌者以求居文場指導之位的過程，實質上與此輩所大肆抨擊之「老作家」者流並無二致。

　　至於其以「新」、「老」概念之辨證，尋繹「作品時代意識」之正誤，以為判分敵友之資。如文非云：

> 「新」是個好名詞，是希望，是火力，是光明，是創造。至於「老」，則係讒言咒語，是陳腐，是毀滅，是殘喘，是偷生。比如說：「新生之光」，「新時代的樂奏」，「老而不死」，「吾老矣，不能用也」，才是「新」與「老」的真正解釋。倘若只視「新」為幼稚，「老」為成熟，那就大錯了。[72]

　　則在「新興作家」旨在顛覆華北淪陷區文藝界由「老作家」獨占鰲頭之權力構型，並引之為改善其於文場中位置及特定資本分配之等級化原則的策略時，所涉及到特殊時空界域下，不同身分境遇的知識分子，由何觀點或視角為基礎，以定義一己於時代中之位置的認知，亦將映射在「前一次革命成功英雄」的「沉默」，與文壇「新人」爭逐「潮流」喧囂的姿態當中。[73]

固以幽默口吻於回憶中自謂「得避文債」，然實際在張鐵笙接辦後的《中國文藝》，即不再見洪氏的身影，可知何謂「隨著時代而更動」之「基本作家」游離的狀況。參見洪炎秋，〈小引〉，《閑人閑話》，頁3。
[71]柳龍光，〈國民文學〉，《中國文學》第1卷第4期（1944年4月20日），頁2～3。
[72]文非，〈「新」與「老」〉，《中國公論》第8卷第1期，1942年，頁98。
[73]山丁，〈編輯後記〉，《中國文學》第1卷第3期，1944年3月20日。

三、「亂世遺民」的隱逸之姿

　　文化古城北平陷落以後，身處日軍侵壓下，等指薪金養家糊口之普通職員、教師們，於物價飛漲中，多撙衣節食、坐困愁城。[74]在現實的窘迫及氣節的維持間，智識階級多陷入進退維谷出處之兩難。除部分知識人如原清華大學教授錢稻孫，或因戰前仕途不濟，加之對日本勝利的將來深信不疑，淪陷未久即自欣然入轂，受偽北大祕書長職外[75]；戰前即已名滿天下之周作人，其後固因「晚節未保」而甚受各界譏刺訕笑，最初亦是在無法承負家庭開銷重荷、經濟極其拮据的「苦住」等各種壓力下，始勉為其難答應了偽北大文學院院長的職務。[76]如戰時訪華之日本改造社社長山本實彥，談及因「占領而失去職位的官吏和教授們的求職活動」時所指出：「出身日本學校的，只要本人有心就容易找到工作，而並非日本學校出身者則深處於窮於衣食的狀況之下。前不久教育總長湯爾和曾明言要整頓大學，教授階級真是艱難困苦的狀態。」[77]即為一針見血的觀察。

　　因故留平的文化人間，固非人人願作留北的蘇武[78]，亦非個個皆有如北

---

[74]著名的藏書家，出版家張元濟先生 1944 年 1 月給友人的信中說：「今年北方五家增至十倍，人人皆告窮困。家用從前每月費六百金，今乃至五千餘金。而一切含用皆刻苦萬狀，往往當時而嘆。」參見鄧雲鄉，《文化古城舊事》（石家莊：河北教育出版社，2004 年 1 月），頁 447。

[75]洪炎秋，〈代序〉，《又來廢話》，頁 5。

[76]周作人在《知堂回想錄》中回憶出任偽職最初的情況時說：「民國 26 年（1937）七月以後，華北淪陷於日寇，在那地方的人民處於俘虜的地位，既然非在北京苦住不可，只好隱忍的勉強過活。頭兩年如上兩章所說的總算借了翻譯與教書混過去了。」（周作人，《周作人自編文集·知堂回想錄（下）》，頁 645）另，據洪炎秋回憶，周作人後出任偽教育總署督辦實另有苦衷：「……在偽文學院中，他侄兒豐二擔任庶務，一個竹馬老友擔任會計，兩人狼狽為奸，虧空了一大堆公款，教育總署無法報銷，周作人又沒有法子代賠，如再遷延下去，就要被拖入水，吃起刑事官司，所以不得不明知故犯，跳入火坑，出來擔任教育總署督辦，去替他們擦屁股。」（洪炎秋，〈代序〉，《又來廢話》，頁 6）而關於洪炎秋的說法，據木山英雄先生詢問周氏遺屬（周豐一）有如是回覆：「丰二的好朋友在文學院做庶務工作是事實，而他本人是銀行職員，不曾在北京大學工作。擔任會計的是周作人南京水師堂以來的老朋友羅子余，這個人物濫用公款的事聽說過。」（木山英雄著；趙京華譯，《北京苦住庵記：日中戰爭時代的周作人》，頁 137）此為周作人任偽職之謎聊備一說。

[77]木山英雄著；趙京華譯，《北京苦住庵記：日中戰爭時代的周作人》，頁 77。

[78]亢德，〈知堂在北平〉，《宇宙風》第 50 期， 1937 年。周作人稱：「有同事將南行，曾囑其向王教長蔣校長代為同人致一言，請勿視留北諸人為李陵，卻當作蘇武為宜。」

大留平教授馬裕藻等堅辭不就偽校教職的清風傲骨。[79]困於嚴峻的生計問題，且慮及國難當頭失節或全節之辨的知識分子們，多數寧採取「沉默以對」、迂迴消極的抵抗態度。比如俞平伯，至不濟時或典賣祖傳佳墨藏書，平日則受聘於與敵偽非關之私立大學，教書賺取微薄的課時費外，尚需鬻文以貼補家用。然即便生活景況如是清苦自檢，俞平伯之諍友朱自清對其為周作人操辦之《藝文雜誌》評審稿件，仍屢來信深為勸誡，苦口婆心，不豫其為敵作嫁，而「意仍以擱筆為佳」。[80]實頗能說明多數留平文化人既不願附逆投敵，又無法甘如伯夷叔齊之不食周粟，夾處於灰澀地帶所做之人間的抉擇。

臺籍文化人洪炎秋其時亦因母親年邁，未曾隨校撤離，奉命擔任原北平大學農學院留平財產保管委員；1939 年春，更在原國立北京大學、北平大學、清華大學與交通大學四校整併之後，續任「北大」農學院日語講師，並同時在偽北京師範大學兼任教職。

作為首開臺灣學生以一般生名義正式考入北大就讀之先例，洪炎秋除曾親受 1920 年代以來於北京、上海等地風起雲湧之學生運動風潮的影響，多次參與如「韓臺革命同志會」、「北京臺灣青年會」等，由留學北平的臺灣青年所發起之愛國黨團活動。[81]1924 年，更因難抑對孫中山先生及其倡導之三民主義思想的景仰，在舍友王盛治引介下，祕密參加過國民黨[82]；而深自以偶任「大中華民國　國父孫中山先生警衛」的經歷，為畢生難再之光榮。[83]然綜而觀之，於其時旅京之 32 名臺籍留學生間，洪炎秋固非如無政府主義者范本梁，熱衷於激進的政治革新運動之鼓吹[84]，亦非如同時考入北大的同窗宋斐如，終成為「站在革命立場，根據社會科學原理，以研究

[79]曹豆豆，《日偽時期的「北京大學」》，頁 16～17。
[80]孫玉蓉，〈出任偽職前後周作人為他人謀職軼事探究——為〈周作人年譜〉補遺〉，載《魯迅研究月刊》2004 年第 8 期，頁 49～51。
[81]洪炎秋，〈《楊肇嘉回憶錄》序〉，《忙人閑話》，頁 56～57。
[82]洪炎秋，〈代序〉，《又來廢話》，頁 7。
[83]洪炎秋，〈我當過　國父的警衛〉，《又來廢話》，頁 17。
[84]參見〈鐵牛傳〉，收張深切，《張深切全集・卷 1・里程碑》，頁 256～274。

東方各種問題，促進東方民族解放」，色彩鮮明之左派學人。[85]其於北平淪陷前後之行誼，直如其於〈《臺灣革命運動史略》序〉中所自言：

> 我是在故紙堆中生長的，線裝書籍，也背誦過一二十部，肚子裡面，詩云子曰，曾經塞進一些，況兼先父洪棄生先生，又是個有名頑固的抗日家，所以我的民族意識，卻還相當旺盛；不過談到實際的工作，除起在「臺灣議會設置請願書」上，蓋過兩回印章以外，慚愧得很，什麼也沒有參加過。[86]

而為一較富「京朝派」穩健作風的臺籍知識分子。[87]

即便如此，童蒙時秉承父訓，兼胸懷「文章經國」之志的洪炎秋，於北大求學時期，亦曾響應同學宋斐如為敬東京臺灣留學生同學會之效尤所創辦的《少年臺灣》，以「喚起國人對臺灣的關切」為目的，而與鄉友張我軍同為該刊執筆撰稿。[88]並熱心寫作，發表文章多篇於《語絲》、《現代評論》、《大公報》等刊物，與周作人、胡適諸名家也時有應答，從而小有文名。[89]惟俟淪陷以後，出於「只教一點鐘點，以資糊口，甚麼事情也不干預，省惹是非」[90]的考量，如寫在 1926 年之〈群眾領袖的問題〉，為強烈抨擊釀成「三一八慘案」的段祺瑞政府，而發「反正我生來就是亡國奴，亡國生活比你們慣得多，再嚐嚐雙料亡國奴的風味，也算是人生中一件痛快的事情！」[91]之獅子吼的文章，即不復見。取而代之的，則乃藉物諷喻、微托比興，以寓其幽憤的雜文。如在〈健忘禮贊〉一文，洪氏援引司馬昭滅

---

[85] 參見秦賢次，〈五四時期臺灣學生負笈行：柯政和‧宋斐如‧王慶勳‧洪炎秋〉，《文訊》第 283 期（2009 年 5 月），頁 78。

[86] 洪炎秋，〈《臺灣革命運動史略》序〉，《閑人閑話》，頁 14。

[87] 洪炎秋，〈《楊肇嘉回憶錄》序〉，《忙人閑話》（臺北：三民書局，1968 年 8 月），頁 55。

[88] 洪炎秋，〈《楊肇嘉回憶錄》序〉，頁 58。同參藍博洲編著，《民族純血的脈動：日據時期臺灣學生運動（1912－1945）》（臺北：海峽學術出版社，2006 年 8 月），頁 260～262。

[89] 洪炎秋，〈小引〉，《閑人閑話》，頁 1～2。

[90] 洪炎秋，〈小引〉，《閑人閑話》，頁 2～3。

[91] 洪櫑，〈群眾領袖的問題〉，《京報副刊》第 448 期（1926 年 3 月 24 日），頁 188～189。

蜀後，作故蜀技以宴後主及群臣之故實，譏諷陳後主貪戀已逝的榮華，徒然惹人忌刻，倒不若蜀後主「拋卻一切，放開胸懷，穩穩當地做他一輩子的安樂公」之安分認命，「較合於處亂世之道，可以明哲保身」[92]。即藉以喻指俯首他朝之亂世遺民，無奈但求「苟全性命」而「不求聞達」，隱逸姿態背後隱微的心曲。

洪炎秋曾悵然喟嘆：「處在這個革命的年頭，閑人原是廢物，閑話更要不得，標榜出來，豈不自顯沒落？然而環境迫我做閑人，時代要我說閑話，情形如此，可奈它何？」[93]若與其業師暨文壇名宿周作人氏，於北平陷落之初，高談「亂離之後，閉戶深思，當更有感興」[94]之「閉戶讀書論」同觀，則當見儒士中之狷者流，於「遺山異代」之際，相類之「有所不為」、隱逸以立身的處世方式。

尤如洪氏於〈懷才不遇的張我軍兄〉一文所述：

> 在敵偽占據時期，臺灣人有些本領的如肯接受利用，要做個相當的官，十分容易，因為在大陸待過的臺灣人，大概都通曉中日兩種語文，又懂得這兩國的人情風俗，比漢奸腿子、日本鬼子和高麗棒子，都好用得多。所以在外交方面出過駐滿的大使和駐日本的偽總領事，在內政方面出過偽省長、偽道尹和好些偽縣長、偽局長之類；軍事方面出過偽綏靖主任、偽師長、偽副官、偽軍校教官。至於祕書、科長，更是不計其數。[95]

洪氏本人亦曾於七七事變後，受「中國通」吉井芳純推介，為「北支軍」

---

[92]洪炎秋，〈健忘禮贊〉，《中國文藝》創刊號（1939 年 9 月）。

[93]洪炎秋，〈小引〉，《閑人閑話》，頁 4。

[94]周作人，〈讀《東山談苑》〉，《周作人自編文集‧書房一角》（石家莊：河北教育出版社，2001 年 2 月），頁 211。

[95]洪炎秋，〈懷才不遇的張我軍兄〉，《傳記文學》第 167 旗（1976 年 4 月），頁 16。

第二課課長河野大佐多方脅迫，要求協力處理占領區的文教事務。[96]此事日後固為洪氏婉言謝絕，然亦足見在日軍占領下，由傀儡政權把持之「和平區域」以內，無論選擇抵抗抑或與當局合作，對身兼「離鄉背井，另覓安身立命的天地」之「移民」與「受制於異國統治，失去文化政治資助的權力」之「殖民」雙重身分的臺籍文化人而言，俱決非易易。況如深具「逆天命，棄新朝，在非常情況下堅持故國之思」之「遺民」意識，如洪炎秋者，乃成為此一「時空錯置」的政體，最嘲弄的存在。[97]

——選自王申〈淪陷時期旅平臺籍文化人的文化活動與身分表述
——以張深切、張我軍、洪炎秋、鍾理和為考察中心〉
北京大學中國語言文學系博士論文，2010 年 12 月

---

[96]洪炎秋，〈我和《國語日報》〉，《教育老兵談教育》（臺北：三民書局，1968 年 6 月），頁 232。
[97]王德威，《後遺民寫作》（臺北：城邦文化公司，2007 年 11 月），頁 25。

廢人說廢話？
論洪炎秋《廢人廢話》中的文化位置與寫作策略

◎沈信宏*

一、前言

　　洪炎秋的《廢人廢話》於 1964 年出版，本書前身《閑人閒話》於 1948 年甫出版即遭官方關切而銷毀，書中篇章橫跨 1920 年代到 1950 年代，從北京到臺灣，從日本淪陷區到二二八，雖然時代風氣漸次開放，但經歷時代多番轉折，感受政治的高壓與封閉，洪炎秋的筆端一向無法自由舒展，因此他搖身一變，從原本想寫「經國文章」的社會賢達，成為聊閒話的閒人，再變為淨說廢話的聒絮廢人，最後連說廢話也怕「話說多了，無意之中，得罪了人」[1]，可見他在寫作上對於檢閱的顧忌。但洪炎秋在北京經歷過五四新文化的洗禮，有了書生報國的意氣，也有一雙知識分子之目，容不下一粒砂塵在眼中，心有沉重的文化使命不允許眼睜睜看著社會沉淪，因此他說：「看到一些閒事，竟又故態復萌，總是沉不住氣，老想開言幾句，才覺開心」[2]，因此這些廢話也只是他欲蓋彌彰的把戲，「『把戲人人能變，各有巧妙不同』，無論什麼東西，只要你能夠神而明之，都可以化腐朽為神奇」[3]，到底是腐朽的廢話還是神奇的諍言？因此洪炎秋在《廢人廢話》中的寫作策略是本文欲探究的議題之一。

　　洪炎秋自言得到高血壓與血管栓塞症，成為一個身體虛弱、精神不敢

---

*發表文章時為清華大學臺灣文學研究所碩士生，現為中正大學中國文學系博士生。
[1]洪炎秋，《廢人廢話》（臺中：中央書局，1964 年 10 月），頁 204。
[2]洪炎秋，《廢人廢話》，頁 35。
[3]洪炎秋，《廢人廢話》，頁 5。

操心的道地廢人，但他又說「只要你懂得『利用』，天下就沒有所謂的『廢物』」[4]，那麼他到底是個無用廢人，還是一個占據了較高文化位置、擁有報業、學界、作家發言空間等文化資源的高階文化人呢？洪炎秋在《廢人廢話》究竟體現了怎樣的文化位置也是本文欲探究的議題。而寫作策略的壓抑與文化位置的刻意展現，無非是為了使被官方箝制的言論重新找到出口，但除了這兩者之外，還有什麼其他因素使死滅的《閑人閒話》重新更名復活為《廢人廢話》，洪炎秋除了寫作之外，還利用他的文化位置進行了怎樣的政治與文化活動，才使兩書同樣的文章能夠跨越被官方查禁的關卡，順利出版？使他一方面閃躲官方查檢，一方面又能不阿附官方政治立場，找到自主性文化位置與發聲空間，堅守知識分子淑世的批判精神和針砭時事的責任。

　　至於本文的研究理論主要受到布迪厄（Pierre Bourdieu）的文化生產場域概念以及霍爾（Stuart Hall）的文化身分概念所啟發，並參考徐秀慧[5]與劉佳旻[6]運用布迪厄的理論對戰後初期文化生產場域的觀察。本文所論的「文化位置」，也就是文化場域裡因資本的累積與占有而獲得的地位，「『場域』是部分自主的力場，但也是地位競鬥的地方。地位是由場域中行動者特殊的資本來決定」[7]，資本則包括相當於知識的文化資本、社會關係網絡的社會資本，以及具體財貨形式的經濟資本，還有權勢名望的象徵資本，而洪炎秋所掌握的文化資本包括在北京大學的求學經驗與中國的生活經驗與國語能力，還有透過北大與半山人集團所累積的社會資本，以及透過文化與社會資本所帶來的，在戰後初期社會場域裡被視為社會賢達的象徵資本。而除了這些資本之外，劉佳旻因為戰後初期的經濟系統與市場規模都不足

---

[4]洪炎秋，《廢人廢話》，頁3。
[5]徐秀慧，〈戰後初期臺灣的文化場域與文學思潮的考察（1945～1949）〉（清華大學中國文學系博士論文，2004年）。
[6]劉佳旻，〈域界之間：戰後初期臺灣的文化生產場域──以1945年後半至1947年初的報／刊空間為例〉（交通大學社會與文化研究所碩士論文，2010年）。
[7]邱天助，《布爾迪厄文化再製理論》（臺北：桂冠圖書公司，1998年3月），頁125。

以完整詮釋當時的文化生產場域，而另外提出「政治資本」以解釋當時文化生產的主導力量是來自於官方政治權力的，也就是「具體地持有官銜、與持有官銜者在社會關係上的親近，以及對於官方意識形態的高度認同與支持」[8]，而洪炎秋對中國民族主義、中文文化典範的認同，以及在戰後文化重編的中國化風潮中獲得國語會副主委的官銜，在政治意義濃厚的國語運動中號召民族統一，無疑在官方的權力場域中占有一席之地，洪炎秋國語運動中的表現，正符合陳翠蓮所言的「協力者」：「原本應是溝通工具的國語，在政治現實中成了政治工具，統治者藉此隔離臺灣人民的參政機會，協力者則藉此保障自身的競爭優勢」[9]。因此掌握了政治資本與其他資本的洪炎秋，便在當時的文化場域中擁有較大的支配力，並得到較高的文化位置。至於文化身分的概念，可以假霍爾的理論觀察洪炎秋的民族認同與自我定位，也正是透過半山的文化身分他才順利取得政治資本，進而占有文化位置，獲得言說的自主空間。

　　洪炎秋的前行研究不多，以洪炎秋為研究主題的只有一本，即歷史系的唐淑芬在 1997 年的碩士論文〈洪炎秋的生平和事功研究〉，她試圖為洪炎秋保存史料與立傳，從生平與其國語運動的事功兩方面交叉研究，定位他在臺灣現代史的重要地位，以洪炎秋的生命歷程為脈絡，寫出了他一生紛繁的事蹟，卻反而看不見身為作家的洪炎秋帶著怎樣曲折與複雜的心境進行書寫。

　　單篇論文方面，葉龍彥的〈奉獻國語文教育的洪炎秋（1902～1980 年）〉[10]，為洪炎秋立傳，先寫按地理遷徙順序書寫生平，再對洪炎秋一生貢獻進行評價。余蕙靜的〈北京生活對洪炎秋一生的影響〉[11]則集中在研究

---

[8]邱天助，《布爾迪厄文化再製理論》，頁 4。

[9]陳翠蓮，〈去殖民與再殖民的對抗：以 1946 年「臺人奴化」論戰為焦點〉，《臺灣史研究》第 9 卷第 2 期（2002 年 12 月），頁 167。

[10]葉龍彥，〈奉獻國語文教育的洪炎秋（1902～1980 年）〉，《臺北文獻直字》第 136 期（2001 年 6 月），頁 161～182。

[11]余蕙靜，〈北京生活對洪炎秋一生的影響〉，《臺北文獻直字》第 150 期（2004 年 12 月），頁 231～261。

洪炎秋在北京 23 年的教育歷程、思想養成，以及人際網絡與活動，並給與在北京參與事蹟的評價。以上諸篇相關論文皆從傳記層面書寫洪炎秋，因為洪炎秋在國語文教育方面貢獻至深，因而以對待名人般細論其生平，進而總結其貢獻成為研究洪炎秋的主流書寫方向。至於 2009 年中國的楊紅英〈多重困境下的文化選擇──洪炎秋大陸時期的文學文化活動研究〉[12]，則從洪炎秋的生平切入，挖掘他文化認同的複雜與困境，認為洪炎秋受到父親與北京經驗影響甚大，最後「把自己融入現代民族國家的建立與振興中去」[13]，回臺後也因未在北京淪陷區淪為漢奸，成為一個「清白的半山人」[14]，才能在光復後的臺灣新社會實現知識分子的使命，此文注意到洪炎秋文化認同的複雜性，也形塑了回臺後洪炎秋的文化形象，對本文有所啟發。綜觀先行研究，洪炎秋的文本除了可以成為研究者描畫其生平的材料之外，較少由作家論述提升到文本討論的層次。因此本文欲跳脫生平介紹的脈絡，從文本切入，觀察洪炎秋在《廢人廢話》中的文化位置展現與寫作策略。

二、洪炎秋《廢人廢話》中的文化位置

（一）臺灣，中國到半山──洪炎秋的文化身分

綜觀洪炎秋的資歷，便可觀察出洪炎秋屬於菁英階層。從北京大學畢業之後任河北省教育廳科員，再於各校任教，包括北平大學附屬高中、北平大學農學院，及中國、民國、華北、郁文等私立大學，講授教育學、日文及國文，後自行創辦人人書店，北京淪陷後奉命留守，任北平大學農學院留平財產保管委員，任教偽北大及偽師大。回臺後以操持流利國語與北

---

[12]楊紅英，〈多重困境下的文化選擇──洪炎秋大陸時期的文學文化活動研究〉，《臺灣研究集刊》第 3 期（2009 年），頁 91～98。

[13]楊紅英，〈多重困境下的文化選擇──洪炎秋大陸時期的文學文化活動研究〉，《臺灣研究集刊》第 3 期，頁 91～98。

[14]楊紅英，〈多重困境下的文化選擇──洪炎秋大陸時期的文學文化活動研究〉，《臺灣研究集刊》第 3 期，頁 91～98。

京大學的學歷的半山身分順利地介入官場，經介紹至臺灣師範學院任教，後調任臺中師範學校校長，二二八事變受牽連，被撤職，不久洗刷冤屈，再入官場，任「國語推行委員會」副主委。還擔任臺灣大學中文系教授及國語日報社社長，晚年參選立法委員並當選。[15]

洪炎秋具有大學教授的學者身分，又是推動國語運動的文化人，最後成為立法委員全力推行教育與文化政策，成為書生從政的典範。洪炎秋在文化場域的影響力較大，透過政治資本與文化資本的累積，占據了較高的文化位置，也因此有實踐自我文化理想的空間。因此本文欲從《廢人廢話》之文本進行觀察，洪炎秋在本書篇章中體現了怎樣的文化位置。

在觀察洪炎秋的文化位置之前，必須先釐清洪炎秋的文化身分，從洪炎秋的民族認同與自我定位去觀察他透過文化身分獲得怎樣的文化位置。根據 Stuart Hall 的〈文化身分與族裔散居〉[16]，「文化身分」除了是共有文化的集體樣貌之外，也是斷裂和非連續性的，一方面接受了歷史源頭的灌注，一方面又不斷衍生改變，因此「過去的敘事以不同的方式規定了我們的位置，我們也以不同的方式在過去的敘事中給自身規定了位置」，因此戰前的洪炎秋從自命為清朝遺民的父親洪棄生的抗日行為與嚴格的私塾漢學教育中，繼承了強烈的中國民族認同，雖然自己私下學習日文，也短暫至日本留學一年多，卻是將日文視為接觸新學，拓展自己現代化視野的工具，因此後來他未在日本繼續升學，轉往北京大學就讀，23 年的北京經驗，以及北大畢業後回復中國籍的行動，展現他強烈的祖國認同意識。

戰後的 1946 年他帶著經五四新文化洗禮的知識分子使命，欲返臺建設光復後臺灣的社會文化，也因為自己半山的背景，挾帶了國語優勢與深諳中國國情的條件，較順利地進入官場，在當時強烈的中國意識與中國化風潮中，洪炎秋站上了國語推行委員會的副主委的位置，在戰後初期，推行

[15] 參考陳萬益編，〈洪炎秋先生生平著述簡表〉，《閑話與常談──洪炎秋文選》（彰化：彰化縣立文化中心，1996 年 7 月），頁 330～335。
[16] 羅鋼、劉象愚主編，《文化研究讀本》（北京：中國社會科學出版社，2000 年 1 月），頁 208～223。

國語有其政治上的目的，是為了建立臺灣人的中國認同，以追求民族國家上的完全統一，洪炎秋會被推上副主委的位置，也正是國民黨看中他身為臺灣人卻能操持流利國語，可以被看成是一個蛻變成功的「中國人」，而洪炎秋即使認知到國民黨這般懷柔的手段，卻也安然在位，盡力推行國語，可見洪炎秋在戰後初期確實具有強烈的中國意識。因此在這些生命歷程的累積下，洪炎秋確立了自己以中國為主體的文化身分，而臺灣人的身分便在這些中國的敘事裡被迫成為「他者」，雖然洪炎秋是臺灣人，但「文化身分就是認同的時刻，是認同與縫合的不穩定點，而這種認同與縫合是在歷史和文化的話語之內進行的。不是本質而是定位」，所以洪炎秋的自我定位的文化身分脫離臺灣，鎖定在中國。

再透過 Hall 的三種在場關係來進一步分析洪炎秋的文化身分，會更清楚觀察到他的認同衍異歷程。第一種在場是「非洲的在場」，Hall 認為「非洲的在場是被壓抑的場所。非洲顯然由於奴隸制經歷的權力而久已失去了聲音，事實上，它無所不在」，把 Hall 的非洲與臺灣替換，以「臺灣在場」來解釋洪炎秋的臺灣人身分，在日據時期的臺灣意識和光復後的臺灣意識都是同樣被壓抑的，是一種「未被言說的，不可言說的『在場』」，因此洪炎秋欲脫離臺灣人的身分，而日據時期的臺灣人也就是日本人，所以他對臺灣的壓抑也是對日本國籍的逃避，如他談到畢業後找工作的歷程：「我絕不願意回臺灣來當亡國奴，仰敵人的鼻息；即便回臺灣，也沒有我好做的事情」[17]，所以他為了經濟因素與對祖國的情感，回歸中國籍。透過種種行動實踐之後，洪炎秋心中的臺灣人身分已經改造，「我們能否以終極或直接的意義回歸這個身分，是更值得懷疑的。原來的『非洲』已經不在那裡了。它也得到了改造」。

至於第二種在場是「歐洲在場」，這是被「無休止地言說」的一個在場，是經權力介入而有「排除、強行、侵占的」特色，這樣的身分是被強

---

[17]洪炎秋，《廢人廢話》，頁 175。

加的，Hall 引用了 Frantz Fanon 的看法「他者的運動、態度和目光固定在我身上，這就是說，在這種目光中一種化學溶劑被一種染料所固定」，因此洪炎秋的「歐洲在場」就是「中國在場」，在北京生活時對臺灣的逃避，如「我的故鄉是在四周環海的某一塊土地上——恕我不忍舉出她的芳名來吧，因為他在這個年頭，是處在一種左右作人難，各方不討好，無處不被歧視，無時不受猜忌的那麼觸霉頭，那麼可憐見的地位，何可再明說她來受糟蹋呢？」[18]，這樣扭曲的認同一方面是對被殖民的臺灣的厭棄，另一方面是因為怕被其他中國人歧視，因此中國人身分成為他極力蛻變演化的對象，只是洪炎秋身分的分裂和重疊似乎較沒有面臨抵抗的過程，因洪炎秋的父親所傳承的強烈民族意識本就更傾向中國，所以面對中國在場的強行入侵就較順遂地匯合為自我身分，但臺灣仍然無可逃躲，在中國他仍被視為臺灣（日本）人，回到臺灣他面臨更尷尬的情境，他既不是中國人，又不是臺灣人了。這就需要第三種在場的介入了。

　　第三種在場即「新世界的在場」，這樣的身分不再衝突，想像穩定，「移民社群的身分是通過改造和差異不斷生產和再生產以更新自身的身分」，新世界可被視為「光復的臺灣」，「為我們構成了地點，一個置換的敘事，才導致如此深刻和豐富的想像，再造了回歸『丟失的源頭』」，因此洪炎秋在這個新世界再造自我身分，將臺灣和中國身分融合，成為了既有中國又有臺灣身分的半山，這樣的身分帶來的穩定是來自於外在的政治社會環境，官方因其中國文化資本而賦予官場職位，社會也對國語流利、白話文嫻熟的洪炎秋有「社會賢達」的定位，實際觀察洪炎秋回臺後的行動多貼合中國人統治階級的官方路線，而國民黨之所以重用洪炎秋為國語運動的主導人物，而不採用正統中國人，或許正因為他的臺灣人身分與中國教養，而使他在國語運動中成為更具有說服力的表率，可見透過這樣的文化身分，洪炎秋順利地在光復後的臺灣得到豐厚的政治資本與文化位置，因

---

[18] 洪炎秋，《廢人廢話》，頁 230。

此他不需再逃避，不需再被侵占，將自我容納在半山身分之中，以獲得生活安定、受人景仰尊重的地位。但透過洪炎秋的作品觀察，在洪炎秋的內心層面，半山介於臺灣與中國之間的尷尬位置，比上不足，比下有餘，面對在臺灣自居指導地位的中國人洪炎秋有難以企及的無措感，但面對臺灣人卻又有高高在上，擁中國文化自重的高傲感，這樣的身分儘管帶給他外在的穩定，他也對這樣的身分有所認同，但一當面對外來的質疑激化時，他也會在臺灣人和中國人之間擺盪遊移，可見洪炎秋的文化身分仍然有不穩固的空間。

所以在下一個部分就從《廢人廢話》印證洪炎秋的變異的文化身分，與他從半山身分獲取了怎樣的文化位置。

（二）不只是廢人──洪炎秋在《廢人廢話》中所展現的文化身分與文化位置

洪炎秋身為臺灣鹿港人，卻總自視為中國人，這樣的民族認同來自於其父洪棄生的誓不事倭的遺民情操，以及他去中國讀書工作的二十餘年所種下的北京與中國情結，他的「祖國意識」極為濃厚，日據時期逃離臺灣，奔向祖國接受五四新文化的洗禮，北京淪陷時堅守民族氣節[19]，在中國情勢不明時於 1946 年 5 月率臺灣軍屬返臺定居，並未留在他深深喜愛的中國，因他仍想將自己在中國累積的文化涵養貢獻給家鄉臺灣。徐秀慧指出二二八之前「種種省籍文化人致力於『祖國文化』接軌的努力，實為整個文化界共同的時代氛圍」[20]，因此不論是像洪炎秋這類從大陸回臺的半山或是其他臺灣人都將自己視為「中國人」，認為臺灣終於回歸祖國，脫離日本殖民的文化暗影，接承光明的祖國文化。從〈全省行腳叩頭戰敗記〉中洪炎秋回臺灣後他的朋友鼓勵他參與參政員選舉的言論中，便可看出時人對

---

[19] 於〈國內名士印象記〉中，洪炎秋原本與周作人交情頗深，但後來周作人接受日本人的勸進擔任華北教育總署督辦職務，洪炎秋便說：「周先生當了偽官之後，……我就把八道灣視為畏途，不敢再去問津了」，可見洪炎秋自愛甚深，堅守民族氣節。

[20] 徐秀慧，〈戰後初期臺灣的文化場域與文學思潮的考察（1945～1949）〉（清華大學中國文學系博士論文，2004 年）。

洪炎秋中國人色彩與文化位置的觀察，「我讀過四十年的漢文，『家學淵源』，分量笨重的那一桿中國毛筆，還拿得起來；又在北平居住 23 年，精通國內事情，且過得是『國語家庭』的生活，文才口才，都來得及；況兼是國立北京大學的老畢業生，『同學少年多不賤』，師友之中，很有高據要津的人」[21]，國學、國語、因就讀北京大學而交織而出的人際關係，使身為臺灣本省籍的洪炎秋帶著深厚的中國民族色彩更加貼近政治核心。

　　然而洪炎秋雖然是一個道地的半山人，有著正統的中國人氣質，但臺灣的省籍身分依然烙印在他身上，無從擺脫，在書中顯露臺灣人的身分的部分，如民國 36 年寫就的〈氣小性急〉中認同臺灣人「氣小性急，喜歡計較」的個性比起「豁達大方」的中國人更能成為「救國良方」，此文表面上是討論中國人與臺灣人個性差別，洪炎秋其實要說的是臺灣人遭受的壓迫與中國人的冷漠，他認為臺灣人奉公守法，所以看到不法之事立刻臉紅脖子粗，臺灣經歷長期殖民壓迫，不法之事日日發生，氣小性急之個性又豈是臺灣人所願，是「情勢逼迫出來的」[22]，但中國人卻對失去疆域領土毫不在乎，「溜走些少失地，在豁達大方的咱們中國人看來，無傷大體，何足計較」[23]，洪炎秋於此究竟是誇耀中國人量大，還是表達了對中國對臺灣冷漠的控訴呢？透過這樣的陳述，洪炎秋雖自言「咱們中國人」，認同卻更偏向遭受日本不公壓迫與中國冷漠對待的臺灣了。

　　其他〈就河豚而言〉和〈閒話鮑魚〉兩篇，談論魚類菜餚的兩篇文章其實含有強烈的抗日意識，可能因為飲食的主題鮮明，故抗日意識便肆無忌憚的隱藏在文章底層，挖苦與鄙棄日人的文段句句辛辣，如〈就河豚而言〉中巧妙將日本入侵的政治意義扭轉為經濟意義，故意採取較有利於己方的論調來評析事理是洪炎秋慣用的寫作技巧，也是他諷刺而不見痕跡的高明招數，洪炎秋說：

---

[21]洪炎秋，《廢人廢話》，頁 195。
[22]洪炎秋，《廢人廢話》，頁 190。
[23]洪炎秋，《廢人廢話》，頁 190。

近日市中日本飯館到處林立，而調理河豚的方法，也由是輸入，實是「經濟提攜」聲中很好的現象，蓋利用外來技術，開發我國資源，深合孫中山先生《建國方略》裡的精義，今以我國等於廢物的河豚，得了日本的調烹技術而變成值錢的東西，日本飯館既可因而發財，而我國漁人也能依以得利，是相益而不相損，豈非經濟提攜中最好的一個榜樣。[24]

　　日本入侵對洪炎秋來說是具有提攜中國經濟之功用的，吻合孫中山先生的建國政策，因為日本將本無經濟功用的河豚變成值錢的食材，日人餐館獲利也代表中國漁人的獲利，結果是雙方得利，何樂而不為。彷彿日本占領中國的恥辱毫不存在，洪炎秋這番推論真是忽略了太多事實，若不知歷史真實的人還以為日本為中國帶來無窮益處，日本入侵只是貿易來往，毫無侵占併吞的野心，以為兩國真是皆大歡喜呢。表面上是篇精湛的飲食文學，考證、烹調方法及口味皆詳實敘述，但其實真正要傳達寄託的是洪炎秋的對臺灣的認同意識與對日本的強烈不滿。這樣的回歸符合 Edward Said 指出「精神通過把附近和遙遠地區之間的差異加以戲劇化而強化對自身的感覺」[25]，這樣對臺灣的認同是一種「想像的共同體」，是「想像的必要組成成分，我們卻不能在直接的意義上回歸它的家園」[26]，只是想像，卻不是直接的回歸，這樣的情感是經過遠離與歷史情境而渲染出來的，儘管出身臺灣，但中國才是他國族意識的回歸地。

　　在民國 53 年時談到故鄉鹿港的〈懷鹿港的茶點〉，洪炎秋那時已離開北京淪陷區回到臺灣很長一段時間，在淪陷區激發的對日本的抵抗意識與對臺灣的關懷已漸漸淡化，這時從洪炎秋觀看故鄉的角度可以觀察到他對故鄉已失去熱情，認為舊鹿港文化消逝，只有悼念哀輓之情，「所有一切的景象，都是叫人不堪回首的，連它所出的茶點，也變得江河日下，粗糙不

[24]洪炎秋，《廢人廢話》，頁204。
[25]羅鋼、劉象愚主編，《文化研究讀本》，頁218。
[26]羅鋼、劉象愚主編，《文化研究讀本》，頁218。

堪，不能再登大雅之堂了」[27]，洪炎秋寫作此文時雖身在臺灣，卻以北京為對照比較之背景，因此他說鹿港的麻粩和米粩，「是北方各省所沒有的食品」[28]，似乎經歷了留學北京與回臺經歷了許多波折之後，他體認到北京才是他新的故鄉，對北京才有滿腔熱烈的懷鄉之情。從這裡判斷洪炎秋對自身臺灣人身分的認同便極為明晰，相較於在北京淪陷區時因日本壓迫而激發的對臺灣的強烈認同，在國民黨高壓政權的霸權與官方意識形態鋪天蓋地的箝制，以及將臺灣人視為被日本奴化的較低階層的觀念之下，臺灣人在洪炎秋的眼裡只是一個「過去」、「懷舊」的身分，他已經經歷純正祖國文化的洗禮，成為一個有如準中國人的半山人了。

因此自視為中國人，站在比臺灣人更高高在上的位置睥睨傲視的篇章便如〈傅斯年先生和臺灣人〉，肯定傅斯年擔任臺大校長時攏絡本省人之福利措施。表面看似站在臺灣人角度為臺灣人謀福利，但其實將臺灣人視為膚淺小人、學乖而懂得講究利益的愚民、反攻大陸之工具。因此他引用了：「君子喻於義，小人喻於利」、「無餌之鈎，不可以釣魚」、「同情相成，同利相死」，再說出「我們要反攻大陸，收復失土，一定要先使臺灣民眾懂得那是對於他們有莫大利益的事情，獲得他們的『同情』，使他們感到有『同利』，然後可以教他們來『相成』，讓他們來『相死』」[29]，如此言論完全是官方的立場，「對於國策的推行，關係很大」[30]，令人注意到他言論立場選擇的政治正確，竟可為了光復中國而以同胞臺灣人為芻狗，他之所以與眾不同是因為他是國語運動的中樞，他與國民黨與國家政策是密切相關，「我在光復後回臺灣來，就挺身參加國語推行的工作，以為國語的普及，可以容易恢復祖國的文化，消除地域的隔閡，振起愛國的精神」[31]，在〈讀書雜談〉中更看出洪炎秋因自身學識與中國文化涵養而自外於臺灣人

[27]洪炎秋，《廢人廢話》，頁41。
[28]洪炎秋，《廢人廢話》，頁40。
[29]洪炎秋，《廢人廢話》，頁33。
[30]洪炎秋，《廢人廢話》，頁32。
[31]洪炎秋，《廢人廢話》，頁34。

的睥睨視野，篇首敘述非洲土人不知白紙黑字的書頁為何物，便囫圇吃食紙張，而當時臺灣文盲多，無疑將吃書頁土人暗指臺灣人，而自己卻獨能理解讀書的快樂，也暗示自己的層次極高。認為臺灣目前環境不適讀書，等於將高雅之人放在文化荒野中，如此高傲，將自己放在與臺灣人對立的高階文化位置，以純正的中國意識向統治階層緊密靠攏。

　　但是在《廢人廢話》中卻可看到洪炎秋內心對自身文化身分的掙扎，他透過半山身分他得到了許多益處，他也安然處之，他大多時候是自命為高尚的中國人，但有時卻尷尬而不自然地顯現出臺灣人的身分，因為洪炎秋跟中國緊密交纏的生平經歷，使他可以操持流利國語以及具有深厚國學修養，他的確跟當時的臺灣人有極大的差異，因此他可以極成功的偽裝為在中國本土生長的中國人，甚至睥睨無文化素養與只會說方言與被奴化象徵的日語的臺灣人，但在面臨真正「中國人」的指責時，也就是洪炎秋的臺灣人身分無可躲閃之時，他就顯得尷尬不自然，欲抗辯也欲振乏力。在〈關於「烏合之眾」〉裡，被「指導階級」的石瑩指責用錯誤詞彙「烏合之眾」形容演出《雷雨》的演劇人士，大有臺灣文化界有聲望者洪炎秋也如此不會使用成語的輕蔑之意，洪炎秋的回應首先聲明他的祖國意識，自清「是出於祖國愛而說」[32]，絕無貶低祖國劇團之意，這番言論使洪炎秋心中臺灣與中國的位階高下立判，為何臺灣文化人不能批判臨時草率而組成的祖國劇團為烏合之眾呢？洪炎秋最後對石瑩說：「如果自命為指導階級的人，自己先存了成見，以為臺灣沒有文化，臺灣人不懂得國語國文，對於他們所說的話，不肯細心體會」[33]，這番話無疑是弔詭而自相矛盾的，究竟是為自己申辯，還是為臺灣文化人申辯？洪炎秋在《廢人廢話》的其他篇章就正如他自己這段話所言，自命為國語運動的「指導階級」，認為臺灣人不懂國語無文化，然而面對真正中國人的指責，他又回到臺灣人的陣列之中，成為臺灣人有文化懂國語的代表，洪炎秋此處的回歸只是顯露了他的

---

[32] 洪炎秋，《廢人廢話》，頁 194。
[33] 洪炎秋，《廢人廢話》，頁 194。

無處可去，他被這番來自中國人的指責，從一直深藏掩飾、安然居之的文化身分中被逼出原形，因此左支右絀，尷尬萬分。

在《廢人廢話》中也有多篇寫人文章，如〈悼蔣夢麟先生〉、〈傅斯年先生和臺灣人〉、〈悼林獻堂夫人〉、〈詩人洪棄生先生的剪影〉、〈悼許季茀先生〉、〈國內名士印象記〉[34]，據 Erving Goffman「『伴隨』（with）這種關係具有信息提供的特徵，……某人伴隨的那些人的社會身分會用作他自己社會身分的信息來源」[35]，因此從洪炎秋這些文章除了可以交織出洪炎秋在北京與臺灣的人際關係網絡，定位洪炎秋在時代中的社會資本[36]與文化位置，也可以從洪炎秋對人物的評斷看出他對社會風氣的期許，也可以反襯刻畫出個人的風骨與操守。

寫到父親的〈詩人洪棄生先生的剪影〉，父親的詩文造詣、尊王攘夷的中華思想、民族意識，以及小品文的深切有味都在洪炎秋身上重現，父親的影響很大。在〈悼蔣夢麟先生〉看出在北京時他的半山身分對某些人而言是中立的，是有利於覓職的，是脫離中國與日本的中立身分，「決議請北大校長推薦一個適當的中立人選，……知道我懂閩南話，人又隨和，所以想到我的頭上來了」[37]。〈國內名士印象記〉裡洪炎秋上遍了北大的國學名師的課，胡適、馮友蘭、徐炳昶、葉公超、陳豹隱、周作人、沈尹默、魯迅、錢玄同、劉半農、朱希祖、梁漱溟等人，因此他認為自己學識累積豐厚，眼界大開：「買的書總也夠裝五輛洋車，眼孔照例已放得相當地大」[38]，而這些名士除了學問的傳授之外，也影響他的品行作為，「沈先生的作風，至今還支配著我的行為」[39]，因此寫名士風骨其實也是反映自身操守，如沈

---

[34]包括胡適、蔡子民、周作人、沈尹默。

[35]Erring Goffman 著；宋立宏譯，《污名：受損身分管理札記》（北京：商務印書館，2009 年），頁66。

[36]邱天助的《布爾迪厄文化再製理論》對「社會資本」的定義是：「借助於所占據的持續的社會關係網路而把握的資源或財富」，頁131。

[37]洪炎秋，《廢人廢話》，頁24。

[38]洪炎秋，《廢人廢話》，頁163。

[39]洪炎秋，《廢人廢話》，頁181。

尹默的清廉自守、用人唯才、胡適處理公務的圓融彈性，而反例則如周作人的漢奸變節，相對於自己的堅定忠貞；胡適對舊文學「失掉文化價值」的評價與自己對舊文學的熱忱等，因此從〈國內名士印象記〉中看出洪炎秋涵泳於北京大學的深厚文化內涵，自己也儼然從被日本殖民毫無尊嚴的臺灣人，搖身一變，成為了「中國名士」的其中一員。

〈悼林獻堂夫人〉中他自認為是「老北平」，遇到二二八之後校長身分被撤職，又遭趕出宿舍，倍感人情冷暖。〈悼許季茀先生〉尤其重要，許壽裳在戰後初期的臺灣文化界地位崇高，在中國時審定了國語字音，來臺後先任臺灣編譯館館長，又任臺大中文系主任，還是左翼文化人代表，洪炎秋任職臺中師範學校校長便是許壽裳安排的，後來遇到二二八，也是許壽裳替洪炎秋洗刷冤屈，足見洪炎秋與他的緊密關係，而洪炎秋後來從事國語運動與臺大教職，許壽裳或許是影響的來源之一，也因此洪炎秋初返臺便透過許壽裳直接介入臺灣文化界的高層位置。〈傅斯年先生和臺灣人〉對臺大校長政策的熟悉看出洪炎秋在大學教育界的地位。而提到《國語日報》的創辦又說：「這張報紙，頗受社會的重視，國民黨中的賢達，像陳副總統、羅家倫、馬星野諸先生，都曾經大力加以援助」[40]，可見洪炎秋與國民黨的親密來往，呼應國策的行動路線。

另外一些有關國語運動[41]、教育議題[42]或社會文化[43]相關的篇章，正是因為洪炎秋以半山的文化身分在教育與國語運動上占有不可或缺的重要地位，也使洪炎秋在當時占有重要的文化位置，根據徐秀慧對於文化資本的詮釋，亦可以用來詮釋洪炎秋在當時的發言地位：「至於『文化資本』有兩

---

[40] 洪炎秋，《廢人廢話》，頁34。
[41] 國語運動如〈《國語日報》十五年〉、〈十年來的臺灣國語運動〉、〈光復節和《國語日報》〉、〈談標點符號〉、〈再談標點符號〉、〈光復節和《國語日報》〉。
[42] 教育方面如〈也談惡性補習〉、〈舉辦中學學力檢定試驗〉、〈談談入學考試〉、〈日本的大學通信教育〉等。
[43] 書中談到社會文化的如〈一葉知秋〉談以怨報怨的道德觀、〈願人人都作肥料〉談社會對老人的不尊敬，及老人應有的自覺、〈戴高帽子〉認為馬屁文化應遏止、〈從越南人的漢詩說起〉談到亞洲文化的共通性、〈中副選集讀後感〉則是對副刊的期許與副刊選輯標準的建議。

層含義，除了文化人在文化場域中的『位置』所占據的文化資源，例如官方政策執行者、報刊主編與出版商所擁有的文化生產的主導權；還包括文化人各自因『習性』與『美學品味』的不同，選擇性地繼承不同的『文學遺產』在文化場域裡『再現』或『轉換』，並得到讀者的支持與公認的地位」[44]，所以洪炎秋擁有《國語日報》的文化資源，又有來自父親與北京大學中國的文學品味，貼合當時的中國化論述，擁有這樣的文化資本，他的發言地位自然較崇高，也得到讀者的支持。

更何況國語運動本來就和反攻大陸的國策息息相關，也有協助臺灣人從皇民文化的「遺毒」解脫，歸順於中國民族的使命，「統一國家，必須統一國語」[45]、「如果沒有統一的國語，那麼，所謂民族的團結，民族精神的發揚，都是不容易做得好的」[46]、「我以為一個地道的中國人，起碼要能夠用中國人的看法來觀察事物，能夠用中國人的想法來運用思想，換句話說，就是能夠本著中國精神去應付一切。光復如果沒有能夠做到這個地步，就不能算作徹底完成」[47]，擁有如此「地道」中國意識的洪炎秋勢必能得到政府的認同，獲致堅實的政治資本，便能在較高的文化位置上對社會風氣與教育制度持續建言，找到權力支配下的自主性，隱然有欲扭轉引領臺灣教育與文化趨向的企圖，將自身影響力從國語運動跨界，整個社會與教育都收納到他廣闊的眼界之下，成為不折不扣的社會賢達與文化中樞，獲得官方與民間的普遍認同。如此一來，最後洪炎秋會參政，直接闖入政策決議核心也是在客觀情勢與主觀的意念的條件下所造就的。

三、不以廢人而廢言：《廢人廢話》寫作策略與文化位置的鞏固

洪炎秋在《廢人廢話》中評議許多時事，卻透過寫作手法與敘述的策

[44]徐秀慧，〈戰後初期臺灣的文化場域與文學思潮的考察（1945～1949）〉（清華大學中國文學系博士論文，2004年）。
[45]洪炎秋，《廢人廢話》，頁43。
[46]洪炎秋，《廢人廢話》，頁93。
[47]洪炎秋，《廢人廢話》，頁111。

略展現了「廢人」般虛假閃躲的姿態,將激烈的內容偽裝成無害的「廢話」,原因一方面是時代的壓迫,避免再面對書籍被查禁的窘況;另一方面是為了繼續在封閉社會中發出幽微的正義之聲,這種「眾人皆醉我獨醒」的姿態以及刻意偽裝的寫作策略無形中鞏固了自己的文化位置,政府高層將其視為維持社會文化的中流砥柱,人民則將其視為大膽諫諍的庶民喉舌。他聰明地利用他的文化與政治資本,轉換成輿論力量。

　　洪炎秋曾說:「處在這個革命的年頭,閑人原是廢物,閑話更要不得,標榜出來了豈不自顯沒落?然而環境讓我做閑人,時代要我說閑話,情形如此,可奈他何?只望一兩年後,整部憲法,條條實施,濁水溪澄清,天下太平,雞犬也可以升天,到那時候,我也許可以攀龍附鳳,追隨社會賢達袞袞諸公的驥尾,搖旗吶喊,作一些兒童時代所憧憬的『經國文章』,以謳歌盛世;此刻現在,尚盼普天下看官們,恕我則個」[48]。這段話明顯看出洪炎秋對時代的看法,以及自己寫作的閃躲姿態。當時是「革命年頭」,洪炎秋於民國 35 年從居住了二十多年的北京回臺,跟隨中華民國政府的路線撤離大陸,回到臺灣,洪炎秋對政治局勢必有更深層的領會,現在他的筆端並不能脫離現實而「謳歌盛世」,可見洪炎秋並不認同中華民國政府粉飾太平的美化敘事,他更清楚看見了臺灣的混亂。因此雖然紛亂時局寫閒話般的文章是「要不得」,且只會「自顯沒落」,但除了閒話又能說些什麼呢?在言論被全面以政治力箝制的時刻,要如何毫無顧忌地議論時政,檢討現實呢?所以洪炎秋無奈地接受了不能直言心曲的寫作路線,滿腔不合時宜的針砭見識卻只能故作悠閒,硬是將具批判力的雜文筆鋒折鈍成含蓄而無害的隨筆閒談。

　　寫作不能脫離時代與社會,作家的寫作無可避免地被安置在時代社會風氣的框架之內,洪炎秋於《廢人廢話》所處的年代正在國共內戰節節敗退的緊迫時刻,來到臺灣勘亂建國,又面臨二二八[49]與戒嚴時期,在如此緊

---

[48]洪炎秋,《廢人廢話》,頁 144。
[49]二二八發生時,洪炎秋任臺中師範學院校長,事件中洪炎秋嚴格管束學生勿參與活動,但事件過

縋的時代氛圍中，洪炎秋的文字勢必亦背負了時代的重量，無法自由揮灑。在〈自序〉中洪炎秋便提到此書的前身《閑人閑話》在 1948 年出版時遭到有關單位關切，「得到一個電話，說是該書內容，有點兒欠妥，最好自動停售」[50]，當時書中所輯十幾篇雜文可能包括洪炎秋在《中國文藝》裡的抗日意識濃厚的十篇文章，及《廢人廢話》中民國 40 年以前刊載在報刊雜誌上的文章，如〈戴高帽子〉、〈天子無戲言〉、〈抖蠱魚──祝賀參議會開會〉、〈談談入學考試〉、〈談貪汙〉等直接議論時政的篇章[51]，儘管洪炎秋已經以「閑話」修飾了這些批判性的雜文色彩，但仍難逃壓迫，因此洪炎秋自言「從此『君子自重，免開尊口』，任何閑話也不敢再說了」[52]，過了 13 年，《廢人廢話》出版，他從「閑人」退化為「廢人」，期間只寫些因國語日報的社長職務關係而寫的應付文字，正是高壓政治下作家受到侷限的例證，但「渾身矛盾，一肚皮不合時宜」[53]的洪炎秋又豈甘願只作廢人、敷衍應付呢？在〈自序〉中寫到中央書局主持者莊垂勝對禁書的順從反應，洪炎秋用了輕蔑的態度陳述：「拿雞毛當令箭，屁滾尿流」[54]，可見他是不會因此就徹底閃躲，成為一個毫無時代關懷的「廢人」或如莊垂勝般的「奉公守法的標準順民」，因此他的「廢話」耐人尋味，「如果讀者肯來好好加以玩味，也未嘗不能夠在這裡面，悟出修齊治平、反攻復國的大道理來」[55]，

後仍因學生參與活動者不少，洪炎秋被指「鼓動暴動，陰謀叛國」而遭撤職。後雖經平反，此事件卻使洪炎秋行事轉趨謹慎。

[50]洪炎秋，《廢人廢話》，頁 1。

[51]這些直接議論時政的篇章在二二八之前是普遍常見的，當時對於言論的箝制仍未緊縮，據徐秀慧指出：「1946 年初到二二八事件爆發之間，隨著政經局勢、國共內戰的惡化，活躍於媒體的省籍文化人，積極與歸臺『半山』、來臺進步文化人攜手合作，占據大半文化場域的輿論的主導權，逐漸形成與官方對立的政治、文化抗爭意識」、「二二八事件以前，臺灣文化場域中民主思潮的傳布，……這些進步的臺籍文化人，結合了大陸返臺『半山』中較為開明的宋斐如、丘念台，以及以黃榮燦、許壽裳為中心的外省人士延伸出去的人脈，共同集結為促進政治民主化而努力」，因此與許壽裳也有交情的洪炎秋推測也受到影響，公開發表議論時政之篇章以促進政治之革新。但書籍出版時卻已戒嚴，這些言論又會成為難容之刺。

[52]洪炎秋，《廢人廢話》，頁 2。

[53]洪炎秋，《又來廢話》（臺中：中央書局，1966 年 9 月），頁 7。

[54]洪炎秋，《廢人廢話》，頁 1。

[55]洪炎秋，《廢人廢話》，頁 5。

在「修齊治平」的個人社會政治關懷中，仍不忘提到國家標舉的「反攻復國」呼應國策，洪炎秋機靈的兩面討好，印證了這個「廢人」從未失去他的批判之眼。

　　仔細觀察《廢人廢話》中的寫作策略，洪炎秋是擅長偽裝的，淪陷區十篇文章「左右不討好」[56]的閒談表面下所暗藏的抗日意識便是明顯例證，張深切在北平淪陷區主辦了《中國文藝》（1939 年 9 月至 1940 年 8 月，共計 12 期），洪炎秋在其中十期發表了散文，但最後刊物因反動文字遭人告密，張深切被列為監控人物，屢被日方傳訊，但洪炎秋身為此份刊物的重要供稿人，卻能毫髮無傷地任北平大學農學院留平財產保管委員，又為維家計，任教偽北大及偽師大，在淪陷區生存得順利自在，可以看出洪炎秋文字偽裝的功力，十篇文章不令官方起疑，表面看似平淡無傷，不引起文字言論檢察機關的注意，但經仔細閱讀，洪炎秋卻又並非淪喪民族氣節，空談幻言幻語，而是將真實的情感與不滿包裹在文中極深沉之處。雖然曲折不直率，但洪炎秋確有虛假之必要，在高壓時代只能折腰潛行，為了自保，也為了持續在幽暗現實中微弱放光，眾人盲目昏聵，隨波逐流，洪炎秋卻必須睜大炯炯雙目，洞見真實。

　　洪炎秋從寫作的動機開始偽裝，他在每一篇文章的起首都不經意的表明這是應友人或刊物之邀稿而寫，是被硬擠出來的，是已經逃避到無可閃躲才生產出來的應酬文字，原本他自己一點也不想寫的。如〈《中副選集》讀後感〉便於篇首寫著：「如陵兄又是多年神交的同行好友，他所編的《中央副刊》，更是我每天起床後就要先睹為快的精神食糧，要我繳納一點繳納得起的小稅款，自然是義不容辭，非遵命照繳不可了」[57]，寫作成為作業一般，但細究其內容，卻都擲地有聲，暗藏隱約的批判意識，文章主題明確，意有所指。一點都沒有如洪炎秋自陳的敷衍為文的感覺──「如果問

[56]洪炎秋，《廢人廢話》，頁 143。
[57]洪炎秋，《廢人廢話》，頁 269。

起我曾經寫過一些什麼，連我自己也是莫名其妙」[58]，洪炎秋將寫作動機妥善包裝，是為了將文章無害化，從文章起首便不引人警戒，大智若愚，不引起任何特別關注。

　　洪炎秋的散文有論者曾歸類於幽默散文，他在自序中也自稱是「幽默小品」[59]，他在書中不避諱自我調侃與貶抑，對應敬畏緬懷的先父也熱烈譏諷，面對困窘處境也能樂觀面對，以諧趣輕鬆筆調娓娓道來。然而如此幽默的姿態無疑也是閃躲嚴肅議題的最佳屏障，若稍稍觸及敏感議題，便像是瞬間鬆解繃緊的表情，以笑掩飾，文字轉換為幽默語氣，將焦點轉回自身，以逗趣文字轉移焦點。如〈全省行腳叩頭戰敗記〉透過記述自己參選經驗諷刺臺灣政壇的虛假與混亂，洪炎秋列出幾點辛辣的建議給之後的參選者之後，尖銳話鋒一轉，轉而調侃自己，「其實想要寫的，還有的是，只是一來過於聒絮，怕人厭煩；二來『言多必失』，萬一話說多了，無意之中，得罪了人，令人疑心你沒有下過操場，不懂得 Sportsmanship 這一個字，未免太不上算，所以就此擱筆」[60]，將焦點回到自身，將這些譏刺之言都歸納為自己的廢話，以幽默的面貌裝飾過於嚴厲的批判。

　　除了幽默之外，洪炎秋擅用的閃躲技巧便是廣泛的用典，古今中外，無所不引，家學淵博使他的散文處處書袋，卻又深入淺出，以流暢文筆明快陳述，不顯沉悶，在抨擊時政或政要的核心之外層層包覆著繁複如瓣的典故，雖是借古諷今，卻使人眼花撩亂，在洪炎秋時空串雜的敘述架構中左繞右旋，無疑是個沖淡鋒銳之氣的完美堆疊。像是〈抖蠹魚〉一篇，從自己抖蠹魚晒書的經驗，要求參議員未雨綢繆，建議政治改革事項，善盡職責，但因為這樣的要求僭越了自己的身分，因此洪炎秋一會兒引成語「曲突徙薪無恩澤，焦頭爛額為上客」[61]，又引用了政論家著作中討論英美

---

[58] 洪炎秋，《廢人廢話》，頁 143。
[59] 洪炎秋，《廢人廢話》，頁 1。
[60] 洪炎秋，《廢人廢話》，頁 204。
[61] 洪炎秋，《廢人廢話》，頁 128。

議會的優點:「把國家的政治拉出來曬曬太陽,使它不生蟲子」[62],最後再引詩經句,完全沖淡了洪炎秋犯位諫諍的直接,變成生活隨感,野人獻曝,學者的雜思而已了。

　　從洪炎秋評議時政或糾正社會風氣的篇章中,更可以看出他的迴避技巧。他為了迴避,甚至可以顧左右而言他,說出明顯的違心之論,但又不甘通篇瘋癲,刻意埋藏了理智清明的線索,一方面讓官方人士讀來正合他意,一方面讓普羅百姓讀來會心一笑,為洪炎秋的無奈下的慧點而激賞。像〈談貪汙〉一篇要談貪汙先論證此議題是國策層級,可不諱而談:「談談貪汙,正是順從國策,擁護政府的『憂國熱誠』的具體行為」[63],甚至談貪汙可以「表現咱們有『言論與發表的自由』,有『無所恐懼的自由』,替咱們大中華民國這個自他共許的民主主義最為發達的文明古國,裝裝幌子,是一舉而有數得」[64],花了許多篇幅論證貪汙可談,自我保護之堡壘建設完備之後,洪炎秋談貪汙卻也避重就輕,先認為貪汙為人類普遍個性,無可厚非,只能對症下藥。甚至認為貪汙之罪在民而不在官,「不問事情大小,案由如何,贈賄的人民,一律槍斃示眾,受贓的官吏,因其係被誘惑陷害,情實可憫,應予提升一級,以償其精神上所受的損失」[65],如此刻意地顛倒是非,反而更看出洪炎秋浮誇偽裝背後的真面目,因此在文末引用明太祖嚴懲貪官的剝皮判例,雖然洪炎秋說這刑罰過於殘酷,但這或許才是他的真意,這才是洪炎秋對貪官深惡痛絕的真情。

　　洪炎秋政治建言的話術是極為高超的,他擅長迴避,總是先將對核心議題的攻擊性沖淡,援引古今中外的事例使看似不恰當且不當議及的議題合理化,增加他談論此議題的合理性,然後再將相關抨擊對象高高捧起,不直接將砲火直攻對方,而是收斂而謙卑地建議,而「優秀」的對方必能理解並推行之。從〈談談入學考試〉便可看出他高明的話術,此文針對入

[62]洪炎秋,《廢人廢話》,頁129。
[63]洪炎秋,《廢人廢話》,頁149。
[64]洪炎秋,《廢人廢話》,頁150。
[65]洪炎秋,《廢人廢話》,頁156。

學考試公平性的弊病進行討論，洪炎秋先把「貪贓舞弊」這個看似罪大惡極的詞彙正常化，「我們這個文明古國，歷來就是個充滿貪贓舞弊得烏煙瘴氣的國度」[66]，再列舉典故證明歷代舞弊者所在多有。再者洪炎秋身處大學教育界，任職臺灣大學，又向來關心教育議題，明明知道入學考試產生明確的「走後門」現象，卻說得曖昧不清，「據巷間傳說」、「無憑無據，自然難以徵信」[67]，既要指控，卻又有所保留，自己的立場游移擺盪。在提出建言之前又不忘拍拍在位者的馬屁，「況在賢明的魏主席和嚴肅的許廳長領導之下，哪能容許這種敗類的存在」[68]，所以他的建言只是「君子防未然」，沒有任何針對性。以上這些包飾之詞陳述完後，洪炎秋才針對入學試驗舞弊之事對教育行政當局、學校主管與學子父兄提出建議，最後再將自己的建言目的上推到「新中國的建設」，冠冕堂皇，一方面成功地替人民發聲，一方面又讓面對建言的執政者聽得不刺耳，能夠欣然地察納雅言，最高明的，將自己塑造成為新中國文化建設效力的忠貞之徒，確立自己的文化位置。

　　洪炎秋在二二八事件後成為一個低調的作家，因為二二八事件中半山因中國經驗易被視為匪諜，有不少半山人在事件中罹難，洪炎秋也被誣告「鼓動暴動，陰謀叛國」，因此被撤去他臺中師範學校校長的位置，可見因為二二八，洪炎秋失去了他的政治資本與文化位置，對照布迪厄社會位置的動態觀：「一方面，整個社會依社會階級而層級化，從一個靜態的觀點來看，這些階級是依照不均的資本分配所決定的社會位置而定義，從一個動態的觀點來看，這些階級是依照差異的社會變動歷程定義」[69]，原本因半山的文化身分而擁有豐厚文化、社會與政治資本的宰制位置卻因為二二八事件而失去了，場域中位置的改變、資本的流失使得他寫作的策略因而扭

---

[66]洪炎秋，《廢人廢話》，頁 137。
[67]洪炎秋，《廢人廢話》，頁 138。
[68]洪炎秋，《廢人廢話》，頁 138。
[69]明尼維茲（Patrice Bonnewitz）著；孫智綺譯，《布赫迪厄社會學的第一課》（臺北：麥田出版社，2002 年 3 月），頁 95。

轉，他變得小心翼翼，深怕自己的資本再因作品的刊載而流失，正如同應鳳凰所言：「文學從內容到形式的種種改變，根據布迪厄的說法，正是『場中權力關係改變的結果』」[70]，而他的低調可以從以上關於《廢人廢話》內篇章的寫作策略分析得到印證，儘管低調，卻仍然曲折地表現對社會政治的關切與建議，體現了知識分子的使命感，無非是想要重新累積自己的資本，重新站回文化場域中的宰制位置，因此在透過這些篇章建立了洪炎秋的入世的知識分子形象，但這些文章散見報刊，寫作策略又經過刻意轉折，為了獲得更明確的文化位置，洪炎秋除了寫作活動之外，仍然透過親官方的民間文化活動與政治活動累積自己的政治資本，透過權力場域的位置滲透至文化場域之中，找回自己的文化位置。

　　一方面要表達自己的現實關懷，一方面卻要跨越書被禁的夢魘，洪炎秋除了透過寫作策略的偽裝，還有什麼別的手段呢？徐秀慧認為「二二八事件以後的臺灣文化人可以簡化為三種：『親共』、『親官方』與『忍痛沉默』者。其中以『忍痛沉默』者居多數」[71]。儘管在作家身分上轉趨低調，他卻在政治領域活躍發展，表現了「親官方」的路線，他在二二八後重回官場，擔任臺灣省國語推行委員會副主委，極力推行國語政策，在政治意義濃厚的語言運動裡追求民族統一的理想。除了官方職位，從 1949 年起洪炎秋任國語日報社長，可見他除了在政治領域之外，還在民間報業裡走著「親官方」的路線，但他並非盲目附和官方，反而在國語運動的政治意義裡找到了文化意義，如唐淑芬所指出的：「能以柔性而溫和的文化影響力，化解政策的負面影響」[72]，因此他在國語日報社長的職位上累積自己的政治資本，漸漸博取官方與民眾的完全信任，利用權力場域的位置影響了文化

---

[70] 應鳳凰，〈鍾肇政與五、六十年代臺灣文化生產場域——論戰後初期本土文學位置的形成〉，《越浪前行的一代：葉石濤及其同時代作家文學國際學術研討會論文集》（高雄：春暉出版社，2002 年 2 月），頁 230。

[71] 徐秀慧，〈戰後初期臺灣的文化場域與文學思潮的考察（1945～1949）〉（清華大學中國文學系，博士論文，2004 年）。

[72] 唐淑芬，〈洪炎秋的生平和事功研究〉（中興大學歷史學系碩士論文，1997 年 7 月），頁 134。

場域，目標是再度重新出版《廢人廢話》，出版作品的行動其實是有利於洪炎秋站穩自己的文化位置，符合應鳳凰分析 1950 年代出版環境的觀點：「由於作家在文壇上所占『位置』的大小高低，必須建立在各自出版的作品上」[73]，而應鳳凰也指出當時能出版作品的作家都是「忠貞或資深的國民黨員」[74]，可見這是「『權力場域』造成的結果」[75]。因此洪炎秋最終想將自己在單篇散文裡經寫作策略操作而顯得迂迴的知識分子之聲重新匯集，找回自己真正的知識分子姿態，也透過出版作品鞏固自己的位置。這樣看來，他親官方的文化與政治活動就是洪炎秋努力找回知識分子身分與發言地位的策略，因此也透過政治資本的累積鞏固了自己的文化位置。

　　這樣的策略也可以從洪炎秋的著作出版史中觀察到線索：若將《閑人閑話》在 1948 年 3 月被禁視為洪炎秋寫作由銳利轉低調、文化位置頓挫的一個轉折點，那《廢人廢話》在 1964 年 10 月的重新包裝出版便可視為洪炎秋重新確立作為一個知識分子的寫作者應有的姿態，鞏固文化位置的里程碑，此後出版的書籍[76]他便更直接地評議時事，正如唐淑芬所言：「能說出真話，且能真有話說」。[77]

　　值得注意的是，在這兩本書分別被禁與出版之間，他先在 1957 年透過國民黨成立的中華文化出版事業社出版了《文學概論》，又在 1959 年因受臺灣大學行政會議推薦與中華教育文化基金董事會的贊助，到美歐考察各國建設而寫下心得，先發表在《民族晚報》，最後由中央書局結集出版《雲遊雜記》，這中間期的書籍出版活動又替洪炎秋的親官方文化活動增上一筆，也印證了他在這段期間的確從政治與民間的場域蓄積自己的文化資本

---

[73] 應鳳凰，〈鍾肇政與五、六十年代臺灣文化生產場域──論戰後初期本土文學位置的形成〉，《越浪前行的一代：葉石濤及其同時代作家文學國際學術研討會論文集》，頁 221。
[74] 應鳳凰，〈鍾肇政與五、六十年代臺灣文化生產場域──論戰後初期本土文學位置的形成〉，《越浪前行的一代：葉石濤及其同時代作家文學國際學術研討會論文集》，頁 221。
[75] 應鳳凰，〈鍾肇政與五、六十年代臺灣文化生產場域──論戰後初期本土文學位置的形成〉，《越浪前行的一代：葉石濤及其同時代作家文學國際學術研討會論文集》，頁 221。
[76] 如洪炎秋的八大話本：《閑人閑話》、《廢人廢話》、《忙人閑話》、《又來廢話》、《常人常談》、《淺人淺談》、《閑話閑話》、《老人老話》。
[77] 唐淑芬，〈洪炎秋的生平和事功研究〉，頁 138。

與政治資本。《文學概論》得到黨方資金的資助,是一本學術教學上的書籍,看出對洪炎秋在教育與專業上已獲得國民黨認可。而中華教育文化基金董事會和《民族晚報》[78]雖都強調不受政府干預的獨立性,卻都有為國家政策、三民主義奉獻的理念,而《雲遊雜記》也正是對國家政策有助益的西方觀察,建立了洪炎秋以作家身分介入國家政策的合理性,因此透過這兩本書的出版、洪炎秋的親官方活動,以及本身低調的寫作策略,洪炎秋終於順利解禁,成功出版《廢人廢話》,洪炎秋也重新匯集了作家的批判力道,站穩了文壇的位置,成為一個更為全面的文化人。

四、結語

洪炎秋是在半山的群體中文化活動極為活躍的人物,他善用自己半山的文化身分,於 1946 年返臺後在官場上順遂通達,儘管在二二八遭到誣陷,卻仍得到許壽裳、連震東的奔走救援,與蔣中正的特赦,後來又回歸官職任國語推行會的副主委,這樣優勢的半山身分雖然讓他經濟上衣食無虞,但他追求的是更穩固的文化位置,因為他在北京經歷過五四新文化的薰陶,傳承了知識分子的批判傳統,他想透過他的筆鋒表達關懷社會現實的立場,但隨著《閑人閒話》於 1948 年的被銷毀查禁,他想透過文字建立的文化位置也因此空缺了,所以他為了重新奪回這樣的位置,開始多方經營努力。

他在《廢人廢話》於 1964 年出版前,磨鈍了他銳利的筆觸,用迂迴幽默的寫作策略表現他的現實關懷,也在文章裡展現他的中國文化涵養、半山文化身分與雄厚的人際交流網絡,確立自己的文化資本與位置,並消除官方的疑慮與獲取民間的尊重。另外,他還透過官方與民間的雙重國語運動推行者的身分獲得政治資本和官民的認同,也在臺灣大學教授的學者地

---

[78]該報董事長王永濤的五大立場之基礎為:三民主義、憲政體制、反共國策、大眾利益、中華文化。出自於《中華百科全書》(http://ap6.pccu.edu.tw/encyclopedia_media/index.asp)

位上獲得社會與官方的看重，因此最後《廢人廢話》出版[79]，洪炎秋也找回了作為一個知識分子的言說空間，從國語運動推行人、大學教授、民間報人、作家四個方面的文化活動建立更穩固的文化位置，為往後的言說奠定了更安全的後盾。

五、參考文獻

（一）、專書

1. 洪炎秋，《廢人廢話》，臺中：中央書局，1964 年 10 月。

2. 洪炎秋，《又來廢話》，臺中：中央書局，1966 年 9 月。

3. 陳萬益編，《閑話與常談──洪炎秋文選》，彰化：彰化縣立文化中心，1996 年 7 月

4. Erving Goffman 著；宋立宏譯，《汙名：受損身分管理札記》，北京：商務印書館，2009 年 12 月。

5. 羅鋼、劉象愚主編，《文化研究讀本》，北京：中國社會科學出版社，2000 年 1 月，頁 208～223。

6. 邱天助，《布爾迪厄文化再製理論》，臺北：桂冠出版社，1998 年 3 月。

7. 明尼維茲（Patrice Bonnewitz）著，孫智綺譯，《布赫迪厄社會學的第一課》，臺北：麥田出版公司，2002 年 2 月。

（二）、學位論文

1. 唐淑芬，〈洪炎秋的生平和事功研究〉，國立中興大學歷史學系碩士論文，1997 年 7 月。

2. 徐秀慧，〈戰後初期臺灣的文化場域與文學思潮的考察（1945～1949）〉，國立清華大學中國文學系碩士論文，施淑、呂正惠指導，2003 年 7 月。

---

[79] 書籍的被禁與出版也有時代風氣、政府政策的外在變動因素，但本文將焦點鎮定在洪炎秋的主體活動與因應策略，因此便無論及。

3.劉佳旻，〈域界之間：戰後初期臺灣的文化生產場域——以 1945 年後半至 1947 年初的報／刊空間為例〉，國立交通大學社會與文化研究所碩士論文，邱德亮指導，2010 年 7 月。

（三）、期刊論文

1.陳翠蓮，〈去殖民與再殖民的對抗：以一九四六年「臺人奴化」論戰為焦點〉，《臺灣史研究》第 9 卷第 2 期（2002 年 12 月），頁 145～201。

2.楊紅英，〈多重困境下的文化選擇——洪炎秋大陸時期的文學文化活動研究〉，《臺灣研究集刊》第 3 期（2009 年），頁 91～98。

3.余蕙靜，〈北京生活對洪炎秋一生的影響〉，《臺北文獻直字》第 150 期（2004 年 12 月），頁 231～261。

4.葉龍彥，〈奉獻國語文教育的洪炎秋（一九〇二～一九八〇年）〉，《臺北文獻直字》第 136 期（2001 年 6 月），頁 161～182。

5.應鳳凰，〈鍾肇政與五、六十年代臺灣文化生產場域——論戰後初期本土文學位置的形成〉。出自鄭烱明編，《越浪前行的一代：葉石濤及其同時代作家文學國際學術研討會論文集》，高雄：春暉出版社，2002 年，頁 207～231。

（四）、電子媒體

《中華百科全書》

（http://ap6.pccu.edu.tw/encyclopedia_media/index.asp）

——發表於「2012 年清成研究生學術研討會」
清華大學、成功大學臺灣文學研究所主辦，
2012 年 11 月 24～25 日。

問題散文與小品文的延續／衍異
論戰前至戰後葉榮鐘與洪炎秋散文書寫的意義

◎彭玉萍*

一、前言

　　戰後散文系譜在葉石濤梳理下，有學者散文、專欄雜文、女性美文、本土散文四支路線。筆者大致延續葉石濤所規分的散文類型進行論述，檢討葉石濤的分類有其權宜性，其分類基點不一，難免會有誤導人之嫌，例如美文作家之中仍不乏學者，是否可以歸類為學者散文等等。但筆者仍認為，葉石濤的散文論述具有時代的啟發性，並非嚴謹的學術論文，而是論者站立於省籍作家的立場，書寫臺灣鄉土之姿的發聲，有其啟發性與時代性。筆者對於「本土散文」的命名與定位，也是回歸省籍作家的寫作根基與歸趨，我們要做的，並非僅是批判而已，而是適切的理解，葉石濤的書寫姿態與論述內容有著反饋的性質，這反映出省籍作家的邊緣性，「邊緣性」已經成為一個傳統。此一「本土散文」系譜，意味著跨越日治到戰後的本省籍作家群，透過散文文類為書寫載體，具體呈現出對於跨越時代所衍生的生命質變、理想衝擊、書寫關懷等議題。透過散文與生命史的交織與互涉我的雙重指涉與交混，是筆者認為「本土散文」之於其他散文類型，最具區隔性與特殊性之處。也就是說，「本土散文」命名是對於書寫內涵的區隔，當中包括生命史、文學影響傳統的區隔，以及內部的書寫特質的區隔，也就是並非是表面的寫作內容的區隔。

*發表文章時為清華大學臺灣文學研究所碩士生，現為臺灣大學臺灣文學研究所博士生。

　　下述，將以葉榮鐘（1900～1978）與洪炎秋（1899～1980）兩人為例，梳理日治時期兩人分別承繼相異的問題散文路線與北平的小品路線，如何落實於戰前至戰後的書寫歷程中？兩人所共同承繼的文學影響傳統，又如何以書寫與作者之眼，對時代、社會現實作出回應，乃至於其中也纏繞著自己生命故事的敘述？而這沉重煩悶的時代與作家自身吸納的文學影響傳統，又如何進行辯證、交叉、互饋的過程？在許達然對日治時期散文史評價，他貶抑洪炎秋小品風格的散文：「大抵和許多中國大陸小品作家的一樣，古今中外，廣徵博引，再參雜自己的體驗，輕鬆諧謔，有時為了製造幽默的效果，玩弄文字，文白交錯。」[1]我們可以回過頭重新檢視此一派小品散文實際的寫作內容與美學觀。筆者企圖透過美學層面的討論，包括美學技藝與作家修養、人格特質與生活等部分，與本土散文質素的檢討，繼而重估散文史的缺角與日治世代作家精神史、美學觀等層次。

二、散文詩學的肇發：論戰前葉榮鐘、洪炎秋散文的文學歷程

（一）「前現代」到「現代」的見證：葉榮鐘散文的啟蒙話語與介入詩學

　　回溯臺灣的抗日運動，主要以 1915 年為分水嶺；前期為武裝抗日，至 1915 年西來庵事件為最大規模；1915 年之後，主要以政治改革、文化啟蒙為主要手段，接連於 1921 年成立的「臺灣文化協會」、1927 年蔣渭水領導的「臺灣民眾黨」、1930 年「臺灣地方自治聯盟」等。而甫從日本留學回臺的葉榮鐘，便是以 1930 年開始的「臺灣地方自治聯盟」與 1932 年所創辦的《南音》雜誌為主要活動舞臺。

　　葉榮鐘生於 1900 年，見證臺灣由「前現代」邁向「現代」的歷史變遷。必須注意的是，葉榮鐘自 1918 年受知於林獻堂，受其資助兩度留學日本，於 1920 年受林獻堂鼓舞而簽下臺灣議會設置請願書，1921 年任林獻堂祕書開始，這一聯串教養的習得，已是培養葉榮鐘投入臺灣民族運動的

[1] 許達然，〈日據時期臺灣散文〉，《賴和及其同時代的作家：日據時期臺灣文學國際學術會議論文集》，清華大學中國語文學系主辦，1994 年 11 月 25～27 日，頁 17。

契機，此是臺灣知識分子義不容辭的宿命。這樣的先決環境之下，葉榮鐘的白話散文寫作就是面對大眾、具有公開性、肩負起啟蒙教育的意義，循序這一脈絡理解葉榮鐘的散文，應可清楚地釐清：他的散文所呈現的文明批判，或者理論實踐性的散文寫作，都與此教養與使命有關，而此不僅影響他戰前的散文，連同他戰後的文學活動也都與此相繫。葉榮鐘 1921 年所作的〈求之於己〉即說到：

> 換言之，不管政府推行怎樣的政治，在物質方面是不得而知的，在精神方面，我認為終究在根本上是無法給予人民以什麼影響的，能給予影響的還是人民自己。[2]

此篇文章架構於 1920 年代文化協會啟蒙路線的歷史與文學脈絡中，文章開頭即寫到作家個人對政府的牢騷滿腹已經引起日本警察的關注，致使作家噤聲，但作家省思的是：青年應該打從精神上有所自覺，並非如牛馬牲畜為政府所擺布；且喟嘆著某一部分臺灣人愚昧的親日心態：

> 他們為財產賭著性命，為權勢處心積慮。他們以為與其向神佛祈求一家平安，倒不如討好官吏和有權力者。他們為此演出一切時代錯誤的悲喜劇。為要討好官吏大人歡心，穿上和服弄得不倫不類，自己卻洋洋得意，雖然覺得屁股痛，為了坐榻榻米還可以忍受，而且自以為不吃生魚片，似乎就趕不上時代。[3]

作家嘲諷著這群不倫不類的親日派，蘊含著純真的同情，從中衍伸出

---

[2] 葉榮鐘著；葉笛譯，〈求之於己〉，《臺灣青年》第 2 卷第 1 期（1921 年 1 月 15 日）。收錄於葉榮鐘著；葉芸芸、陳昭瑛主編，《葉榮鐘全集 7 葉榮鐘早年文集》（臺中：晨星出版社，2002 年 3 月），頁 67。

[3] 葉榮鐘著；葉笛譯，〈求之於己〉，《臺灣青年》第 2 卷第 1 期。收錄於葉榮鐘著；葉芸芸、陳昭瑛主編，《葉榮鐘全集 7 葉榮鐘早年文集》，頁 67。

來關於臺灣人的思想與精神問題。雖然此為說理性的散文，但仍散發出一種深沉的韻味，他的散文是諷刺性質的個人觀察，但這樣的感知卻同時是對這一個時代與民族所發出的喟嘆——喟嘆時代之下，臺灣人之易於馴化，「為此演出一切時代錯誤的悲喜劇」。「求之於己」的宣言也同樣照鑑出葉榮鐘半生的文學生涯。

　　陳昭瑛曾以《臺灣民報》為分析場域，指出在日據時期「臺灣文化」概念的兩大內容：傳統的漢族士大夫文化與世界新思潮，前者是臺灣與中國聯繫的文化吸引力，後者是梁啟超式「世界無窮願無極，海天遼闊立多時」的思想。而此兩者都表示著一種動態的過程，顯示臺灣知識分子漢文化與現代思想也是在與日本殖民抗爭過程中發展出來的。[4]基於此，我們可以發現，陳昭瑛的推論所關照到的層面，是日治時期儒學與現代性皆作為臺灣知識分子抵禦日本文化之侵略、同化的利器。故葉榮鐘戰前的散文寫作主要扮演著啟蒙性，也應該放在這一個脈絡下，他的散文利筆主要針對文明批評與理論實踐性寫作，可以說前者之於社會，後者之於文學，而此兩者皆是立基於啟蒙，如何表現出對待傳統與現代的更為圓融的智慧與關照。在文明批判的部分，葉榮鐘對傳統、民俗的部分，其實有過反省、批判、重新吸納與改造的過程，他對於「迎神明」的想法是：

> 「迎神明」既是人類的本能性之一實在是無由去打倒的，總是我們可用合理的方法，依照智識和理想的命令，把牠的不純分子解消，以臻於文化底、健康底、意識底行動，這才是賢明的指導者的指導方法。[5]

　　大抵，葉榮鐘對於這些代表臺灣文化的民俗活動，能有所改造，去除落後閉塞的面向，保留人性的部分，包括迎神明原是臺灣人「『趁熱鬧』的

---

[4]陳昭瑛，〈光復初期「臺灣文化」的概念〉，《臺灣文學與本土化運動》（臺北：正中書局，1998 年 4 月），頁 219～225。

[5]掃雲（葉榮鐘），〈文藝時評——（三）關於「迎神明」〉，《南音》第 1 卷 9、10 期（1932 年 7 月 25 日）。收錄於葉榮鐘著；葉芸芸、陳昭瑛主編，《葉榮鐘全集 7 葉榮鐘早年文集》，頁 305。

共働本能」[6]、歌仔戲的曲目具人情味，說白多本土語言[7]，這些都是民俗中很精萃的部分。葉榮鐘相當意識到這些民俗都有很可貴的本質，只不過因為「社會的文化程度的高低」而有文野的區別，知識分子雖然站在理性科學的啟蒙者立場，予以迷信的批判，但是葉榮鐘仍舊站在文化思考的層面上。因為，知識分子同樣也具有此「共働」的本質，同樣由這些傳統中生發滋養，假使完全以知識分子的啟蒙理性為利器，將「啟蒙」與「傳統」陷入二元的對立，以啟蒙反傳統的話，同樣也陷入了殖民主以現代性為假面，以取代本土性的邏輯當中。而當然，這樣的思考正因為葉榮鐘乃出生於鹿港落魄家族之後與漢文化傳統的浸潤。也或者可說，此一啟蒙的危機與拘束，葉榮鐘是有所意識與拿捏的；反面而言，他同樣也對傳統有所改造與革新，意識到這些顯得落伍與盲目的傳統文化之中，仍保有其可貴的「本質」。葉榮鐘在文章中高呼：「社會的事物是有需要才能夠存在的，歌仔戲的流行正是人們的墮落的結果而不是原因」[8]而啟蒙者應該針對的是墮落的本源，而非高舉啟蒙大纛，以知識、文明的口號，並肩與殖民主共同消滅傳統文化。

當葉榮鐘透過《南音》的平臺，主張以「文藝」的角度關懷社會現實，透過「文藝」的方式進行批判、透過「文藝」進行時事評論[9]，鼓吹「智識分配」，知識分子應該到民間去，沒有和人民生活在一起的知識分子，只是空有智識妝點而已。〈「大眾文藝」待望〉一文中他說道：

待望以我們臺灣的風土、人情、歷史、時代作背景正是不遑枚舉，譬

---

[6]掃雲（葉榮鐘），〈文藝時評──（三）關於「迎神明」〉，《南音》第 1 卷 9、10 期。收錄於葉榮鐘著；葉芸芸、陳昭瑛主編，《葉榮鐘全集 7 葉榮鐘早年文集》，頁 305。
[7]掃雲（葉榮鐘），〈文藝時評──（三）取締淫戲〉，《南音》第 1 卷 7 期，1932 年 5 月 25 日。收錄於葉榮鐘著；葉芸芸、陳昭瑛主編，《葉榮鐘全集 7 葉榮鐘早年文集》，頁 288～289。
[8]掃雲（葉榮鐘），〈文藝時評──（三）取締淫戲〉，《南音》第 1 卷 7 期。收錄於葉榮鐘；葉芸芸、陳昭瑛主編，《葉榮鐘全集 7 葉榮鐘早年文集》，頁 288。
[9]掃雲（葉榮鐘），〈文藝時評──（一）文藝時評的態度〉，《南音》第 1 卷 9、10 期。收錄於葉榮鐘著；葉芸芸、陳昭瑛主編，《葉榮鐘全集 7 葉榮鐘早年文集》，頁 303。

> 如開闢時代的鄭氏父子的事蹟，滿清時代的朱一貴、林爽文的反亂，
> 劉銘傳、唐景崧的經略，領臺當時的情形，和當時活躍過的柯鐵虎、
> 林少貓等的事蹟以及三十年來的各種事件，莫不是絕好的資料，臺灣
> 的新進作家們探一探這樣的寶庫如何？這份豐厚的遺產是祖先用血淚
> 積下來的啊！[10]

對於民間歷史、風土的採集保存，葉榮鐘認為現有的大眾小說多是中國作家之手，這些「心境異離」的文學是無法引起臺灣讀者的趣味。專屬於臺灣文學特色的內容應該要向民間挖掘，由民間文學汲取養分，對於民間歷史文學的重要性有著深刻理解的葉榮鐘，在 1937 年也發表過〈《臺灣民間文學集》可以給予高評價〉一文讚許李獻章的功勞，但仍舊提點「故事新編」之作應注意避免「以技巧取勝，令人有反而使傳說原本的調子變得稀薄之感」[11]。對於民間性與藝術性並重的「大眾文藝」路線，無疑的，與之「第三文藝」理論相互關照。葉榮鐘試圖在菁英／民間、啟蒙／傳統之間予以權衡，綜觀上述，葉榮鐘對於「大眾文藝」須由民間文學著手，言下之意頗有以藝術手法改寫／重寫民間歷史故事的意味，對於以啟蒙為主位的葉榮鐘，便要求進行改編以寄託啟蒙批判性。而當然，葉榮鐘無進一步的作品可以併行，但他以文藝／文化層面進行批判性思考與對民間性的關照，他恆互透過散文的類型不斷實踐與辯證。

而後隨著政局更加不安，「臺灣地方自治聯盟」可以施力的空間也就更加窘迫，葉榮鐘如此描述該團體解散前的最後時光：

> 我們翻閱歷史，知道廿四年春有德國重整軍備，八月有日本陸軍省軍
> 務局永山被刺殺，十月義阿開戰、日本禁止天皇機關說，十一月日本

---

[10] 奇（葉榮鐘），〈卷頭言——「大眾文藝」待望〉，《南音》第 1 卷 2 期，1932 年 1 月 15 日。收錄於葉榮鐘著；葉芸芸、陳昭瑛主編，《葉榮鐘全集 7 葉榮鐘早年文集》，頁 264。

[11] 葉榮鐘著；葉笛譯，〈《臺灣民間文學集》可以給予高評價〉，《大阪朝日新聞》，1937 年 2 月 28 日。收錄於葉榮鐘著；葉芸芸、陳昭瑛主編，《葉榮鐘全集 7 葉榮鐘早年文集》，頁 311。

成立冀東偽政府。同廿五年二月日本爆發二二六事件，十一月德日成
立防共協定等，日本內外多事正是所謂「超非常時」的時代。在臺灣
則自获舟臺灣軍參謀長赴任以來對臺灣人的猜忌日深，壓迫日劇。軍
部以获舟為謀主干預政治、製造事件，統治責任者的臺灣總督府尚且
不放在眼中，遑論臺灣人的存在，總督府高官敢怒而不敢言。更有些
警察的特工人員狐假虎威，對平時視為眼中釘的智識分子吹毛求疵、
肆加侮辱。廿五年以殺雞儆猴的方法遂向林獻堂發動所謂「祖國事
件」，接著六月十七日竟嗾使共產黨流氓在臺中公園毆辱林獻堂。此
時臺灣天昏地黑已不是人住的地方了。風聲鶴唳、草木皆兵，一般智
識分子與資產階級惶惶不可終日，林獻堂、楊肇嘉相前後避難東京。
自治聯盟於是年八月召開第四次全島大會宣布解散。[12]

　　此段描述 1935 年到 1937 年的歷史情況，林獻堂「祖國事件」的屈
辱，不僅是對於民族運動的折辱，更是對於知識分子「以棄木治棄學」氣
節的侵逼。葉榮鐘多以謹筆描述日治時期的民族運動，鮮少傳遞出遭受迫
害的心理狀態，此段描述顯見葉榮鐘脫離戰前的時空後，仍餘悸猶存的心
態。這段由日本軍部直接干預臺灣總督府的過程，也表示正是日本軍國主
義氣焰高昂之時，受到殖民統治強化、逐漸轉變為戰爭走向的統治策略，
「機能性知識分子」的行動力已經大受阻礙，葉榮鐘此一民族派的知識分
子群，他們的「機能」是次等的、殘缺的、補充性的狀態。

　　此時的葉榮鐘，自 1935 年底進入《臺灣新民報》開始，這段時間報社
廣告資金挹注的銳減，財政窘迫，他僅為報社通信部長的角色。葉榮鐘在
〈一段暴風雨時期的生活紀錄〉中，提及：「我和《臺灣新民報》是自它的
前身《臺灣民報》的時代就發生關係的，而我入行工作卻是遲至民國 24 年

---

[12]葉榮鐘著；葉芸芸主編，〈第八章　臺灣地方自治聯盟〉，《葉榮鐘全集 4 半壁書齋隨筆（下）》
（臺中：晨星出版社，2000 年 12 月），頁 557～558。

才實現。」[13]與《臺灣民報》的淵源，要推溯到葉榮鐘在日本留學期間所興起的第二場新舊文學論戰，自在 1929 年批判舊文人，與竹塹江肖梅、府城張淑子發生戲劇論爭的前景，而延伸至 1932 年葉榮鐘以《南音》為平臺所發聲更具規模的批判，戲劇也同為他此時所關懷的切口。梳理葉榮鐘於 1929 年發表過的評論與論爭始末的整理，發現在其不斷累積自我文化資本，以著啟蒙理性視角對於戲劇發出全面批判，乃至形成論爭，這一連串的舉動有其一跨越世代知識分子的剪影，同時更必須將此背後的深層結構置放在文學與文化間的互動關係進行思考。究中，不可迴避的是，葉榮鐘以著知識分子啟蒙的姿態出現在論爭與雜誌平臺，處處介入，亦或者說他不得不介入。他認為戲劇觀應考量：在現代性的輔佐之下，戲劇可以擁有獨自的藝術價值，而非文以載道的工具性展演。同樣的，他竭力透過散文的著力，在新舊文學論爭的脈絡上，他希望能夠調和新／舊文學之間的裂罅。

　　而在散文中也常發現他以新聞人的視域，所輻射出的知識分子視野與關懷，透過散文針砭社會現實，他在〈殘喘——從「祈雨」談到「祭政一致」〉一文，由水利知識談到日本殖民國的政治體系：

> 因為水利組合的幹部至少在地方是屬在水利的專家，他們以專門的學識技術，又兼之以多年的經驗，雖然知道南部的雨期是有一定的，明知是應該降雨的時期已到而偏偏不降的緣故，遂爾對他們的見識與多年的經驗失掉自信，因為失掉自信自然而然地便會想去依賴一種人力以外的神祕的能力來解決他們不能解決的困難……[14]

---

[13] 葉榮鐘，〈一段暴風雨時期的生活紀錄〉，《半路出家集》（臺中：中央書局，1965 年 3 月修正再版），頁 197。後收錄於葉榮鐘著；葉芸芸主編，《葉榮鐘全集 2 臺灣人物群像》（臺中：晨星出版社，2000 年 8 月。

[14] 蒲牢（葉榮鐘），〈殘喘——從「祈雨」談到「祭政一致」〉，《臺灣新民報》，1937 年 5 月 18 日。收錄於葉榮鐘著；葉芸芸、陳昭瑛主編，《葉榮鐘全集 7 葉榮鐘早年文集》，頁 169。

　　因為水利專家失去對自身專業知識的自信，轉向迷信巫術以利求解決問題，反觀此時日本國內林銑十郎率領的內閣也仰賴神靈，以解決國家困境，葉榮鐘諷刺如此「自我催眠」的盲目心態，根本原因是喪失自信的緣故。而此時，可知道葉榮鐘作為一個新聞記者的中介角色，他捨棄了依據殖民主所期許、設計的展示進行書寫，反而語帶揶揄諷刺的口吻。如上述的引文，他所敘述的水利組合缺乏自信的荒謬情況，而上溯日本國內的內閣體系更是如此，自我催眠於這茫然時局之中。

　　面對 1937 年 4 月《臺灣日日新報》、《臺灣新聞》、《臺南新報》等三報停止漢文欄，考量臺灣新民報多為漢文讀者，該報漢文欄縮減一半，延至 6 月 1 日全面廢止，而此皆屬臺灣軍參謀長荻洲立兵之意，但實則背後是整個日本軍部與軍國主義的驅力使然。整個軍國主義對於報業印刷媒體的收編，《臺灣新民報》難以堅持原初的意識形態立場，葉榮鐘〈殘喘──「神風」號與「雷震子」〉一文中，諷刺朝日新聞社以報社私人飛機「神風號」，暗示誇耀報社與日本的實力雄厚，欲藉此施壓臺灣人與臺灣報業。作家將舊小說《封神》中雷震子的神力與「神風號」相提並論，揶揄臺灣人僅知雷震子神力，而不知「神風號」，但是實則是諷刺整個殖民主「同化」政策的失敗：

　　　　不知自己之劣點者固屬可憫，但不知自己之美點者一發可悲，為能知道自己的好處的人才能知道實惜自己、愛護自己，知道自己的國家的偉大一自然會進深其愛國的熱情。但欲使其知道自國的偉大處並不是衹可用那些抽象的口號或玄之又玄的議論便能夠達到目的，由這樣的見地現在所喧囂塵上的所謂國民精神的涵養問題，其方法之適否可不問而自明了。[15]

---

[15] 蒲牢（葉榮鐘），〈殘喘──「神風」號與「雷震子」〉，《臺灣新民報》，1937 年 5 月 22 日。收錄於葉榮鐘著；葉芸芸、陳昭瑛主編，《葉榮鐘全集 7 葉榮鐘早年文集》，頁 172。

　　「神風號」的展示，這樣的行為具有多種層面的展示／觀看，由報社的飛機連結到整個日本殖民實力的強化，當中臺灣人的觀看、報導者的觀看、未躬身參與者的臺灣人又將如何透過報導者擁有間接視域的想像。這樣的展示行為明顯為達成統治上的宣傳與教育意義，但身處有限度的言論空間，葉榮鐘仍舊提出質疑，這樣殖民地教育環境所提煉出來的臺灣「國民」，被要求的僅只是服從、柔順、有禮的國民性格，其中同化、異化、或者馴化的殖民教育意識形態甚為清楚：殖民地人民不需要進取，服從是最大的美德。[16]而朝日新聞報社的「神風號」展示，同樣也是教育、恫嚇的一環，但弔詭的是，臺灣人僅知民俗裡的雷震子，而不識「神風號」的現代性意義與原理。乍看之下，葉榮鐘像是凸顯臺灣人民的落伍愚蠢，但實則意指的是：此一國民身體改造未完全，背後所暴露的是殖民主教育下的「現代國民」，乃是要求他們表裡如一的奴隸性。

　　作家深刻地揭露殖民主空洞表面化的殖民政策，力求在這複雜的殖民地權力網絡下，提出清晰銳利的揭露，對於殖民權威的挑戰以嘲諷來代替謾罵，這正是葉榮鐘所努力的「文藝時評」路線。透過文學性表現，當刺中殖民權威的「要害」時，雖然表面上幽微沉潛，但在思想上已有「解構」的能量蓄積存在。然而，無可忽視的是，此時葉榮鐘的身分已由民族運動啟蒙者的身分，回歸到以新聞專業為導向的「小記者」身分，隨著日本殖民勢力轉向軍國主義與戰爭取向，以小搏大已更難有所發揮了。葉榮鐘戰後晚年的自傳散文提及：

> 當時我作了十首打油詩，題為〈索居漫興〉，其第二首：
> 張王李趙盡殊榮，京國人人識姓名，
> 解得人間羞恥事，寧從窮巷了殘生。
> 　〈索居漫興〉刊載於《新民報》以後，和作的人很多，有一個朋友一

---

[16]許佩賢，〈塑造殖民地少國民——日據時期臺灣公學校教科書之分析〉，（臺灣大學歷史學系碩士論文，1994 年 6 月），頁 51。

和再和，一共寫了三十首。〈索居漫興〉發表後不久，主筆林呈祿先生就接到警務局的警告，說葉某的詩對時局全無認識，殊屬不該，以後應加注意云云。[17]

可以理解戰爭期，國策向軍國主義傾斜的過程中，已難有逃離奉公時局的言論空間，葉榮鐘言情、棄世的漢詩寫作尚不符應時局，更遑論利筆寫作的時評存在。而後葉榮鐘相繼派駐東京與馬尼拉，礙於現存史料的不足，無法再詳述之後的散文取向。

歸結於戰前葉榮鐘，具有史家、理論批評者、新聞記者身分與筆鋒，但自身又同是民族運動參與者與古典詩人，透過雜文的著力與用功，實行文明批評、社會批評的改革，「文藝時評」的散文路線是顯而易見的。對於傳統文化的反思與針砭，都來自於作家個人灼熱情感的灌注，作家並非無情的冷嘲，而是有情的諷刺；亦莊亦諧、辛辣雋永的文風，除了身受魯迅散文風格的習染，更是對於啟蒙運動的焦急之情，他的散文顯示出殖民地下臺灣散文所具有的時代感。而無可否認的，葉榮鐘在戰前的散文寫作，多以文化論述為主，這樣的論述手法、類型，在「反抗」與「美學」這兩種精神維度上，勢必標舉「反抗」，而無法在「美學」上有所突出。但葉榮鐘散文的抒情性格與知性特質，傳遞出殖民地下的知識分子非個人性的抒懷與見解，他兼具新聞記者與時代人的敏銳視野，此視角也反映在他戰後的散文實踐之中，且成為重要的靈魂。

（二）周作人式小品風格的傳人：洪炎秋北平時期散文的書寫政治

與臺灣、滿州國相比，北京淪陷較晚，在名義上沒有與中國分離，仍具有相對獨立的言說空間。華北偽政權成立之後，新民會於 1937 年 12 月 24 日成立，並於北京設立「中央指導部」，在這一年期間，由日本操控的政治、軍事、文化、經濟等基礎體制確立，但對於此時仍不斷在中國開關

---

[17] 葉榮鐘，〈一段暴風雨時期的生活紀錄〉，收錄於葉榮鐘著；葉芸芸主編，《葉榮鐘全集 2 臺灣人物群像》，頁 405。

新戰場的日本，對於以北京為中心的華北淪陷區，其文化掌控力仍無法全面落實。北京濃厚的民族文化與豐富的族群身分認同資源，仍舊有相當程度的民族文化象徵意義與感召力度。

此時的任教於北平藝術專科學校的張深切，於 1939 年 9 月創刊《中國文藝》，張深切與洪炎秋同為旅平的臺灣人，洪炎秋長達十篇散文皆發表在此平臺。該雜誌雖為官辦雜誌，但殖民當局為了盡快恢復北京的文化生活，對於《中國文藝》的創刊做出不帶政治性的部分妥協，主編張深切曾在回憶錄中將此雜誌的問世，標誌出周作人也是當中的參與者，[18]我們可以細梳當中周作人的位置。回溯周作人於 1939 年 1 月遭受狙擊與好友錢玄同去世後，旋即接受汪偽政權聘書，任偽北大圖書館館長及文學院院長。但四月周作人寫作〈玄同紀念〉的悼念文，表達由「從不說話到說話」的轉向：

> 今玄同往矣，恐遂無復有能規誡我者。這裡我只是稍講私人的關係，深愧不能對於故人的品格學問有所表揚，但是我於此破了二年來不說話的戒，寫下了這一篇小文章，在我未使不是一個大的決意，始以是為故友紀念可也。[19]

再推進到《中國文藝》的創刊，周作人是張深切主編《中國文藝》（1939 年 9 月至 1940 年 8 月）中幾乎每期都有文章發表的作家，而同樣的受京派小品文風格影響甚深的洪炎秋也是，對於《中國文藝》與周作人，連帶著與洪炎秋的關係，是值得一起思考的。此時的周作人打破沉默，張深切戰後的回憶錄提及出版《中國文藝》的過程，如何凝聚一個純文藝的文化雜誌，乃至於形塑一個相較純粹的平臺，容許更多的聲音進

---

[18]張深切，《張深切全集·二·里程碑──又名：黑色的太陽（下）》（臺北：文經出版社，1998 年 1 月），頁 658。

[19]原文刊載於《燕大周刊》（1939 年 4 月 28 日），後收錄於《藥味集》。本文引自周作人，〈從不說話到說話〉，《知堂回憶錄（下）》（合肥：安徽教育出版社，2008 年 6 月），頁 400。

入，這一連串的思考與縝密布局，都有周作人的加入，故此時的周作人的位置就值得玩味。無疑地，周作人的偽政權體制裡的位置與張深切「日本通」的資本，取得創辦大型文藝雜誌的權力與資源，這兩者無非都是進入殖民體系，進而取得自主運作的策略。在第一期《中國文藝》的編後記寫到：

> 國可破，黨可滅，惡可除，文化不可滅亡也。我們可以一日無國家，不可一日無文化，因為文化是國家的命脈，是人類的精神的食糧。
> ……這次我們的周作人竟打破了數年來的沉默，毅然給我們一篇〈俞理初的詼諧〉有趣文字，不但使我們很感激，想讀者們也一定很滿意吧。周作人是我們的北斗星，他雖然不像那彗星的活潑，或火星那樣的閃爍，但是他在於無言無為之間也仍鎮在南面的位置。[20]

張深切在《中國文藝》形塑一個相較純粹的發言空間，在創刊號的編後記中大談文化，迴避官派雜誌所被賦予的宣傳方針。檢視張深切為了文化救國的理想而來到北京，他對於周作人打破沉默的覺悟與維護《中國文藝》之情，必然受到了鼓舞。而〈編後記〉中，將周作人比擬為鎮守在「南面」的北斗星，有隱含著與南方的抗日中國的忠誠之意。無疑地，也反映出張深切試圖以周作人作為這一股文化救國的政治企圖。稍後，張深切在第二卷第三期編後記中，亦反覆強調：「知堂先生屢次要求我們不可把他的稿子排在前面，並不允許製作鋅版；但是這些問題卻係編者的權限，我們還有所不受的地方。」[21]「周作人」被主編張深切高度抬升，隱喻著周作人的投稿與支持所代表積聚反彈力量的意義，不僅是北京寂寥文壇的指引，更具有文化政治的意涵。

而與此同時，同為北大出身且與周作人交好，寫有一手小品文風格的

---

[20]〈編後記〉，《中國文藝》創刊號（1939 年 9 月 1 日），頁 104。
[21]〈編後記〉，《中國文藝》第 2 卷第 3 期（1940 年 5 月 1 日），頁 85。

洪炎秋，也同樣持續在《中國文藝》上發表文章，該刊第 1 卷第 3 期由張我軍代為編輯[22]，張我軍在〈編後記〉評價洪炎秋的作品：「芸蘇兄的小品文至本期而益發十足地發揮了他的特色，將來知堂派小品文的承繼者，他無疑是一位有力的候補，讀者諸君以為然乎？」[23]此一評價與刊物上的稿件排序，兩人總在前後的序列，不難看出雜誌編輯積極認可洪炎秋散文可溯源至周作人，此評價既是肯定，亦是進一步標舉周作人。故洪炎秋的散文也被賦予文化政治的隱喻，並不可簡單以閒適小品文定位之，縱使相較於北大學生時期，在《語絲》文章年輕勃發的氣息仍顯得過於幽情、散漫，但其民族主義與遺民氣節的家學薰陶，對於當時日本對於北京文化的收編仍具有解殖的效能。重要的是，我們應要考量的是當時的歷史語境，在 1940 年代嚴格的思想統制與戰時取締下，無論是北京還是臺灣幾乎都沒有反戰或反日議論存在的空間，但是在不可能的大環境之中，卻也並非完全沒有任何小縫隙的可能。但前提正如前所述：《中國文藝》取得官派雜誌的特殊位置與周作人為屏障，而張深切擔任編輯角色與洪炎秋在《中國文藝》階段發表的散文，即可進行如此的思考。

洪炎秋等臺灣旅平的文化人／知識人，常兼有「日本通」與作家的多重身分，投射在散文中的關懷視野便具有「雙聲」的效果，且輻射出矛盾的心態變化，展現在淪陷區北平活動中，對自己身分、角色的認知過程，而這樣的認知辯證的開始，常會觸及到「故鄉」臺灣。而洪炎秋在〈就「河豚」而言〉一文中寫道：

> 我的故鄉是在四周環海的某一塊土地上——恕我不忍舉出她的芳名來吧，因為她在這個年頭，是處在一種左右做人難，各方不討好，無處不受歧視，無時不被猜忌的那麼觸霉頭，那麼可憐見的境遇，何可再

[22]張我軍，〈代庖者語〉：「中文主編深切兄奔喪南旋，臨走時，托我代庖一期。」見《中國文藝》第 1 卷第 3 期（1939 年 11 月 1 日），頁 1。
[23]張我軍，〈編後記〉，《中國文藝》第 1 卷第 3 期，頁 88。

明說她來受蹧蹋呢？

而今無意之中看到「河豚」這兩個字，竟如「他鄉遇故知」，不禁大感親切，自己也莫名其土地堂，這或者是因為人到中年，就免不了非意識地帶著「落葉歸根」的傾向，自然對於故鄉所有的東西，是要特感眷戀的吧？[24]

　　文章一開頭雖未表達作家「故鄉」所在，不過一句「我所住的是那裡叫做鹿仔港的一個小鎮」，就點明了故鄉即是被日本侵占數十年的臺灣，這樣一個隱晦的手法，蘊含著作家憐惜與思念之情。文中，洪炎秋漫談絮語的手法，先從家鄉鹿港對於河豚的命名談起，再談起各國河豚烹調手法與民風，形式看似作者「以意役法」任意發揮，結構上似乎是支離散漫，無跡可尋，但作家近似散漫的廣徵博引之中，事實上有其內在的統制與協調性。該篇文章以河豚為起點，近似以「河豚」為主軸所展開的絮筆，但是文章結尾說到：

近日市中日本飯館到處林立，而調理河豚的方法，也由是而輸入，實是「經濟提攜」聲中的一個好現象。蓋利用外來技術，開發我國資源，深合國父《建國方略》的精義；今以我國等於廢物的河豚，得了日本的調烹技術而變成值錢的東西，日本飯館既可藉以發財，而我國漁人也能因而得利，是相益而不相損，豈非一個經濟提攜的好模範？日本的《改造》雜誌曾經登過這樣的話：世間常謂西洋人的經濟提攜，是造飯碗，有飯大家吃；東洋人則是端飯碗，奪一方的現成飯以益另一方。此後國際間所要講的經濟提攜，如能改變作風，以「河豚料理」為榜樣，則整個世界的前途，其庶乎有豸乎？罷了！罷了！多

―――――――――――――
[24] 芸蘇（洪炎秋），〈就「河豚」而言〉，《中國文藝》第 1 卷第 6 期（1940 年 2 月 1 日）。後收錄於洪炎秋，《閑人閑話》（臺中：中央書局，1984 年），頁 80。

　　說外行話，就要違犯飯館老闆所公布的「莫談國事」的禁令了，還是
　　就此擱筆吧。[25]

　　洪炎秋透過河豚這一物件，曲筆說出中日應該「合作」的想法，看似
洪炎秋親日的姿態，但實則將整個雜誌的走向與通篇文章的立意，都指向
反殖的寓意。這樣一種曲折、流動書寫策略，作家此一「邊緣」性不應理
解是一種姿態、標榜，他並非刻意游離於主流論述之外，乃是時勢所圍。
從散文寫作的範疇而言，之於洪炎秋這批旅平的文化人而言，這樣一種
「邊緣」性某種程度就在於抵抗一般化、規格化的闡釋和表述，而此時包
圍作家、致使作家產生沉默與空白的主因，就是他們試圖抵禦的東西，也
就是日本侵略的文化收編。值得注意的是，洪炎秋所關注的「國際間的經
濟提攜」，這種訴諸於世界、國際的想法，同樣也與主編張深切不謀而合：

　　中國文藝不應當蹅跼在中國裡頭，它應該要有廣大的價值和世界性，
　　它應當要貢獻於人類，要發展到世界去。這並不是一片的空想，也並
　　不是要為要自慰的一種虛望。……
　　東亞新情勢的進展，由近衛公的再出馬，欲是積極化了，新秩序的建
　　立與新體制的確立，也跟之愈形強化了。
　　新建設，新建設，是的，必須要新建設，文化也必須要新建設。
　　我們知道「筆」是建設的重要工具。[26]

　　張深切使用筆名「者也」，在雜誌第二卷開始連載以「廢言廢語」為
題，性質幾近「近事雜感」隨筆，又有時化名為「之乎」，撰文與「者也」
對話，而弔詭的是這些隨筆都以淺白的文言文寫作，形是欲掩飾這些與國

---

[25] 芸蘇（洪炎秋），〈就「河豚」而言〉，《中國文藝》第 1 卷第 6 期。後收錄於洪炎秋，《閑人閑
話》，頁 84～85。
[26] 者也（張深切），〈廢言廢語〉，《中國文藝》第 2 卷第 6 期（1940 年 8 月 1 日）。

策悖反的言論。

　　而洪炎秋此篇〈就「河豚」而言〉，在雜誌〈編後記〉為主編張深切評點：「芸蘇先生的『河豚』起筆便很動人，我們都能理解他的環境與苦衷，我們願意認他的精神如豚肉，他的環境如豚毒。」[27]張深切的評點被放置到當時的場域，無疑地相當曖昧，像是在傳遞著「天涯同是淪落人」的理解與憐惜之情，且這一「精神如豚肉，環境如豚毒」也成為當時文化人共同的感覺結構。以故鄉起筆，連結到北平的困境，此一散文敘事結構不僅是洪炎秋如此，張我軍的散文中也是如此，反映出作為一個日本殖民地的臺灣人，到淪陷區北平的壓抑與苦悶心情。

　　洪炎秋曾於北京開設人人書店，為了出版父親洪棄生的遺著而累積資本，自洪炎秋 1923 年在北京與父親分別後，直至 1929 年返臺奔父喪，對於違背父親期許一事，始終耿懷於心。在〈我父與我〉一文，洪炎秋以「雙軌」的敘事手法，透過散文回顧敘事夾雜著洪棄生詩稿，刻畫一個作為「遺民」文人的父親形象，宛如洪炎秋單音的自我反饋，慈父的聲音／身影隨著詩稿的傳遞，亙久不變的存在著，散文回顧著昔日每段父親看管的讀書經驗，洪炎秋的好壞表現，父親都以詩作留下訓勉與責備，而洪炎秋回應道：

　　　讀了這首詩，可以看出我父是怎樣地怕我隨俗浮沉，見異思遷，怎樣地盼我能在故紙堆中，去尋覓清高的精神生活。可是那時正是新舊劇變，而我又正當知識初開的時候。要我「見異勿思遷」，談何容易？我當時求知慾非常熾烈，家中所藏的《瀛寰志略》、《萬國史記》、《格致新編》等書，都很有吸引我的魔力，其中最感動我的卻是我父看過的幾十本《新民叢報》，和十幾本鼓吹排滿的《復報》。《復報》的內容和執筆者，我已想不起來了，唯它的封面那兩個反寫的、每期換色

　　的大字誌名，至今猶歷歷在目，印象非常地深。我看了這些書報，思
　　想和興味，都大起動搖，覺得生在這個世紀的青年，是不應該只在
　　《五經》、《廿四史》這些故紙堆中討生活的，而須想法子去吸收新的
　　知識，有一番作為才是。然而在我的環境中，要想吸收新的知識，只
　　有學習日語，是唯一的門徑。[28]

　　反映出兩個明顯不同世代間的歧見，洪棄生寄託下一代能經世治國，
但臺灣淪陷的歷史景深裡，他只能藉經典古籍與詩作，發抒悲情以寄託方
寸。此篇散文中，作家引述父親〈喜次兒十五歲能兼詩畫〉：「汝以藝為
游，勿以藝為淚；有成作班超，無成作楚屈」，傳達盼望洪炎秋能遇到政治
昇平、經世濟民的理想環境，而「以藝為淚」、「無成作楚屈」也可說是一
種深深的無奈。但此時知識分子若想救國，為突破殖民困境，只能學習日
語作知識準備，兩代之間的衝突勢必無法避免，而這些親情間的破損與愧
歉，徒存於洪炎秋在事過十多年後，以「老大徒傷悲」的心態一語道出：

　　現在事過境遷，我在外面已胡鬧了二十餘年了，終於落得個「一事無
　　成兩鬢斑」，應了我父的讖語，深悔當年不如老老實實去傳受我父的
　　家學，或者還有成個一得之愚的希望，也免得父子失和，貽憾終生。
　　而今我父的墓木已拱了，「樹欲靜而風不止」，此情此景，負負徒呼！[29]

　　旅平臺灣文化人如洪炎秋、張我軍、鍾理和的散文中，折射出一種臺
灣人／日本人／中國人、臺灣殖民地／日本宗主國／祖國中國、日語／中
文複雜的文化政治張力，時時所面臨著身分表述的困境與尷尬，呈現兩屬
／兩不屬於的尷尬存在、理想與現實的衝突，洪炎秋對話與懺悔的對象，

---

[28]芸蘇（洪炎秋），〈我父與我〉，《中國文藝》第 2 卷第 1 期（1940 年 3 月 1 日）。收錄於洪炎秋，
　　《閑人閑話》，頁 89。
[29]芸蘇（洪炎秋），〈我父與我〉，《中國文藝》第 2 卷第 1 期。收錄於洪炎秋，《閑人閑話》，頁 89～
　　90。

俱是父親與遺民家學。洪炎秋另篇文章〈辮髮茶話〉深刻地描敘，民政長官下村宏厲法剪辮放足的過程：

> 在二十五年前，他當了我們那裡的民政長官，少年得志，勇於作為，第一步就要使他屬下的人民，有所表示，於是下令勸誘剪辮放足，標榜同化，下級警吏，聽到上司屁聲，便覺得大似雷響，雷厲風行，爭顯成績，攔途剪人辮髮，入閨解人腳步，弄得雞犬不寧，閭閻騷擾，我的辮髮就是在那個時候，被警吏在路上給剪掉的。……當時我父作了一首七律，詠他這個舉動說：「是何世界任摧殘，警吏施威六月寒。削足妄思求適履，髡頭謬說慶彈冠。時無美鬢人人髻，家有金蓮步步難。癸女丁男顛倒甚，此間奚事不心酸。」[30]

文章以「茶話」為題，回應下村宏的隨筆而作，下村氏原作意指為中國人辮髮積習難改，清朝辮髮殉節者如山，但日本在臺灣廢止辮髮卻找不到一個殉節者，而頗為訝異。洪炎秋也依循「辮髮」的話題開展，以洪棄生〈厲行斷髮散足事感詠〉一詩，說明日本殖民提倡剪髮的亂象，「癸女丁男顛倒甚，此間奚事不心酸」，日本警察妄想爭顯推行績效，削足適履。造成一連串荒謬的情形，髮式難看、行走困難，詩人喟嘆斷髮散足令破壞了男女外形辨識上的依據，殖民者強加在殖民地人民身上的各種改變，自己的身體都無法作主，世間還有什麼事比這更悲哀？洪棄生此一不合時宜的抵抗，強被日本警察剪辮，固執不進行推剪，以致於披頭散髮視人，「一條辮髮，原也不是他所視為怎樣了不得的，只因他在那個時候，乃是最好的頑民標誌，所以他想要『且留尺寸來反唇』」[31]。

洪炎秋諷刺下村宏「對於頭髮，似乎頗饒興趣，所以少年時候，就作

---

[30] 芸蘇（洪炎秋），〈辮髮茶話〉，《中國文藝》第2卷第4期（1940年6月1日）。收錄於洪炎秋，《閑人閑話》，頁99。

[31] 芸蘇（洪炎秋），〈辮髮茶話〉，《中國文藝》第2卷第4期。收錄於洪炎秋，《閑人閑話》，頁100。

了一個很勇敢的辮髮的劊子手,而今老了,提到辮髮,仍是津津樂道。」[32]清朝的辮髮政令,致使人民以身殉節,而日本剪辮的強硬,卻也同時讓臺灣人生活於悲哀憤懑之中。清朝與日本同為異族,作法同樣酷虐不顧人情,而下村宏喟嘆「剪辮找不到一個殉節的」,只不過是短視近況罷了,「蓋人與人之間,多出一道痕跡,就要多生一層隔膜;多生一層隔膜,就要多惹一番摩擦,所以莫說屈屈辮髮關係淺鮮也。」[33]清朝是如此,而作家沒有說的是,日本殖民又何嘗不是如此呢。因此不斷重複父親洪棄生這一個悲壯色彩的遺民系譜,此一代表著殖民地堅守民族氣節,固守著中國文化精神的知識分子。

洪炎秋回到歷史深處,以一個兒子的姿態重述父親的形象,帶著理解與愧疚的姿態,去揭示他們這一世代的生存意義,暴露出殖民體制形塑的文本之下,被遺忘、被遮掩、被塗拭的歷史。當時父親洪棄生的矛盾與掙扎,如今身在北平的洪炎秋也正面對如此劇烈的語言、文化的殖民,作家洪炎秋未嘗不也是與父親、與深鐫在自己血液的遺民家學,進行對話。此類帶有悲壯性色彩的中國民族認同者,是無法被收編於殖民體制之中,亦或者下村宏晚年語帶輕蔑的隨筆之中。「真實」恆互存在,而洪炎秋這類暗藏機鋒的幽默小品,幽默姿態是外表,而知識分子被壓抑的心靈才是內裡。

洪炎秋在中日戰爭前後的這段期間,除了上述於《中國文藝》發表散文外,還在《新蒙古》月刊(賈麗南主編)、《日文與日語》(張我軍主編)、《北京近代科學圖書館館刊》、《中國留日同學會季刊》、《日本研究》等雜誌撰寫日語學習稿件或發表譯作。洪炎秋於《中國文藝》的發表是此時的寫作高峰,其後的寫作活動已不復如此,在 1934 年發表於《藝文雜

---

[32] 芸蘇(洪炎秋),〈辮髮茶話〉,《中國文藝》第 2 卷第 4 期。收錄於洪炎秋,《閑人閑話》,頁101。

[33] 芸蘇(洪炎秋),〈辮髮茶話〉,《中國文藝》第 2 卷第 4 期。收錄於洪炎秋,《閑人閑話》,頁102。

誌》的小說作品〈復讎〉[34]，近似鴛鴦蝴蝶派的多角戀愛小說，實則延續魯迅對於女性「娜拉」出走之後的探討，可與散文〈馭夫術〉並讀而觀。與此同時，在《中國公論》發表〈亂彈舞弊〉[35]一文，依舊帶有洪炎秋風格的小品文，針對舞弊貪汙的社會現實，運用幹練精闢的反語，採取相悖反的論述。作家將矯正舞弊與捉臭蟲一事相提並論，引發一番諧趣：

> 治贓官如捉臭蟲，原是放鬆不得的事情。外國也有臭蟲，不過他們勤捉，也就不易蔓延吧了。舞弊之事，談得多了，轉過話頭來說說向同類的臭蟲吧。臭蟲在日本叫作南京蟲，彷彿認定牠也是中華的特產，是由我國所輸入的「舶來品」，他們本來沒有似的。他們這樣想像，我們「也就」這樣承認。……我相信撲滅臭蟲和驅除贓官一般無二，時無古今地無中外，沒有別的，勤捉則少，不捉就多。知此說者之餘治天下也，其如視睹掌乎。[36]

　　這可溯及到周作人的諷刺手法，已突破「五四」初期教訓文字的框架，而以藝術的形式負起揭發、批判、及重建的任務。在教訓文字上也富有詩性的形式，正是周作人諷刺的藝術手法，洪炎秋在戰前一連串的散文寫作，於藝術層面上的理解與實踐，不只來自於周作人風格的親炙，更與這期間翻譯諸多日本文學作品有關。此篇散文，洪炎秋揶揄日本作家諷刺中國多舞弊的見識，大談驅臭蟲的方法與日本文學所出現的臭蟲說，使用悖反、輕蔑的例證，但舞弊主題相連結。最淺俗的臭蟲與贓官並舉，顯示贓官之害迫近於身，另外也意在諷刺日本作家規避中國多舞弊一說，在輕鬆的嘲謔中，發揮最尖銳深刻的批判力道。
　　《中國文藝》時期的十篇散文乃 1939 年到 1940 年間的作品，對比葉

---

[34] 芸蘇（洪炎秋），〈復讎〉，《藝文雜誌》第 1 卷第 5 期（1943 年 11 月）。
[35] 芸蘇（洪炎秋），〈亂談舞弊〉，《中國公論》第 10 卷第 3 期（1943 年 12 月）。
[36] 芸蘇（洪炎秋），〈亂談舞弊〉，《中國公論》第 10 卷第 3 期，頁 41。

榮鐘在臺灣殖民地的擔任《新民報》時期的剴切直白、關懷現實的文章，有相當大的落差。且許達然論述的日據時期臺灣散文脈絡中，也顯見臺籍作家洪炎秋旅平的小品文習得，是與殖民地問題散文等路線是具有區隔性的。但是，許達然的批判傳遞出日治時期的臺灣散文存有兩個路線：一是在臺灣島內，以問題、論述性散文；另一則是承繼北平文壇生態的閒適小品文路線。追蹤日治時期社會力對文學的作用、作家們思想連貫、言論空間的變異，因此誕生的文學、思想、文化所具備的變異與流動的特質，由啟蒙轉向「小記者」的葉榮鐘，或者具備周作人小品文風格的傳人的洪炎秋，對於其所習得的多軌教育與文學影響傳統，再再都影響到戰後的書寫內涵與美學實踐。

三、本土散文家的後殖民變形史：論戰後葉榮鐘與洪炎秋的書寫實踐

（一）位處民間：戰後葉榮鐘「半路出家」的生存姿態與書寫實踐

1950、1960 年代臺灣文壇興起一股「半路出家」的創作現象，多是指涉軍中文藝風氣盛行下，一群軍旅出身者幼年失學，戰後臺灣穩定的社會現實，使他們熱衷於文學書寫，特別是書寫現代詩文類。軍中文藝政策之下，培養出一批現代詩人與現代畫家，例如：洛夫、瘂弦、張默、商禽等詩人，夏陽、吳昊、金藩、歐陽文苑等出身海軍的畫家。而戰後反共懷鄉的背景，與之後來現代主義的引進，在臺灣形成去脈絡化、反傳統、無根性，講求前衛與新穎，變相也使他們的學識基礎不足之下可以提供放手一搏的機會。[37]當然，彼時的流亡作家與後殖民作家，面對國家文藝體制，仍有其具有差異性的肆應之道。

筆者論述的省籍作家，經歷日治時代一路走來，對於二二八事件之後的白色恐怖，多已去世、隱居默默無語、或鬱悶轉換位置，以求苟且溫

---

[37]李友煌，〈從空框中逃走的裸像：現代主義的雙重耽溺——以朱沉冬的詩與畫為例〉，《苦悶與蛻變——六〇、七〇年代臺灣文學與社會》（臺北：文津出版社，2007 年 5 月）。

飽。1966 年葉榮鐘自彰化銀行退休，在退休前夕，於 1965 年出版散文集
《半路出家集》。恰巧的是，這樣「半路出家」的精神道盡他戰後沉潛多年
的心路歷程，且這樣的精神圖像乃貫穿他戰前與退休之後抖擻振筆的書寫
實踐，這相當值得省思──一種有別於外省籍作家，選擇現代主義路線的
書寫姿態。是什麼樣的外力促使他轉換原本的道「路」？又是什麼樣的轉
折促使他蟄伏再出發，成為「半路出家」者？

　　葉榮鐘於日治時期擔任林獻堂的祕書一職，文化運動與《臺灣新民
報》的一枝健筆，戰後屈身於彰化銀行祕書一職，鎮日與金融文件為伍。
退休前夕又重新提筆寫作，這樣的例子，在省籍作家之列並非孤立。而筆
者試圖繼續追問，這樣「半路出家者」的頹廢與無用的姿態，轉換為「見
證者」的身分，其中藏有著作家刻意經營的生存姿態，且其背後又透視著
什麼繁複的社會背影和歷史創傷？又如何藉由這樣逆寫的生存姿態「突
圍」被隱匿與消音的困境？而作家的書寫又如何對時代、社會變遷做出回
應？無論在日治或者戰後，每個歷史的轉折點，社會的轉變期，都能看到
這些被迫扭曲與不肯輕易放棄的心靈。

　　葉榮鐘出身鹿港，幼小喪父而家道中落，寡母編織草帽與裁作庫錢維
生，養育葉榮鐘與其幼弟。1918 年與 1927 年受林獻堂資助二度赴日本留
學，1921 年第一次留日返臺後，任職與林本源製糖會社溪州糖廠，因為參
與臺灣議會設置請願運動而受革職。葉榮鐘屬中下階層，因受恩師施家本
引介予林獻堂，而受其資助，但葉榮鐘仍對此上層階級的陰暗面有很透徹
的掌握，例如他對林階堂之子林變龍，則有這樣的看法：「**變龍君這個人是
不能從心理信任別人的人，不僅變龍君如此，林家的人大概都如此，不！
有錢人都有這種傾向。難道有錢人除了錢之外有甚麼可相信的麼？**」[38]雖承
受霧峰林家之恩，但葉榮鐘始終有種透徹的反省能力，自立於外者的姿態
看待屬於上層階級的林家。這樣庶民的生存姿態，循環互饋到他的書寫實

[38]葉榮鐘著，〈第二部《新民報》時代：一九三九年一月八日〉；林莊生、葉芸芸主編，《葉榮鐘全集6 葉榮鐘日記（上）》（臺中：晨星出版社，2002 年 3 月），頁 161。

踐與關懷之中，透過葉榮鐘私密日記的梳理與散文書寫的並置對讀，可以
發現他對於自身的位置，具有高度的反思能力與透視性。他在 1939 年日記
題下的〈卷頭感言〉說道：

> 今日是昭和十四年（1939 年）一月一日，我已開始進入於四十歲的年
> 頭了，自己有點難以相信，但戶口謄本明白地記載著明治三十三年
> （1900 年）七月二十三日生，並由過去的經歷來推測更沒有懷疑的餘
> 地，只是自己沒有四十歲的感覺罷了。雖然四十歲並不值得驚惕，但
> 與年齡相比，我還是很不成熟。表示過去浪費了很多寶貴的光陰。回
> 顧過去二十年間，時而頓躓，時而迷惘，但一直向上努力過，尤其是
> 結婚九年以來意識地矯正自己的過失。最近兩三年來，自己也覺得不
> 敢在人格上或思想上都有進步而自慰。但仔細檢討一下，對自己的未
> 成熟不禁有啞然之感。深深體會到人要修養是如何困難了。然而，自
> 己設定人格之完成為修養的目標確實沒錯。今後只有向這個目標邁進
> 就是了。[39]

　　同年，葉榮鐘的長女蓁蓁已是進入小學校的年歲，而長男光南更在前
一年出生，葉榮鐘已於 1936 年因為新民報記者任職，舉家遷往臺北。但報
社卻因為時局而收支困難，葉榮鐘被迫減薪，而由原本在臺北市御成町
（今中山北路），搬家到奎府町（今長安西路）火車站邊，屋小人多，因陋
就簡勉強搭蓋一間依牆的書房，是為「半壁書齋」的由來。「半壁」意指葉
榮鐘生活的困窘，同時也有仿效國父孫中山收取軍閥失地的民族意識，同
期的日記葉榮鐘反思的是「具有歷史知識的人，對人生路程總有一些光明
感，至少對人生的價值總有一些心得。」[40]「知識分子的特質是他有敏銳的

---

[39] 林莊生、葉芸芸主編，〈第二部《新民報》時代：一九三九年卷頭感言〉，《葉榮鐘全集 6 葉榮鐘
日記（上）》，頁 159。
[40] 〈第二部《新民報》時代：一九三九年〉，林莊生、葉芸芸主編，《葉榮鐘全集 6 葉榮鐘日記
（上）》，頁 162。

良心，因為知識原來就是有磨練良心的功用的。良心不亮的人，就是有知識也不能算真正的知識。」[41]不斷對於「知識」進行反芻與實踐，並非以「知識」標榜自身，或者被官方敘述所收編，對於歷史與時代有種使命感，縱使總自嘲自己是時代的犧牲者，但他們卻也同是將歷史懷抱在心上的群體。也就是說，葉榮鐘自戰前到戰後，對自我人生、乃至於國族歷史進行不間斷的辯詰與重述，則是他們這一群跨越時代者的生存姿態與書寫內涵，所輻射出的意義。

　　1965 年葉榮鐘以「半路出家」的姿態再出發，一則意味著沒有傳統的束縛與顧慮，選擇慣常的散文為載體來「說自己的話」，容納了對文化批判與社會現實的總總觀點。二則代表創作熱切的求知慾與創作的熱情併發，以及重拾戰前以筆為匕首，針砭時事的效用，可以說在戰後重新出發的時間點，葉榮鐘進入一個新的領域、新的使命之中，是帶著固有的理想與觀念，重新產生新的藝術能量。是故，葉榮鐘的書寫姿態乃是以業餘者的姿態，因為其「庶民」的位置與「民間」的身分；彰化銀行祕書、退休後自由的筆耕、零散的發表平臺（穿梭於官方與私人刊物），這些都應該納入美學風格分殊的影響因子之中進行考量。發表平臺異常的破碎，而「破碎」也正顯示著省籍作家再出發之不易，其發表平臺遍布本省與外省、親官方與民間雜誌與報紙，諸如：徐復觀於香港發行的《民主評論》、王鼎鈞主編的《徵信新聞報・副刊》、《傳記文學》、林海音主編的《純文學》、鹿港同鄉施焜松所編輯的《大華晚報》、吳濁流發行的《臺灣文藝》、洪炎秋任職的《國語日報》，被邀請寫茶話專欄與日日談專欄、吳三連發行的《自立晚報》、王詩琅編輯的《臺灣風物》、康寧祥、黃信介、張俊宏等人主導的《臺灣政論》雜誌等等。

　　葉榮鐘與洪炎秋俱是竹馬之友，也是日治時期留學日本與《南音》刊物的夥伴，至戰後他們再度在臺中聚首，當時以中央書局為集聚中心，形

---

[41]〈第二部《新民報》時代：一九三九年〉，林莊生、葉芸芸主編，《葉榮鐘全集 6 葉榮鐘日記（上）》，頁 173。

成微型的文學場域與交誼網絡的核心，其重要性與林海音家中客廳的沙龍形式不分上下。而葉榮鐘與洪炎秋經歷兩個時代的友情，透過書信更能理解兩人存在著一種相互砥礪的默契，葉榮鐘同時也在觀摩著洪炎秋的散文書寫，有著想為自身散文另闢蹊徑的過程，且洪炎秋同時也扮演著批改與經驗承傳的文友角色：

> 令岳母染上不治之症，雖屬上壽，卻受痛苦，叫人懷疑天道福善禍謠之說，不過此世界已全無天理，個人也就無法喊冤了，你退休，要吃自己，好在還有可吃，逍遙逍遙也好。閉門寫些雜文，吐吐胸中惡氣，也不無好處；不過要採我同樣的態度：（一）不碰最高峰，就是恭維兩句也沒有關係；（二）不反三民主義；（三）不罵執政黨本身。更進一步，拿最高峰的言論、黨義、黨策來糾正從政黨員個人，殺一儆百，可搏好評；我以社長地位，知而不敢行，你無官一身輕，不妨處士橫議一番，《臺灣日報》、《自立晚報》可利用乎？[42]

戰後初期洪炎秋與莊遂性一度因二二八事件被捕，洪炎秋的長女在中國投效共產黨而去世，更在 1950 年一度受到保安人員自家中帶回問話。此處言論道盡洪炎秋為國語日報社社長，「我以社長地位，知而不敢行」的身分為難，在信件中除了個人經驗傳授，如何避免散文書寫觸犯禁忌而賈禍之外，更有感嘆世道有違倫常，對於社會現實的鬱悶急待抒發之感。

某種程度，洪炎秋更是抱著「理想轉移」的期待，希望葉榮鐘透過「民間」的位置，揭露時弊。而兩人更時常交換作品，葉氏的散文相較洪炎秋純正的白話文書寫，對比之下仍雜有日語的用語與不協調的感覺。洪炎秋更進一步砥礪葉榮鐘寫完《林獻堂紀念集》之後，應投入臺灣民族運動的重述工程，且不斷透過書信的寄送，砥礪葉榮鐘，「寫作之寸，一股勁

---

[42] 洪炎秋致葉榮鐘書信，1968 年 8 月 1 日，源自：國立清華大學圖書館「葉榮鐘全集、文書及文庫數位資料館」之建置網頁 http://catalog.digitalarchives.tw/item/00/29/8a/5b.html。

作下去，便可有成，反之，則一縱即逝；老弟此刻事較清閒，正好利用
也。」[43]而後，葉榮鐘投入隨筆性質的散文寫作，長期刊載於《彰銀資料》
等刊物，能見度低又少有回饋，而後第一本散文集《半路出家集》出版，
當蔡培火收到該書，回信肯定「比之君在編寫獻長紀念冊時，大有士不見
三日之感，辭藻行文高出愚之能力多矣，敬佩敬佩。」[44]可顯見出，葉榮鐘
蟄伏停筆期間，周旋於家事與彰化銀行工作之時，仍不忘磨練文思的過
程，再加上葉榮鐘的動向也備受警備總部的監視，諸多書信都有延遲送抵
的狀況產生。可以想見作家於主流歷史之外，爭取弱勢歷史詮釋權的過
程，承受諸多內在美學藝術的磨練與外在環境的干擾。葉榮鐘以著本土的
視線，透過散文的載體，所乘載的文字表面與書籍出版的底下，作家的書
寫實踐上銘刻著更多艱辛為之的歷程。

　　戰後葉榮鐘位處「民間」的書寫位置，所謂的「民間」，並非僅是指涉
與官方相對的位置，更多的是，和官方意識形態是相互牽繫、辯證的關
係。周旋於零碎的發表平臺，所折射出的書寫與歷史關懷之間的互涉與辯
證，透視出省籍作家跨越時代的心路歷程。這種流動時代與文學影響傳統
之間的照鑑，無疑是關懷葉榮鐘戰前至戰後散文的位移，由新聞記者、批
評家至戰後經營散文一方天地，對於知識與行動雙重實踐下的「變」與
「不變」、「承續」與「移轉」等種種，皆值得我們細究的部分。這樣的敏
銳視野扣合著對時局的鬱悶，轉注在筆端的是一股「想咬人」的銳利之
氣，葉榮鐘嘗透過私密書信，向留學美國的長子葉光南傾吐：

　　　兒對《半路出家集》的批評均中肯綮，尤其說余處處想咬人一語，真
　　能道出余之心病。這種傾向與其說受魯迅影響，無寧說是在日據時期
　　在日本帝國主義淫威下想成出來較近實情。當時余所作舊詩幾乎全是

[43] 洪炎秋致葉榮鐘書信，1961 年 1 月 21 日，源自：國立清華大學圖書館「葉榮鐘全集、文書及文庫數位資料館」之建置網頁 http://catalog.digitalarchives.tw/item/00/29/8a/43.html。
[44] 蔡培火致葉榮鐘書信，1965 年 2 月 11 日，源自：國立清華大學圖書館「葉榮鐘全集、文書及文庫數位資料館」之建置網頁 http://sc.lib.nthu.edu.tw/cgi-bin/gs32/gsweb.cgi/ccd=IIbKup/search。

這種味道，特別是〈索居漫興〉前後二十首尤為顯著。[45]

《半路出家集》的內文諸多篇目都針對社會現實層面提出文明批評，語氣尖銳與滑稽嘲諷筆法兼用，讀來令人暢快。此書寫特質乃是自日治時期即以養成，深植於作家個人的精神內涵之中，發抒為文，皆透視著戰前日治時期的文學影響傳統的浸潤。

戰後的本土書寫，無不在體現這樣中國／日本／臺灣雙重圖像的糾葛，且日本殖民經驗、日本留學經驗並未如同反共體制的策略性政策下被覆寫，反而成為一抹暗影殘留於作家書寫之下。這樣的日本經驗、臺灣精神的再現，其意義並非只是「再現」的意味，更有著「轉折」的位置，殖民經驗同樣也被臺灣人選擇性擷取為用日本（好的一面）作對照，對比國民黨統治，亦或者擷取日本帝國主義殖民臺灣的經驗，以標誌自身為臺灣人的特殊經驗。是故，作家透過書寫，敏銳視野所注視的依舊是臺灣島嶼的進程，透過文字所大聲呼囂、轉音、中介的位置上尋得自身落點是──關懷的、放在心上的、想解決一點什麼的姿態，與這時代語境進行對話。

（二）高居廟堂：戰後洪炎秋從「閒人」到「廢人」的生存姿態與書寫位移

在北平駐留 23 年的洪炎秋，回到臺灣之後，旋即有「半山」的文化資本可以隨心運用，洪炎秋 1946 年任臺中師範學校校長，後競選參政員落敗，1947 年二二八事件爆發，因臺中市民召開二二八事件處理委員會籌備會議，推舉莊遂性為主席，與謝雪紅武裝路線有所區隔。莊遂性安排青年與外省人至臺中師範學校避難，後來，有人誣告莊遂性與洪炎秋「鼓動暴動，陰謀叛國」，導致洪炎秋校長一職被撤職，而後接任之校長逼迫洪炎秋遷出宿舍，而一家經濟則有賴妻子關國藩於臺中女中教書。[46]同年，洪炎秋

---

[45]葉榮鐘致葉光南書信，1965 年 3 月 15 日，收錄於葉光南、葉芸芸主編，《葉榮鐘全集 9 葉榮鐘年表》（臺中：晨星出版社，2002 年 3 月），頁 93。

[46]丁肇琴，〈洪炎秋先生年譜〉，《世界新聞傳播學院學報》（1992 年 10 月），頁 136。

受窗友何容之邀，入國語推行委員會任副主任委員，此時正值臺灣實施憲政，因權宜之計受到擁戴，擔任民社黨臺灣省黨部書記長，待國代、章委選舉完成後，立刻登報聲明脫黨。1924 年在北平期間曾經祕密加入國民黨，但 1928 年喪失黨籍，再加上戰後受民社黨之邀短暫入黨，嗣後一直保持無黨籍身分。洪炎秋戰後因為 1948 年擔任臺大中文系教授，與 1949 年成為國語日報社社長，而生活過得安定，但似乎官方仍並非將他當作順民，1950 年曾短暫被治安人員誤捕。

　　推斷這一連串自身經驗、世代遭逢、生命困境與書寫之間循環互饋的關係，由戰前的文學影響傳統，《語絲》時期的剴切陳詞到《中國文藝》時期名士小品文路線的位移，體現時局與歷史語境對於作家言論的擠壓。而戰後洪炎秋其內部的美學風格與文化想像、乃至於外部與特定社會文化環境的互動過程，也是具有明顯的風格轉變與肆應之道。戰後初期 1948 年出版的《閑人閒話》到 1964 年的《廢人廢話》，由「閑人」到「廢人」的位移過程，是值得思索洪炎秋戰後的書寫關懷，與之生命遭逢所融涉的議題。

　　1948 年出版的《閑人閒話》乃收編舊時為張深切《中國文藝》所寫的幾篇，作為「附篇」，戰後初期回臺後所寫的幾篇，作為「正篇」。由好友張煥珪、莊遂性不怕賠本加以編輯出版，洪炎秋在序言感激：「性兄並且自告奮勇，答應為我裝幀，多年老友，盛情可感，所以就把它編排起來。」[47]由書中安排戰後初期的「正篇」與戰前的「附篇」，兩者的互文性與區隔性皆為洪炎秋的一體兩面，戰前北平淪陷的空間卻異常的窘迫，致使洪炎秋變換另一個書寫風格，改以名士小品的姿態現身，而戰後初期有容許洪炎秋直言的空間。然而，在經歷過二二八事件之後，《閑人閒話》的出版已然招忌，且被關切而銷毀。但弔詭的，1948 年中央書局出版的《閑人閒話》遭禁，1964 年同樣由中央書局出版的《廢人廢話》，除了重複《閑人閒

---

[47]洪炎秋，〈小引〉，《閑人閒話》，頁 3～4。

話》版本的篇目，又加入幾篇之後所作的新作。而此版《廢人廢話》大賣，加印三版，洪炎秋在序言中提到：

> 我在道義上只得接受張君的要求，就從原書中，去掉少數刺目的字眼，增添幾篇略有史料價值的應付文字，再在這半年中間，特地趕出一點新貨，依照寫作年月，重新安排，分量增了一倍有半，約略可成一本小書，才交由中央書局去付印，並根據當前的實情，改名為「廢人廢話」。[48]（底線為筆者加註）

筆者比對《閑人閑話》與《廢人廢話》兩個版本中重複的篇目，發現確如作家自己所言已有多處經過修改，顯示洪炎秋事後為保全《廢人廢話》的出版與自身安危，將數段文字刪改。當中對於北大學風的描述已經被抹去，可以顯示國民黨「檢閱」之下，連帶著作家也需被迫「自我檢閱」。之於洪炎秋，北大的五四學風與自由風氣所如沐而來的教養認同，也終需藉由改作，向國民黨政府靠攏、依附，或者僅是卑微地向上陳述：自己並非「問題分子」。

由此戰前與戰後初期散文的出版問題，體現洪炎秋不同時期的書寫風格，白色恐怖的嚴厲時局下，洪炎秋以「廢人」的姿態出版，直言的風格已需要小品的諧謔風格進行保護與屏蔽。是故，戰後洪炎秋也經歷「閑人」到「廢人」的位移過程，且《閑人閑話》到《廢人廢話》的出版過程，都共同展現洪炎秋以「廢人」為扮裝的必然。

回顧《閑人閑話》的〈小引〉，提及洪炎秋出版過程與戰後初期的心境。洪炎秋甚少在文章中提及這段經驗，關於二二八事件的經過也甚少提及，應當與當時二二八的政治禁忌有關，但難以想像的是，洪炎秋歷時許久回歸故鄉臺灣，其澎湃的思鄉情懷與興奮之感，竟然在其散文書寫中

---

[48]洪炎秋，〈自序〉，《廢人廢話》，頁2～3。

「缺席」且「隱蔽」。但，透過此則序言，可以看到洪炎秋也與葉榮鐘有同等的「祈見春意滿庭芳」[49]的渴望與視域：

> 處在這個革命年頭，閒人原是廢物，閒話更要不得，標榜出來，豈不自顯沒落？<u>然而環境迫我做閒人，時代要我說閒話，情形如此，可奈它何？指望一兩年後，整部憲法，條條實施，濁水溪澄清，天下太平，雞犬也可昇仙，到那時候，我也許可以攀龍附鳳，追隨社會賢達袞袞諸公的驥尾，搖旗吶喊，作一些兒童時代所憧憬的「經國文章」</u>，以謳歌盛世；此刻現在，尚盼普天下看官們，恕我則個。[50]（底線為筆者加註）

可看到此篇序言中，洪炎秋點名時局對寫作的壓迫，以極盡反諷的筆法，指出「濁水溪澄清」一語，連結憲法實施，民主落實，言論自由，看似趣味，實則譏諷入骨，潛藏譏諷蔣政權的「偽民主」、「偽自由」。再到1964年的《廢人廢話》的「廢人」姿態，以「廢人」的形象自居，但這樣的廢人只是表面，如同權宜之計使用的諧謔筆法，以遊走於邊緣，企圖有一番作為，該書序言指陳：

> 只要人能夠善加利用，都可以找到意外的用途，那麼，所謂廢物，也就不成其廢物了。俗語說得好，「好戲人人能變，各有巧妙不同」，無論什麼東西，只要你能夠神而明之，都可以化腐朽為神奇。同樣的道理，我的這些「廢話」，如果讀者肯來好好加以玩味，也未嘗不能夠在這裡面，悟出修齊治平、反攻復國的大道理來。我所以接受中央書局的要求，不辭敝帚自珍，敢於把它交付剞劂，以便藏諸名山，專之其

---

[49] 楊翠對葉榮鐘散文的評價。楊翠，〈第三章、六〇年代彰化縣文壇再現生機——第四節、散文作家撐開一方天〉，收錄於施懿琳、楊翠撰，《彰化縣文學發展史（上）》（彰化：彰化縣立文化中心，1997年5月），頁356。

[50] 洪炎秋，〈小引〉，《閒人閒話》，頁4。

人，原因就在於此。[51]

　　洪炎秋與外省籍文人徐復觀的交誼甚厚，儘管兩人的個性與處世具有
極大的差異，但梳理洪炎秋於 1980 年 3 月逝世時，摯友徐復觀寫的悼念
文，具體而微地描摹出洪炎秋有所堅持的生命質地與狂狷不羈的性靈[52]：

　　　炎秋的散文受了周作人的影響。他對周作人的功過是非，都剖析得銖
　　兩相稱。他說周氏的小品文是『用平淡的語言，包藏深刻的意味；有
　　時很像笨拙，其實卻是滑稽。』我不喜歡周的小品文，卻喜歡炎秋的
　　散文，化嚴肅的意味於平淡乃至幽默之中，在平淡中有波瀾，在幽默
　　中有眼淚，這是周氏所不能有的。他在自傳中開玩笑地說：『遵守徐
　　復觀教授「自由人不跟官吏打交道」的聖訓，不願出入公門。』由
　　「聖訓」二字，反映出了他對出入公門的深刻感受。……實際，他有
　　敏銳的洞察力，又有不撓不屈的狂狷各半的心靈。所以他的散文，在
　　尋常的題目，尋常的文字中，一定流露出深刻地批評意味。[53]（底線
　　為筆者加註）

　　如同徐復觀的見解，洪炎秋師承自周作人，在中國留學、居留的歲月
與京派作家的耳濡目染而有小品文滋味的散文風格。細理其散文影響傳統
與身世的葛藤，可以發現：戰前中國時期的小品文風格，至光復初期的極
具批判力散文，再到二二八事件後以諧謔為衣裝，實則不減批判風格，這
三階段書寫風格的位移與轉折狀態，徐復觀或隱或顯無不在兩篇悼文中強
調：「不務正業」、「為人所忽」、「自由人」。這一連串對自我身分的標誌，
比擬於這群文化人至戰後被拔除理想，正業／副業、生活／理想的顛躓與

---

[51]洪炎秋，〈自序〉，《廢人廢話》（1964 年 10 月），頁 5。
[52]徐復觀，〈平凡中的偉大——永憶洪炎秋先生〉，《洪炎秋先生追思錄》（臺北：國語日報社，1980
　　年 12 月），頁 167～171。
[53]徐復觀，〈平凡中的偉大——永憶洪炎秋先生〉，《洪炎秋先生追思錄》，頁 169～170。

倒轉，這同時也是徐復觀等外省人因政治理念而被遺落的一群的寫照。這樣對於身分／自我的自棄，反倒也是另一番的諧謔，也出現在葉榮鐘、洪炎秋散文集的命名隱喻中，諸如：「閑人閒話」、「半路出家」、「廢人廢話」、「小屋大車」等等。

同時，徐復觀也提示洪炎秋諧謔、幽默的風格，前有論者也曾以此評價葉榮鐘散文[54]，但審慎評之，洪炎秋諧謔嘲諷的散文腔調、個人思想，其諧謔風格的層面更甚於葉榮鐘，這不僅僅是文學影響傳統層面的問題，這也關涉於兩人社會位置關係。洪炎秋的半官方身分：立委、國語日報社社長、臺大教授等公開身分，必須更加仰賴美學形式手法的屏障。洪炎秋的中國經驗而取得「半山」標誌，無疑是與徐復觀等外省文化人親近的原因，但其「半山」的身分，卻並非是取得官方位置的文化資本，「惡質占據」與「五子登科」等不正義的過程。洪炎秋 1947 年擔任國語推行委員會的副主任委員一職，乃是受到北大窗友何容的邀請；1948 年受臺大莊長恭校長聘任為中文系教授；1949 年受國語日報社推舉為社長一職；而 1966 年獻身立委選舉則是希冀改革選舉惡風，勝選皆仰賴親朋好友的拉票與洪炎秋的腿力進行拉票的結果。[55]

值得思索的是：洪炎秋在外省人的角色，此一「半山」的角色似乎在立委任內並沒有發揮效用，他曾多次向葉榮鐘吐露立委的「無用」：「近日為寫此類信甚多，大都無效，因為現在社會只敬權威不敬人，立法委員無甚權威，已被看穿，寫信不生效，乃罪有應得；但在故鄉，這個『人』或者還可能有些作用乎？一笑。」[56]洪炎秋於立法院問政，可以發言的次數甚少[57]，而社會對於官僚化的作風習以為常，以位高權重者為重。洪炎秋更以

---

[54]彭瑞金，《臺灣新文學運動四十年》（高雄：春暉出版社，1997 年 8 月），頁 154。
[55]洪炎秋，〈從候選到當選〉，《閑人閒話》，頁 1～9。
[56]洪炎秋致葉榮鐘書信，1971 年 7 月 11 日，源自：國立清華大學圖書館「葉榮鐘全集、文書及文庫數位資料館」之建置網頁 http://catalog.digitalarchives.tw/item/00/29/8a/84.html。
[57]報紙記者檢討立院議事效率低落的問題，統計洪炎秋該會期並無任何發言，報紙指出：「餘張燦堂、洪炎秋、劉闊才、黃信介、李儒聰等人均未發言。林慎、郭天乙、黃國書、劉明朝四位臺灣等人均未發言。林慎、郭天乙、黃國書、劉明朝四位臺灣省籍委員也均未發言。」參見戒撫天，

一個非黨員的身分，批判國民黨官僚的醜惡嘴臉，「『三嘴粿未見餡』，聞竟有黨中省籍一二立委，暗中活動此缺，欲以建功，急色兒真可笑也。近來謠言甚多，此係庸人自擾，或係有作用之人，用以抬高自己的重要性，謠言止於智者，我輩可以智者自居，『冷眼看他世上人』可耳。」[58]而洪炎秋此一「智者」無法見容於官場，對於社會趨利而為的性格，也極力透過私密信件，向葉榮鐘表達強烈不滿，「生意人講現實，你我的帳他不買，『有力者』的帳卻是必買的。」[59]此一文人、非國民黨黨員的洪炎秋，「半山」的身分標誌帶給他的，僅有賴以憑藉的外省文人情誼而拉拔進入官方位置，而此友誼的情感牽繫，在趨名、趨利的社會現實下終究過於微薄。透過公開報紙訊息與私密信件檢視可輔佐推論，洪炎秋的「半山」文化資本並非固化的，且並非洪炎秋所在意的部分。而友朋的情誼反倒是洪炎秋此一經歷時代巨變的人，所賴以憑藉的，此一官方權力的「外者」，某程度而言，也等於是外省人的「外者」。所交誼的大多是文化圈、文藝圈的朋友，既官方又庶民的姿態，是洪炎秋的生存姿態與書寫實踐，而孰重孰輕已不辯自明。

　　筆者想要有所釐清的是，洪炎秋戰前的生命史與承繼的周作人式的小品文風格，這樣具有遺民家學與北京淪陷期的身世史，已經與文學影響傳統進行融合與交涉。體現在洪炎秋小品式的散文書寫中，已非周作人的名士之風，洪炎秋有所意識地轉進、發揚周作人風格中較隱而不顯的批判、嘲諷精神。截至戰後初期到白色恐怖發生，洪炎秋由「閒人」到「廢人」的書寫位移，除了為時所困的現狀之外，同時也體現出，作家經由戰前的身世與文學影響傳統，他仍舊戮力地保有發「聲」的慾望與動力的掙扎過程。

〈試看立法發言統計情況　檢討立院議事效率欠佳原因〉，《聯合報》，1979 年 5 月 23 日，2 版。
[58]洪炎秋致葉榮鐘書信，1971 年 3 月 10 日，源自：國立清華大學圖書館「葉榮鐘全集、文書及文庫數位資料館」之建置網頁 http://catalog.digitalarchives.tw/item/00/29/8a/7f.html。
[59]洪炎秋致葉榮鐘書信，1970 年 12 月 11 日，源自：國立清華大學圖書館「葉榮鐘全集、文書及文庫數位資料館」之建置網頁 http://catalog.digitalarchives.tw/item/00/29/8a/7b.html。

四、結語——無用之用乃為大用，以無力者為身分標誌的逆寫工程

　　根據本論文的討論與梳理，我們可以思考到：在強調臺灣文學中「抗議」的精神時，無可忽視的是戰後跨越日治時期的本土作家這一支敘事脈絡，背後透視著其對時代與政治，乃至官方論述的顛覆與批判。作家透過書寫展現有異於反共神話下的抒情美文與學者散文的路線，我們依舊扮演著日治時期諫言的公眾知識分子形象，意圖戳破反共／自由民主的偽裝；且潛藏在散文書寫之下，是身為「人」的微小情感與身世遭逢。

　　葉榮鐘日治時期的民族運動與洪炎秋北大教養的經驗，又輻射出其各自戰後的美學實踐與文學位置的殊異。葉榮鐘的民族運動志業，在戰後儼然被掃入歷史餘燼之中，此一庶民的位置以著文明批評、諧謔諷刺的書寫策略，對於社會現實提出「問題」。而洪炎秋既官方又庶民的位置，有著相較於葉榮鐘更為順遂的發表平臺，而其中的關鍵因素乃是「半山」身分，而此「半山」身分更混雜著鹿港遺民的家學系譜。故洪炎秋得以取得諸多外省籍、半山友人的資源，而更能與臺中中央書局等民族運動經驗的友人有深厚的交誼，其戰後數十年的立委身分可說是兩者護持下的結果。

　　回歸到散文史的問題，日治時期兩股重要的散文路線：問題散文與小品散文，在葉榮鐘與洪炎秋戰前至戰後的書寫實踐，展現出趨近於雜文體質的散文風格，透過本文，筆者嘗試回應這樣分歧文學路線的匯流狀況。我們可以檢視，當抒情、美典、小品，在戰後成為文人免於迫害的技藝，一種隱微表述，迂迴預設了假面與偽裝；但它也可能淪為假面，它不必然是一種抵抗的策略，也可能讓作家透過書寫的表述權力，遁入類型化的偽裝，進入美典的超越歷史空間。於是，文學無干乎歷史，作為表述的策略空間，也成為作家精神逃逸的空間，以超越之名。

　　洪炎秋「廢人」、葉榮鐘「半路出家者」的頹廢與無用的姿態，體現出

另一款截然不同的書寫路線，其中藏有著作家刻意經營的生存姿態，透視著戰後大中國圖像的社會背影和歷史創傷。面對散文史與典律的缺角，這應當是值得檢視與反饋的。

——選自柳書琴主編《臺灣文學論叢（六）》

新竹：清華大學出版社，2014 年 4 月

輯五◎
研究評論資料目錄

作家生平、作品評論專書與學位論文

專書

1. 沈信宏　　洪炎秋的東亞流動與文化軌跡　臺北　秀威資訊科技公司　2016 年 7 月　424 頁

本書為作者碩士論文〈東亞流動中臺灣文化人的文化身分與位置——以洪炎秋為例〉成書版。全書共 5 章：1.緒論；2.日語的工具性意義與文化性意義——以洪炎秋在中國的日語事業為對象；3.淪陷之後到戰勝之初：低調的文化活動與臺灣的重現；4.從中國到臺灣的五四傳承——周作人與洪炎秋；5.結論。正文後附錄〈洪炎秋年表〉。

學位論文

2. 唐淑芬　　洪炎秋的生平和事功研究　中興大學歷史學系　碩士論文　黃秀政教授指導　1997 年 7 月　214 頁

本論文以洪炎秋的生平與事功作一體兩面的交叉性研究，著重一手史料的採集與使用，並透過爬梳其著作，建構其生平思想及成就。全文共 7 章：1.前言；2.新舊教育的抉擇，1899—1922；3.新文化運動的薰陶與實踐，1922—1946；4.二二八事件的波及與平反，1946—1947；5.國語運動的倡導與推動，1947—1980；6.從政的抱負與表現，1969—1980；7.結語。正文後附錄〈洪炎秋大事年表〉。

3. 王　申　　淪陷時期旅平臺籍文化人的文化活動與身分表述——以張深切、張我軍、洪炎秋、鍾理和為考察中心　北京大學中國現當代文學研究所　博士論文　陳平原教授指導　2010 年 12 月　123 頁

本文以四位成長於日據時期的臺灣，具旅居祖國大陸經歷，並因緣際會於淪陷時期北平的臺籍文化人，彷徨於政治現實與歷史處境的尷尬，繼而詰問、確證身分的過程。全文共 6 章：1.導論；2.「孤獨的野人」；3.尷尬的「橋」；4.人海易藏身，書城即南面；5.想像的「原鄉」與「原鄉」的想像；6.兩代人的回憶與敘事。

4. 沈信宏　　東亞流動中臺灣文化人的文化身分與位置——以洪炎秋為例　清華大學臺灣文學研究所　碩士論文　王惠珍教授指導　2013 年 7 月　418 頁

本論文探討洪炎秋在東亞的文化活動，所展現的文化身分與位置。全書共 5 章：1.緒論；2.日語的工具性意義與文化性意義——以洪炎秋在中國的日語事業為對象；3.淪

陷之後到戰勝之初：低調的文化活動與臺灣的重現；4.從中國到臺灣的五四傳承——周作人與洪炎秋；5.結論。正文後附錄〈洪炎秋年表〉、〈洪炎秋譯作篇目表〉、〈洪炎秋《日語與日文》發表篇目表〉、〈洪炎秋與張我軍於北京近代科學圖書館日語講座授課情況表〉、〈日本文學作品在中國的譯介數量表〉、〈張深切編輯時期《中國文藝》篇目分類表〉、〈洪炎秋在中國的創作〉、〈臺灣人由中國遣送返臺狀況〉、〈《新臺灣》的篇目與內容表〉、〈《文學概論》與《中國新文學的源流》改作比較表〉、〈洪小如女士訪談紀錄〉、〈袁張榮先生訪談紀錄〉、〈相關圖片〉。

5. **彭玉萍　　見證者的散文詩學 ——省籍作家葉榮鐘與洪炎秋散文研究　清華大學臺灣文學研究所　碩士論文　陳建忠教授指導　2013 年　256 頁**

本論文以葉榮鐘、洪炎秋重塑本土散文的美學風格、文化想像。全文共 6 章：1.緒論：失身／聲的本土散文系譜；2.戰前五四論述與日治傳統：論葉榮鐘、洪炎秋本土散文創作的書寫政治；3.懷／還人：以寫人散文抵禦正統歷史的書寫政治；4.棲居在鄉土：論葉榮鐘與洪炎秋小我散文的主題書寫；5.鏡子與地圖：論葉榮鐘與洪炎秋遊記散文的異國見聞與實踐辯證；6.結論、本土散文納入文學史：另一散文詩學的新起與意義。正文後附錄〈葉榮鐘散文出版狀況〉、〈洪炎秋散文出版狀況〉、〈葉榮鐘新文學作品總目與年表〉、〈洪炎秋新文學作品總目與年表〉、〈葉榮鐘與洪炎秋生平與散文創作年表〉。

作家生平資料篇目

自述

6. 洪炎秋　　我父與我　中國文藝　第 2 卷第 1 期　1940 年 3 月　頁 6—7

7. 洪炎秋　　我父與我　閑話與常談——洪炎秋文選　彰化　彰化縣立文化中心　1996 年 7 月　頁 18—23

8. 洪炎秋　　小引　閑人閒話　臺中　中央書局　1948 年 1 月　頁 1—4

9. 洪炎秋　　卷頭言　雲遊雜記　臺北　中央書局　1959 年 12 月　頁 1—3

10. 洪炎秋　　《廢人廢話》自序　中央日報　1964 年 9 月 27 日　6 版

11. 洪炎秋　　自序　廢人廢話　臺中　中央書局　1964 年 10 月　頁 1—5

12. 洪炎秋　　《廢人廢話》自序　閑話與常談——洪炎秋文選　彰化　彰化縣立文化中心　1996 年 7 月　頁 230—234

13. 洪炎秋　　我當過國父的警衛　青年戰士報　1965 年 2 月 24 日　3 版

14. 洪炎秋　　我當過國父的警衛　中國文學　第 151 期　1979 年 11 月　頁 136
　　　　　　—142

15. 洪炎秋　　我當過國父的警衛　閑話與常談——洪炎秋文選　彰化　彰化縣立
　　　　　　文化中心　1996 年 7 月　頁 35—43

16. 洪炎秋　　為子敏撤回自訴　國語日報　1966 年 1 月 13 日　7 版

17. 洪炎秋　　為子敏撤回自訴　又來廢話　臺中　中央書局　1966 年 9 月　頁
　　　　　　171—173

18. 洪炎秋　　代序[1]　又來廢話　臺中　中央書局　1966 年 9 月　頁 1—16

19. 洪炎秋　　未讀其書先知其人——《又來廢話》代序　傳記文學　第 52 期
　　　　　　1966 年 9 月　頁 36—40，32

20. 洪炎秋　　自傳　洪炎秋自選集　臺北　黎明文化公司　1977 年 7 月　頁 1—
　　　　　　15

21. 洪炎秋　　《又來廢話》代序　閑話與常談——洪炎秋文選　彰化　彰化縣立
　　　　　　文化中心　1996 年 7 月　頁 2—17

22. 洪炎秋　　作家的修養　又來廢話　臺中　中央書局　1966 年 9 月　頁 55—
　　　　　　63

23. 洪炎秋　　序　教育老兵談教育　臺北　三民書局　1968 年 6 月　頁 1—8

24. 洪炎秋　　《忙人閑話》序　忙人閑話　臺北　三民書局　1968 年 8 月　頁 1
　　　　　　—4

25. 洪炎秋　　《忙人閑話》序　淺人淺言　臺北　三民書局　1971 年 11 月　頁
　　　　　　9—12

26. 洪炎秋　　《日本語法精解增訂本》自序　中央日報　1969 年 12 月 6 日　9
　　　　　　版

27. 洪炎秋　　《淺人淺言》序　國語日報　1971 年 9 月 14 日　7 版

28. 洪炎秋　　《淺人淺言》序　淺人淺言　臺北　三民書局　1971 年 11 月　頁

---

[1]本文後改篇名為〈自傳〉。

1—3

29. 洪炎秋　遺囑　國語日報　1971 年 12 月 10～11 日　7 版

30. 洪炎秋　遺囑　閑話閑話　臺北　三民書局　1973 年 3 月　頁 33—41

31. 洪炎秋　遺囑的修正　國語日報　1972 年 1 月 15 日　7 版

32. 洪炎秋　遺囑的修正　閑話閑話　臺北　三民書局　1973 年 3 月　頁 50—55

33. 洪炎秋　我參加競選的經驗　中國時報　1972 年 10 月 10 日　11 版

34. 洪炎秋　我參加競選的經驗　閑話閑話　臺北　三民書局　1973 年 3 月　頁 112—116

35. 洪炎秋　《閑話閑話》序　閑話閑話　臺北　三民書局　1973 年 3 月　〔2〕頁

36. 洪炎秋　從候選到當選　閑話閑話　臺北　三民書局　1973 年 3 月　頁 1—9

37. 洪炎秋　童年生活的回憶　國語日報　1974 年 7 月 12 日　7 版

38. 洪炎秋　童年生活的回憶　洪炎秋自選集　臺北　黎明文化公司　1975 年 1 月　頁 21—24

39. 洪炎秋　童年生活的回憶　鹿城歲月　臺北　林白出版社　1988 年 10 月　頁 43—46

40. 洪炎秋　童年生活的回憶　閑話與常談——洪炎秋文選　彰化　彰化縣立文化中心　1996 年 7 月　頁 24—27

41. 洪炎秋　序　常人常談　臺中　中央書局　1974 年 10 月　頁 1—4

42. 洪炎秋　序　讀書和作文　臺北　國語日報附設出版部　1976 年 4 月　頁 1—2

43. 洪炎秋　我的近況　臺灣文藝　第 54 期　1977 年 3 月　頁 105—106

44. 洪炎秋　《老人老話》序　國語日報　1977 年 8 月 11 日　7 版

45. 洪炎秋　自序　老人老話　臺中　中央書局　1977 年 8 月　頁 1—6

46. 洪炎秋　《老人老話》序　三友集　臺中　中央書局　1979 年 6 月　頁 231

—238

47.　洪炎秋　　　《老人老話》序　閑話與常談——洪炎秋文選　彰化　彰化縣立文
化中心　1996 年 7 月　頁 235—241

48.　洪炎秋　　　懷益友莊垂勝兄　老人老話　臺中　中央書局　1977 年 8 月　頁
177—197

49.　洪炎秋　　　一個短命校長的雜憶　國語日報　1978 年 4 月 28 日　7 版

50.　洪炎秋　　　一個短命校長的雜憶　三友集　臺中　中央書局　1979 年 6 月　頁
302—308

51.　洪炎秋　　　一個短命校長的雜憶　閑話與常談——洪炎秋文選　彰化　彰化縣
立文化中心　1996 年 7 月　頁 44—49

52.　洪炎秋　　　漫談隨筆　語文雜談　臺北　國語日報社附設出版部　1978 年 10
月　頁 61—65

53.　洪炎秋　　　國語和方言　語文雜談　臺北　國語日報社附設出版部　1978 年
10 月　頁 91—97

54.　洪炎秋　　　三代通家・一面未謀　書和人　第 323 期　1977 年 10 月　頁 8

55.　洪炎秋　　　《語文雜談》自序　國語日報　1978 年 9 月 3 日　7 版

56.　洪炎秋　　　自序　語文雜談　臺北　國語日報附設出版部　1978 年 10 月　頁
1—5

57.　洪炎秋　　　《語文雜談》自序　三友集　臺中　中央書局　1979 年 6 月　頁
334—338

58.　洪炎秋　　　《晨鐘》偶憶　國語日報　1979 年 2 月 15 日　7 版

59.　洪炎秋　　　《晨鐘》偶憶　閑話與常談——洪炎秋文選　彰化　彰化縣立文化
中心　1996 年 7 月　頁 28—34

60.　洪炎秋　　　自傳　中華民國文學年鑑 1980　臺北　時報文化出版公司　1982
年 11 月　頁 449—459

他述

61.　何　凡　　　「不要緊吧！」　純文學　第 43 期　1970 年 7 月　頁 117

62. 何　凡　「不要緊吧」　淺人淺言　臺北　三民書局　1971 年 11 月　頁 202—203

63. 中國時報記者　競選立委的洪炎秋　淺人淺言　臺北　三民書局　1971 年 11 月　頁 159—162

64. 馬星野　由衷說一句話　淺人淺言　臺北　三民書局　1971 年 11 月　頁 163

65. 趙友培　談善士　淺人淺言　臺北　三民書局　1971 年 11 月　頁 164—165

66. 朱庭筠　為革新選風預祝　淺人淺言　臺北　三民書局　1971 年 11 月　頁 166—167

67. 謝冰瑩　我所知道的洪炎秋　淺人淺言　臺北　三民書局　1971 年 11 月　頁 168—170

68. 王玉川　我最佩服洪炎秋先生的幾點　淺人淺言　臺北　三民書局　1971 年 11 月　頁 171—175

69. 耿修業　為洪炎秋先生加油　淺人淺言　臺北　三民書局　1971 年 11 月　頁 176—177

70. 陳紀瀅　歡迎您到立法院來　淺人淺言　臺北　三民書局　1971 年 11 月　頁 178—179

71. 黃得時　圈選無選債的洪炎秋　淺人淺言　臺北　三民書局　1971 年 11 月　頁 180—182

72. 何　容　所希望於洪炎秋的　淺人淺言　臺北　三民書局　1971 年 11 月　頁 183—184

73. 薇薇夫人　深藏不露的學者　淺人淺言　臺北　三民書局　1971 年 11 月　頁 185—186

74. 何　凡　知識份子不要沉默棄權　淺人淺言　臺北　三民書局　1971 年 11 月　頁 187—189

75. 林國樑　隨洪教授學吃「國語飯」　淺人淺言　臺北　三民書局　1971 年 11 月　頁 190—192

76. 子　　敏　　自在熱情的洪炎秋　淺人淺言　臺北　三民書局　1971 年 11 月　頁 193—197

77. 今日春秋　　書生本色　淺人淺言　臺北　三民書局　1971 年 11 月　頁 198—199

78. 黑白集　　薦賢與選賢　淺人淺言　臺北　三民書局　1971 年 11 月　頁 200—201

79. 謝培基　　洪炎秋先生　自立晚報　1972 年 7 月 6 日　7 版

80. 徐復觀　　序　三友集　臺中　中央書局　1979 年 6 月　頁 1—3

81. 丁貞婉　　悼文　臺灣日報　1980 年 3 月 20 日　12 版

82. 丁貞婉　　輓歌——哀悼炎秋伯　中華民國文學年鑑 1980　臺北　時報文化出版公司　1982 年 11 月　頁 460—466

83. 尤增輝　　螞蟻也來拜天公——敬悼洪炎秋先生　臺灣日報　1980 年 3 月 25 日　12 版

84. 何　　凡　　敬悼書生洪炎秋　聯合報　1980 年 3 月 27 日　8 版

85. 何　　凡　　敬悼書生洪炎秋　書和人　第 388 期　1980 年 4 月　頁 6—7

86. 何　　凡　　敬悼書生洪炎秋　中華民國文學年鑑 1980　臺北　時報文化出版公司　1982 年 11 月　頁 469—470

87. 誓　　還　　悼炎秋　中央日報　1980 年 3 月 27 日　10 版

88. 誓　　還　　悼炎秋　中華民國文學年鑑 1980　臺北　時報文化出版公司　1982 年 11 月　頁 467—468

89. 洪炎秋先生治喪委員會　　「文人報國・書生辦報」的典型——洪炎秋先生的一生　臺灣新生報　1980 年 3 月 28 日　12 版

90. 洪炎秋先生治喪委員會　　洪炎秋先生的一生　書和人　第 388 期　1980 年 4 月　頁 1—2

91. 洪炎秋先生治喪委員會　　洪炎秋先生的一生　中國語文　第 48 卷第 3 期　1981 年 3 月　頁 4—8

92. 洪炎秋先生治喪委員會　　「文人報國・書生辦報」的典型——洪炎秋先生的

一生　中華民國文學年鑑 1980　臺北　時報文化出版公司　1982
年 11 月　頁 471—474

93. 連震東　五十年相知成永訣——念炎秋　書和人　第 388 期　1980 年 4 月
頁 3—4

94. 陳紀瀅　悼一枝青春永恆的筆——記炎秋先生給我的懷念　書和人　第 388
期　1980 年 4 月　頁 4—5

95. 吳延環　悼炎秋兄　書和人　第 388 期　1980 年 4 月　頁 5—6

96. 王天昌　懷念洪炎秋社長　書和人　第 388 期　1980 年 4 月　頁 7—8

97. 秦賢次　洪炎秋（1902—1980）　傳記文學　第 216 期　1980 年 5 月　頁
147—148

98. 徐復觀　《三友集》序　徐復觀雜文續集　臺北　時報文化出版公司　1981
年 5 月　頁 333—334

99. 徐復觀　平凡中的偉大——永憶洪炎秋先生　徐復觀雜文續集　臺北　時報
文化出版公司　1981 年 5 月　頁 350—354

100. 周安儀　為推行國語而辦報的洪炎秋　中國新聞從業人員羣象（下）　臺
北　黎明文化公司　1981 年 6 月　頁 271—286

101. 張慧琴　永懷洪炎秋老師　中外雜誌　第 186 期　1982 年 8 月　頁 16—17

102. 張慧琴　永懷洪炎秋老師　寒露之歌　臺北　黎明文化公司　1988 年 2 月
頁 147—150

103. 林海音　「不要緊吧！」　聯合報　1983 年 9 月 9 日　8 版

104. 林海音　「不要緊吧！」　剪影話文壇　臺北　純文學出版社　1984 年 8
月　頁 141—144

105. 林海音　洪炎秋／「不要緊吧！」　剪影話文壇　臺北　遊目族文化公司
2000 年 5 月　頁 144—147

106. 劉心皇　臺籍作家留在北平者——洪炎秋　抗戰時期淪陷區地下文學　臺
北　正中書局　1985 年 5 月　頁 491—507

107. 戴寶村　一生吃「國語飯」的學者社長——洪炎秋（1902—1980）　臺灣

　　　　　　近代名人誌（四）　臺北　自立晚報　1987 年 12 月　頁 205—
　　　　　　216

108. 康　原　洪炎秋小傳　文學的彰化——彰化縣新文學作家小傳　彰化　彰
　　　　　　化縣立文化中心　1992 年 2 月　頁 225

109. 林莊生　洪炎秋先生　懷樹又懷人——我的父親莊垂勝，他的朋友及那個
　　　　　　時代　臺北　自立晚報社文化出版部　1992 年 8 月　頁 141—159

110. 包恆新　光復初期的臺灣文壇——大陸作家相繼來臺與臺灣文學向祖國的
　　　　　　匯流〔洪炎秋部分〕　臺灣文學史（下）　福州　海峽文藝出版
　　　　　　社　1993 年 1 月　頁 10—11

111. 秦賢次　教育老兵洪炎秋　評論集　臺北　臺北縣立文化中心　1993 年 6
　　　　　　月　頁 2—6

112. 秦賢次　臺灣國語教育老兵　臺北人物誌（二）　臺北　臺北市新聞處
　　　　　　2000 年 11 月　頁 124—129

113. 張　泉　洪炎秋　淪陷時期北京文學八年　北京　中國和平出版社　1994
　　　　　　年 10 月　頁 284—285

114. 岡田英樹著；郭富光譯　　在淪陷期北京文壇的概況——關於臺灣作家的三劍
　　　　　　　　　　　　客〔洪炎秋部分〕　賴和及其同時代的作家：日據時期臺灣文學
　　　　　　　　　　　　國際學術會議論文　新竹　清華大學　1994 年 11 月 25—27 日
　　　　　　　　　　　　〔15〕頁

115. 岡田英樹　淪陷時期北京文壇の臺灣三銃士〔洪炎秋部分〕　よみがえる
　　　　　　台湾文学——日本統治期の作家と作品　東京　東方書店　1995
　　　　　　年 10 月　頁 167—168

116. 姜　穆　車轍履痕——讀名人遺囑雜談人生〔洪炎秋部分〕　烟塵　臺北
　　　　　　三民書局　1995 年 1 月　頁 143—145

117. 陳萬益　《閑話與常談——洪炎秋文選》編後記[2]　閑話與常談——洪炎秋
　　　　　　文選　彰化　彰化縣立文化中心　1996 年 7 月　頁 326—329

[2]本文追憶與洪炎秋先生之交往情誼。

118. 邱燮友　　國府遷臺後的局勢與文藝發展〔洪炎秋部分〕　二十世紀中國新
　　　　　　　　文學史　臺北　駱駝出版社　1997 年 10 月　頁 279

119. 葉龍彥　　奉獻國語文教育的洪炎秋（1902—1980 年）　臺北文獻直字　第
　　　　　　　　136 期　2001 年 5 月　頁 161—182

120. 鄭貞銘　　洪炎秋（1901—1980）勤耕國語日報　百年報人（2）——跨世紀
　　　　　　　　的報人　臺北　遠流出版公司　2001 年 9 月　頁 1—12

121. 林政華　　幽默風趣的「談話文學家」——洪炎秋　臺灣新聞報　2002 年 10
　　　　　　　　月 9 日　9 版

122. 林政華　　幽默風趣的「談話文學家」——洪炎秋　臺灣古今文學名家　桃
　　　　　　　　園　開南管理學院通識教育中心　2003 年 3 月　頁 22

123. 洪炎秋　　談 1901 年代出生的一群鹿港人〔洪炎秋部分〕　臺灣風物　第
　　　　　　　　57 卷第 3 期　2007 年 6 月　頁 9—35

124. 林柏維　　洪炎秋：國語運動的推動者——教育老兵　狂飆的年代——近代臺
　　　　　　　　灣社會精英群像　臺北　秀威資訊科技公司　2007 年 9 月　頁
　　　　　　　　143—146

125.〔封德屏主編〕　　洪炎秋　2007　臺灣作家作品目錄　臺南　國立臺灣文學
　　　　　　　　館　2008 年 7 月　頁 567

126. 秦賢次　　五四時期臺灣學生負笈行——柯政和・宋斐如・王慶勳・洪炎秋
　　　　　　　　文訊雜誌　第 283 期　2009 年 5 月　頁 75—84

127. 柯慶明　　五四：印象與體驗——毛子水、洪炎秋、臺靜農　文訊雜誌　第
　　　　　　　　283 期　2009 年 5 月　頁 88—90

128. 楊紅英　　多重困境下的文化選擇——洪炎秋大陸時期的文學文化活動研究
　　　　　　　　臺灣研究集刊　第 105 期　2009 年 9 月　頁 91—98

129. 陳萬益　　《閒話與常談——洪炎秋文選》編後記　臺灣文學論說與記憶
　　　　　　　　新營　臺南縣政府　2010 年 10 月　頁 311—313

130. 許雪姬等　　記憶中的師友——臺灣的師友——洪炎秋先生　一輩子針線，

一甲子教學：施素筠女士訪問記錄[3]　臺北　中研院臺灣史研究所
2014 年 10 月　頁 397—398

訪談、對談

131. 克　石　洪炎秋先生談推行國語　中國語文　第 19 卷第 4 期　1966 年 10
　　　月　頁 22—26

132. 羅心德　我的青少年時代——訪洪炎秋　青年戰士報　1970 年 7 月 26 日
　　　5 版

133. 周安儀　洪炎秋的官話　青年戰士報　1977 年 9 月 26 日　11 版

134. 邱秀文　別無選擇——訪洪炎秋先生　智者群像　臺北　時報文化出版公
　　　司　1977 年 10 月　頁 55—62

年表

135. 戴寶村　洪炎秋年表　臺灣近代名人誌（四）　臺北　自立晚報　1987 年
　　　12 月　頁 217—218

136. 丁肇琴　洪炎秋先生年譜　世界新聞傳播學院學報　第 2 期　1992 年 1 月
　　　頁 121—149

137. 唐淑芬　洪炎秋大事年表　洪炎秋的生平和事功研究　中興大學歷史學系
　　　碩士論文　黃秀政教授指導　1997 年 7 月　頁 198—204

138. 彭玉萍　洪炎秋新文學作品總目與年表　見證者的散文詩學——省籍作家
　　　葉榮鐘與洪炎秋散文研究　清華大學臺灣文學研究所　碩士論文
　　　陳建忠教授指導　2013 年　頁 184—211

139. 沈信宏　洪炎秋年表　洪炎秋的東亞流動與文化軌跡　臺北　秀威資訊科
　　　技公司　2016 年 7 月　頁 381—384

作品評論篇目

綜論

140. 張希哲　洪炎秋及其自選集（1—3）　中華日報　1978 年 7 月 13，17，20

---

[3] 本書由許雪姬、吳美慧、連憲升、郭月如訪問，吳美慧記錄。

日 9 版

141. 張　健　六十年代的散文：民國五十年到五十九年——洪炎秋和繆天華　文訊雜誌　第 13 期　1984 年 8 月　頁 69—70

142. 王志健　散文論——繁枝豐碩——洪炎秋　文學四論（下冊）　臺北　文史哲出版社　1988 年 7 月　頁 693—695

143. 唐文雄　寫在前面〔洪炎秋部分〕　鹿城歲月　臺北　林白出版社　1988 年 10 月　頁 13

144. 邱各容　愛鄉，關懷兒童的——洪炎秋　兒童文學史料初稿 1945—1989　臺北　富春文化公司　1990 年 8 月　頁 167—169

145. 張超主編　洪炎秋　臺港澳及海外華人作家辭典　江蘇　南京大學出版社　1994 年 12 月　頁 142—143

146. 施懿琳　戰後文學發展概述——戰後彰化地區新文學——洪炎秋（一九〇〇——一九八〇年）　彰化文學圖像　彰化　彰化縣文化中心　1996 年 6 月　頁 138—139

147. 施懿琳，楊翠　政治風暴摧折，文學花果零落（1945—1949）——戰後初期臺灣文學界的歌哭——洪炎秋「鼓動暴動，陰謀叛國」？　彰化縣文學發展史（下）　彰化　彰化縣立文化中心　1997 年 5 月　頁 290—291

148. 施懿琳，楊翠　六〇年代彰化縣文壇再現生機——散文作家撐開一方天——「不顧人情味，不怕得罪人」——洪炎秋　彰化縣文學發展史（下）　彰化　彰化縣立文化中心　1997 年 5 月　頁 356—358

149. 奚密　臺灣人在北京：四九前在京臺灣作家簡論[4]　「北京：都市想像與文化記憶」國際學術研討會　北京　北京大學中文系　2003 年 10 月 22—24 日

150. 李詮林　光復初期國語（白話）文學——概述：光復初期國語（白話）文學的復甦——光復初期國語（白話）文學創作概況〔洪炎秋部分〕

---

[4]本文論述洪炎秋、張我軍、張深切、鍾理和四人在北京時期的文學活動。

分論
◆單行本作品
散文
《廢人廢話》

《茶話》

---

[5] 本文透過戰後實際的社會現實語境梳理，連結葉榮鐘與洪炎秋的寫人散文類型。全文共 5 小節：1.「隱匿文本」：抗日／抵殖民／英雄之外的小敘述；2.中國史的缺角：戰後臺灣文學場域的中國經驗與五四名士重寫；3.對權勢說真話：「義」之紀念與闡揚的書寫意圖；4.歷史定位上曖昧的人物類型：抒情喟嘆與知性批判的書寫特質；5.結語——省籍作家的歷史詩學：人的價值與文學倫理學的建立。

[6] 本文藉梳理葉榮鐘、洪炎秋戰前至戰後的文學實踐與書寫位移過程，審視本土散文史脈絡的缺角。全文共 4 小節：1.前言；2.散文詩學的肇發：論戰前葉榮鐘、洪炎秋散文的文學歷程；3.本土散文家的後殖民變形史：論戰後葉榮鐘與洪炎秋的書寫實踐；4.結語——無用之用乃為大用，以無力者為身分標誌的逆寫工程。

336　洪炎秋

〔2〕頁

156. 何　凡　　前記　茶話（第二集）　臺北　國語日報社　1967 年 3 月　〔2〕頁

157. 何　凡　　前記　茶話（第三集）　臺北　國語日報社　1967 年 10 月　〔2〕頁

158. 何　凡　　前記　茶話（第四集）　臺北　國語日報社　1968 年 3 月　〔2〕頁

159. 何　凡　　前記　茶話（第六集）　臺北　國語日報社　1969 年 7 月　〔2〕頁

160. 何　凡　　前記　茶話（第七集）　臺北　國語日報社　1970 年 2 月　〔2〕頁

161. 何　凡　　前記　茶話（第八集）　臺北　國語日報社　1970 年 7 月　〔2〕頁

162. 何　凡　　前記　茶話（第九集）　臺北　國語日報社　1971 年 1 月　〔2〕頁

163. 何　凡　　前記　茶話（第十集）　臺北　國語日報社　1971 年 10 月　〔2〕頁

《老人老話》

164. 方　瑜　　人老「話」不老——談洪炎秋的《老人老話》　三友集　臺中　中央書局　1979 年 6 月　頁 239—243

165. 方　瑜　　人老「話」不老——談洪炎秋的《老人老話》　閑話與常談——洪炎秋文選　彰化　彰化縣立文化中心　1996 年 7 月　頁 322—325

166. 伊　衛　　讀後感的讀後感〔〈中副選集讀後感〉〕　中央日報　1964 年 10 月 27 日　6 版

167. 楊與齡　　洪炎秋先生〈遺囑〉中的法律問題　閑話閑話　臺北　三民書局　1979 年 12 月　頁 42—45

168. 夏　門　　哭著來笑著去——讀洪炎秋先生〈遺囑〉有感　閑話閑話　臺北
　　　三民書局　1979 年 12 月　頁 46—49

作品評論目錄、索引

169. 〔封德屏主編〕　　洪炎秋　臺灣現當代作家評論資料目錄（三）　臺南
　　　國立臺灣文學館　2010 年 11 月　頁 2040—2045

國家圖書館出版品預行編目資料

臺灣現當代作家研究資料彙編. 102, 洪炎秋/陳萬益編
選. -- 初版. -- 臺南市：臺灣文學館, 2018.12
　面；　公分
ISBN 978-986-05-7165-3 (平裝)

1.洪炎秋 2.傳記 3.文學評論

863.4　　　　　　　　　　　　107018448

【臺灣現當代作家研究資料彙編】102

洪 炎 秋

發 行 人　蘇碩斌
指導單位　文化部
出版單位　國立臺灣文學館
　　　　　地　　　址／70041 臺南市中西區中正路 1 號
　　　　　電　　　話／06-2217201　　　傳　　真／06-2218952
　　　　　網　　　址／www.nmtl.gov.tw　　　電子信箱／pba@nmtl.gov.tw

總 策 畫　封德屏
顧　　問　林淇瀁　張恆豪　許俊雅　陳義芝　須文蔚　應鳳凰
工作小組　呂欣茹　沈孟儒　林暄燁　黃子恩　蘇筱雯
編　　選　陳萬益
責任編輯　林暄燁
校　　對　呂欣茹　林暄燁
計畫團隊　財團法人台灣文學發展基金會
美術設計　翁國鈞・不倒翁視覺創意
印　　刷　松霖彩色印刷事業有限公司

著作財產權人　國立臺灣文學館
　　　　本書保留所有權利。欲利用本書全部或部分內容者，須徵求著作財產權人
　　　　同意或書面授權。請洽國立臺灣文學館研究典藏組（電話：06-2217201）

經銷展售　國立臺灣文學館藝文商店（06-2217201 ext.2960）
　　　　　國家書店松江門市（02-25180207）
　　　　　一德洋樓羅布森冊惦（04-22333739）
　　　　　三民書局（02-23617511、02-25006600）
　　　　　台灣的店（02-23625799）　　　　　府城舊冊店（06-2763093）
　　　　　南天書局（02-23620190）　　　　　唐山出版社（02-23633072）
　　　　　後驛冊店（04-22211900）　　　　　五南文化廣場（04-22260330）
　　　　　蜂書有限公司（02-33653332）

初版一刷　2018 年 12 月
定　　價　新臺幣 340 元整
　　　　　第一階段 15 冊新臺幣 5500 元整　第二階段 12 冊新臺幣 4500 元整
　　　　　第三階段 23 冊新臺幣 8500 元整　第四階段 14 冊新臺幣 5000 元整
　　　　　第五階段 16 冊新臺幣 6000 元整　第六階段 10 冊新臺幣 3800 元整
　　　　　第七階段 10 冊新臺幣 3200 元整　第八階段 10 冊新臺幣 3600 元整
　　　　　全套 110 冊新臺幣 33000 元整

GPN　1010702064（單本）　　ISBN　978-986-05-7165-3（單本）
　　　1010000407（套）　　　　　　　978-986-02-7266-6（套）